O VENCEDOR

Tami Hoag

O VENCEDOR

Tradução
Beatriz Horta

Copyright © 2002 *by* Indelible Ink, Inc.
Título original: *Dark Horse*

Capa: Rodrigo Rodrigues

Editoração: DFL

2004
Impresso no Brasil
Printed in Brazil

CIP-Brasil. Catalogação-na-fonte
Sindicato Nacional dos Editores de Livros, RJ

H597v	Hoag, Tami
	O vencedor / Tami Hoag; tradução Beatriz Horta. — Rio de Janeiro: Bertrand Brasil, 2004.
	448p.
	Tradução de: Dark horse
	ISBN 85-286-1069-1
	1. Romance norte-americano. I. Horta, Beatriz. II. Título.
04-1577	CDD – 813
	CDU – 821-111 (73)-3

Todos os direitos reservados pela:
EDITORA BERTRAND BRASIL LTDA.
Rua Argentina, 171 – 1º andar – São Cristóvão
20921-380 – Rio de Janeiro – RJ
Tel.: (0XX21) 2585-2070 – Fax: (0XX21) 2585-2087

Não é permitida a reprodução total ou parcial desta obra, por quaisquer meios, sem a prévia autorização por escrito da Editora.

Atendemos pelo Reembolso Postal.

Este livro foi inspirado nas aventuras de Tess e Mati.
Que venham mais aventuras e que eles possam viver para contá-las.

AGRADECIMENTOS

Como sempre, preciso agradecer a várias pessoas por dividirem comigo seus conhecimentos profissionais para eu escrever esta história. O tenente Ed Serafin, chefe da delegacia do condado de Palm Beach, setor de Roubos e Homicídios. Robert Crais. Eileen Dreyer. Jessie Steiner. Mary Phelps. E, acima de tudo, Betsy Steiner, amiga fiel e parceira em intriga internacional.

NOTA DA AUTORA

Bem-vindos ao meu outro mundo.

Na minha vida longe da escrivaninha, participo de competições hípicas. Na verdade, sou amazona há mais tempo do que escritora. Os cavalos têm sido minha alegria, meu refúgio, minha terapia, minha salvação e meu sossego. Já participei de quase todos os tipos de competições, da corrida de obstáculos ao salto. Quando tinha treze anos, minhas amigas trabalhavam de babás para ganhar um dinheirinho e meu pai trazia para casa potros para eu amestrar.

Há anos eu uso o esporte de adestramento de cavalos como minha paixão fora do escritório. O adestramento lida com controle, precisão e o domínio de uma ligação imperceptível entre cavaleiro e cavalo. O resultado disso tudo é a dança eqüestre, que parece elegante e fácil, mas exige a mesma destreza física e mental da power yoga.

Comecei a competir em adestramento em 1999. Não foi fácil para mim, sendo como sou, entrar nesse esporte. Em tudo o que faço, sou igual: inteira. Comprei um cavalo maravilhoso, embora difícil, chamado D'Artagnan, que pertenceu ao cavaleiro olímpico Guenter Seidel e em um ano passei da primeira competição de adestramento a amadora da Federação Americana de Adestramento. No final da primeira temporada, minha técnica, treinadora, orientadora e grande amiga Betsy Steiner (amazona de competições internacionais) me incentivou a levar D'Artagnan e outros cavalos do haras dela na Flórida para a temporada de inverno.

Todo ano, os melhores cavaleiros da Costa Leste, do Meio-Oeste, do Canadá e da Europa vão para Wellington, no condado de Palm Beach, treinar e competir durante três meses e participar de algumas das mais cotadas exibições de adestramento e salto no país. Milhares de cavalos e centenas de cavaleiros e amazonas se reúnem para criar um mundo fascinante, orientado pela emoção da vitória, o sofrimento da derrota, além de dinheiro a rodo. Trata-se de um mundo habitado pelos muito ricos e os muito pobres, por celebridades, nobres e gente comum que economiza o ano inteiro para "fazer a temporada": filantropos, diletantes, profissionais, amadores, vigaristas e criminosos. Gente que adora cavalos e gente que adora explorar gente que adora cavalos. Um mundo com uma aparência glamorosa e barriga rija. *Yin* e *yang*. Positivo e negativo.

No final da primeira temporada na Flórida, minha imaginação estava correndo solta com idéias para um romance que juntasse meus dois mundos. O resultado disso é *O Vencedor*, uma clássica história de detetive tendo como pano de fundo as exibições internacionais de salto. Espero que você aprecie essa rápida olhada no lado sombrio do meu outro mundo.

Se, depois de ler este livro, você concluir que lidar com cavalos é uma atividade muito ruim, eu direi que não é bem assim. Algumas das melhores pessoas que já conheci, as mais gentis e generosas, lidam com cavalos. Por outro lado, algumas das pessoas mais vis, viciadas e mesquinhas que conheci também lidam com cavalos. O mundo dos cavalos é cheio de extremos e de incríveis aventuras. Tive cavalos que foram dopados, roubados. Num país estrangeiro, dei de cara com um negociante de cavalos sociopata que cancelou minha passagem de volta. Eu me disfarcei de cavalariça e viajei no bojo de um avião de carga, ao lado de um cavalo que estava disposto a me matar. Mas essas aventuras não acontecem todos os dias. Todos os dias eu vou às cocheiras e lá encontro amizade, camaradagem e tranqüilidade na minha alma.

Meus cavalos aparecem neste livro, nas cocheiras de Sean Avadon. Mas, respondendo à pergunta inevitável, Elena não sou eu (se minha vida fosse tão agitada, quando teria tempo para escrever um livro?). Mas concordo com ela quando diz: "Montada num cavalo, eu me sentia inteira, completa, ligada àquele ponto vital bem no centro de mim (...) e meu caos interior se equilibrava."

PRIMEIRO ATO

CENA UM

FADE-IN:

EXTERNA: CENTRO HÍPICO DE PALM BEACH — ANOITECER

Um vasto campo se abre para oeste. Uma estrada suja ruma para o norte, para o centro hípico, e ao sul, para pequenas fazendas de criação de cavalos. Ninguém por perto. Campos vazios. Nenhuma pessoa, nenhum cavalo. Domingo à noite: todos foram para casa.

Erin está no portão dos fundos. Espera alguém. Está nervosa. Acha que está lá por um motivo secreto. Acha que sua vida vai mudar naquela noite.

Vai mesmo.

Olha o relógio de pulso. Impaciente. Com medo que ele não apareça. Não sabe que está sendo filmada. Acha que está só.

Pensa: pode ser que ele não venha, talvez tenha se enganado em relação a ele.

Uma caminhonete branca e enferrujada vem pelo sul. Ela a vê aproximar-se. Parece aborrecida. Ninguém usa aquela estrada secundária àquela hora. O portão do centro hípico já foi fechado e trancado.

A caminhonete pára. Salta um mascarado.

ERIN
Não!

Ela corre para o portão. O homem a segura pelo braço e puxa-a. Ela dá chutes. Ele bate no rosto dela e ela vira o rosto para um lado. Ela se solta, tropeça e tenta correr outra vez, mas não consegue ficar de pé. O mascarado a derruba por trás, fica com o joelho em cima dela. Tira uma seringa do bolso da jaqueta e enfia a agulha no braço dela. Ela grita de dor e começa a chorar.

Ele a levanta e arrasta-a para a caminhonete. Bate a porta, entra, faz a volta e vai embora.

A vida muda num piscar de olhos.

FADE-OUT

1

A vida pode mudar num piscar de olhos.

Sempre soube disso e comprovei essa verdade literalmente desde o dia em que nasci. Às vezes, sinto que esse momento está vindo, percebo, prevejo como se houvesse uma aura anunciando sua chegada. Sei que um momento assim está chegando agora. A adrenalina corre no meu sangue como combustível de foguete. Meu coração bate como um pistão. Estou prestes a decolar.

Disseram-me para ficar bem quieta, esperar, mas sei que não é a melhor atitude. Se eu sair primeiro, se eu for agora, mato os irmãos Golam na hora. Eles pensam que me conhecem. Estarão com a guarda baixa. Trabalho nesse caso há três meses. Sei o que estou fazendo. Sei que estou certa. Sei que os irmãos Golam já devem estar nervosos. Sei que quero e mereço dar essa batida. Sei que o tenente Sikes está presente para assistir ao show, para poder se gabar quando os carros da imprensa chegarem e fazer o público pensar que deveriam votar nele na próxima eleição para delegado.

Ele me enfiou na lateral do trailer *e me mandou esperar. Não sabe de nada. Não sabe nem que a porta lateral é a mais usada pelos irmãos. Enquanto Sikes e Ramirez estão aguardando na frente, os irmãos estão enfiando o dinheiro nas sacolas de lona e se aprontando para sair pelo lado. O caminhão de Billy Golam,* com tração nas quatro rodas, está parado a três metros, coberto de lama. Se eles fugirem, vão pegar o caminhão e não o Corvette estacionado na frente. O caminhão pode enfrentar estrada de terra.

Sikes está perdendo um tempo precioso. Os irmãos Golam estão com duas garotas no trailer. Elas poderiam se transformar facilmente em reféns. Mas se eu for agora, enquanto estão com a guarda baixa...

Dane-se, Sikes. Vou antes que esses pirados entrem em pânico.

O caso é meu. Sei o que estou fazendo.

Faço contato pelo rádio.

— Isso é besteira. Eles vão pegar o caminhão. Vou atacar.

— Droga, Estes... — É Sikes falando.

Desligo o rádio e entro nas moitas em volta do trailer. O caso é meu. A batida é minha. Sei o que estou fazendo.

Caminho até a porta lateral e bato no mesmo ritmo de todos os fregueses dos irmãos Golam: duas batidas, uma, duas.

— Ei, Billy, é Elle. Preciso de um pouco.

Billy Golam abre a porta, olhos esbugalhados, ele está chapado por consumir sua produção caseira: anfetaminas. Está ofegante. Segura uma arma.

Merda.

A porta da frente explode para dentro.

Uma das garotas grita.

Buddy Golam berra:

— Polícia!

Billy Golam aponta a 357 para a minha cara. Respiro pela última vez.

Aí, abria os olhos e ficava enjoada ao pensar que ainda estava viva.

Foi assim que saudei cada dia nos últimos dois anos. Revivi essa cena tantas vezes que era como passar um velho filme outra vez, mais uma e mais uma. Nenhum trecho mudava, nenhuma palavra, nenhuma cena. Eu não deixava.

Fiquei deitada na cama, pensando em cortar os pulsos. Não de uma forma metafórica. Literal mesmo. Olhei meus pulsos sob a luz suave do abajur — pulsos delicados, de ossos finos como asas de pássaro, a pele suave como um tecido, azulada pelas veias — e imaginei como faria. Olhei aquelas linhazinhas azuis e pensei nelas como se fossem uma demarcação. *Corte aqui.*

Visualizei a ponta de um facão de açougueiro. A luz do abajur batia na lâmina. O sangue sairia à medida que a lâmina passasse na veia. Vermelho. Minha cor preferida.

A idéia não me assustou. Aquela verdade me assustou muito mais.

Olhei o relógio: 4:38 da manhã. Eu tinha dormido as habituais quatro horas e meia. Era inútil tentar dormir mais.

Tremendo, forcei minhas pernas a sentar na beirada da cama e levantei, colocando um roupão azul-escuro por cima dos ombros. O tecido era macio, voluptuoso, cálido. Fiquei atenta às sensações. Fica-se mais vivo quanto mais perto se está de enfrentar a morte de frente.

Pensei se Hector Ramirez percebeu isso um segundo antes de morrer.

Pensava naquilo todo dia.

Deixei o roupão cair e entrei no banheiro.

— Bom-dia, Elena. Você está um horror.

Magra demais. O cabelo, um emaranhado negro. Olhos grandes e negros demais, como se não houvesse nada por dentro para brilhar. O meu maior problema: falta de consistência. Meu rosto era — é — um pouco assimétrico, como um jarro de porcelana quebrado e depois restaurado com esmero. É o mesmo jarro, mas não é. O mesmo rosto com que nasci, mas não é o mesmo. Um pouco torto e com uma estranha falta de expressão.

Já fui bonita.

Peguei um pente na bancada, joguei no chão, apanhei uma escova. Passei nos cabelos, de baixo para cima, como quem penteia o rabo de um cavalo. Desembaraçando com cuidado. Mas já estava cansada de olhar minha cara. Raiva e ressentimento fervilhavam dentro de mim, passei a escova embaraçando tudo e acabei enroscando-a no meio daquela confusão de fios.

Tentei tirar a escova talvez por uns quarenta e cinco segundos, puxando, arrebentando o cabelo, sem me importar de estar arrancando os fios pela raiz. Xinguei alto, bati no meu reflexo no espelho, tive um ataque e joguei o copo e a saboneteira da bancada que se espatifaram no chão azulejado. Abri uma gaveta na penteadeira e tirei uma tesoura.

Furiosa, mexendo a cabeça, ofegante, cortei os cabelos que prendiam a escova. Ela caiu no chão enrolada num chumaço preto. Senti o peito mais leve. Fiquei com uma névoa nos olhos que parecia chuva. Calma.

Sem emoção, continuei picando o resto da minha juba e em dez minutos tinha feito um corte à escovinha. O cabelo ficou todo em pé, como se eu tivesse enfiado dois dedos na tomada. Mas já tinha visto coisas piores na revista *Vogue*.

Varri tudo (o cabelo cortado, os vidros quebrados), enfiei na lata de lixo e saí do banheiro.

Tinha usado cabelos compridos a vida inteira.

A manhã estava fria, o chão coberto por uma neblina densa, um cheiro úmido do sul da Flórida: o verde das plantas e o canal escuro que corria atrás da casa; lama, esterco, cavalos. Fiquei no pátio da pequena casa de hóspedes onde morava e respirei fundo.

Tinha vindo para aquela fazenda como refugiada. Sem trabalho, sem casa, uma pária na profissão que escolhi. Abandonada, não-amada, largada. Merecia. Fiquei afastada do emprego por dois anos, grande parte do tempo entrando e saindo de hospitais para os médicos consertarem o estrago feito no meu corpo naquele dia, no *trailer* dos irmãos Golam. Juntando ossos esmagados, costurando carne cortada, acertando o lado esquerdo do meu rosto como um quebra-cabeça em três dimensões. Tiveram menos sucesso com meu lado emocional.

Eu precisava fazer alguma coisa até resolver pegar aquele facão, então respondi a um anúncio da *Sidelines*, uma revista quinzenal local que cobria o setor de cavalos: PRECISA-SE DE CAVALARIÇO.

A vida é estranha. Não acredito que nada seja predeterminado. Senão teria de aceitar a existência de um cruel poder superior para explicar coisas, tais como abuso sexual de crianças, estupradores, Aids e homens bons sendo mortos cumprindo seu dever. Mas as voltas do destino sempre me fazem pensar.

O telefone que constava do anúncio era de Sean Avadon. Conhecia Sean havia um século, desde os tempos em que montava e era uma adolescente mimada e mal-humorada de Palm Beach, e ele um mimado e irritado rapaz de vinte e poucos anos que esbanjava a herança em cavalos e casos loucos com rapazes bonitos da Suécia e Alemanha. Fomos amigos, Sean sempre dizia que eu precisava dele como reserva de humor e moda.

Nossos pais moravam a duas mansões de distância no lago Worth, no lado estreito da ilha. O pai de Sean era um magnata dos imóveis e o meu, advogado dos mais ricos escroques do sul da Flórida. O explorador e o rábula, cada um dono de uma prole ingrata. Sean e eu nos ligávamos pelo desprezo aos pais e pelo amor aos cavalos. Crianças difíceis em dose dupla.

Tudo isso parecia tão distante como um sonho do qual mal lembrava. Tanta coisa aconteceu desde então. Saí de Palm Beach, larguei aquele mundo. Tinha vivido e morrido aquela vida, metaforicamente falando. Até que respondi àquele anúncio: PRECISA-SE DE CAVALARIÇO.

Não consegui o emprego. Estava com uma péssima aparência e até eu percebi a pena nos olhos dele, quando nos encontramos para drinques no The Players. Eu era uma sombra da menina que Sean tinha conhecido havia vinte anos, tão patética que não tive o orgulho de fingir saúde mental. Acho que eu estava no fundo do poço. Naquela noite, eu devia ter ido para o apartamento alugado onde estava morando e procurado o facão.

Mas Sean me pegou como se eu fosse um gato vadio (tema recorrente na minha vida). Instalou-me na casa de hóspedes e pediu que eu trabalhasse dois cavalos dele para a temporada de inverno. Disse que precisava de ajuda. Seu ex-treinador e ex-amante tinha fugido para a Holanda com seu cavalariço e ele ficou mal. Fez como se estivesse me arrumando um emprego. Mas estava fazendo um adiamento nos meus projetos autodestrutivos.

Passaram-se três meses. Eu ainda pensava em suicídio e toda noite pegava um vidrinho de Vicodin na mesa-de-cabeceira, tirava os comprimidos, olhava, contava e pensava como um comprimido iria melhorar a dor física que me acompanhava desde "o caso", como dizia meu advogado. (Como a palavra era estéril e limpa. Um pequeno desconforto que podia ser retirado da vida e isolado. Como contrastava com minhas lembranças.) Um comprimido melhorava a dor. Trinta, acabariam com ela. Eu tinha um estoque de trezentos e sessenta comprimidos.

Toda noite eu olhava os comprimidos, punha-os de novo no vidro e guardava. Nunca tomei um só. Era o ritual noturno.

Meu ritual diário nos últimos três meses era a rotina da estrebaria de Sean e o tempo que passava com os cavalos dele. Eu achava os dois rituais reconfortantes por motivos bem diversos. Os comprimidos eram uma ligação com a morte e cada noite que não os tomava era uma vitória. Os cavalos eram uma ligação com a vida e cada hora que passava com eles era um alívio.

Desde cedo, cheguei à conclusão de que minha espiritualidade pertencia única e exclusivamente a mim, algo que eu só podia encontrar num lugar pequeno e calmo, bem no centro do meu ser. Tem gente que encontra esse lugar através da meditação, da ioga ou da oração. Eu o encontro quando monto um cavalo. Minha religião zen: a arte hípica do adestramento.

O adestramento é uma disciplina que surgiu nos campos de batalha, na Antiguidade. Os cavalos eram treinados em movimentos precisos para ajudar seus donos na guerra, não só para perseguir os inimigos, mas para atacá-los. Através dos séculos, o treinamento passou do campo de luta para o picadeiro, e o adestramento se transformou numa espécie de bailado hípico.

Para quem não conhece, parece algo gracioso, elegante e fácil. Um bom cavaleiro parece tão calmo, tão imóvel que praticamente se mistura ao cenário. Na verdade, o esporte exige física e mentalmente tanto do cavaleiro quanto do cavalo. É complexo e complicado. O cavaleiro precisa estar sintonizado com cada passo do cavalo, com cada centímetro do corpo do animal. A menor mudança no corpo do cavaleiro, o menor movimento de uma mão, a menor tensão de um músculo vai afetar a qualidade da apresentação. É preciso concentração absoluta. Tudo o mais passa a ser insignificante.

Montar foi meu escape quando eu era adolescente e não controlava nada na minha vida. Quando comecei a trabalhar, era minha forma de relaxar. E se tornou a salvação quando não tive mais nada. Montada num cavalo, eu me sentia inteira, completa, ligada àquele ponto vital bem no centro de mim que tinha se fechado, e meu caos interior se equilibrava.

D'Artagnan e eu nos movíamos na areia do picadeiro nas últimas névoas da manhã, com os músculos dele salientes e ondulantes, as patas batendo no chão num ritmo perfeito do metrônomo. Eu segurava a rédea esquerda, montava e apertava minhas pernas nele. A energia vinha das ancas dele para as costas; seu pescoço arredondado e seus joelhos faziam o estilizado trote em câmara lenta chamado *passage*. Ele parecia quase flutuar embaixo de mim, esticar-se como uma enorme e macia bola. Eu sentia que ele era capaz de voar, se eu soubesse a palavra secreta para lhe dizer baixinho.

Parávamos no centro do picadeiro, no lugar chamado X. Nesse instante, eu sentia alegria e paz.

Eu soltava as rédeas e dava uns tapinhas no pescoço dele. Ele inclinava a cabeça e começava a andar, depois parava e ficava atento.

Uma menina estava sentada na cerca branca. Olhava para mim, ansiosa. Embora eu não a tivesse percebido, sabia que estava lá, esperando. Achava que tinha uns doze anos. Os cabelos eram compridos, castanhos, bem lisos e presos para trás com um grampo de cada lado. Usava pequenos óculos redondos de armação preta, que lhe davam um ar sério. Cavalguei até onde ela estava, com um vago sentimento de apreensão que na hora não fazia sentido.

— Precisa de alguma coisa? — perguntei. D'Ar bufou em cima dela, pronto para atacar e nos salvar da intrusa. Eu devia ter deixado.

— Vim falar com a srta. Estes — disse ela, como se estivesse ali a negócios.

— Elena Estes?

— Sim.

— E você é...?

— Molly Seabright.

— Bom, Molly Seabright, a srta. Estes não está no momento.

— *Você é* a srta. Estes. Reconheci o seu cavalo, o nome dele é D'Artagnan, como nos *Três Mosqueteiros*. — Ficou mais séria. — Você cortou o cabelo. — Desaprovação.

— Eu te conheço? — perguntei.

— Não.

— Então, como você me conhece? — perguntei, a apreensão aumentando como bílis no meu peito até o começo da garganta. Talvez ela fosse parente de Hector Ramirez e veio dizer que me detestava. Ou talvez fosse mandada como chamariz por um parente mais velho que agora surgiria do nada para me dar um tiro, ou gritar comigo, ou jogar ácido na minha cara.

— Conheço da *Sidelines* — disse ela.

Senti como se tivesse entrado no palco no meio de uma peça. Molly Seabright ficou com pena de mim e desceu da cerca com cuidado. Tinha um corpo esguio e estava vestida com apuro, calça preta e camiseta curta azul com uma pequena coroa de margaridas bordada na gola. Ela se aproximou de D'Artagnan e com cuidado me mostrou a revista aberta numa página.

A foto era colorida. Mostrava a mim e D'Art em meio a uma fina bruma matinal. O sol fazia o pêlo dele brilhar como uma moeda nova. Meu cabelo estava puxado num rabo-de-cavalo.

Eu não lembrava de ter sido fotografada. Tinha certeza de que não fui entrevistada, embora o repórter parecesse saber coisas a meu respeito que eu mesma não sabia. A legenda da foto dizia: *A detetive particular Elena Estes em caminhada matinal com D'Artagnan, na fazenda Avadonis, de Sean Avadon, em Palm Beach Point Estates.*

— Vim contratar você — disse Molly Seabright.

Virei para a estrebaria e chamei Irina, a linda moça russa que tinha pego o lugar de cavalariça. Ela apareceu, séria e mal-humorada. Desmontei e pedi por favor para levar D'Ar para a cocheira. Ela pegou as rédeas, suspirou amuada e foi andando, relaxada como uma modelo decadente.

Passei a mão enluvada pelos cabelos, assustada de chegar ao fim da história tão rápido. Senti o estômago tenso.

— Minha irmã sumiu. Vim contratar você para encontrar ela — disse Molly Seabright.

— Sinto muito, não sou detetive particular. Deve haver algum engano.

— Por que a revista disse que você é? — perguntou, firme e parecendo desaprovar outra vez. Não acreditou no que eu disse. Já tinha mentido uma vez.

— Não sei.

— Tenho dinheiro. Só porque tenho doze anos não significa que não posso contratá-la — disse ela, na defensiva.

— Não pode me contratar porque não sou detetive particular.

— Então, o que você é? — perguntou.

Uma falida, fracassada, patética ex-detetive de delegacia. Torci o nariz para a vida onde fui criada e fui esquecida pela vida que escolhi. Com isso, o que me tornei?

— Nada — respondi, entregando a revista para ela. Ela não pegou.

Fui andando para uma cerca enfeitada que ficava no final do picadeiro e dei um grande gole na garrafa de água que tinha deixado lá.

— Tenho aqui mil dólares para depositar. Suponho que você cobre uma diária mais as despesas. Tenho certeza de que podemos acertar — disse ela.

Sean apareceu no final da estrebaria, lá longe, piscando os olhos, de perfil. Um anúncio perfeito para Ralph Lauren.

Fui para o picadeiro, meu estômago fervendo de raiva. Raiva e um certo pânico crescente.

— Que droga é essa? — gritei, batendo com a revista no peito dele.

Ele deu um passo atrás, com cara de ofendido.

— Deve ser a *Sidelines*, mas não posso ler com o peito, então não sei. Nossa, El, o que você fez no cabelo?

Bati outra vez com a revista nele, querendo machucar. Ele agarrou a revista, deu outro passo fora do alcance e olhou a capa.

— Este é o Hilltop Giotto, cavalo da Betsy Steiner. É lindo.

— Você disse para o repórter que eu sou detetive particular.

— Perguntaram o que você fazia, eu tinha de dizer alguma coisa.

— Não, não tinha. Não tinha de dizer nada.

— Pelo amor de Deus, é só a *Sidelines*.

— É o meu nome numa droga de revista lida por milhares de pessoas. Agora, milhares de pessoas sabem onde me achar. Por que não pinta uma faixa no meu peito?

Ele franziu o cenho.

— Só gente de adestramento lê a seção de adestramento. E só lêem para ver se o nome deles está nos resultados das competições.

— Agora tem milhares de pessoas achando que sou detetive particular.

— O que eu devia dizer? A verdade? — Dito como se essa fosse a pior opção. Aí eu percebi que podia ser mesmo a pior.

— Que tal não dizer nada?

— Isso não é muito interessante.

Apontei para Molly Seabright.

— Essa menina veio aqui para me contratar. Acha que posso ajudar a encontrar a irmã dela.

— Talvez possa.

Recusei-me a afirmar o óbvio: que eu não podia ajudar nem a mim mesma.

Sean levantou os ombros com uma indiferença preguiçosa e me devolveu a revista.

— O que mais você tem a fazer com o seu tempo?

Irina saiu da estrebaria conduzindo Oliver, alto, elegante e lindo, a versão eqüina de Sean. Ele pediu licença e foi para o banquinho de madeira que usava para montar.

Molly Seabright estava sentada na cerca, de braços cruzados. Virei-me e fui para a estrebaria, esperando que ela fosse embora. O bridão de D'Artagnan estava dependurado num gancho de quatro pontas perto de uma velha arca de mogno cheia de produtos para limpeza de couro. Escolhi uma pequena esponja suja na mesa de trabalho, passei num sabão de glicerina e comecei a limpar o bridão, tentando me concentrar nas pequenas habilidades motoras necessárias para a tarefa.

— Você é muito agressiva.

Tentei olhá-la de soslaio: de pé, esticada (um metro e pouco de altura) a boca formando um nozinho apertado.

— Sou mesmo. Isso faz parte de alegria de ser eu: não me importo.

— Você não vai me ajudar.

— Não posso. Não sou a pessoa que precisa. Se a sua irmã sumiu, seus pais deviam procurar a polícia.

— Fui à delegacia. Eles também não podiam ajudar.

— *Você* foi? E os seus pais? Não ligam para o fato de sua irmã sumir?

Pela primeira vez, Molly Seabright parecia indecisa.

— É complicado.

— Qual é a complicação? Ou ela está sumida ou não está.

— Erin não mora conosco.

— Quantos anos ela tem?

— Dezoito. Não se dá com nossos pais.

— Isso acontece muito.

— Ela não é má nem nada disso — disse Molly, na defensiva. — Não usa drogas, nada. É só que ela tem suas opiniões. E as opiniões dela não são as mesmas de Bruce...

— Quem é Bruce?

— Nosso padrasto. A mãe fica sempre do lado dele, por mais burro que ele seja. Isso irrita Erin, então ela mudou de casa.

— Então, tecnicamente, Erin é adulta, mora sozinha, pode fazer o que quiser. Ela tem namorado? — perguntei.

Molly balançou a cabeça, mas não olhou para mim. Não tinha muita certeza da resposta ou achou que uma mentira era mais conveniente.

— Por que acha que ela sumiu?

— Porque tinha de me pegar na segunda de manhã. É o dia que ela tem folga no trabalho. É cavalariça nas cocheiras de Don Jade. Ele treina cavalos de salto. Eu não tinha aula na segunda. Nós íamos à praia, mas ela não apareceu nem telefonou. Telefonei e deixei recado no celular e ela não retornou.

— Deve estar ocupada. Os cavalariços trabalham muito — disse, passando a esponja nas rédeas.

Vi Irina sentada no banquinho de montar, o rosto virado para o sol, soprando devagar a fumaça do cigarro para o céu. A maioria dos cavalariços trabalha muito.

— Ela teria telefonado — insistiu Molly. — Fui às cocheiras no dia seguinte, isto é, ontem. Um homem da estrebaria de Don Jade disse que Erin não trabalha mais lá.

Cavalariços saem do trabalho. Cavalariços são demitidos. Um dia, cavalariços resolvem ser floristas e no dia seguinte acham melhor ser cirurgiões de cérebro. Por outro lado, há treinadores com fama de capatazes de escravo, prima-donas temperamentais que usam os cavalariços como lâminas de barbear descartáveis. Conheci treinadores que exigiam que o cavalariço dormisse toda noite num estábulo com um cavalo psicótico, dando mais importância ao cavalo que ao rapaz. Conheci treinadores que demitiram cinco cavalariços numa semana.

Pelo jeito, Erin Seabright era teimosa e cheia de argumentos, talvez com um interesse em rapazes. Tinha dezoito anos e acabava de declarar independência. E por que eu estava pensando naquilo, não sabia. Por hábito, talvez. Uma vez policial, sempre policial. Mas eu não era tira há dois anos, nem nunca mais seria.

— Parece que Erin tem a vida dela. Vai ver que está sem tempo para a irmã menor.

Molly Seabright ficou mais séria.

— Já disse que Erin não é assim. Ela não iria embora, simplesmente.

— Foi embora de casa.

— Mas não ia *me* largar. Não faria isso.

Finalmente, ela parecia uma criança em vez de uma senhora de quarenta e nove anos. Uma menininha insegura e assustada. Me pedindo ajuda.

— As pessoas mudam. Crescem. Talvez agora seja sua vez — disse, de repente, tirando o bridão do gancho.

As palavras atingiram o alvo como balas de revólver. As lágrimas surgiram atrás daqueles óculos de Harry Potter. Não me permiti ficar culpada ou com pena. Não queria emprego nem cliente. Não queria gente metida na minha vida com expectativas.

— Pensei que você fosse diferente — disse ela.

— Por quê?

Ela deu uma olhada na revista na prateleira com os produtos de limpeza, D'Artagnan e eu flutuando na página como algo saído de um sonho. Mas ela não disse nada. Se tinha uma explicação, achou melhor não dizer.

— Não sou heroína de ninguém, Molly. Lastimo que você tenha pensado isso. Tenho certeza de que, se seus pais não estão preocupados com sua irmã nem a polícia, então não há por que se preocupar. Você não precisa de mim e, olha, ia lastimar se precisasse.

Ela não me olhou. Ficou lá um instante, se compondo, puxou uma carteirinha vermelha da pochete que tinha na cintura. Tirou uma nota de dez dólares e colocou sobre a revista.

— Agradeço ter me concedido seu tempo — disse ela, educada. Virou-se e foi embora.

Não fui atrás. Não quis devolver o dinheiro. Olhei-a indo embora e achei que ela era mais adulta que eu.

Irina surgiu na minha visão periférica, encostada na entrada como se não tivesse força para ficar em pé.

— Quer que eu sele a Feliki?

Erin Seabright certamente tinha largado o emprego. Devia estar na praia em Keys, aproveitando a independência recém-conquistada ao lado de algum bonitão inútil. Molly não queria acreditar nisso porque significaria uma grande mudança na relação com a irmã mais velha que idolatrava. A vida é cheia de desapontamentos. Molly iria aprender isso da mesma forma que todo mundo aprende: ao ser largada por alguém que amava e em quem confiava.

Irina deu um suspiro dramático.

— Quero. Sele Feliki — respondi.

Ela foi andando na direção da cocheira da égua e perguntei uma coisa que teria sido bem melhor não ter resposta.

— Irina, sabe alguma coisa sobre um treinador de salto chamado Don Jade?

Ela respondeu, distraída, sem nem olhar para mim:

— Sei. É um assassino.

2

O mundo do hipismo tem dois tipos de gente: primeiro, gente que ama cavalos; segundo, gente que explora cavalos e as pessoas que amam cavalos. *Yin* e *yang*. Para cada coisa boa existe uma ruim para equilibrar. Sempre achei que tem muito mais gente ruim e que os bons são suficientes apenas para nos fazerem boiar e impedir que afundemos num mar de desespero. Mas isso sou eu que acho.

Algumas das melhores pessoas que conheci pertenciam ao mundo dos cavalos. Gente capaz de se sacrificar pelos animais que confiavam nelas. Gente de palavra, íntegra. E algumas das piores, mais odiosas e mais esquisitas pessoas que conheci pertenciam ao mundo dos cavalos. Gente capaz de mentir, trapacear, roubar e vender a própria mãe por um centavo, se achasse que valia a pena. Capaz de sorrir e dar um tapinha enquanto, com a outra mão, esfaqueia você.

Pelo que Irina me contou, Don Jade pertencia à segunda categoria.

No domingo de manhã, um dia antes de Erin Seabright não buscar a irmã para ir à praia, um cavalo de salto que estava sendo treinado por Don Jade foi encontrado morto na baia, eletrocutado por acidente. Só que, segundo os boatos, não havia acidente em que Don Jade não estivesse metido.

Entrei na Internet e tentei saber o que havia lá a respeito de Jade, no horsesdaily.com e em outros *sites* da área. Mas eu queria a história toda, sem censura, e sabia exatamente para quem telefonar.

Se Don Jade se enquadrava na minha segunda categoria de apreciadores de cavalos, o dr. Dean Soren pertencia à primeira. Eu o conhecia havia muito tempo. Não existia nada no mundo dos cavalos que Dean Soren não soubesse. Tinha começado como médico veterinário no turfe e acabou se transferindo para as competições hípicas. Todo mundo da área conhecia e respeitava o dr. Dean.

Ele estava aposentado havia anos e passava o dia no café que era centro social do grande haras que tinha na altura de Pierson. A mulher que ficava no café atendeu o telefone. Falei quem eu era, perguntei pelo dr. Dean e a ouvi gritando por ele.

O dr. Dean berrou de volta:

— Que diabo ela quer?

— Diga a ele que quero perguntar umas coisas.

A mulher gritou o recado.

— Então ela pode muito bem vir até aqui e perguntar pessoalmente — gritou ele, de novo. — Ou será que está muito importante para visitar um velho?

Era assim o dr. Dean. As palavras *charmoso* e *gentil* não faziam parte do vocabulário dele, mas foi uma das melhores pessoas que conheci. Se lhe faltavam alguns toques mais suaves, ele mais do que compensava essa falha com integridade e honestidade.

Eu não queria ir lá. Don Jade me interessava apenas pelo que Irina tinha dito. Estava curiosa, só. A curiosidade não era suficiente para me fazer interagir com as pessoas. Não tinha vontade de sair do meu santuário, principalmente depois da foto na *Sidelines*.

Fiquei andando pela casa, roendo o resto de unhas que ainda tinha.

Dean Soren me conhecia desde pequena. Na temporada de inverno em que eu tinha doze anos, deixou que eu o acompanhasse em suas rondas semanais, funcionando como assistente dele. Minha mãe e eu tínhamos mudado para uma casa dentro do Clube de Pólo, na temporada, e eu tinha um professor particular, de forma que podia montar todo dia com meu treinador, sem precisar interromper a agenda de competições por causa dos deveres escolares. Toda segunda-feira, dia de folga de saltos, eu chantageava o professor e fugia com o dr. Dean para segurar a bandeja de instrumentos e trocar curativos nos cavalos. Meu pai nunca passou um tempo assim comigo. Nunca me senti tão importante.

As recordações daquele inverno me atingiam agora num lugar bastante vulnerável. Não conseguia lembrar a última vez que me senti importante. Mal sabia a última vez que tive vontade de lembrar. Mas lembrava bem de ficar ao lado do dr. Dean naquele enorme Lincoln Town que ele fazia de clínica veterinária sobre rodas.

Talvez tenha sido essa lembrança que me fez pegar as chaves do carro e ir.

A bela propriedade do dr. Dean tinha uma grande estrebaria para praticantes de salto e caça e outra para esportistas dedicados ao adestramento. Os escritórios, os cavalos do dr. Dean e o café ficavam num prédio no meio dessas duas grandes estrebarias.

O café era simples, ao ar livre, com um bar em estilo polinésio, com esculturas de madeira. O dr. Dean estava na mesa central, numa cadeira toda trabalhada em madeira. Parecia um velho rei em seu trono, bebendo alguma coisa enfeitada com um pequeno guarda-sol de papel.

Fui andando na direção dele me sentindo leve, mas com certo medo de vê-lo, ou melhor, de ele me ver, e de que saísse alguém de trás de uma escultura para me perguntar se eu era mesmo detetive particular. Mas o café só tinha Dean Soren e a mulher do balcão. Ninguém veio correndo das cocheiras me ver, feito idiota.

O dr. Dean levantou-se e seus olhos penetrantes me atingiram como dois raios laser. Era alto, ereto, com fartos cabelos brancos e o rosto comprido entalhado de linhas. Devia ter uns oitenta anos, mas continuava firme e forte.

— Que diabo deu em você? — perguntou ele, à guisa de cumprimento.

— Está fazendo quimioterapia? Por isso seu cabelo ficou assim?

— Prazer em vê-lo, dr. Dean — disse, apertando a mão dele.

Ele olhou para a mulher no balcão.

— Marion! Faça um *cheeseburger* para essa moça! Ela está com uma aparência horrível!

Marion, sem se alterar, foi fazer.

— Qual é o cavalo que você está montando agora? — perguntou ele.

Peguei uma cadeira barata, de armar, que parecia baixa demais e fez com que me sentisse uma criança. Ou talvez fosse apenas o efeito que Dean Soren causava em mim.

— Estou montando dois cavalos de Sean.
— Você não parece com força para montar nem um pônei.
— Estou ótima.
— Não, não está — decretou ele. — Quem é o veterinário de Sean?
— Paul Geller.
— É um idiota.
— Ele não é o senhor, dr. Dean — disse, diplomaticamente.
— Ele disse para Margo Whitaker que o cavalo dela precisa de "terapia de som". Ela então colocou fones de ouvido no pobre animal duas horas por dia, reproduzindo os sons da natureza.
— Assim ela tem o que fazer.
— O cavalo precisa não ter Margo em volta. É só o que ele precisa — resmungou. Bebericou seu drinque de guarda-sol e olhou bem para mim.
— Faz muito tempo que não vejo você, Elena — disse. — Que bom que voltou. Precisa ficar com os cavalos. Eles te dão segurança. A gente sempre sabe exatamente onde está com os cavalos. A vida faz mais sentido.
— É — concordei, nervosa por estar sendo julgada, com medo que ele talvez falasse na minha carreira e no que tinha acontecido. Mas parou por ali. Perguntou sobre os cavalos de Sean e lembramos os animais que Sean e eu montamos há anos. Marion trouxe o meu *cheeseburger* e eu comi, obediente.

Quando terminei o sanduíche, ele lembrou:
— Você disse ao telefone que queria saber uma coisa.
— Tem alguma informação sobre Don Jade? — perguntei, de repente.
Ele sorriu:
— Por quê?
— A amiga de uma amiga esteve envolvida com ele. Achei um pouco esquisito.

Suas densas sobrancelhas brancas arquearam de leve. Olhou para a estrebaria dos saltadores. Havia dois cavaleiros na área de salto com suas montarias pulando varas coloridas. De longe, pareciam graciosos e leves como corças pulando um riacho. O atletismo de um animal é uma coisa simples e pura. Complicado pelas emoções humanas, pelas carências e cobiças, resta pouco de puro ou simples no esporte em que levamos os cavalos.

— Bom, Don sempre teve uma boa imagem, mas com um lado escuro — disse ele.

— O que quer dizer?

— Vamos andar um pouco — sugeriu ele.

Desconfiei que ele não queria que ninguém aparecesse para espreitar. Seguimos para trás do café, onde havia pequenos *paddocks*, três deles com cavalos.

— Estes são meus projetos — explicou o dr. Dean. — Dois cavalos mancando e um terceiro com uma úlcera grave de estômago.

Ele se inclinou sobre a cerca e olhou-os, deviam ser cavalos que impediu que matassem. Devia ter mais meia dúzia lá.

— Eles nos dão tudo o que podem. Fazem o possível para dar sentido ao que pedimos que façam, isto é, *exigimos* que façam. Em retribuição, só querem que cuidemos deles com atenção e carinho. Imagine se as pessoas fossem assim.

— Imagino — repeti, mas não conseguia imaginar. Trabalhei na polícia doze anos. O tipo de trabalho, as pessoas e coisas com as quais tive de lidar acabaram com todo o meu idealismo. A história que Dean Soren contou sobre Don Jade só veio confirmar o baixo conceito que eu tinha da raça humana.

Nos últimos vinte anos, o nome de Jade esteve duas vezes ligado a fraudes em seguradoras. A fraude consistia em matar um cavalo caro de competição que não correspondeu ao seu potencial, depois o proprietário fazia uma notificação dizendo que o animal teve morte natural e era indenizado numa quantia de seis dígitos.

Era uma história antiga, noticiada pela mídia nacional nos anos 80, quando algumas pessoas importantes no mundo hípico foram pegas. Várias acabaram presas por alguns anos, entre elas um treinador conhecido internacionalmente e o herdeiro de uma enorme empresa de telefonia celular. O fato de ser rico jamais impediu alguém de ser ganancioso.

Nessa época, Jade se meteu em um escândalo, era treinador-assistente numa das estrebarias que perdeu cavalos em circunstâncias estranhas. Ele nunca foi acusado de nenhum crime, nem diretamente ligado a um óbito. Depois que o escândalo estourou, Jade saiu do emprego e passou alguns anos na França, treinando e competindo no circuito europeu.

Finalmente, a confusão em torno da morte dos cavalos diminuiu, Don Jade voltou para os Estados Unidos e arrumou dois clientes ricos que serviram de base para ele montar seu próprio negócio.

Pode parecer impossível que um homem com a fama dele pudesse continuar na profissão, mas há sempre novos proprietários de cavalos que não sabem da história de um treinador e há sempre gente que só acredita no que quer. Há sempre, também, as que simplesmente não se incomodam. E pessoas querendo olhar para o outro lado, se querem ter dinheiro ou fama. Com isso, a estrebaria de Don Jade atraiu clientes, muitos dos quais pagavam regiamente para ele acompanhar cavalos à Flórida, no Festival Hípico de Inverno.

No final dos anos 90, um desses cavalos era de salto e se chamava Titã.

Titã era um animal talentoso, mas, infelizmente, de temperamento arisco. O proprietário pagou muito dinheiro por ele e Titã estava sempre se sabotando, sem mostrar por que custou tanto dinheiro. Ficou com fama de perigoso e problemático. Apesar das qualidades, sofreu uma desvalorização vertiginosa. Warren Calvin, o proprietário do animal, era corretor de Wall Street e tinha perdido uma fortuna no mercado de ações. De repente, Titã morreu e Calvin exigiu 250 mil dólares da seguradora.

A versão oficial, contada por Jade e seu cavalariço-chefe, foi que uma noite Titã estava agitado e se enfureceu na cocheira, quebrou a pata dianteira e morreu de choque e perda de sangue. Mas um ex-empregado de Jade contou outra história: a morte não foi acidental, Jade sufocou o animal, que quebrou a perna e entrou em pânico ao ser asfixiado.

Era uma história feia. A seguradora exigiu imediatamente uma necropsia e Warren Calvin foi acusado por um promotor do estado de Nova York. Calvin retirou o pedido de indenização e a investigação foi suspensa. Se não houve fraude, não houve crime. A necrópsia nunca foi feita. Warren Calvin largou o negócio de cavalos.

Don Jade resistiu aos boatos e à especulação e continuou seus negócios. Tinha um álibi conveniente para a tal noite: uma garota chamada Allison, que trabalhava para ele e disse que os dois estavam na cama quando Titã morreu. Jade confirmou o caso, seu casamento acabou e ele continuou treinando cavalos. Dos clientes antigos, uns acreditaram nele, outros o largaram; apareceram novos, que não sabiam de nada.

Tomei conhecimento de trechos dessa história na pesquisa que fiz na Internet e através de Irina. A opinião dela sobre Jade era baseada no que ouviu de outros cavalariços, informações sobre fatos, temperadas com muita maldade. O hipismo é um negócio incestuoso. Nas categorias individuais (salto, adestramento etc.), todos se conhecem e uma metade fodeu com a outra, seja literal ou metaforicamente. Ressentimentos e ciúmes imperam. A intriga pode ser destruidora.

Mas eu sabia que, contada por Dean Soren, a história era verdadeira.

— É uma pena que um sujeito assim faça parte do hipismo — disse eu.

O dr. Dean inclinou a cabeça e deu de ombros.

— As pessoas acreditam no que querem. Don é um sujeito encantador e ótimo instrutor de salto. Elena, você pode argumentar com o sucesso o quanto quiser, mas jamais vencerá. Principalmente nessa área.

— A cavalariça de Sean contou que Jade perdeu um cavalo na semana passada — disse eu.

— Sim, o Stellar — confirmou o dr. Dean, balançando a cabeça. A égua que estava com úlcera veio para o nosso lado e enfiou, tímida, o focinho em seu salvador, pedindo uma coçada no queixo. — Dizem que mordeu os fios de um ventilador na cocheira e foi eletrocutado.

A égua ficou mais perto, colocou a cabeça sobre a cerca. Cocei o pescoço dela, distraída, prestando atenção em Dean Soren.

— O que o senhor acha?

Ele tocou na cabeça da égua com a mão curtida pelo tempo, com o cuidado de quem toca numa criança.

— Acho que o velho Stellar tinha mais coração do que talento.

— Acha que Jade o matou?

— O que eu acho não interessa. Só interessa o que pode ser provado — disse ele. Virou-se, com aqueles olhos que tinham visto, e podiam ver, tanta coisa em mim. — O que a amiga da sua amiga diz disso?

— Nada. Parece que ela sumiu — disse, sentindo um enjôo no estômago.

Na segunda-feira de manhã, Erin Seabright, a cavalariça de Don Jade, devia pegar a irmãzinha para levar à praia. Não apareceu nem deu mais notícias à família.

Fiquei andando de um lado para outro na casa de hóspedes, roendo um toco de unha. A delegacia de polícia não tomou conhecimento dos temores de uma menina de doze anos. Era pouco provável que soubessem alguma coisa ou tivessem interesse em Don Jade. Os pais de Erin Seabright também não deviam saber nada sobre Jade, senão Molly não seria a única Seabright a procurar ajuda.

A nota de dez dólares que a menina havia me dado estava na mesinha ao lado do meu *laptop*. Dentro da nota dobrada estava o pequeno cartão de visita feito por Molly numa etiqueta adesiva, com nome, endereço e um gato listrado; a etiqueta era colada num pequeno retângulo de cartolina azul. No final do cartão, ela imprimiu o número do telefone, bem claro.

Don Jade estava dormindo com uma de suas funcionárias quando Titã morreu, cinco anos antes. Fiquei pensando se aquilo era um hábito: transar com cavalariças. Não devia ser o primeiro treinador com esse *hobby*. Lembrei como Molly evitou me olhar ao dizer que a irmã não tinha namorado.

Afastei-me da mesa, ansiosa e preocupada. Era melhor que jamais tivesse procurado o dr. Dean. Era melhor não saber nada sobre Don Jade. Minha vida já era bem complicada, eu não precisava procurar problemas. Já era uma confusão, não precisava de Molly Seabright e seus problemas familiares. Eu tinha de resolver o rolo que era minha vida, responder a perguntas íntimas, me encontrar — ou chegar à conclusão de que não havia nada que valesse a pena encontrar.

Se eu não conseguia me encontrar, como ia encontrar outra pessoa? Não queria meter a mão naquela cumbuca. Minha ligação com os cavalos era para ser minha salvação. Não queria qualquer envolvimento com gente como Don Jade, capaz de eletrocutar um cavalo como Stellar ou de enfiar bolas de pingue-pongue nas narinas de outro e asfixiá-lo, como fizeram com o Titã de Warren Calvin.

Foi assim que sufocaram o animal, enfiando bolas de pingue-pongue nas narinas dele. Senti um aperto no peito ao pensar na horrível imagem do cavalo em pânico, se jogando contra as paredes da cocheira, tentando, desesperado, escapar. Via seus olhos revirando, apavorados, ouvia sua luta, o som horrível de uma perna se quebrando. O pesadelo parecia tão real, os sons ecoavam dentro da minha cabeça. Senti náusea e fraqueza. Minha garganta fechou. Eu estava sufocando.

Saí para o pequeno pátio, suando e tremendo. Pensei que fosse vomitar. Lembrei que, durante todo o tempo em que fui detetive, nunca senti náusea com nada que um ser humano fez a outro, mas a crueldade com um animal podia acabar comigo.

A noite estava suave e fria, aos poucos aquelas imagens horríveis sumiram da minha cabeça.

Sean estava com visitas. Via-os conversando na sala de jantar, rindo. A luz do candelabro atravessava as janelas altas e se refletia na água escura da piscina. Ele me convidou para o jantar, mas recusei na hora, ainda estava furiosa por causa da vergonha que me fez passar na *Sidelines*. Enquanto eu ficava ali, ele devia estar contando aos amigos que tinha uma detetive particular morando nos fundos da casa. Aquele diletante fodido ficava me usando para divertir os amigos de Palm Beach. Sem dar a mínima para o fato de estar brincando com a minha vida.

Apesar de, antes, tê-la salvo.

Não queria lembrar. Não queria pensar em Molly Seabright ou na sua irmã. Aquele lugar era para ser meu santuário, mas parecia que meia dúzia de mãos invisíveis estavam me agarrando, puxando minhas roupas, me apertando. Tentei me livrar e fui andando no gramado úmido até a estrebaria.

A estrebaria de Sean tinha sido projetada pelo mesmo arquiteto que fez a casa principal e a de hóspedes. Arcos mouriscos formavam galerias laterais. As telhas eram verdes e o forro, de madeira. As luminárias da alameda central pertenceram a um hotel *art déco* de Miami. A maioria dos humanos não mora em casas tão caras quanto aquela cocheira.

Era um lugar encantador, eu sempre ia lá à noite para me acalmar. Poucas coisas são tão tranqüilizadoras para mim quanto cavalos comendo feno à noite. A vida deles é simples. Sabem que estão seguros. O dia terminou e eles têm certeza de que outro dia virá.

Cavalos têm total confiança em seus tratadores. São muito vulneráveis.

Oliver largou a ração e pôs a cabeça na porta da estrebaria para focinhar meu rosto. Pegou a gola da minha velha camisa de jeans e parecia sorrir, satisfeito com a brincadeira. Fiz um carinho nele, senti seu cheiro. Quando dei um passo atrás, puxando a gola, ele me olhou com o jeito doce e inocente de uma criança.

Eu podia ter gritado, se fosse capaz, mas não sou.

Voltei para a casa de hóspedes e olhei de novo a reunião de Sean, ao passar por fora da sala. Todos pareciam estar se divertindo à grande, rindo, banhados em luz dourada. Pensei no que veria se passasse pela casa de Molly Seabright. A mãe e o padrasto conversando em volta dela, preocupados com detalhes de suas vidas mundanas. Molly isolada por sua inteligência arguta e a preocupação com a irmã, sem saber o que fazer.

Entrei em casa, a luzinha do telefone estava piscando. Apertei o botão, me preparei para ouvir a voz de Molly e senti algo parecido com desapontamento quando meu advogado pediu para, por favor, eu ligar para ele algum dia, naquele mesmo século. Idiota. Estávamos batalhando para receber minha pensão por invalidez desde que saí da delegacia. (Dinheiro do qual eu não precisava, mas a que tinha direito porque me aposentei por acidente de trabalho. Não importa que o erro tenha sido meu, nem que as conseqüências fossem insignificantes comparadas ao que aconteceu com Hector Ramirez.) Por que, droga, esse advogado ainda não tinha conseguido nada? Por que achava que precisava de mim?

Por que alguém iria pensar que precisava de mim?

Fui para o quarto, sentei na cama e abri a gaveta da mesa-de-cabeceira. Peguei o vidrinho marrom de Vicodin e espalhei os comprimidos na mesa. Olhei-os, separando com o dedo um por um. Era patético que tal ritual pudesse me acalmar, que pensar numa dose excessiva de remédio — ou pensar que não ia tomá-lo naquela noite — me acalmaria.

Meu bom Deus, quem, em sã consciência, acharia que precisa de mim?

Desanimada, coloquei os comprimidos de volta no vidro e guardei-o na gaveta. Eu tinha ódio de mim por não ser o que sempre pensei que fosse: forte. Mas fazia tempo que eu confundia ser mimada com forte, agressiva com independente, temerária com corajosa.

A vida fica uma droga quando, aos trinta e poucos anos, descobre-se que tudo o que se considerava verdadeiro e admirável em si própria nada mais é que uma mentira conveniente.

Eu tinha me enfiado num beco e não sabia como sair dele. Não sabia se podia me reinventar. Não achava que tivesse força ou vontade de fazer isso. Ficar escondida no meu purgatório particular não exigia nenhum esforço.

Compreendia perfeitamente como aquilo era patético. Nos últimos dois anos, eu tinha passado muitas noites pensando se morrer não seria melhor do que ser patética. Por enquanto, decidi que a resposta era não. Estando viva tinha pelo menos a possibilidade de melhorar.

Será que Erin Seabright estava em algum lugar pensando a mesma coisa? Será que já era tarde demais? Ou será que ela havia encontrado a única situação na qual a morte era preferível, embora não fosse uma escolha?

Trabalhei na polícia durante um bom tempo. Comecei numa viatura em West Palm Beach fazendo a ronda na região onde o crime era uma opção profissional e as drogas podiam ser compradas na rua, à luz do dia. Tinha passado um tempo na Narcóticos, vendo a prostituição e a pornografia de perto e ao vivo. Depois passei anos trabalhando no setor de entorpecentes da delegacia.

Minha cabeça era cheia de imagens das péssimas conseqüências de ser mulher e jovem no lugar errado e na hora errada. O sul da Flórida tinha vários lugares de desovar corpos ou esconder maus segredos. Wellington era um oásis de civilização, mas as comunidades fechadas pareciam um lugar que o tempo esqueceu. Pântano e mato. Bosques e canaviais densos. Ruas sujas, gente rude e laboratórios de droga instalados em *trailers* que deviam ter sido abandonados aos ratos havia vinte anos. Canais e esgotos de água escura, jacarés contentes de comer qualquer coisa.

Será que Erin Seabright estava lá em algum lugar, esperando que alguém a salvasse? Esperando por mim? Que Deus a ajudasse. Eu não queria ir.

Fui ao banheiro, lavei as mãos e molhei o rosto. Tentando lavar meu senso de obrigação. Só sentia a água no lado direito do rosto. Os nervos do lado esquerdo foram atingidos e ficaram com a sensibilidade e os movimentos comprometidos. Os cirurgiões plásticos me deram uma expressão neutra e conveniente, fizeram um trabalho tão bom que ninguém desconfiava de nada, exceto de uma certa falta de emoção.

Aquela expressão calma e ausente me olhava no espelho. Outro lembrete de que nada em mim era sadio ou normal. E alguém ainda achava que eu devia salvar Erin Seabright?

Soquei o espelho com os punhos, depois soquei de novo desejando que minha imagem se espatifasse ali na minha frente como tinha se espatifado por dentro dois anos atrás. Outra parte de mim queria a dor aguda do corte e a limpeza simbolizada pelo derramamento de sangue. Queria sangrar para saber que existia. Queria sumir para fugir da dor. Forças opostas brigavam dentro de mim, atrofiando meus pulmões, apertando meu cérebro.

Fui à cozinha e olhei o jogo de facas na bancada e as chaves do carro ao lado.

A vida muda num piscar de olhos, num átimo. Sem a nossa permissão. Eu já sabia. No fundo, soube disso naquele instante, naquela noite. Eu preferia achar que peguei as chaves e saí de casa para escapar da minha autoflagelação. Assim, podia continuar achando que era egoísta.

Na verdade, a escolha que fiz naquela noite não era nem um pouco segura. Na verdade, escolhi ir adiante. Enganei a mim mesma escolhendo a vida em vez do purgatório.

Antes que tudo terminasse, tinha medo de me arrepender — ou de morrer tentando.

3

O **Centro de Hipismo** e Pólo de Palm Beach é uma espécie de reino em miniatura, com seus nobres e guardas nos portões. Nos portões da frente. Os do fundo ficavam abertos de dia e, da fazenda de Sean, chegava-se lá em cinco minutos de carro. As pessoas dos arredores costumavam alugar cavalos em dias de competição e assim economizavam na manutenção da cocheira — noventa dólares por fim de semana para uma cocheira de lona dentro de uma tenda de circo com mais noventa e nove cavalos. Numa determinada hora da noite, o guarda que fazia a ronda trancava o portão do fundo. Naquela noite, ele ainda não havia passado.

Entrei de carro tendo, por via das dúvidas, dependurado no espelho retrovisor o cartão amarelo de estacionamento, que tirei do Mercedes de Sean. Parei numa fileira de carros ao lado da cerca, de frente para a última das quarenta grandes cocheiras da propriedade.

Eu dirigia um BMW conversível 318i verde-mar que comprei num leilão de delegados de polícia. Quando chovia muito, o teto às vezes pingava, mas o carro tinha um interessante acessório que não veio da fábrica na Bavária: uma pequena caixa de metal forrada de espuma, escondida na porta do motorista, no tamanho perfeito para um bom saco de cocaína ou um revólver. O Glock de nove milímetros que eu costumava guardar lá estava enfiado na cintura do meu jeans e, quando eu andava, ficava escondido sob a barra da blusa.

Nos dias de competição, as calçadas ficam cheias e movimentadas como as ruas de Calcutá. Carrinhos de golfe e pequenas motos correm de um lado para outro entre as cocheiras e os picadeiros, desviando de cachorros, caminhões e *trailers*, de equipamento pesado, Jaguares e Porsches, pessoas montadas a cavalo e crianças em pôneis, e cavalariços conduzindo animais com crinas e rabos perfeitamente trançados e cobertos com capas de duzentos dólares nas cores de sua estrebaria. As tendas parecem um campo de refugiados com sanitários portáteis na frente; as pessoas bombeiam água dos hidrantes e enchem baldes ao lado da estrada suja; estrangeiros ilegais jogam sacos de lixo nas enormes pilhas de estrume que os caminhões recolhem uma vez por dia. Alto-falantes berram avisos ao público a cada cinco minutos.

À noite, o lugar é um mundo diferente. Silencioso. Quase deserto. As alamedas ficam vazias. De tempos em tempos, os seguranças fazem a ronda nas estrebarias. Um cavalariço ou treinador pode aparecer para conferir os animais à noite ou cuidar de um cavalo doente. Algumas cocheiras têm um guarda particular empertigado na sala de equipamento cuidadosamente decorada. São babás de cavalos, animais que valem milhões de dólares.

Muita coisa pode acontecer encoberta pela noite. Rivais podem se tornar inimigos. O ciúme pode se transformar em vingança. Conheci uma mulher que tinha um guarda particular para acompanhar seus cavalos a todos os cantos, depois que deram LSD para um de seus melhores saltadores, uma noite antes da competição com prêmio de cinqüenta mil dólares em dinheiro.

Quando trabalhava no setor de entorpecentes, dei algumas boas batidas no centro hípico. Conseguia-se qualquer tipo de droga (para uso humano ou animal, como remédio ou diversão), bastava saber a quem e como pedir. Eu já tinha participado desse mundo, portanto sabia me misturar. Estava longe das drogas por um tempo suficiente para saber que ninguém me conhecia. Mas era capaz de usar a conversa e o jeito certos. Esperava que a brincadeirinha de Sean na *Sidelines* não tivesse acabado com meu anonimato.

Fiz a curva fechada de quem vem por trás, pela área conhecida eufemisticamente como "os prados", o gueto da tenda onde a administração coloca os cavalos de adestramento que só participam de algumas competições por temporada. Essas tendas de trás ficam a vinte minutos a pé até as *pelouses*. As máquinas de aplainar e retirar terra ficavam num canto, ao lado de um terreno recém-limpo em meio ao mato raquítico. O lugar estava sendo ampliado outra vez.

As luzes brilhavam nas tendas. O riso sonoro de uma mulher flutuou na noite. O riso baixo de um homem ressaltou o som. Dava para ver o casal no final de uma alameda, na tenda dezenove. Na cocheira, um ajardinado superdecorado tinha uma placa iluminada com um nome dourado sobre fundo verde: JADE.

Passei direto. Como já tinha descoberto a estrebaria que pertencia a Jade, não sabia o que mais fazer. Só tinha calculado as coisas até esse ponto. Virei na tenda dezoito, dobrei duas vezes e voltei, entrando pela alameda da tenda dezenove até escutar as vozes outra vez.

— Está ouvindo alguma coisa? — A voz do homem. Sotaque. Talvez holandês ou belga.

Prendi a respiração.

— Isso é som de intestinos funcionando — disse a mulher. — Ela está ótima, mesmo assim, vamos fazer o treino com o veterinário. Depois do Stellar, não pode dar a impressão de que ela está mal cuidada.

O homem deu uma risada irônica.

— As pessoas já entenderam essa história. Acreditam no que querem.

— No pior — concluiu a mulher. — Jane Lennox ligou hoje. Está querendo mudar o treinador de Park Lane. Convenci-a a não fazer isso.

— Tenho certeza. Você é muito convincente, Paris.

— Aqui nos Estados Unidos é assim. Você é inocente até prova em contrário.

— É sempre inocente se for rico, lindo ou sedutor.

— Don é lindo e sedutor, mas todo mundo acha que é culpado.

— Como O. J. era culpado? Ele está jogando golfe e fodendo com as brancas.

— Não diga isso!

— É verdade. E Jade tem uma estrebaria cheia de cavalos. Os americanos... Deixa isso para lá.

— Sou americana, V. — A voz tinha certa rispidez. — Vai me chamar de estúpida?

— Paris... — Tom bajulador e contrito.

— Americanos estúpidos compram os seus cavalos e enchem o seu bolso de dinheiro. Você devia ter mais respeito. Ou isso só mostra quão estúpidos nós somos?

— Paris... — Tom mais bajulador e contrito. — Não zangue comigo. Não quero que se zangue comigo.

— Não quer.

Um cachorro da raça terrier veio farejando pelos cantos e ficou me olhando enquanto levantava uma perna e urinava num fardo de feno, considerando se avisava que eu estava ali ou não. Abaixou a perna e saiu latindo como o alarme de um carro. Fiquei no lugar.

A mulher gritou:

— Milo! Milo, venha aqui!

Milo ficou onde estava. Pulava e latia ao mesmo tempo, como um cachorrinho de corda.

A mulher contornou a tenda e levou um susto ao me ver. Era loura, bonita, estava de culote preto e camisa pólo verde, com dois cordões de ouro no pescoço. Espoucou um alvo sorriso de anúncio de pasta de dente, que não passava de contrações faciais.

— Desculpe, esse cachorro pensa que é um Rottweiler — disse ela, alisando o pêlo do animal. — Posso ajudar?

— Não sei. Estou procurando uma pessoa. Dizem que ela trabalha para Don Jade. Conhece Erin Seabright?

— Erin? O que quer com ela?

— É meio estranho — disse eu. — Soube que ela estava procurando outro emprego. Tenho um amigo que precisa de um cavalariço. Você sabe como é difícil, na temporada.

— E como sei! — Deu um suspiro dramático, dissimulado, revirando os grandes olhos castanhos. Uma artista. — Nós também estamos precisando de cavalariço. Lastimo informar que Erin largou o trabalho.

— É mesmo? Quando?

— No domingo. Deixou a gente, sem mais nem menos. Vai ver que encontrou alguma coisa mais interessante lá em Ocala. Don tentou convencê-la a ficar, mas ela estava decidida. Fiquei com pena, gostava de Erin. Mas você sabe como essas garotas são inconstantes.

— Hum. Que surpresa. Pelo que entendi, ela queria ficar aqui em Wellington. Deixou endereço para mandarem o cheque de pagamento?

— Don pagou-a antes de ela sair. Aliás, sou treinadora assistente de Don. Meu nome é Paris Montgomery. — Ficou segurando o cachorro e estendeu a outra mão para me cumprimentar. Aperto de mão forte. — E você é...?

— Elle Stevens. — Nome que eu tinha usado no passado. Saiu da minha boca, direto. — Quer dizer que ela foi embora no domingo. Antes ou depois de Stellar morrer?

O sorriso dela se apagou.

— Por que quer saber?

— Bom, uma empregada insatisfeita larga o emprego e de repente você perde um cavalo.

— Stellar mordeu um fio elétrico. Foi acidente.

Dei de ombros.

— Bom, você sabe como são as coisas. As pessoas comentam.

— As pessoas não sabem droga alguma.

— O que está acontecendo?

O homem entrou em cena. Cinqüenta e poucos anos, alto, elegante, têmporas grisalhas ressaltando os cabelos negros e fartos. Cara séria, aristocrática; usava calças marrons de vinco, blusa Lacoste rosa; no pescoço, um plastrom de seda preto.

— Nada. Estou procurando uma pessoa, só isso — disse.

— Erin — Paris Montgomery disse para ele.

— Erin?

— Erin. A minha cavalariça. Aquela que foi embora.

Ele fez uma cara azeda.

— Aquela garota? Não serve para nada. O que você quer com ela?

— Não importa, ela foi embora — respondi.

— Como se chama o seu amigo? — perguntou Paris. — Caso eu saiba de algum cavalariço.

— Sean Avadon. Da fazenda Avadonis.

Os frios olhos azuis do homem brilharam.

— Ele tem uns cavalos ótimos.

— Tem mesmo.

— Trabalha para ele? — perguntou.

Acho que eu parecia uma empregada doméstica, com aquele cabelo espetado, os jeans velhos e as botas de trabalho.

— É amigo meu há muito tempo. Estou alugando um cavalo dele até encontrar o que quero.

Ele sorriu como um gato ao avistar um rato encurralado. Tinha os dentes alvos e brilhantes.

— Posso ajudá-la.

Comerciante de cavalos. A terceira profissão mais antiga do mundo. Logo após a segunda, de vendedores de carros usados.

Paris Montgomery revirou os olhos. Uma caminhonete parou no fundo da tenda.

— É o dr. Ritter. Tenho de ir.

Ela abriu o sorrisão outra vez e apertou minha mão de novo.

— Prazer em conhecê-la, Elle — disse, como se não tivesse havido aquele mal-estar sobre a morte de Stellar. — Boa sorte na sua busca.

— Obrigada.

Ela soltou o cachorro e foi atrás do animal que latia, contornando a tenda; o veterinário chamou-a.

O homem estendeu a mão para mim:

— Tomas Van Zandt.

— Elle Stevens.

— Prazer.

Segurou minha mão por um tempo um pouco longo demais.

— Acho que vou indo — disse, dando um passo atrás. — Está tarde para uma busca infrutífera.

— Acompanho você até o carro — ofereceu ele. — Mulheres bonitas não devem andar sozinhas aqui à noite. Não sabem que tipo de gente pode estar por aí.

— Sei muito bem, mas agradeço sua atenção. As mulheres também não deviam entrar em carros de homens que acabam de conhecer — disse eu.

Ele riu e colocou a mão no coração.

— Sou um cavalheiro, Elle. Inofensivo. Sem segundas intenções. Não quero nada de você a não ser um sorriso.

— Você queria me vender um cavalo. Ia me custar um bom dinheiro.

— Mas só ofereço os melhores cavalos — garantiu. — Vou encontrar exatamente o que você precisa, por um bom preço. Seu amigo Avadon gosta de bons cavalos. Acho que você podia nos apresentar a ele.

Comerciantes de cavalos. Revirei os olhos e dei um meio sorriso para ele.

— Acho que só quero uma carona até o meu carro.

Satisfeito, ele saiu da tenda e foi até um Mercedes sedã preto e abriu a porta para mim.

— Você deve ter muitos fregueses satisfeitos, se pode alugar um carro desses para a temporada — disse eu.

Van Zandt sorriu como o gato que conseguiu o creme *e* o canário.

— Realmente, tenho clientes satisfeitos, um deles me emprestou esse carro para o inverno.

— Puxa. Se o meu ex me fizesse tão feliz, ele ainda podia ser citado no presente do verbo.

Van Zandt riu.

— Onde estacionou, srta. Elle?

— No portão dos fundos.

Entramos no caminho que levava aos prados e falei:

— Você conhece essa Erin? Ela não trabalha direito?

Ele apertou os lábios como se sentisse o cheiro de alguma coisa podre.

— Mau comportamento. Língua afiada. Tem caso com os clientes. As garotas americanas não são boas cavalariças. São mal-acostumadas e preguiçosas.

— Eu sou americana.

Ele ignorou o fato.

— O bom é uma garota polonesa. São fortes e cobram pouco.

— Posso conseguir uma no Wal-Mart? Minha cavalariça agora é uma garota russa. Ela se acha uma czarina.

— Russos são arrogantes.

— E os holandeses?

Ele embicou o Mercedes para onde indiquei, ao lado da minha BMW.

— Sou belga — corrigiu ele. — Os belgas são charmosos e sabem tratar as damas.

— Eles são é tratantes e pretensiosos. As damas precisam estar alertas com eles.

Van Zandt riu.

— Você não é fácil, Elle Stevens.

— Preciso de mais que um sorriso e um sotaque para sair do sério. Você vai ter que se esforçar.

— Um desafio! — disse ele, apreciando a idéia.

Saí do carro antes que ele desse a volta para abrir a porta e peguei as chaves no bolso de trás. Minha mão roçou na coronha do revólver enfiado no jeans.

— Obrigada pela carona.

— Obrigado, Elle Stevens. Você abrilhantou uma noite que ia ser um tédio.

— Não deixe a srta. Montgomery ouvir isso.

— Ela fica toda triste quando fala no cavalo que morreu.

— Eu também ficaria aborrecida, se perdesse um cavalo desse preço.

— O dinheiro não era dela.

— Vai ver que ela gostava do cavalo.

Ele deu de ombros.

— Sempre aparece outro.

— Tenho certeza de que você vai conseguir outro para a desolada proprietária, por um bom preço.

— Claro. Por que não? É negócio, tanto para mim quanto para ela.

— Você é um tolo sentimental.

No brilho duro da luz da segurança, vi os músculos do rosto de Van Zandt mexerem.

— Estou nessa área há trinta anos, Elle Stevens — disse ele, com certa impaciência na voz. — Não sou um sujeito sem coração, mas, para um profissional, os cavalos vão e vêm. Pena que aquele animal morreu, mas, para os profissionais, um idiota sentimental não passa disso: um idiota. A vida das pessoas tem que continuar. A dos proprietários também. A seguradora vai indenizar a morte do cavalo e o proprietário vai comprar outro.

— E você vai ficar contente.

— Claro. Já sei de um cavalo na Bélgica: passou sem problema pelo exame de raios X e é duas vezes melhor que aquele ali do outro lado da cerca.

— E por apenas um milhão e oitocentos mil dólares ele pode pertencer a algum americano de sorte e Don Jade pode montá-lo.

— Os bons custam caro, os bons vencem.

— E os demais podem morder um fio elétrico no meio da noite e morrer? — perguntei. — Cuidado, não diga isso para qualquer um, Van Zandt. Um investigador da seguradora pode ouvir e tirar uma conclusão errada.

Ele ouviu bem. Percebi que ficou tenso.

— Nunca disse que mataram o cavalo — disse ele, firme e baixo. Estava zangado comigo. Para ele, eu não devia ter capacidade de raciocinar. Eu devia ser a próxima americana com muito dinheiro e poucos miolos, esperando que me seduzisse e me levasse para a Europa para comprar o cavalo.

— Você não disse, mas Jade tem essa fama, não?

Van Zandt se aproximou. Minhas costas tocaram na borda do teto do carro. Tive de olhar para ele. Não havia vivalma por ali. Só um campo depois da porta dos fundos. Enfiei a mão atrás e toquei meu revólver na cintura.

— Você é essa investigadora de seguradora, Elle Stevens? — perguntou ele.

— Eu? Pelo amor de Deus. Eu não trabalho. — Ri. Falei com o mesmo desdém que minha mãe teria usado. —Trata-se apenas de uma boa história. Don Jade: o Perigoso Homem-Mistério. Você sabe como nós somos, esse pessoal de Palm Beach. Não resistimos a um bom escândalo. Minha maior preocupação no momento é saber de onde virá meu próximo cavalo bom. Para mim, essa gente de competição e salto vale apenas uma boa intriga.

Ele então relaxou, concluindo que eu só me preocupava com as minhas coisas. Entregou-me seu cartão de visita e jogou mais um pouco de charme. Nada como a cobiça para motivar um homem.

— Ligue para mim, Elle Stevens. Vou achar o seu cavalo.

Tentei sorrir, sabendo que só mexia um lado da boca.

— Vou cobrar, sr. Van Zandt.

— Pode me chamar de V. — sugeriu ele, num tom estranhamente íntimo. — V. de Vitória no picadeiro. V. de Vendo ótimos cavalos.

V. de vômito.

— Agora somos amigos — anunciou ele. Inclinou-se e beijou meu rosto do lado direito, do esquerdo e do direito outra vez. Seus lábios eram frios e secos.

— Três beijos — disse o sr. Suave. — Como fazem os holandeses.

— Não vou esquecer. Obrigada outra vez pela carona.

Entrei no carro e saí do estacionamento. O portão dos fundos estava trancado. Virei e passei pela alameda da tenda dezenove. Van Zandt me seguiu até a entrada de caminhões. As luzes brilhavam nas quatro grandes estrebarias permanentes que ficavam à direita. Havia um guarda na pequena cabine no meio das pistas de trânsito antes dos portões principais, e um rádio no balcão tocava alto um reggae. Acenei para o guarda. Ele retribuiu sem dizer nada, atento ao caminhão de dezoito rodas que entrava transportando cavalos. Eu podia estar com a traseira do carro cheia de selas roubadas. Podia estar com um corpo lá atrás. Podia ser qualquer pessoa, podia não ter feito nada. Uma idéia perturbadora na volta para casa.

Em Pierson, dobrei à direita. Em Pierson, Van Zandt dobrou à direita. Olhei-o pelo retrovisor, pensando se não tinha acreditado que eu não era investigadora de seguradora. Imaginei a reação dele ao ver a foto na *Sidelines* e juntar os pontos.

Mas é por isso que as pessoas são interessantes, podem ser enganadas com mais facilidade do que se pensa. Eu não parecia a mulher que estava na foto. Meu cabelo estava curto e não dei o mesmo nome da foto. A única ligação verdadeira era Sean. Mas o título *detetive particular* faria soar o alarme. Esperava que Sean tivesse razão: que só gente da área de adestramento lê a seção de adestramento.

Virei à direita em South Shore. Van Zandt virou à esquerda.

Apaguei os faróis, fiz o retorno e segui o carro dele a distância, depois do campo de pólo. Ele entrou na boate The Players. Vinho e jantar. Fazia parte do trabalho de um comerciante de cavalos. Num lugar como aquele, um novo grande amigo no bar podia se transformar em muito dinheiro e nenhum controle de gastos.

Van Zandt ia ter um bom lucro vendendo o saltador belga para a dona de Stellar, que, por sua vez, teria um bom lucro com a indenização da seguradora por um cavalo que não tinha futuro certo. E Don Jade — que tinha treinado e exibido Stellar, e que treinaria e exibiria o próximo cavalo — ficava entre os dois, levando dinheiro pelos dois lados da transação. Talvez todos eles estivessem no Players naquele momento, bebendo pela morte oportuna de Stellar.

Não havia notícia de Erin Seabright desde a noite em que Stellar morreu.

Desisti da idéia de ir à boate. Não estava preparada. Liguei o carro, fiz o retorno e fui para casa.

Estava prestes a me tornar uma detetive particular.

4

Não sei como ainda estou viva.

Billy Golam apontou a arma bem na minha cara. Tive muitos pesadelos em que eu olhava o tambor daquele .357 e respirava fundo pelo que deveria ser a última vez. Mas Golam virava e atirava em outra direção.

Será que eu estava tendo o meu castigo, o meu purgatório? Ou será que eu tinha escolhido acabar com a vida por causa da minha ousadia? Será, ainda, que eu tinha muita sorte, mas não queria acreditar nela?

Quatro e meia da manhã.

Estava deitada, olhando as pás do ventilador girando no teto. A casa de hóspedes era criação de um decorador de interiores de Palm Beach com mania de ilusórias fazendas caribenhas. Para mim aquilo parecia um clichê, mas ninguém jamais me pagou para limpar paredes descascadas e consertar almofadas decorativas.

Às quatro, saí da casa e dei comida aos cavalos. Às cinco, já tinha tomado banho. Fazia tanto tempo que eu não me apresentava a alguém e não me incomodava com o que pensasse de mim que não lembrava como devia encarar a situação. Não podia pensar que seria rejeitada por causa da aparência ou pela minha fama.

Que idéia estranha, achar que todo mundo sabia tudo da minha vida, tudo o que eu tinha feito e o que tinha acontecido para acabar com a minha carreira. Eu tinha sido notícia no jornal vespertino da tevê. Uma vinheta. Um enfeitezinho para encher o tempo antes de entrar a previsão da meteorologia. Na verdade, ninguém, exceto os envolvidos na história, ninguém que não fosse daquele mundo de tiras deu muita atenção. Na verdade, também, as pessoas pouco se incomodam com os dramas alheios, restringem-se a dizer "antes ele do que eu".

Eu estava de calcinha e sutiã, olhando-me no espelho. Passei um pouco de gel no cabelo, tentando dar a impressão de que era o meu estilo. Fiquei pensando se tentava uma maquiagem. Meu cirurgião plástico tinha me dado o cartão de uma mulher especializada em maquiagem pós-cirúrgica. A Dama Avon Pós-traumática. Tinha jogado fora o cartão.

Vesti-me, depois de experimentar uma dúzia de roupas diferentes e finalmente decidir por uma blusa de seda sem mangas cor de concreto fresco e uma calça marrom que estava tão larga na cintura que tive de colocar um alfinete de fralda para não escorregar pelos quadris.

Antes, eu ligava para a moda.

Perdi um tempo na Internet, roí as unhas e anotei umas coisas.

Não achei nada sobre Tomas Van Zandt. O nome não aparecia nem no *site* dele, que se chamava worldhorsesales.com. O *site* indicado no cartão que me deu tinha fotos de cavalos negociados por ele. Na lista telefônica constava o número de um escritório em Bruxelas para vendas na Europa e dois de representantes nos Estados Unidos, um dos quais era Don Jade.

Encontrei vários artigos sobre Paris Montgomery no *Chronicle of the Horse* e no *Horses Daily* falando de suas recentes vitórias em picadeiros e de seu começo humilde, montando pôneis em pêlo em Pine Barrens, Nova Jersey. Conforme a propaganda, ela começou como cavalariça, estudava enquanto trabalhava, depois foi assistente de treinador e chegou ao sucesso graças a muita dedicação e muito talento inato. E charme. E que poderia ter sido modelo.

Ela era treinadora assistente de Don Jade há três anos, sendo muito grata pela oportunidade que teve, blablablá. Pouca gente sabia que grande sujeito era ele. Teve a desventura de lidar com algumas pessoas de ética duvidosa, mas não devia ser condenado por associar-se etc. O artigo tinha uma frase de

Jade dizendo que o futuro de Paris Montgomery era brilhante, ela possuía ambição e talento para conseguir o que quisesse.

Nos artigos tinha uma foto de Montgomery montada num cavalo chamado Park Lane saltando um obstáculo; em outra foto, ela espoucava o sorrisão.

Aquele sorriso me irritava. Era muito brilhante e fácil. O charme parecia fabricado. Mas eu só tinha estado com ela por dez minutos. Talvez não gostasse dela porque eu não podia sorrir e não era sedutora.

Fechei o *laptop* e saí. O amanhecer era apenas uma insinuação na beirada do céu a leste, quando entrei na casa de Sean pelas portas envidraçadas da sala de jantar. Cheguei ao quarto e ele estava sozinho na cama, roncando. Sentei na beirada e dei um tapinha no rosto dele. Ele levantou as pálpebras devagar, mostrando os olhos injetados. Esfregou o rosto.

— Gostaria que você fosse o Tom Cruise — disse ele, rouco como se tivesse cascalho na garganta.

— Desculpe desapontar. Se aparecer um comerciante de cavalos chamado Van Zandt, eu me chamo Elle Stevens e você está procurando um cavalariço.

— O quê? — Ele sentou na cama e balançou a cabeça como quem afasta teias de aranhas. — Van Zandt? Tomas Van Zandt?

— Conhece ele?

— Conheço. O segundo maior escroque da Europa. Por que vem aqui?

— Porque acha que você pode comprar cavalos dele.

— Por quê?

— Porque eu o convenci.

— Hum!!

— Não faça cara de ofendido. Isso acentua as linhas que você tem em volta da boca.

— Sacana.

Ele ficou amuado um instante, depois passou a mão para cima e para baixo da boca. A plástica facial de dez segundos.

— Você sabe que já tenho uma pessoa na Europa. Sabe que só faço negócio com Toine.

— Eu sei. O último comerciante de cavalos que é honesto.

— Pelo que sei, o único que já existiu no mundo.

— Pois então, deixe Van Zandt pensar que está tirando você de Toine. Ele vai ter um orgasmo. Se aparecer, finja que está interessado. Você me deve essa.

— Não devo tanto assim a você.

— É mesmo? Graças a você, eu agora tenho um cliente e uma profissão que não queria.

— Um dia, vai me agradecer.

— Um dia, eu me vingo. — Abaixei-me e dei outra batidinha no rosto barbado dele. — Bons negócios eqüinos para você.

Ele resmungou.

Parei na porta do quarto:

— Por falar nisso, ele acha que sou uma amadora de Palm Beach e que alugo D'Artagnan de você.

— Tenho que fingir que tudo isso é verdade?

Dei de ombros.

— O que mais você tem para fazer na vida?

Eu estava saindo quando ele chamou:

— El...

Virei-me, com uma das mãos na porta. Ele me olhou, excepcionalmente sério, com uma certa ternura no rosto. Queria dizer alguma coisa gentil. Eu queria que ele fingisse que aquele dia era igual a outro qualquer. Um estava atento à opinião do outro. Prendi a respiração. Um lado da minha boca abriu um sorriso complacente.

— Bonita roupa — disse ele.

Acenei para ele e saí.

Molly Seabright morava numa casa de dois andares próxima a uma área urbanizada chamada Binks Forest. Gente da alta. Terreno a perder de vista. Um Lexus branco na garagem. As luzes da casa estavam acesas. A alta classe média que trabalha duro se prepara para enfrentar mais um dia. Estacionei na rua e aguardei.

Às sete e meia, as crianças começaram a sair das casas, passando por mim rumo à parada do ônibus escolar, no final do quarteirão. Molly saiu da casa dos Seabright puxando um carrinho de livros. Parecia uma miniatura de executiva de empresa, rumo ao aeroporto. Saí do carro e fiquei encostada nele, de braços cruzados. Ela me viu a seis metros de distância.

— Eu reconsiderei o caso — disse, quando ela parou na minha frente. — Vou ajudar você a encontrar sua irmã.

Ela não sorriu. Não deu pulos de alegria. Olhou para mim e perguntou:
— Por quê?
— Porque não gosto das pessoas com quem sua irmã se meteu.
— Acha que aconteceu alguma coisa ruim com ela?
— Só sabemos que ela estava aqui e não está mais. Se isso é ruim, veremos.

Molly balançou a cabeça e parecia contente porque eu não quis dar uma falsa impressão de calma. A maioria dos adultos fala com crianças como se fossem idiotas só porque não têm a mesma idade deles. Molly Seabright não era idiota. Era inteligente e corajosa. Não ia falar com superioridade com ela. Tinha resolvido até não mentir, se pudesse.

— Se você não é detetive particular, então o que é? — perguntou ela.
Dei de ombros.
— Será que é tão difícil fazer umas perguntas, dar uns telefonemas? Não é uma cirurgia do cérebro.

Ela pensou no que eu falei. Ou vai ver que pensou se devia dizer o que disse:
— Você já foi detetive da delegacia.

Levei um susto como se ela tivesse batido com um martelo na minha cabeça. Logo eu, que não ia me comportar como se fosse superior a uma criança. Não me ocorreu que Molly Seabright correria para casa e faria seu trabalho de detetive na Internet. De repente, me senti nua, exposta de uma forma que eu já tinha me convencido de que não aconteceria. Desmascarada por uma menina de doze anos.

Olhei para o outro lado.
— Aquele é o seu ônibus?

Um ônibus escolar parou na calçada e as crianças que estavam no ponto foram entrando.

— Eu vou para a escola a pé — disse ela, afetada. — Achei um artigo sobre você nos arquivos eletrônicos do *Post*.

— Só um? Estou ofendida.

— Mais de um.

— Muito bem, então meu segredo está descoberto. Fui detetive do condado de Palm Beach. Não sou mais.

Ela percebeu que não devia continuar no assunto. Mais esperta do que muita gente que conheci e que tinha três vezes a idade dela.

— Temos de combinar seus honorários — avisou ela. Srta. Negócios.

— Fico com os cem dólares que você ofereceu e vemos o que acontece.

— Agradeço se você não ficar me superprotegendo.

— Acabo de dizer que vou pegar cem dólares de uma menina. Isso me parece uma atitude bastante abjeta.

— Não acho — disse ela, com aqueles olhos sérios demais por trás dos óculos de Harry Potter. Ela estendeu a mão: — Obrigada por aceitar meu caso.

— Puxa, você me dá a impressão de que devíamos assinar um contrato — disse, estendendo a mão para cumprimentá-la.

— Tecnicamente, devíamos. Mas confio em você.

— Por quê?

Achei que ela ia responder, mas, como eu não entenderia, preferiu não dizer. Fiquei pensando se ela pertencia ao nosso planeta.

— Porque sim — disse ela. Justificativa suficiente para uma criança responder a quem não está prestando atenção. Deixei passar.

— Preciso de algumas informações. Uma foto de Erin, endereço, marca e modelo do carro dela, essas coisas.

Enquanto eu falava, ela se abaixou, abriu o zíper da mala de livros, tirou um envelope pardo e me entregou.

— Está tudo aqui.

— Certo. — Eu não devia me surpreender. — Quando você foi à delegacia policial, falou com quem?

— Com o detetive Landry. Conhece ele?

— Sei quem é.

— Ele foi bem agressivo e condescendente.

— Eu também era assim.

— Você não era condescendente.

Um Jaguar preto saiu de ré da garagem dos Seabright, com um homem de terno na direção. Devia ser Bruce Seabright, concluí. Ele virou o carro para o outro lado e desceu a rua.

— Sua mãe está em casa? Preciso conversar com ela.

Ela não gostou muito da idéia. Pareceu um pouco nauseada.

— Ela vai trabalhar às nove. É corretora de imóveis.

— Tenho de falar com ela, Molly. E com seu padrasto também. Vou deixar você fora da história. Direi a eles que sou detetive de uma seguradora.

Ela concordou, ainda séria.

— Agora você tem que ir para a escola. Não quero ser presa por ajudar uma menor a cometer um delito.

— Não — disse ela, indo na direção da casa, cabeça ereta, o carrinho de livros atrás, matraqueando na calçada. Todos nós devíamos ter aquela dignidade.

Krystal Seabright falava a um telefone sem fio quando Molly e eu entramos na casa. Estava debruçada sobre a mesa da entrada, olhando-se num espelho rococó, tentando tirar um cílio postiço com uma unha comprida rosa enquanto falava com alguém sobre uma casa sensacional, em Sag Harbor Court. Se ela estivesse numa formação em linha, ninguém diria que aquela era a mãe de Molly. Tendo conhecido Molly antes, eu imaginava a mãe como uma advogada composta, uma médica, uma física nuclear. Imaginava, mas já sabia que pais e filhos nem sempre combinam.

Krystal era uma loura artificial que pintou demais os cabelos nos seus trinta e poucos anos de existência. Tinha o cabelo quase branco, parecendo frágil como algodão-doce. Estava um pouco maquiada demais. Sua saia rosa era meio apertada e brilhante demais, as sandálias um pouco altas demais com o salto agulha. Olhou-nos de soslaio.

— ...posso mandar todos os detalhes por fax, assim que chegar ao escritório, Joan. Mas você tem que ver a casa, vai adorar. Não existem casas assim durante a temporada. Sorte sua que apareceu essa.

Ela passou o olhar do espelho para mim, depois para Molly com uma cara de "o que houve agora?", mas continuou ao telefone com a invisível Joan, marcou encontro para as onze horas e anotou numa agenda bagunçada. Finalmente, largou o telefone.

— Molly? O que houve? — perguntou, olhando para mim, não para a filha.

— Essa é a srta. Estes, detetive — informou Molly.

Krystal me olhou como se eu tivesse surgido de Marte.

— Ela é o quê?

— Quer falar com você sobre Erin.

O rosto de Krystal ficou furioso como se um fogo-fátuo queimasse a raiz de seus cabelos.

— Ah, pelo amor de Deus, Molly! Não é possível que você tenha feito isso! O que há com você?

Molly ficou tão magoada que cheguei a sentir.

— Eu disse que tinha acontecido uma coisa ruim — insistiu Molly.

— Não é possível que você faça isso! Ainda bem que Bruce não está aqui — Krystal falava alto e mostrava bem que a frustração com a filha caçula não era recente.

— Sra. Seabright, estou trabalhando num caso que ocorreu no centro hípico e no qual sua filha Erin pode estar envolvida. Gostaria de falar com a senhora em particular, se possível.

Ela virou-se para mim, olhos arregalados, ainda irritada.

— Não há nada a discutir. Não sabemos nada do que aconteceu.

— Mas mãe... — Molly começou a dizer, querendo, desesperada, que a mãe se interessasse.

A mãe olhou para ela com raiva.

— Se você contou para esta mulher alguma história ridícula, vai se dar muito mal, jovem. Não é possível que esteja fazendo uma tal confusão. Você só pensa em si mesma, em mais ninguém.

As bochechas de Molly, que eram bem pálidas, ficaram com duas bolas vermelhas. Pensei que ela fosse chorar.

— Estou preocupada com Erin — disse ela, com uma vozinha.

— Erin é a última pessoa com quem alguém deva se preocupar. Vá para a escola, vá. Saia daqui. Estou tão brava com você... Se chegar atrasada, vai ficar de castigo esta tarde. E não se dê ao trabalho de me telefonar — disse Krystal.

Eu tive vontade de agarrar o cabelo esturricado de Krystal Seabright e puxar até arrancá-lo.

Molly virou-se e saiu, deixando a porta da frente escancarada. Meu coração doeu ao vê-la puxando seu carrinho de livros.

— Você pode sair atrás dela, senão chamo a polícia — avisou Krystal Seabright.

Virei de frente para ela e fiquei quieta um instante, enquanto tentava me conter. Lembrei que, logo no começo da carreira, eu era uma policial horrível porque não tinha talento diplomático necessário em situações domésticas. Sempre achei que tem gente que precisa mesmo ser estapeada, igual puta. A mãe de Molly era uma dessas pessoas.

Krystal tremia como um chihuahua sem conseguir se controlar.

— Sra. Seabright, por favor, Molly não tem nada a ver com isso — menti.

— Ela não contou para você que a irmã sumiu e que devíamos chamar a polícia, o FBI e os *bandidos mais procurados da América*?

— Sei que Erin não foi mais vista desde domingo à tarde. Isso não lhe diz respeito?

— Está querendo dizer que não me importo com minhas filhas? — Mais uma vez, os olhos arregalados e a expressão de quem havia sido desrespeitada, o que sempre é sinal de baixa auto-estima.

— Não estou querendo dizer nada.

— Erin é adulta. Pelo menos é o que ela acha. Queria morar sozinha.

— Então a senhora não sabe que ela trabalhava para um homem que esteve envolvido em fraudes com companhias de seguro?

Ela pareceu confusa.

— Ela trabalha com um treinador de cavalos. Foi o que Molly disse.

— A senhora não falou com Erin?

— Quando foi embora, ela deixou bem claro que não queria mais nada comigo. Levar uma vida decente numa linda casa era muito entediante para Erin. Depois de tudo o que fiz por ela e pela irmã...

Ela foi até a mesa da entrada, deu uma olhada no espelho e procurou alguma coisa numa grande bolsa Kate Spade, rosa e laranja. Tirou um cigarro e um isqueiro e foi até a porta da frente, que continuava aberta.

— Trabalhei tanto, fiz tantos sacrifícios — lastimou ela, mais ou menos como se falasse consigo mesma; devia ser reconfortante posar de heroína da história. Acendeu o cigarro e soprou a fumaça para fora da sala. — Desde a noite em que foi concebida, ela só me deu aborrecimentos.

— O pai de Erin mora perto? Será que ela não foi passar um tempo com ele?

Krystal deu uma gargalhada forçada. Não olhou para mim.

— Não. Ela não faria isso.

— Onde está o pai dela?

— Não sei. Não ouço falar nele há quinze anos.

— Conhece os amigos de Erin?

— O que quer com ela? O que ela aprontou agora?

— Nada, que eu saiba. Ela pode ter alguma informação. Eu só queria fazer algumas perguntas sobre o homem para quem ela trabalhou. Erin teve algum problema no passado?

Ela se inclinou para fora, deu outra tragada forte no cigarro e soprou a fumaça num pé de hibisco.

— Acho que minha família não é da sua conta.

— Ela já esteve envolvida com drogas?

Ela me deu uma olhada:

— É isso? Ela está metida com drogados? Meu Deus. Era só o que me faltava.

— Preciso saber onde ela está — disse eu. — Por acaso, o sumiço de Erin coincidiu com a morte de um cavalo muito caro.

— Acha que ela matou um cavalo?

Achei que minha cabeça fosse partir ao meio. Krystal parecia preocupada com todos, menos com a filha.

— Eu só quero perguntar umas coisas sobre o patrão dela. Tem idéia de onde ela possa estar?

Ela deu um passo para fora da sala, bateu a cinza do cigarro num vaso de planta e voltou para dentro.

— Erin não tem responsabilidade. Ela acha que ser adulta significa fazer o que bem entender. Deve ter ido para South Beach com algum rapaz.

— Tem namorado?

Ela franziu a testa e olhou para o piso de madeira. Para baixo e para a direita: uma mentira.

— Como posso saber? Ela não me conta.

— Molly disse que não conseguiu falar com Erin pelo celular.

— Molly. — Ela deu uma baforada e tentou empurrar a fumaça para a rua. — Molly tem doze anos. Molly acha que Erin é legal. Molly lê muito romance de mistério e assiste muito a A&E. Que tipo de criança assiste a A&E? *Law and Order*, *Investigative Reports*. Quando eu tinha doze anos, assistia a reprises de *Brady Bunch*.

— Acho que Molly tem razão em se preocupar, sra. Seabright. Acho que a senhora deve ir à delegacia preencher um formulário de pessoa desaparecida.

Krystal Seabright parecia horrorizada. Não pela perspectiva de a filha ser vítima de algum crime, mas por uma moradora de Binks Forest ter de preencher um formulário da polícia. O que os vizinhos iam dizer? Podiam juntar os fatos e imaginar que antes ela morava num *trailer*.

— Erin não está desaparecida. Ela apenas foi a algum lugar, nada mais — insistiu.

Um adolescente apareceu na porta do corredor de cima e veio descendo a escada batendo os pés. Devia ter uns dezessete ou dezoito anos e estava de ressaca. Pálido, de mau humor, cabelos pretos com as pontas louras, esticadas em tufos sujos. Parecia, no mínimo, que tinha dormido com aquela camiseta. O menino não lembrava Krystal ou as irmãs. Concluí que era filho de Bruce Seabright e pensei por que Molly não teria falado nele.

Krystal xingou baixinho e jogou escondido o cigarro pela porta. O menino acompanhou esse gesto, depois olhou para ela. Fora pega em flagrante.

— Chad? Por que está em casa? — perguntou ela. Um tom completamente diferente na voz. Nervoso. Subserviente. — Não está se sentindo bem, amor? Pensei que estivesse na escola.

— Estou doente — disse ele.

— Oh, hum. Quer que eu faça umas torradas? Tenho de ir para o escritório, mas posso fazer uma torradas — disse ela, animada.

— Não, obrigado.

— Você chegou muito tarde. Deve estar com sono, só — disse Krystal, carinhosa.

— Vai ver que é. — Chad me olhou e, entediado, desviou o olhar.

Krystal olhou para mim, zangada, e disse, baixo:

— Olha, não precisamos de você aqui. Saia. Erin vai aparecer quando precisar de alguma coisa.

— O que houve com Erin? — perguntou Chad. Tinha voltado para o *hall* de entrada segurando uma Coca de dois litros. O café da manhã dos campeões.

Krystal Seabright fechou os olhos, irritada.

— Nada. Só... Nada. Volte para a cama, amor.

— Preciso perguntar umas coisas para ela sobre o sujeito com quem trabalhava. Sabe onde posso encontrá-la? — perguntei para o rapaz.

Ele deu de ombros e coçou o peito.

— Desculpe, mas não a tenho visto.

Quando disse isso, o Jaguar preto entrou na garagem. Krystal ficou assustada. Chad sumiu num corredor. O homem que eu achava que era Bruce Seabright saiu do carro e entrou pela porta aberta; era um homem a serviço. Era forte, com cabelo ralo bem puxado para trás e uma cara séria.

— Amor, esqueceu alguma coisa? — perguntou Krystal, no mesmo tom que usou para Chad. A serviçal ansiosa.

— A pasta Fairfields. Hoje de manhã fecho um negócio importante numa parte da propriedade e estou sem a pasta. Deixei na mesa da sala de jantar. Você deve ter tirado de lá.

— Acho que não. Eu...

— Quantas vezes eu já disse, Krystal? Não mexa nas minhas pastas de trabalho. — Havia um tom complacente que não podia ser classificado de agressivo, mas que era, de um jeito sutil, pérfido.

— Desculpe, desculpe, amor. Vou procurar para você.

Bruce Seabright me olhou um pouco desconfiado, como se julgasse que eu queria doações beneficentes.

— Desculpe se interrompi. Tenho uma reunião muito importante — disse ele, educado.

— Certo. Sou Elena Estes — disse, estendendo a mão.

— Elena está pensando em morar num condomínio em Sag Harbor — Krystal apressou-se em dizer. Seus olhos tinham um toque desesperado, quando virou para mim em busca de cumplicidade.

— Por que você mostra uma coisa nesse lugar, querida? — perguntou ele. — Os imóveis nessa região só vão desvalorizar. Devia mostrar alguma coisa em Palm Groves. Diga a ela para ir ao escritório. Mande Kathy mostrar uma maquete.

— Isso mesmo, claro — murmurou Krystal, engolindo a desaprovação e o desprezo, deixando que ele ficasse com a venda que era dela. — Vou procurar a pasta para você.

— Deixa comigo, querida. Não quero que nada caia da pasta.

Alguma coisa na varanda chamou a atenção de Seabright. Ele se abaixou e pegou o toco de cigarro que Krystal tinha jogado fora. Segurou o toco entre o polegar e o indicador e olhou para mim.

— Por favor, na minha casa é proibido fumar.

— Desculpe, esse é um hábito desprezível — concordei, pegando o toco de cigarro dele.

— É, é sim.

Ele foi procurar a pasta perdida. Krystal passou a mão na testa e ficou olhando suas sandálias um pouco brilhantes demais, piscando como se estivesse prestes a chorar.

— Por favor, vá embora — disse ela para mim, num cochicho.

Enfiei o toco de cigarro no vaso de planta e saí. O que eu podia dizer para uma mulher que era tão dominada pelo marido tirânico que preferia abandonar uma filha a desagradá-lo?

Muitas e muitas vezes na vida eu achei que as pessoas são surpreendentes, e raramente no bom sentido.

5

A gente nunca sabe como é de fato a vida das pessoas, mas não resistimos à tentação de avaliar e julgar. Muitas mulheres devem ter visto a vida de Krystal Seabright com o filtro da distância e concluído que era a receita do sucesso. Morava num casarão, tinha carro do ano, uma carreira na área imobiliária, marido empreendedor de imóveis. Parecia ótimo, escrito no papel. Tinha até um detalhe de Cinderela na história: mãe solteira de dois filhos que foi tirada dessa difícil situação etc.

O mesmo acontece com os caras aparentemente bem situados que podiam pagar quatro mil dólares para manter um cavalo no centro hípico. Todo dia no lanche, esses caras bebiam champanhe e comiam caviar. Tinham empregados domésticos em cada mansão e um Rolls Royce em cada garagem com vaga para cinco carros.

A verdade era mais variada e menos glamourosa. Havia casos cheios de detalhes sórdidos: inseguranças e infidelidades. Tinha gente que vinha para a temporada na Flórida realizar um sonho com pouco dinheiro, depois de economizar cada centavo durante o ano para se hospedar num condomínio simples com mais dois cavaleiros, ter algumas preciosas aulas com um treinador famoso e mostrar seu cavalo medíocre para os anônimos na arena dos amadores. Tudo isso, só por amor ao esporte. Havia profissionais de segundo time que acumulavam dívidas nas fazendas de East Buttcrack e se aproximavam das grandes estrebarias esperando conseguir um ou dois bons clientes. Havia comerciantes como Van Zandt que eram como hienas espreitando o bebedouro em busca de uma boa presa. A vida na fartura tem muitos semitons até chegar ao dourado. Passou a ser meu trabalho oficial mexer em alguns daqueles setores mais sombrios.

Achei que era melhor dedicar o maior tempo possível perto da estrebaria de Jade, antes que alguém ligado a ele fosse ao banheiro com um exemplar de *Sidelines* e saísse de lá com uma novidade. Passei bastante tempo trabalhando secretamente no setor de entorpecentes para saber que as chances de isso ocorrer eram poucas, mas existiam. As pessoas vêm o que estão programadas para ver, raramente procuram por mais. Mesmo assim, a vida de um tira secreto está sempre sob o risco de acabar. Pode acontecer a qualquer momento, e quanto mais secreta a ação, pior é.

Minha estratégia como agente secreta sempre foi conseguir o máximo de informação no mínimo de tempo, e montar um panorama da situação ousada e rapidamente. Marcar o alvo, chegar perto, dar o golpe e sumir. Meus chefes na delegacia torciam o nariz para os meus métodos porque os copiei de canastrões do cinema e não de tiras. Mas nunca torciam o nariz para os resultados.

O cartão de estacionamento de Sean continuava dependurado no meu espelho retrovisor quando passei pelo portão de entrada e entrei na grande confusão do turno diurno do centro hípico de Wellington. Havia cavalos, gente, e carros e carrinhos de golfe por toda parte. Estava se realizando uma competição que iria até domingo. Cavalos e pôneis estariam competindo no salto de obstáculos em meia dúzia de picadeiros. O caos me favoreceria, era como jogar bridge numa esquina da Times Square: difícil ficar olhando as cartas quando se está no meio de um picadeiro de circo.

Estacionei na segunda fileira, passando perto das estrebarias permanentes e da clínica veterinária, dei a volta nos estandes de admissão e cheguei à versão Quinta Avenida do centro hípico: lá foram instaladas lojas ambulantes e butiques caras em enfeitados *trailers* de cinco rodas. Joalheiros com peças sob encomenda, alfaiates sob medida, antiquários, lojas para bordar monograma, estandes de café *capuccino*. Entrei em duas butiques e escolhi acessórios para o meu papel de diletante. Imagem é tudo.

Saí do estande usando um chapéu de palha de aba larga, debruado de gorgorão preto. Os homens jamais levam a sério uma mulher de chapéu. Comprei mais duas blusas de seda e saias compridas de enrolar na cintura, feitas de sáris antigos. Fiz as vendedoras encherem as sacolas de compras com papel-toalha para parecerem estourar de cheias. Comprei sandálias pouco práticas e pulseiras da moda e saí já usando tudo. Quando achei que estava parecendo bem fútil, fui procurar Don Jade.

Não havia sinal de Jade nem de Paris Montgomery nas estrebarias dele. Um guatemalteco subnutrido estava varrendo o estrume de uma cocheira, cabeça baixa, tentando não chamar atenção, não fosse o próximo estrangeiro um funcionário da Imigração. A frente de uma estrebaria tinha sido retirada para criar um vão para o cavalariço. Dentro, uma garota supernutrida, usando um top decotado demais, escovava de má vontade um cavalo mosqueado de cinza. A garota tinha os olhos apertados e mesquinhos de quem culpa todo mundo menos a si mesma pelos próprios problemas. Olhou-me de lado, com uma cara enfezada.

Joguei a cabeça para trás e olhei-a pela borda daquele ridículo chapéu.

— Eu queria falar com Paris. Ela está?

— Está montando Park Lane no picadeiro de treinamento.

— Está com Don? — Don, meu velho amigo.

— Está. — E eu queria fazer alguma coisa com essas informações?

— Você é...

Ela parecia surpresa por eu me incomodar em saber o nome dela, depois ficou desconfiada e em seguida certa de que tiraria vantagem da oportunidade.

— Jill Morone. Sou cavalariça-chefe do sr. Jade.

Pelo jeito, era a única cavalariça do sr. Jade e pela desanimação com que escovava definiu mal o cargo.

— Ah, é? Então você deve conhecer Erin Seabright.

As reações da garota eram tão lentas que seu cérebro devia obedecer a um fuso horário diferente. Dava para ver os pensamentos se movendo preguiçosos dentro da cabeça dela enquanto tentava achar uma resposta. Colocou a escova na anca do cavalo. O animal levantou as orelhas e olhou para ela.

— Erin não trabalha mais aqui.

— Eu sei, Paris me disse. Sabe para onde ela foi? Um amigo meu quer contratá-la.

Jill deu de ombros e olhou para outro lado.

— Não sei. Paris disse que ela foi para Ocala.

— Imagino que vocês fossem amigas. Mas você não parece saber muita coisa sobre ela.

— Sei que não era boa cavalariça. — O roto falando do esfarrapado.

— Suponho que você seja boa. Tem interesse em mudar de emprego? — perguntei.

Ela ficou satisfeita, como se tivesse um segredinho bobo.

— Ah, não. O sr. Jade me trata *muito* bem.

O sr. Jade mal devia saber o nome dela, a menos que ela fosse o mais recente álibi dele, o que eu não acreditava. Homens como Don Jade procuravam garotas bonitas e competentes. Jill Morone não era nem uma coisa nem outra.

— Que bom. Espero que você consiga manter o emprego depois daquela história com Stellar.

— Não foi culpa minha.

— Um cavalo morrer daquele jeito. Numa situação suspeita. Os donos ficam irritados, ligam para outros treinadores. A coisa pode desabar rápido.

— Foi acidente.

Dei de ombros.

— Você viu o cavalo morrer?

— Não, mas fui eu que encontrei ele morto — confessou, com um estranho toque de orgulho nos olhinhos redondos. A oportunidade de ficar famosa. Podia ficar sob um foco escuro por uma semana e meia. — Ele estava deitado na cocheira com as patas esticadas. De olhos abertos. Pensei que estivesse só com preguiça, então dei um tapa nas ancas para ele levantar. Acaba que estava morto — disse ela.

— Nossa. Que coisa horrível. — Olhei a fila de cocheiras de Jade, eram umas doze ou mais, cada uma com um ventilador do lado de fora. — Estranho que vocês ainda tenham ventiladores, depois do que aconteceu.

Ela deu de ombros outra vez e passou a escova no cavalo.

— Está calor. O que se vai fazer?

O cavalo esperou que ela desse um passo atrás e bateu com o rabo nela. Ela bateu nas costas dele com a escova.

— Não queria estar no lugar de quem foi tão descuidado para deixar aquele fio na cocheira de Stellar — disse. — Quem fez isso jamais poderia voltar a trabalhar como cavalariço. Eu tomaria esse cuidado, se tivesse alguma coisa a ver com a história.

Os olhinhos ficaram mesquinhos outra vez no rosto balofo.

— Erin cuidava de Stellar, não era eu. Está vendo que tipo de cavalariça era? Se eu fosse o sr. Jade, matava ela.

Talvez ele tenha matado, pensei, quando me afastei da tenda.

Vi Paris Montgomery a certa distância, num picadeiro de treinamento, os cabelos louros presos num rabo-de-cavalo, os óculos sombreando seus olhos enquanto ela guiava o cavalo por uma série de obstáculos. Poesia em movimento. Don Jade estava de lado, gravando tudo numa filmadora eletrônica enquanto um ruivo alto, magro e rosado falava com ele, gesticulando, zangado. Ele parecia um enorme e irritado Howdy Doody, aquele personagem de desenho animado. Cheguei perto do picadeiro e dos dois homens, fingindo estar distraída com os cavalos em volta.

— Se houver qualquer suspeita de algo errado nesses testes, Jade, você vai ser multado — disse alto o homem de cara rosada, sem se incomodar com as pessoas próximas ou querendo chamar a atenção delas. — O problema não é só se a seguradora General Fidelity paga ou não. Você já conseguiu escapar outras vezes. Está na hora de parar com isso.

Jade não disse absolutamente nada, não se irritou nem se defendeu. Sequer parou de filmar. Era um homem sólido com os músculos dos braços de cavaleiro profissional parecendo cordas. Tinha um perfil que podia estar cunhado numa moeda romana. Podia ter uns trinta e cinco anos ou cinqüenta, e as pessoas provavelmente continuariam achando isso quando ele estivesse com setenta.

Ele observava a assistente passar por uma série de obstáculos montada em Park Lane e franziu o cenho quando o cavalo bateu e derrubou uma barreira com as ancas dianteiras. Paris passou a meio-galope, ele chamou-a e mandou corrigir algumas coisas para o cavalo se apoiar mais nos quartos traseiros antes de saltar.

O outro homem parecia não acreditar que suas ameaças não provocassem qualquer reação.

— Você é mesmo uma peça, Don. Não vai se dar ao trabalho nem de contestar o que eu disse?

Jade continuou sem olhar para o homem.

— Para quê, Michael? Não quero, ainda por cima, que me culpem por você ter um ataque cardíaco.

— Seu filho da puta. Ainda pensa que pode fazer as pessoas beijarem seu rabo e dizerem que cheira a rosas.

— Talvez cheire, Michael. Você não conhece a verdade porque não quer. Não quer que eu seja inocente. Você gosta de me odiar — disse Jade, calmo, continuando a observar seu cavalo.

— Não sou o único.

— Eu sei. Voltei a ser o passatempo nacional. O que não altera o fato de eu ser inocente.

Esfregou a nuca bronzeada, olhou o relógio de pulso e suspirou.

— Paris, agora chega, ela não precisa treinar mais — gritou, desligando a filmadora.

— Hoje vou falar ao telefone com o dr. Ames — avisou o outro homem. — Se descobrir que você tem ligações com aquele laboratório...

— Se Ames disser alguma coisa sobre Stellar, eu casso a licença dele. Não que haja alguma coisa a dizer — concluiu Jade, calmo.

— Ah, garanto que tem uma história. Com você, sempre tem. Desta vez, com quem você estava na cama?

— A resposta é: não é da sua conta, Michael.

— Estou fazendo com que seja da minha conta.

— Você é obstinado — disse Jade, se encaminhando para as estrebarias enquanto Paris se aproximava, montando Park Lane. — Se usar no seu trabalho a mesma energia que usa para me odiar, talvez consiga ser alguém. Agora, com licença, Michael, tenho um negócio para resolver.

O rosto de Michael estava retorcido, uma máscara sardenta de raiva.

— Por mim, você não perde por esperar.

Jade foi andando na direção da cocheira, parecendo impassível com o diálogo. O adversário ficou um instante ali, respirando pesado, parecendo desapontado. Virou-se e foi embora, a passos largos.

— Puxa, a conversa foi feia — comentei. Tomas Van Zandt estava a menos de dois metros de mim. Como eu, ele ficou escondido ouvindo o diálogo entre Jade e o outro, fingindo olhar os cavalos no picadeiro. Olhou-me de um jeito contrariado e foi andando.

O VENCEDOR 63

— Pensei que os belgas fossem charmosos.

Ele parou de repente e olhou de novo, me reconhecendo aos poucos.

— Elle! Mas é você, olha só!

— Dei uma melhorada no visual, como eles dizem lá no estacionamento dos *trailers*.

— Você jamais esteve num estacionamento de *trailers* — zombou ele, notando o meu chapéu e a minha roupa.

— Claro que estive. Uma vez, levei uma empregada de carro para casa — disse, depois indiquei com a cabeça o homem com quem Jade discutia. — Quem é?

— Michael Berne. Um chorão.

— É dono de algum cavalo?

— É um rival.

— Ah... essa gente que salta é tão dramática. Lá do meu lado, na hípica, não acontece nada de emocionante.

— Vai ver que eu devia te vender um cavalo de salto — sugeriu Van Zandt, olhando minhas sacolas de compras e imaginando qual seria o limite do meu cartão de crédito.

— Não sei se estou preparada. Parece uma gente agressiva. Além do mais, não conheço nenhum dos treinadores.

Ele segurou no meu braço. O cavalheiro cortês.

— Venha, vou apresentá-la a Jade.

— Puxa — disse, olhando-o de soslaio. — Posso comprar um cavalo e receber o seguro. Tudo de uma vez só.

Num segundo, o rosto de Van Zandt passou de cortês para furioso; seus olhos cinzentos ficaram frios como o mar do Norte e assustadoramente duros.

— Não diga uma besteira dessas — disse, ríspido.

Saí do lado dele.

— Foi brincadeira.

— Tudo com você é brincadeira — disse ele, com ódio.

— Se você não acha graça, Van Zandt, foda-se.

Fiquei olhando-o guardar de novo o personagem Mr. Hyde. A mudança de humor foi tão súbita que ele devia ter sentido um tranco.

Passou a mão na boca e fez um gesto nervoso.

— Ótimo. Foi brincadeira. Ah-ah. Esqueça, vamos — disse ele, ainda muito zangado, indo na direção da tenda.

Não saí do lugar.

— Não vou. Peça desculpas.

— O quê? Não seja boba. — Ele me olhava, incrédulo.

— Continue, Van Zandt. Eu sou estúpida, boba *e* o que mais?

Os músculos do rosto dele mexeram. Ele queria me chamar de puta ou pior. Dava para ver nos olhos dele.

— Peça desculpas.

— Você não devia ter feito a brincadeira. Vamos — convidou ele.

— E você devia se desculpar — rebati, fascinada. Ele parecia incapaz de se desculpar e eu estava adorando insistir.

— Você está sendo teimosa.

Dei uma risada.

— *Eu* estou sendo teimosa?

— É. Vamos.

— Não me dê ordens como se mandasse um cavalo de um lugar para outro. Você pede desculpas ou foda-se — disse.

Esperei, aguardando uma explosão, sem saber o que aconteceria depois dela. Van Zandt me olhou, depois afastou o olhar e quando virou para mim sorria como se nada tivesse acontecido.

— Você é uma leoa, Elle! Gosto disso. Tem personalidade. — Balançou a cabeça e, de repente, ficou muito satisfeito. — É bom.

— Que bom que você gosta.

Ele fez um muxoxo e segurou no meu braço outra vez.

— Vamos, vou apresentá-la a Jade. Ele vai gostar de você.

— Será que vou gostar dele?

Não respondeu. Não se importava se eu gostasse ou não. Estava fascinado porque eu o desafiei. Eu tinha certeza que ele não encontrava muita gente que fizesse isso. A maioria de seus clientes americanos deviam ser mulheres ricas cujos maridos e namorados não se interessavam por cavalos. Mulheres que lhe concediam um crédito enorme apenas por ser europeu e dar atenção a elas. Mulheres inseguras que podiam ser facilmente seduzidas e manipuladas, impressionadas por um pouco de conhecimento, um pouco de elegância européia e um grande ego com sotaque.

Eu tinha presenciado tal fenômeno muitas vezes, durante anos. Mulheres loucas por atenção e aprovação fazem um bocado de bobagens, inclusive dividir muito dinheiro. Era essa clientela que dava uma nota preta aos comerciantes inescrupulosos. Era essa clientela que fazia comerciantes como Van Zandt rir e zombar pelas costas dos "americanos estúpidos".

Park Lane saiu da tenda montado por Jill, a cavalariça, quando estávamos entrando na alameda. Van Zandt disse para a garota, ríspido, tomar cuidado aonde estava indo e resmungou "vaca idiota" não muito baixo, quando o cavalo e a cavalariça seguiram.

— D. J., por que você não consegue achar garotas com cérebro na cabeça? — perguntou ele, alto.

Jade estava na porta de uma tenda decorada de verde, com laços e escaratelas ganhos em competições recentes. Calmo, Jade deu um gole numa Diet Coke.

— Isso é alguma charada?

Van Zandt parou para entender e riu.

— É, uma pergunta capciosa.

— Desculpe — disse eu, gentil —, será que dou a impressão de que tenho um pênis?

— Não, parece que tem dois — respondeu Paris Montgomery, saindo da tenda.

Van Zandt pigarreou e fingiu achar graça.

— Paris, você é rápida na língua!

Ela espoucou o grande sorriso.

— É o que todos os caras dizem.

O fino do humor. Jade não prestava atenção a nada daquilo. Estava me olhando com atenção. Também olhei bem para ele e estendi a mão:

— Elle Stevens.

— Don Jade. Você é amiga desse sujeito? — perguntou ele, indicando Van Zandt.

— Não use isso contra mim. Nós nos encontramos por acaso.

A boca de Jade levantou nos cantos.

— Bom, se surge uma oportunidade, Tomas já está lá para aproveitá-la.

Van Zandt observou:

— Não espero a oportunidade aparecer e bater à minha porta. Eu vou e chamo, gentilmente.

— E esta apareceu para roubar sua cavalariça — acrescentou ele, apontando para mim.

Jade ficou confuso.

— A cavalariça bonita. A loura — disse Van Zandt.

— Erin — ajudou Paris.

— A que foi embora — disse Jade, ainda me olhando.

— Isso, mas acho que alguém chegou antes de mim e contratou-a — disse eu.

Ele não teve qualquer reação. Não desviou o olhar nem tentou demonstrar tristeza porque a garota foi embora. Nada.

Paris brincou:

— É, Elle e eu vamos formar um grupo de apoio para pessoas sem cavalariços.

— Por que você estava querendo exatamente a Erin? Ela não tinha muita experiência — disse Jade.

— Ela trabalhava muito direito, Don. Se pudesse, eu a recontrataria na hora — disse Paris, defendendo a garota.

— A amiga de uma amiga minha soube que sua cavalariça estava querendo mudar de emprego. Agora que a temporada começou, não podemos ser muito exigentes, não é? — perguntei, dirigindo-me a Jade.

— É verdade. Tem cavalos aqui, Elle?

— Não, embora Z. esteja tentando resolver isso.

— Meu apelido certo é V. — Van Zandt me corrigiu.

— Gosto mais de Z. Vou te chamar de Z.

Ele riu.

— Preste atenção nela, Jade. É uma leoa!

Jade não tinha tirado os olhos de mim. Olhava um pouco além daquele chapéu estúpido e da roupa chique. Não seria fácil enganá-lo. Descobri que eu também não queria parar de olhar para ele. Ele emitia um magnetismo que parecia eletricidade. Dava para sentir na pele. Pensei se ele tinha controle disso, se podia ligar e desligar, aumentar e diminuir. Talvez. Don Jade não tinha sobrevivido na área por falta de talento.

Gostaria de saber se eu teria condições de enfrentá-lo.

Antes que eu respondesse à pergunta, um perigo mais iminente entrou em cena.

— Deus do céu! Qual foi o sádico que marcou minha aula para essa hora pouco civilizada?

Era o proprietário de Stellar: Monte Hughes III, que os amigos e oportunistas que o cercavam chamavam de Trey. Um *playboy* de Palm Beach. Devasso, bêbado, debochado. Minha primeira grande paixão, quando eu era jovem e rebelde e achava que *playboys* bêbados, debochados e devassos eram românticos e interessantes.

Ele estava de óculos, claro que para esconder os olhos vermelhos. Usava o mesmo corte de cabelo de Don Johnson em *Miami Vice*, grisalho e penteado para trás.

— Por falar nisso, que horas são? Que dia é hoje? — perguntou ele, com um sorriso torto.

Estava bêbado ou tinha tomado algo, ou ambas as possibilidades. Sempre foi assim. O sangue dele precisava manter um determinado nível alcoólico, depois de tantos anos bebendo. Trey Hughes: o bêbado feliz, a alegria da festa.

Fiquei bem quieta quando ele se aproximou de nós. Era pouco provável que me reconhecesse. Eu era muito jovem na última vez em que ele me viu, há vinte anos, e a expressão "cérebro conservado em álcool" não significava nenhum tipo de preservação. Eu não podia dizer que ele tivesse realmente me conhecido um dia, embora tivesse flertado comigo várias vezes. Lembro que, na época, fiquei muito convencida por causa disso, sem saber que Trey Hughes flertava com todas as jovenzinhas bonitas que passassem por ele.

— Paris, meu amor, por que eles fazem isso comigo? — Ele se inclinou e beijou o rosto dela.

— É uma trama contra você, Trey.

Ele riu. Tinha a voz rouca e baixa por causa de muito uísque e cigarro.

— Olha, eu achava que era paranóico, mas acaba que todo mundo estava mesmo querendo me acertar.

Estava com roupa de montaria: culote marrom, camisa e gravata. Dependurada no ombro, a sacola com o paletó. Achei-o igualzinho a vinte anos atrás: atraente, cinqüentão, autodestrutivo. Claro que, naquela época, ele tinha trinta anos. Passara muito tempo ao sol, por isso seu rosto estava cheio de linhas e bronzeado e seus cabelos tinham encanecido cedo, o que era um traço de família. Na época, ele me parecia ousado e sofisticado. Agora, apenas patético.

Ele se abaixou e me olhou sob a aba do chapéu.

— Eu sabia que devia ter uma pessoa embaixo disso. Sou Trey Hughes.

— Elle Stevens.

— Eu já te conheço?

— Não, acho que não.

— Graças a Deus. Sempre digo que jamais esqueço um rosto bonito. Fiquei achando que já tinha entrado na velha-guarda.

— Trey, sua cabeça está muito encharcada de álcool para você conseguir fazer alguma coisa — disse Jade, secamente.

Hughes nem olhou para ele.

— Há anos repito para as pessoas: eu bebo com fins medicinais. Talvez esteja finalmente fazendo efeito. — Não ligue para mim, querida — disse, me olhando. — Eu nunca ligo. — As sobrancelhas dele se juntaram. — Tem certeza de que não te conheço?

— Sou uma cara nova — disse eu, quase achando graça da minha piada. — Já esteve em Cleveland?

— Nossa, não! Por que iria lá?

— Lastimo o que aconteceu com Stellar.

— Ah, sim, bem... — disse ele, distraído, fazendo um gesto de quem deixa de lado. — Essas porcarias acontecem. Não é, Donzinho? — A pergunta tinha uma farpa. Ele continuava sem olhar para Jade.

Jade deu de ombros.

— Falta de sorte. O mundo dos negócios com cavalos é assim.

C'est la vie. C'est la mort.

A vida é assim. A morte é assim.

A tristeza dele estava sob controle.

— Deus abençoe a General Fidelity, desde que pague o seguro — brindou Hughes, levantando no ar um copo imaginário.

Mais uma vez, suas palavras continham uma farpa, mas Jade parecia impassível.

— Compre o cavalo belga. Depois você vai perguntar: "Stellar, qual?" — disse Van Zandt.

Hughes riu.

— Já basta eu ter emprestado meu Mercedes para você. E ainda quer gastar meu dinheiro antes mesmo de entrar no meu bolso?

— Como eu conheço você, acho mais sensato gastar antes, meu caro.

— Toda a minha grana está indo para a nova cocheira — disse Hughes. — Saco de Dinheiro sem Fundo.

— Para que serve um cocheira linda se não tem cavalos para colocar dentro? — perguntou Van Zandt.

— Deixe que alguém como o sr. Jade chegue com um caminhão de clientes para pagar a hipoteca e me comprar uma nova lancha veloz — respondeu Hughes. — Como faz a metade de Wellington.

Era verdade. Muitos moradores de Wellington pagavam um ano de hipoteca com os aluguéis altíssimos que cobravam dos visitantes pelos três ou quatro meses da temporada de inverno.

— Trey, monte seu cavalo. Quero que você esteja sóbrio para completar o curso — mandou Jade.

— Droga, D. J., a bebida é a única coisa que me deixa ligado. Não posso montar sóbrio. — Olhou em volta, procurando. — Erin, meu pêssego. Seja boazinha e traga meu nobre cavalo — pediu ele.

— Erin não trabalha mais aqui, Trey. Não lembra? — perguntou Paris, pegando a sacola do paletó e entregando a ele o capacete de montar.

— Ah, é. Você se livrou dela.

— Ela foi embora.

— Hã. — Ele inspecionou em volta, sorrindo para si mesmo. — Tive a impressão de vê-la. — Conferiu se a orla estava clara e disse a Paris, num sussurro teatral: — Amorzinho, por que, em vez de Erin, você não dispensou aquela vaquinha?

Paris revirou os olhos.

— Vá montar seu cavalo, Trey.

Falando espanhol, Paris mandou o guatemalteco trazer o cavalo cinza e o grupo foi saindo da alameda. Virei-me para ir embora. Jade continuava lá, me observando.

— Foi um prazer conhecê-la, Elle. Espero que a gente se veja por aí, quer V. venda um cavalo para você ou não.

— Tenho certeza de que você vai me ver. Agora estou atraída pela história.

— Como uma mariposa pela luz? — perguntou ele.

— Alguma coisa assim.

Ele apertou minha mão e senti a corrente elétrica percorrer meu corpo outra vez.

Olhei o grupo indo para o picadeiro de instrução. Van Zandt andava ao lado do cavalo cinza, falando com Hughes das vantagens do cavalo de salto belga. Hughes estava inclinado para o lado, montado no cavalo. Paris olhou para trás, vendo se Jade vinha.

Andei para o meu carro, esperando que desse tempo de voltar para casa e tomar um banho, tirar a sujeira. O grupo de Jade tinha uma oleosidade grudenta que devia ter cheiro, da mesma forma que sempre achei que as cobras deviam ter cheiro. Eu não queria ter nada com eles, mas as rodas já estavam girando. O velho e conhecido nervosismo zunia na minha cabeça. Conhecido, mas nem por isso bem-vindo.

Fiquei à margem, correndo nas pistas laterais por um bom tempo. Vivia cada dia, sem saber se chegaria à conclusão de que já tinha vivido um dia a mais da conta. Não sabia se estava com a cabeça no lugar para fazer aquele trabalho. E se não fizesse, a vida de Erin Seabright poderia pesar na balança.

Se é que ela ainda estava viva.

Você se livrou dela, tinha dito Trey Hughes. Uma afirmação bastante inocente. Uma figura de linguagem. Dita por um homem que não sabia nem em que dia estávamos. Mesmo assim, atingiu um nervo.

Não sabia se devia confiar no meu instinto, já que ele estava há tanto tempo fora de uso. E olhe o que aconteceu na última vez em que confiei nele, pensei. Meu instinto, minha escolha e as conseqüências. Todas ruins.

Mas dessa vez não seria a minha ação que causaria problema. Seria a falta de ação. A inércia da mãe de Erin Seabright e da delegacia policial.

Alguém precisava fazer alguma coisa. Aquelas pessoas que Erin Seabright tinha conhecido e com quem tinha trabalhado ficavam reticentes demais quando se falava nela e altivas demais quando se falava em morte.

6

O endereço de Erin que Molly tinha me dado era uma garagem para três carros que algum especulador transformou em imóvel para alugar. Geograficamente, ficava perto da casa dos Seabright, em Binks Forest. Sob todos os demais aspectos, ficava num outro mundo.

A Loxahatchee rural, onde as estradas secundárias são sujas, as valas não escoam e ninguém jamais viu uma lei de zoneamento que não fosse desrespeitada. Uma estranha mistura de lugares decadentes, casas de nova classe média e pequenas propriedades de cavalos. Um lugar onde as pessoas colocavam placas nas árvores da estrada anunciando de tudo, de "Ganhe $$$ sem sair de casa" a "Vendem-se filhotes de cachorro" e "Retiram-se tocos de árvore. Barato".

O lugar onde Erin tinha morado ficava escondido por pinheiros altos e palmeiras raquíticas. A casa principal era em falso estilo estância espanhola de meados dos anos 70. A pintura branca tinha ficado cinza com a sujeira. O quintal consistia em areia suja e grama mortiça, esturricada pelo sol. Uma Honda velha estava num lado da entrada, suja e manchada com pingos endurecidos de seiva de pinheiro. Parecia não sair dali há um bom tempo.

Fui até a porta da frente e toquei a campainha, achando que ninguém estaria em casa no meio do dia. Eu gostaria muito mais de entrar na garagem-casa. Teria interação humana suficiente para o resto do dia. Matei um mosquito no meu braço e toquei a campainha outra vez.

Uma voz gritou, parecendo dobradiça enferrujada:

— Estou nos fundos!

Pequenas lagartixas marrons surgiram no caminho e entraram no jardim de plantas crescidas enquanto eu contornava o lado da garagem. No fundo da casa tinha a piscina obrigatória. A tela que foi colocada para não entrarem insetos no pátio ficou toda arrebentada como se uma gigantesca pata tivesse pisado nela. A porta estava escancarada, com as dobradiças quebradas.

A mulher na porta tinha passado havia muito da idade e da forma física em que alguém se interessaria em vê-la de maiô de duas peças, mas era o que ela estava usando. No corpo encurvado, a pele era flácida e caída como bolas de couro meio murchas.

— O que quer, amor? — perguntou ela. Foi transplantada de Nova York com enormes óculos Jackie O. Devia estar quase nos setenta, dos quais devia ter passado sessenta e oito ao sol. A pele era queimada e manchada como a dos lagartos que viviam no jardim dela. Fumava um cigarro e tinha dois gatos amarelados, gordíssimos, presos numa correia. Ao vê-la, fiquei um instante calada, pasma.

— Procuro minha sobrinha — disse, por fim. — Erin Seabright. Ela mora aqui, não?

Ela concordou, jogou a guimba no chão e apagou-a com o salto da bota de neoprene para mergulho.

— Erin. A bonita. Não a vejo faz uns dias, querida.

— Não? A família também não sabe dela. Estamos ficando preocupados.

A mulher apertou os lábios e tentou me tranqüilizar.

— Ah! Deve ter ido para algum lugar com o namorado.

— Namorado? Não sabíamos que tinha.

— Que surpresa — disse ela, com ironia. — Uma adolescente que não conta nada para a família. Mas acho que terminaram. Noite dessas, os ouvi brigando no quintal.

— Quando?

— Na semana passada. Não sei, talvez quinta ou sexta-feira. — Ela deu de ombros. — Estou aposentada, não guardo datas. Todos os dias são iguais.

Só sei que saí para passear com meus bebês na manhã seguinte e tinham jogado uma chave debaixo do carro de Erin e estragado a pintura. Tenho uma porta que afastaria tipos indesejados, se o meu preguiçoso filho a consertasse. Ele só vai me dar atenção se eu for violentada e morta. Pensa que vai herdar o que tenho.

Deu um muxoxo, olhou os gatos amarelos e sorriu como quem ouve uma piada por telepatia. Um gato deitou no chão sujo e esticou as patas traseiras. O outro, de orelhas esticadas, agarrou o pé dela.

— Ah, Cecil! Não morda o pé da mamãe! Da outra vez, inflamou. Pensei que eu fosse morrer! — zangou ela.

Estapeou o gato, que revidou, puxou a correia e deu uma espécie de rosnado. O bichano devia pesar uns quinze quilos.

— Será que posso dar uma olhada no apartamento? Talvez tenha uma pista de aonde foi. A mãe dela está doente de preocupação — disse, gentilmente.

Ela deu de ombros.

— Claro, como não? Você é parente.

O tipo da proprietária que todos nós, inquilinos, queremos. Quarta emenda da Constituição? Invasão de domicílio? Que quarta emenda?

Ela amarrou a correia dos gatos na maçaneta da porta de tela rasgada e enfiou a mão na bolsinha amarrada à cintura, retirando um molho de chaves, um cigarro e um isqueiro Bic rosa-choque. Acendeu o cigarro enquanto íamos para a frente da garagem, que tinha duas janelas de compensado onde antes eram as portas.

— Quando fiz isso aqui, botei dois apartamentos com um banheiro. Assim o aluguel dá mais lucro. Semiprivativo. Setenta e cinco dólares mensais cada — confidenciou ela.

Setenta e cinco dólares mensais para morar numa garagem e dividir o banheiro com um estranho.

— Aliás, meu nome é Eva. Eva Rosen — disse ela, prendendo os óculos no alto da cabeça.

— Ellen Stuart.

— Você não parece com a família — disse Eva, olhando bem para mim quando entramos no apartamento.

— Sou parente por casamento.

O apartamento tinha uma só peça com piso de vinil sujo e vários móveis horrendos comprados de segunda mão. Alguns utilitários de cozinha estavam enfiados num canto: uma pequena pia cheia de pratos sujos com formigas, duas bocas de fogão, um microondas e uma minigeladeira. A cama estava no fundo, desarrumada.

Não havia qualquer outro sinal de que alguém morasse ali. Nada de roupas, sapatos, nenhum objeto pessoal.

— Parece que se mudou daqui. Não a viu colocar coisas no carro? — perguntei.

Eva virou-se no meio do aposento, boquiaberta; o cigarro grudado no lábio inferior balançava, precário.

— Não! Ninguém me falou de mudança. E deixou os pratos sujos para mim, apenas! Você dá às pessoas um ótimo lugar e é assim que elas retribuem!

— Não viu ninguém entrando e saindo nos últimos dias?

— Não, só aquela outra, a gorda.

— Jill Morone?

— Ela não presta. Com aqueles olhinhos. Jamais deixaria meus dois bebês com ela.

— Mora no outro apartamento?

— Alguém vai ter de me responder isso. Eles alugaram para a temporada. Têm que pagar — resmungou Eva.

— Quem paga o aluguel?

— Os cheques são das Fazendas Jade. Aquela moça simpática, Paris, sempre traz o cheque. É tão simpática. Não acredito que ela deixasse isso acontecer.

Dando baforadas, irritada, foi até a pia e abriu a torneira. Os canos gargarejaram e cuspiram. A água finalmente saiu, marrom.

— As pessoas não podem simplesmente mudar no meio da noite, achando que não precisam pagar. Meu filho imprestável presta para uma coisa: é fiador de imóveis. Conhece muita gente.

Fui atrás de Eva quando abriu a porta, entrou no banheiro e passou para o lado da garagem que era de Jill Morone. O chão tinha muitas toalhas molhadas, as paredes do boxe estavam alaranjadas e empretecidas de ferrugem e mofo.

— Essa garota ainda está aqui — resmungou Eva. — Porquinha. Olha só que bagunça.

O lugar parecia ter sido revirado, mas achei que era só o jeito de a garota arrumar a casa. Roupas e revistas jogadas por todo canto. Na mesa de café, um cinzeiro cheio de tocos de cigarro. Vi a *Sidelines* com a minha foto no chão e, disfarçadamente, enfiei embaixo do sofá.

— Eu não deixaria um cachorro viver desse jeito — resmungou Eva Rosen, mexendo nas coisas de Jill Morone. — Onde ela arruma tudo isso? Roupas da Bloomingdale's. Ainda com preço nas etiquetas. Aposto que ela rouba. Faz o tipo.

Não comentei. Dei uma olhada nas jóias misturadas sobre a penteadeira, pensando se algumas não teriam vindo do quarto ao lado. Uma boa troca por uma pilha de pratos sujos.

— Estava por aqui no domingo passado, sra. Rosen?

— Sou senhorita. Passei o dia todo aqui.

— E à noite?

— Todo domingo à noite eu vou com meu amigo Sid ao restaurante tailandês A-1. Comi um frango ao molho *curry*. Tão apimentado! Fiquei vários dias com azia.

— A que horas chegou em casa?

— Bom, isso não é da sua conta.

— Por favor, srta. Rosen, é muito importante. Erin está sumida.

Ela fingiu surpresa, depois inclinou a cabeça de lado e deu de ombros.

— Sid é um amigo especial, você me entende. Só voltei na segunda-feira. Lá pelo meio-dia.

Tempo mais que suficiente para Erin arrumar as malas, ou alguém arrumar para ela.

— Ela fugiu com algum rapaz, foi isso — disse Eva, terminando o cigarro e colocando a guimba no cinzeiro cheio. — Não quero ofender a sua família, mas ela ficava muito esquisita com aquelas blusas justas e o umbigo de fora.

Isso foi dito por uma mulher de setenta anos, de biquíni.

— E o namorado, como era? Sabe a marca do carro dele? — perguntei.

— Morei em Queens por sessenta e sete anos. Acha que conheço carros?

Tentei respirar devagar. Mais uma das minhas falhas como policial: falta de diplomacia com gente de uma maneira geral.

— Cor? Altura? Alguma coisa que eu possa informar à polícia?
— Carro preto, talvez. Ou azul-escuro. Só vi uma vez, de noite.
— E o rapaz? Como era?
— E o meu direito? — perguntou ela, fingindo indignação. — Isso aqui é o programa *Law and Order*? Você é a Srta. Advogada da Delegacia ou algo assim? Será que Sam Waterston vai sair do armário agora?
— Estou apenas preocupada com minha sobrinha, srta. Rosen. Acho que aconteceu alguma coisa com ela. Não avisou ninguém que ia mudar. A família não sabe nada desse namorado. Como vamos descobrir se queria ir com ele?

Eva pensou, os olhos brilharam um instante com a possibilidade de intriga, depois ela balançou a mão, fingindo indiferença.

— Não vi direito. Escutei os dois brigando. Olhei pelas venezianas. Só vi de costas, a cabeça.
— Sabe dizer se era alto ou baixo? Mais jovem ou mais velho?

Ela deu de ombros.

— Altura média. Estava de costas para mim.
— Conheceu o homem para quem Erin trabalhava? — perguntei.
— Que homem? Pensei que trabalhasse com Paris.
— Don Jade. Meia-idade, mais para magro, muito bem-apessoado.
— Não conheço. Só Paris, tão simpática. Sempre encontra tempo para perguntar pelos meus bebês. Acho que não sabe que Erin foi embora, senão teria me falado.
— Com certeza, não sabe. Notou alguma coisa no namorado de Erin, srta. Rosen? Qualquer coisa.

Eva Rosen balançou a cabeça.

— Desculpe, querida. Se pudesse, eu ajudava. Também sou mãe, você sabe. Tem filhos? — perguntou ela, olhando desconfiada para o meu cabelo.
— Não, não tenho.
— Eles deixam a gente louca de preocupação. Depois, desapontam. É uma provação.
— Nunca ouviu Erin dizer o nome do namorado? — perguntei.

Ela buscou na memória.

— Talvez, acho que a ouvi mencionar um nome naquela noite. Isso mesmo. Como se fosse de novela. Brad? Tad?
— Chad?

— Isso mesmo.
Chad Seabright.

Amor proibido. Fiquei pensando se aquele enredo shakespeariano tinha colaborado para Erin sair de casa. Eu não acreditava que Bruce Seabright aprovasse o namoro do filho com a enteada, apesar de não serem parentes consangüíneos. E se Bruce não gostava, Krystal não gostaria.

Pensei por que Molly não teria comentado de Erin e Chad, por que não falou nada de Chad. Talvez achasse que eu também ia desaprovar. Se fosse isso, ela me superestimou. Eu não ia julgar o comportamento da irmã dela. Meu único interesse pela vida amorosa de Erin era saber por que sumiu.

Fui de carro para a casa dos Seabright. Chad, o enfermo, estava na frente da garagem, lavando sua caminhonete Toyota preta. O garoto americano típico, de calça cáqui e camiseta branca. Olhou-me através dos óculos espelhados Oakley enquanto tirava o sabão das rodas do carro.

— Minha visita foi ótima. Eva Rosen me contou tudo — disse eu, andando pela trilha da garagem.

— Quem é Eva Rosen?

— A proprietária do apartamento de Erin. Não perde nada, a velha Eva.

Chad levantou-se, esqueceu da mangueira e das rodas.

— Desculpe, não guardei seu nome — disse ele, gentil.

— Elena Estes. Estou procurando a filha de sua madrasta.

— Já disse hoje de manhã, srta. Estes: não sei dela.

— Estranho, porque Eva me disse que você esteve no jardim dela outro dia. Parece que sabe umas coisas bem interessantes sobre você. Você e Erin.

Ele deu de ombros e balançou a cabeça, depois deu um sorriso pueril para completar o estilo Matt Damon.

— Desculpe, não sei do que está falando.

— Calma lá, Chad. Tenho anos de janela, não me interessa se você e Erin têm um caso. Um rapaz que transa com a irmã de criação não me faz arrancar os cabelos.

A acusação fez com que ele franzisse o cenho.

— Foi por causa disso que Erin saiu de casa, não é? Seu pai não ia agüentar os dois ficando bem no nariz dele.

— Não temos nada — insistiu.

— Eva me contou que vocês dois brigaram na outra noite, na frente da garagem dela. O que houve, Chad? Erin terminou com você? Vou dar um palpite: você não era mais um namorado tão interessante, já que a mãe dela e o padrasto não estavam mais vendo.

Ele desviou o olhar, tentando imaginar o que fazer. Dizer a verdade, demonstrar raiva, continuar negando, ficar calmo? Escolheu a última alternativa, mas estava começando a se irritar com minha franqueza.

— Olha, não sei direito quem é a senhora, mas é doida — disse ele, tentando um falso bom humor.

Achei uma parte seca no pára-lama da caminhonete, encostei nela e cruzei os braços.

— Ela trocou você por quem, Chad? Um homem mais velho? O patrão, vai ver?

— Não sei com quem Erin está, nem me interessa — disse ele, bruscamente.

Jogou a água fora e levou o balde para dentro da garagem. Fui atrás.

— Certo, pode ser que eu esteja enganada. Talvez a briga tenha sido por outro motivo. Se considerarmos a ressaca que estava hoje de manhã, você é um cara que gosta da noite. Pelo que eu soube, Erin devia gostar de aventuras. E lá está ela no centro hípico, um mundo novo de comerciantes e usuários de drogas. Talvez fosse por isso que você ficou brigando na frente da garagem de Eva Rosen: drogas.

Chad colocou o balde numa prateleira onde os produtos para carros estavam arrumados como numa loja dos Pep Boys.

— Está por fora, senhora.

— Ela tentou excluir você de um negócio, Chad? Foi por isso que voltou mais tarde e trancou o carro dela?

— Qual é a sua? Por que está aqui? Tem autorização para me interrogar ou alguma coisa assim? — perguntou ele.

Eu estava perto demais. Ele queria distância.

— Não preciso de autorização, Chad, não sou esse tipo de tira — disse, calmamente, olhando bem para ele.

Não entendeu direito, mas ficou nervoso. Pôs as mãos na cintura, arrastou os pés, cruzou os braços no peito, olhou para a rua.

— Onde está Erin? — perguntei.

— Já disse, não sei. Não a tenho visto.

— Desde quando? Sexta-feira? A noite em que discutiu com ela? A noite em que trancou o carro dela?

— Não sei nada disso. Fale com aquela vacona que trabalha com ela. Jill Moron. Ela é doida. Pergunta onde está Erin. Ela deve tê-la matado e comido — disse ele.

— Como você conhece Jill Morone? Como conhece as pessoas com quem Erin trabalha, se não tinha contato com ela? — perguntei.

Ele ficou parado e olhou para fora.

Boooa. Era bom saber que eu ainda levava jeito para a coisa.

— Por que vocês brigaram na sexta à noite, Chad? — repeti, esperando, com paciência, enquanto ele pensava no que responder.

— Eu terminei com ela, não quero confusão — disse, virando-se de novo para as prateleiras. Pegou uma toalha numa pilha de toalhas brancas, todas cuidadosamente dobradas.

— Hum-hum. Besteira. Você não termina com uma garota depois volta e tranca o carro dela. Só faz sentido se você levar o fora.

— Não tranquei o carro dela!

— Duvido.

— Problema seu, não meu.

— Não imagino você terminando com ela, Chad. Erin devia estar fora do alcance de Krystal e Bruce porque mudou de casa, mas você ainda podia incomodar o velho se envolvendo com ela.

— Você não sabe nada da minha família.

— Não? — Dei uma olhada na garagem que tinha um lugar para cada coisa e cada coisa no seu lugar. — Seu velho é um controlador fodido. Ele é quem sabe das coisas, ninguém mais. A opinião dele é a que vale. Todo mundo na casa está lá para servir e confirmar a superioridade dele. O que acha do que eu disse?

Ofendido, Chad foi para o carro e tentou limpar com a toalha as gotas de **água** que tinham secado.

— Ele vai te perseguir se você não tirar esses pingos, não, Chad? — perguntei, seguindo em volta do carro. — Não pode ter manchas nos carros. O que os vizinhos vão pensar? E imagine se eles souberem de você com Erin. Que desgraça, fazer isso com a irmã de criação. É quase incesto. Você acha seu pai um porre, não é?

— Senhora, está enchendo meu saco.

Não falei que era isso mesmo que eu queria. Fui atrás dele quando passou o pano na capota, do outro lado do carro.

— Diga o que eu quero saber e vou embora.

— Não tenho nada a dizer. Não sei onde Erin está, nem me interessa.

— Aposto que vai se interessar quando tiver um tira atrás de você. Porque talvez tenha droga metida no sumiço de Erin. Garanto por experiência que tem pouca coisa que um traficante goste mais do que colocar as patas num rapaz endinheirado e nos amigos dele. Que tal, quando interrogarem seu pai sobre o seu envolvimento? Acho que você vai gostar...

Ele se virou para mim com as mãos para o alto, como se eu apontasse um revólver para ele.

— Certo, certo! Porra, a senhora é fogo — disse, balançando a cabeça.

Esperei.

— Certo! — repetiu ele, dando um suspiro. — Erin e eu estávamos saindo e eu achava que aquilo significava alguma coisa, mas não era nada para ela. Ela terminou tudo. Foi isso, é essa a história toda. Não tem nada a ver com drogas, nem acertos, nem nada. É isso. Ela terminou comigo.

Ele deu de ombros e largou os braços, desanimado. A declaração tirou toda a arrogância dele. O ego masculino é frágil aos dezessete ou aos setenta.

— Ela deu um motivo? — perguntei, devagar. Ele voltou a ficar tenso e por isso acrescentei: — Eu não ia perguntar isso, mas aconteceu uma coisa no trabalho de Erin e ninguém consegue encontrá-la.

— Ela está em dificuldade?

— Não sei.

Ele pensou um instante.

— Erin disse que tinha uma outra pessoa, um homem, como se eu fosse um menino de doze anos ou algo assim. — Balançou a cabeça, desgostoso.

— Disse quem era?

— Não perguntei. Para quê? Sei que tinha uma queda pelo patrão, mas ele tem cinqüenta e tantos anos...

— Ela disse que ia para algum lugar? Falou em mudar de emprego ou de apartamento?

Ele balançou a cabeça.

— Nunca falou em ir para Ocala?

— Ocala? Por que iria lá?

— O patrão diz que ela largou o emprego e foi trabalhar em Ocala.

— Não sabia. Mas ela não faria isso, não tem nada a ver — disse ele.

— Obrigada pela informação. — Tirei um cartão do bolso, com meu telefone rabiscado. — Se souber dela, ligue por favor para este número e deixe um recado.

Chad pegou o cartão e ficou olhando.

Voltei para meu carro e fiquei um instante na frente da garagem dos Seabright. Olhei a vizinhança. Lugar calmo, agradável, caro: jogadores de golfe enfileirados no marco, lá ao longe. O sonho americano.

Pensei nos Seabright. Prósperos, bem-sucedidos; neuróticos, briguentos, cheios de ressentimentos secretos. O sonho americano visto num espelho de parque de diversões.

Estacionei na rua, em frente à escola, e ficamos esperando juntas, as mães dos meninos que jogavam futebol e eu. Eu me sentiria mais deslocada dançando na primeira fila de um musical de teatro. As portas começaram a despejar crianças que iam para os ônibus escolares ou para a fila de carros.

Não havia sinal de Krystal Seabright, embora eu não esperasse encontrá-la. Para mim, estava bem claro que Molly era apenas uma adulta pequena que por acaso morava na mesma casa de Krystal. Molly tinha se transformado no que era ou por autopreservação ou por assistir ao A & E. Ela já devia ter visto na tevê todo o drama, rebeldia e conflito familiar da vida de Erin e resolveu passar para o outro lado para ser aceita.

Engraçado, pensei, Molly Seabright era exatamente como seria minha irmã menor, se eu tivesse uma. Meus pais me adotaram e deram o assunto por encerrado. Eu já não era fácil. Pior para eles. A irmã aprenderia com meus erros e poderia ser exatamente a filha que eles queriam antes.

Desci do carro quando vi Molly sair da escola. Ela não me viu. Andava de cabeça baixa, puxando sua malinha. Estava rodeada de crianças, mas parecia sozinha, imersa em pensamentos. Virou-se e foi andando pela calçada. Chamei-a. Quando me viu, seu rosto se alegrou com uma expectativa bem controlada.

— Já encontrou ela? — perguntou.

— Não, ainda não. Passei o dia fazendo perguntas. Pode ser que ela esteja em Ocala.

Molly balançou a cabeça:

— Ela não ia mudar sem me dizer, sem me telefonar.

— Erin conta tudo para você? — perguntei, abrindo a porta do carro para ela. Dei uma olhada em volta para ver se alguém estava me achando molestadora de crianças. Ninguém prestava a menor atenção.

— Conta.

Dei a volta no carro, entrei e liguei o motor.

— Contou que tinha um envolvimento com Chad?

Ela desviou o olhar e pareceu encolher no assento do carro.

— Por que você não falou em Chad?

— Não sei. Preferia ignorar que ele existe — resmungou ela.

Ou preferia ignorar que Erin tinha passado de irmã a uma pessoa com vida sexual, pensei, enquanto voltava para a rua sem saída onde Molly morava. Erin era ídolo e protetora dela. Se Erin a abandonasse, Molly estaria sozinha no hábitat disfuncional dos Seabright.

— Chad esteve no apartamento de Erin na sexta à noite. Discutiram. Sabia disso?

Molly deu de ombros.

— Acho que terminaram.

— Por que acha? Erin estava interessada em outro?

— Tinha uma queda pelo patrão, mas ele é muito velho para ela.

Isso era questão de opinião. Pelo que eu sabia de Erin até então, não me surpreenderia se tivesse interesse por um homem com idade para ser pai dela. E se considerarmos o passado dele, Jade não imporia limites para ela.

— Sabe de mais alguém?

— Não — disse Molly, irritada. — Erin gostava de flertar. Eu não ligava, não queria tomar conhecimento disso.

— Molly, estamos tratando de uma coisa muito importante — disse, enquanto encostava na calçada, no final da rua. — Quando eu perguntar de Erin, de qualquer coisa ou pessoa, você tem de dizer toda a verdade que sabe. Sem excluir detalhes que não gosta. Entendeu?

Ela franziu o cenho, mas concordou.

— Você tem de confiar em mim — disse e senti um frio no corpo.

Molly me olhava daquele jeito firme e sensato demais. Disse:

— Eu já falei que confio em você.

Dessa vez, não perguntei por quê.

7

Estou ao lado do trailer *dos irmãos Golam. Mandaram-me ficar bem quieta, aguardar, mas sei que não é a melhor atitude. Se eu sair primeiro, se for agora, posso dar um tiro nos irmãos,* bang. *Eles pensam que me conhecem. Trabalho nesse caso há três meses. Sei o que estou fazendo. Sei que estou certa. Sei que os irmãos Golam já devem estar nervosos. Sei que quero e mereço dar essa batida. Sei que o tenente Sikes está aqui para assistir à exibição e se gabar. Ele quer parecer direito quando os carros da imprensa chegarem. Quer que o público ache que deve votar nele na próxima eleição para delegado.*

Ele me enfiou do lado do trailer *e disse para eu aguardar. Não sabe onde mete o nariz. Não me ouviu quando eu disse que os irmãos usam a porta lateral. Enquanto Sikes e Ramirez cuidam da frente, os irmãos estão pondo o dinheiro em sacolas de lona e se preparando para sair pelo lado. O caminhão de Billy Golam, com tração nas quatro rodas, está estacionado a três metros, coberto de lama. Se eles correm, pegam o caminhão e não o Corvette parado em frente. O caminhão pode rodar em estrada de terra.*

Sikes está perdendo um tempo precioso. Os irmãos Golam estão com duas garotas no trailer. *Isso poderia se transformar facilmente num seqüestro. Mas se eu for agora... Eles acham que me conhecem.*

Aperto a tecla do meu radiotransmissor.

— Isso é besteira. Eles vão pegar o caminhão. Vou atacar.

— Droga, Estes...

Jogo o rádio no mato ao lado do trailer. *O caso é meu. A batida é minha. Sei o que estou fazendo.*

Pego meu revólver e prendo nas costas. Vou para a porta lateral e bato no mesmo ritmo de todos os fregueses dos irmãos Golam: duas batidas, uma, duas.

— Ei, Billy, aqui é a Elle! Preciso de um pouco.

Billy Golam abre a porta, olhos esbugalhados, ele está chapado com o que fabrica na própria cozinha: anfetamina. Está ofegante. Segura uma arma.

Merda.

A porta da frente explode para dentro.

Uma das garotas grita.

Buddy Golam berra:

— Polícia!

Billy Golam aponta a .357 para a minha cara. Respiro pela última vez.

Ele vira, de repente, e atira. O barulho é ensurdecedor. A bala acerta Hector Ramirez no rosto e arranca a parte de trás da cabeça dele, sangue e pedaços de cérebro espirram em Sikes, por trás.

A imagem some aos poucos e entra em foco lentamente o prédio onde eu tinha trabalhado.

O Complexo de Justiça Criminal do condado de Palm Beach fica escondido numa parte ajardinada da estrada do Clube de Tiro, perto do parque do lago Lytal. O complexo inclui o escritório do delegado, as salas dos médicos fazerem exames, o necrotério, os tribunais do condado e a cadeia. Um lugar com tudo para violadores da lei e suas vítimas.

Fico no estacionamento, olhando para o prédio da sala do delegado. Sinto enjôo. Fazia muito tempo que não passava por aquelas portas. Uma parte de mim acreditava que todo mundo me reconheceria na hora e sentiria um ódio peçonhento por mim. Claro que eu sabia que não era assim. Provavelmente, só a metade deles me reconheceria e me odiaria.

O relógio estava quase marcando a hora da troca de turno. Se eu não achasse James Landry agora, só no dia seguinte. Queria que ele ficasse com o nome de Erin Seabright na cabeça, preocupado com ela a noite inteira.

Minhas pernas fraquejaram quando caminhei para a entrada. Detentos de uniformes cinza-escuro estavam trabalhando no jardim, vigiados por um guarda negro de calça camuflada, camiseta preta e justa, boné de soldado raso. Falava alguma besteira com dois tiras que estavam na calçada fumando. Nenhum deles me olhou.

Fui para a recepção. Ninguém me chamou ou correu para me atacar. Talvez fosse por causa do meu cabelo.

Atrás do vidro à prova de bala, a recepcionista era uma jovem de rosto redondo, unhas de sete centímetros pintadas de roxo, cabelos pretos e encaracolados, estilo Medusa.

— Preciso falar com o detetive Landry — disse eu.
— Qual o assunto, senhora?
— Um caso de desaparecimento.
— Seu nome?
— Elena Estes.

Não deu sinal de me conhecer. Nenhum grito de raiva. Eu não a conhecia, ela não me conhecia. Ligou para Landry e disse para eu esperar numa das cadeiras. Fiquei de braços cruzados olhando para a porta que dava na escada, mal conseguindo respirar. Parecia ter se passado uma hora até a pesada porta cinza ser aberta.

— Senhorita Estes?

Landry segurou a porta à guisa de convite para entrar.

Era um homem compacto, atlético, de quarenta e poucos anos, com um jeito escrupuloso. Quase às quatro horas da tarde, ele ainda tinha mancha de cereal na camisa. O cabelo de corte meio militar era preto, já bem grisalho. Olhar de águia: penetrante e um pouquinho altivo. Ou vai ver que isso era paranóia minha.

Conheci vários dos dezessete detetives do setor de Roubos e Homicídios, o maior da delegacia, mas não conhecia Landry. Devido ao tipo de trabalho, os detetives de entorpecentes costumam se manter (ou ser mantidos) isolados, só cruzando com os outros quando ficam olhando cadáveres.

Subimos em silêncio a escada para o segundo andar. Não havia ninguém do outro lado do vidro no pequeno vestíbulo que levava à sala de Roubos e Homicídios. Landry abriu a porta com um cartão magnético.

Na sala ampla, as mesas de ferro foram agrupadas, formando ilhas. Quase todas as mesas estavam vazias. Não reconheci nenhuma das pessoas presentes. Os olhares que me seguiram eram disfarçados, insípidos, frios. Olhos de tira. O jeito é sempre o mesmo, seja qual for a delegacia ou o lugar. Olhar de quem não confia em ninguém e suspeita que todo mundo fez alguma coisa. Eu não era capaz de dizer o que eles estavam pensando. Mas alguns olhares foram demorados demais.

Sento na cadeira que Landry indicou, ao lado da mesa dele. Alisou a gravata com a mão depois de sentar-se, sem despregar os olhos de mim. Ligou o computador e colocou os óculos de leitura.

— Sou o detetive Landry, vou tomar seu depoimento — disse ele, digitando no teclado. — Vou pegar suas declarações. É comunicação de uma pessoa desaparecida, não é?

— Já foi comunicado. Ela se chama Erin Seabright. A irmã falou com o senhor há alguns dias. Molly Seabright. Ela me disse que o senhor foi agressivo, condescendente e não ajudou nada.

Mais um capítulo do *Guia Elena Estes de como fazer amigos e influenciar pessoas*.

Landy tirou os óculos e olhou bem para mim, outra vez.

— Aquela menina? Ela tem doze anos.

— Isso por acaso muda o fato de a irmã estar desaparecida?

— Não registramos reclamações de crianças. Falei ao telefone com a mãe dela. Ela não queria dar queixa. Disse que a filha não está desaparecida.

— Talvez ela tenha matado a filha. Você não vai deixar de procurá-la porque a assassina não quer dar queixa, vai?

Ele ficou preocupado.

— Você tem motivos para achar que a mãe a matou?

— Não, não acho isso. Estou dizendo que você também não sabe, mas desprezou a reclamação da menina.

— Então a senhora veio aqui para brigar comigo? — perguntou ele, incrédulo. — A senhora é doente da cabeça? O que tem a ver com essas pessoas? São parentes seus?

— Não, Molly é minha amiga.

— A de doze anos.

— Pediu para eu ajudá-la. Acredito que tem boas razões para achar que a irmã sumiu.

— Por que pensa isso?

— Porque a irmã está desaparecida. Não é vista desde domingo.

Contei a história de Don Jade e a morte de Stellar. Landry ficou irritado comigo. Havia uma espécie de zunido de impaciência em volta dele. Não gostou de eu ter feito o trabalho dele, embora achasse que não havia o que fazer. Os tiras podem ser possessivos.

— Você acha que aconteceu alguma coisa com essa garota por causa de um cavalo morto — disse ele, como se fosse a teoria mais ridícula que já tinha ouvido.

— Tem gente que morre por causa de um tênis — disse. — Tem gente que morre por entrar na rua errada. Essa cavalo morto estava segurado por duzentos e cinqüenta mil dólares e quem vender um substituto dele deve levar quase a mesma quantia só em comissões. Acha difícil que alguém use de violência para conseguir esse dinheiro?

— E o treinador diz que a garota largou o emprego e mudou-se para Ocala.

— O treinador, que provavelmente matou o cavalo e vai ter um lucro enorme com a próxima venda.

— Tem certeza de que ela não mudou para Ocala? — perguntou Landry.

— Não tenho, mas é pouco provável.

— Esteve no apartamento dela? Havia sinais de luta no local?

— Estive. Não há nada lá.

— Nada. Dá a impressão de que ela se mudou? — sugeriu ele.

— Talvez. Mas só podemos saber se alguém a procurar. Você podia chamar a delegacia de Ocala.

— Ou você podia ir lá de carro e procurar por ela.

— Ou você podia chamar a DP local, o delegado de plantão, ou lá o que seja em Ocala.

— E dizer o quê? Que essa garota deve ter mudado para lá e arrumado um emprego? Ela tem dezoito anos. Faz o que bem entender.

— Dê a eles indicações sobre o carro dela.

— Por quê? Foi roubado?

Levantei-me. Estava mais irritada do que ele e contente porque não dava para ele perceber na minha cara.

— Certo, Landry. Você não dá a menor importância por essa menina ter sumido, menos ainda para saber se ela morreu, e não se interessa por um caso de fraude numa quantia de seis dígitos. Para que servem os impostos que eu pago?

— A fraude em seguradora só existe depois que a empresa denuncia. E a garota não está desaparecida, se tem dezoito anos e mudou-se por vontade própria, a menos que a família comunique seu desaparecimento.

— A família comunicou. A irmã fez isso. À parte esse detalhe, você está dizendo que, se ela se afastou da família e algo acontece com ela, só ela pode comunicar o próprio desaparecimento. Isso é um absurdo. Você está esperando que aconteça Deus sabe o quê com essa garota porque a mãe é uma avoada que está contente de se livrar dela.

"Acho que entendi — continuei, ironicamente. — Afinal, o caso pode tomar uma ou duas horas da sua agitada agenda do dia, fazendo com que deixe de investigar roubos de carteira para dar alguns telefonemas, checar algumas coisas, fazer algumas perguntas..."

Landry também se levantou. O rosto dele estava ficando vermelho sob o bronzeado. Todo mundo na delegacia nos olhava. Minha visão periférica mostrava que um dos sargentos tinha saído da sala dele para olhar. Ao fundo, um telefone tocava e ninguém atendia.

— Está querendo me ensinar a fazer o meu serviço, Estes?

— Já fiz o seu serviço, Landry. Não é tão difícil.

— Ah, é? Bom, não estou vendo você trabalhar aqui hoje. Por quê?

O telefone parou de tocar. O silêncio na sala era o mesmo do espaço sideral: absoluto.

Meia dúzia de boas respostas passou pela minha cabeça. Não dei nenhuma. Só uma resposta valia para as pessoas daquela sala e para mim. Eu não trabalhava mais lá porque um dos nossos — ou melhor, um dos *deles* — foi morto. Quanto a isso, nada se podia fazer.

Finalmente, concordei, calmamente:

— Certo, você ganhou. O prêmio Tiro Fácil do Dia vai para Landry. Achei que você devia ser um bom idiota e acertei. Mas Erin Seabright está desaparecida e alguém tem de se incomodar com isso. Se tem de ser eu, que seja. Se a garota acabar morta porque não consegui achá-la logo, enquanto você conseguiria, a história vai ficar na sua cabeça, Landry.

— Está havendo algum problema aqui? — perguntou o sargento, entrando na sala. — Ah, sim, já vi. Você tem muito sangue-frio para entrar neste prédio, Estes — disse ele, parando na minha frente.

— Desculpe. Não sabia que se precisa de convite para lutar contra o crime. O meu deve ter se extraviado no correio.

A distância até a porta parecia ter aumentado à medida que eu andava. Minhas pernas pareciam colunas de água. Minhas mãos tremiam. Saí da sala, passei pelo corredor e entrei no toalete feminino, onde joguei a cara em cima de uma privada e vomitei.

Levou alguns instantes até eu me encostar na parede do boxe, de olhos fechados, e segurar o rosto nas mãos. Eu estava quente, suada, respirando com dificuldade. Exausta. Mas ainda viva, literal e metaforicamente. Cutuquei os leões na toca e sobrevivi. Vai ver que devia me orgulhar de mim mesma.

Arrastei os pés até a pia, lavei o rosto e passei água na boca. Tentei me concentrar na minha pequena vitória. James Landry não ia conseguir tirar Erin Seabright da cabeça com muita facilidade naquela noite, no mínimo porque eu o havia desafiado. Se afrontá-lo resultasse num telefonema que levasse a alguma diligência, teria valido o esforço e o custo emocional.

Quando saí e fui para o carro, pensei vagamente se eu estava tendo um objetivo. Não tinha certeza, pois fazia muito tempo que eu não tinha um.

Entrei no BMW e esperei. Já ia concluir que Landry tinha ido embora enquanto eu estava vomitando, quando ele saiu do prédio de óculos escuros, paletó esporte dobrado no braço. Olhei-o entrar num Pontiac Grand Am prata e sair do estacionamento. Entrei no trânsito a dois carros de distância do dele, querendo saber com quem estava lidando. Será que ia direto para casa, encontrar a mulher e as crianças? Será que eu podia usar meu lado maternal com ele? Ele não usava aliança.

Foi direto para um bar de tiras, na Military Trail. Foi um desapontamento, de tão previsível. Não entrei, sabendo que seria recebida com franca hostilidade. Aquele lugar era onde os subalternos desabafavam, reclamavam dos chefes, dos não-militares, das ex-esposas. James Landry iria reclamar de mim. Estava certo. Não me importava o que ele pensasse de mim... desde que com isso pensasse em Erin Seabright também.

8

Ao contrário de mim, Sean ainda gostava de constranger os distintos parentes de Palm Beach aparecendo de vez em quando nos bailes beneficentes que agitam a sociedade local na temporada de inverno. Os bailes são caríssimos, o luxo do luxo, e custam quase a mesma coisa que conseguem arrecadar para suas causas. O lucro líquido destinado à caridade pode ser muito pequeno, considerando a renda bruta, mas dá para a gente se divertir à beça. Aos eventuais interessados nesse tipo de coisa, informo que: os convidados usam vestidos e jóias de grife, exibem a última palavra em cirurgia estética, além de terem a pose e fazerem as maldades dos ridiculamente ricos. Apesar de ter sido educada nesse mundo, nunca tive paciência para agüentá-lo.

Encontrei Sean no seu *closet* — que era maior do que o quarto de uma pessoa comum —, de *smoking* Armani, prendendo a gravata-borboleta.

— Qual é a doença da moda? — perguntei.

— Alguma coisa que começa com P.

— Psoríase?

— Parkinson. Hoje, o mal de Parkinson é o quente entre os famosos. Por isso, o baile vai ter um pessoal mais jovem do que os das doenças mais tradicionais. — Sean enfiou o paletó do *smoking* e ficou se admirando no espelho de três faces.

Inclinei-me sobre a mesa com tampo de mármore que ficava no meio do quarto e olhei-o enfeitar-se.

— Vai chegar um ano em que eles não vão mais ter doença para ajudar.

— Ameacei minha mãe de promover um baile em benefício dos portadores de herpes genital — disse Sean.

— Deus sabe que a metade dos habitantes de Palm Beach pode ser beneficiada.

— E a outra metade pegaria a doença nas recepções pós-festa. Quer ir comigo?

— Pegar herpes?

— Não, ao baile, Cinderela. Garanto que seus pais estarão lá. Isso dobra a sua desgraça e a sua diversão.

Pensar em ver meus pais era menos atraente do que tinha sido ir à delegacia. Encontrar Landry tinha, pelo menos, a possibilidade de acontecer alguma coisa boa.

Minha mãe foi me visitar no hospital algumas vezes. O cumprimento do dever maternal de uma mulher que não tinha um músculo maternal no corpo. Ela adotou uma filha por motivos que não tinham nada a ver com amor por crianças. Fui um acessório na vida dela, como uma sacola ou um cãozinho de madame.

Cachorrinho vindo do abrigo de cães e cada vez que eu saía da linha — o que ocorria com freqüência —, meu pai ameaçava a minha herança. Não gostou que eu surgisse na vida dele. Era um lembrete constante de sua incapacidade de procriar. Meu ressentimento por isso só serviu para colocar mais lenha na fogueira da minha rebeldia.

Eu não falava com meu pai havia mais de dez anos. Ele me deserdou quando larguei a faculdade para ser uma simples policial. Uma afronta para ele. Um tapa na cara. Realmente. E uma desculpa boba para cortar uma relação que deveria ser inquebrável. Nós dois aproveitamos a oportunidade.

— Ah, desculpe, mas não estou com a roupa adequada para uma festa — disse, abrindo os braços.

Sean deu uma olhada crítica no meu velho jeans e na blusa preta de gola rulê:

— Que fim levou a nossa bela fatiota de hoje de manhã?
— Passou o dia inteiro irritando as pessoas.
— Isso é bom?
— É o que vamos ver. Quando se aperta muitas pústulas, uma delas tem que arrebentar.
— Que divertido.
— Van Zandt apareceu?

Sean revirou os olhos.

— Meu bem, é por causa de gente como Tomas Van Zandt que vivo enclausurado. Se ele apareceu, não tomei conhecimento.
— Acho que ele está muito ocupado tentando convencer Trey Hughes a gastar alguns milhões de dólares em cavalos.
— Vai ter de gastar. Já viu a estrebaria que está construindo? É o Taj Mahal de Wellington.
— Soube de alguma coisa.
— Cinqüenta cocheiras de luxo. Em cima, quatro apartamentos para cavalariços. Arena coberta. Grande campo para saltos.
— Onde fica?
— São quatro hectares de imóveis de primeira naquele novo lançamento ao lado da aldeia Grand Prix: Fairfields.

O nome me deu um choque.

— Fairfields?
— Isso mesmo — disse ele, ajeitando os punhos da camisa e se olhando outra vez no espelho. — Vai ser um grande e pomposo monstrengo que fará o treinador dele ser invejado por todo cavaleiro de salto na Costa Leste. Tenho de ir, querida.
— Espere, um lugar desses vai custar um mundo de dinheiro.
— Mais a lua e a estrelas.
— Trey pode viver das ações com tanta folga?
— Não precisa. A mãe deixou quase todos os bens da família para ele.
— Sallie Hughes morreu?
— No ano passado. Caiu da escada em casa e rachou a cabeça. Pelo menos, é o que consta. Você precisa se atualizar sobre a antiga vizinhança, El — zombou ele. Depois, me deu um beijo e saiu.

* * *

Fairfields. Naquela mesma manhã, Bruce Seabright ia fechar um negócio em Fairfields.

Não gosto nem acredito em coincidências. Não creio que ocorram por acaso. Uma vez, assisti a uma palestra de um conhecido guru da Nova Era que acreditava que toda espécie de vida em sua estrutura molecular básica contém energia. Tudo o que fazemos, tudo o que pensamos, tudo o que sentimos pode ser transformado em pura energia. Nossas vidas são energia, dirigindo, procurando, correndo, colidindo com a energia das outras pessoas em nossos pequenos mundos. Energia atrai energia, a intenção se torna uma força da natureza e não existe essa tal de coincidência.

Quando estou bem segura de minha tese, tenho de aceitar que nada na vida pode ser aleatório ou acidental. Então, resolvo que é melhor não acreditar em nada.

Considerando as pessoas envolvidas com Erin Seabright, seja lá o que estivesse acontecendo, o fato não era positivo. A mãe parecia não saber com quem Erin trabalhava e acho que era verdade. Krystal não se incomodaria se Erin trabalhasse para o demônio em pessoa, desde que isso não abalasse seu mundinho. Provavelmente, ela preferia não pensar que Erin era sua filha. Mas e Bruce Seabright? Conhecia Trey Hughes? Portanto, conhecia também Jade? Se conhecia um ou ambos, qual a parte de Erin na história?

Digamos que Bruce quisesse que Erin saísse da casa dele por causa do envolvimento com Chad. Se Bruce conhecia Hughes — e, por intermédio dele, tinha uma ligação com Don Jade —, podia ter combinado de a enteada trabalhar com Jade para atingir aquele objetivo. A pergunta mais importante era se Bruce Seabright se importava ou não com o que aconteceu com Erin depois de sair da casa. Caso se importasse, seria um fato positivo ou negativo? E se não quisesse que ela voltasse a morar com a família?

Passei a tarde ocupada com essas perguntas e idéias. Fiquei andando de um lado para outro da casa de hóspedes, roendo o toco das unhas. Um jazz calmo e suave vinha das caixas estéreo ao fundo, trilha sonora melancólica para as cenas que estavam na minha cabeça. Peguei o telefone e liguei para o celular de Erin; uma gravação disse que a caixa de recados do usuário estava cheia. Se ela havia simplesmente mudado para Ocala, por que não tinha ouvido as mensagens? Por que não ligou para Molly?

Eu não queria perder um dia inteiro indo a Ocala, algo me dizia que a viagem seria perdida. De manhã, ligaria para uma delegacia de lá e passaria a informação, além de instruções. Se Erin estivesse trabalhando nas hípicas de Ocala, eu saberia no dia seguinte ou em dois dias no máximo. Pediria para a delegacia chamá-la no escritório da hípica e dizer que havia um recado importante para ela. Se alguém respondesse, eles poderiam verificar se era ou não Erin Seabright. Simples assim. Landry poderia ter feito isso, usando o apoio legal.

Idiota. Tomara que ele não estivesse conseguindo dormir.

Já era mais de meia-noite. Nem sinal de sono. Há anos que eu não tinha uma noite bem dormida; em parte por causa do meu estado mental e em parte por causa da dorzinha crônica que passei a ter depois do acidente. Não fiquei imaginando o que a falta de sono estaria fazendo no meu corpo ou na minha cabeça. Não me interessava. Já estava acostumada. Pelo menos, nessa noite não fiquei pensando nos erros que cometi e que tinha de pagar por eles.

Peguei uma jaqueta e saí da casa. A noite estava fria, uma tempestade estava a caminho de Wellington, vinda dos Everglades. Raios iluminaram as nuvens a oeste, lá longe.

Passei de carro por Pierson, depois pela entrada de caminhões do Clube Hípico, pelos extravagantes estábulos da aldeia Grand Prix, fiz uma curva e encontrei os portões de pedra da entrada de Fairfields. Uma placa mostrava o desenho do projeto em oito lotes, com tamanhos de dois a quatro hectares cada. Três lotes estavam marcados "Vendido". Prometia-se um encanto de lugar com exclusivas vantagens hípicas e dava-se o telefone dos Empreendimentos Gryphon.

As colunas e a portaria de pedra estavam prontas, mas os portões de ferro ainda não tinham sido colocados. Segui pelo caminho sinuoso, meus faróis iluminando moitas e arbustos. Luzes brancas da segurança brilhavam em dois prédios. Mesmo no meio da noite não tive dificuldade em identificar qual das duas propriedades era de Trey Hughes.

A cocheira estava pronta e sua silhueta lembrava um enorme supermercado Kmart. Um grande retângulo de dois andares seguia paralelo à estrada, exibindo seu tamanho. Devia estar a uns vinte metros da cerca em volta da construção. O portão estava fechado a cadeado.

Fiquei o mais perto que pude do portão e tentei enxergar o máximo que consegui. Meus faróis iluminavam uma escavadeira, e mostravam a terra remexida e pilhas de entulho. Mais além das cocheiras, no final do terreno, dava apenas para imaginar o que devia ter sido o *trailer* do mestre-de-obras. Na frente das cocheiras, uma grande placa anunciava a empresa construtora, orgulhosa de criar a fazenda Lucky Dog.

Só dava para ter uma idéia dos custos do empreendimento. Quatro hectares ali, perto das pistas de exibição, já valiam uma fortuna sem nada construído. Um serviço como o que Trey Hughes estava erguendo devia custar talvez dois ou três milhões de dólares só a construção. E o lugar seria só para atividades hípicas. Como na aldeia Grand Prix, o loteamento não teria residências. Os proprietários dessas cocheiras tinham belas casas no Clube de Pólo ou na ilha, ou nos dois lugares. A família Hughes tinha uma casa na praia em Blossom Way, perto do exclusivo Clube de Tênis e Praia Palm Beach. O próprio Trey tinha uma mansão no Clube de Pólo, na última vez em que eu soube. Agora, era tudo dele, graças a Sallie Hughes dar um passo em falso na escada.

Trey era um cachorro de sorte, realmente. Agora estava livre da mulher que costumava chamar de A Dominatriarca e com acesso irrestrito a uma fortuna indecente graças a uma simples queda. A idéia ficou no fundo da minha cabeça como uma cobra no escuro.

Depois de falar com Sean, fui procurar na Internet notícias sobre a morte de Sallie Hughes e encontrei apenas o obituário. Nenhuma nota de qualquer investigação.

Claro, não ia ter uma reportagem. Que coisa imprópria para publicar nos jornais, diria minha mãe. O jornal da ilha era para notas sociais e participações de casamentos. Não para uma coisa tão desagradável quanto morte e investigações policiais. O jornal que minha mãe lia era impresso com tinta de qualidade que não manchava a mão do leitor. Limpo de fato e de conteúdo.

O *Post* — impresso em West Palm Beach (onde moram as pessoas simples) — noticiou que Sallie Hughes tinha falecido em casa, aos oitenta e dois anos.

Seja como for, Trey Hughes era agora um ganso de ouro, bem gordo. Claro que havia gente querendo prestar um pequeno favor para ele como, por exemplo, livrar-se de um cavalo de salto que tinha mais coração do que talento. Não importa quanto dinheiro Trey já tinha. Mais um quarto de milhão de dólares era sempre bem-vindo.

Don Jade tinha de estar no topo dessa lista de prestadores de favores úteis. Que delicioso negócio para Jade ou qualquer outro treinador: entrar numa cocheira como aquela, um lugar que devolveria a ele a imagem de legalidade e traria ainda mais clientes com bolsos e bolsas sem fundo.

Pensei na tensão que senti entre os dois naquela manhã. Trey Hughes agora podia colocar qualquer grande treinador em sua cocheira. Por que teria colocado Don Jade, cuja fama se baseava mais em escândalos do que em sucesso. Um homem com fama de fazer coisas ruins e se livrar delas...

Seja lá por que fosse, Don Jade estava no lugar de honra. Isso deveria causar ciúme num bocado de gente muito invejosa.

Pensei em Michael Berne. Reconheci o nome assim que Van Zandt pronunciou-o naquela manhã. Berne foi citado no obituário de Stellar na revista eletrônica *Horses Daily*. Tinha treinado Stellar antes de Jade e teve pouco sucesso no picadeiro. Então, Jade ficou com o cavalo. Ficou com o cavalo, ficou com o dono, ficou com o Taj Mahal de Wellington. Claro que Berne devia estar irritado. Não tinha perdido apenas um salário quando Stellar foi levado de sua cocheira. Tinha perdido um tíquete com direito a muito divertimento.

Não era apenas um rival de Jade, como Van Zandt tinha dito, era um inimigo.

Um inimigo podia ser uma valiosa fonte de informação.

Voltei de carro para o centro hípico, com tempo para andar sem me preocupar com ninguém da turma de Jade me olhando. Queria encontrar a cocheira de Berne. Se conseguisse o telefone das cocheiras dele, poderia marcar um encontro num lugar onde nenhum dos aliados de Jade nos visse.

O guarda surgiu na portaria parecendo aborrecido e infeliz.

— Já é bem tarde — disse ele, em inglês com forte sotaque.

Dei um suspiro.

— Diga-me uma coisa, estamos com um cavalo com cólica. Trouxe a alfafa.

Ele franziu o cenho como se eu tivesse acabado de xingá-lo.

— Cavalo doente. Estou de plantão como você — expliquei.

— Ah, sim. Compreendo. Que pena, boa sorte, senhorita — disse ele.

— Obrigada.

Ele não se deu ao trabalho de perguntar meu nome, nem o número da cocheira em que estava esse cavalo fantasma. Eu tinha um cartão de estacionamento e uma história que podia ser verdade. Bastava isso.

Parei atrás dos Prados para ninguém prestar atenção no meu carro. Com a lanterna Maglite na mão e meu revólver enfiado nas costas do jeans, andei pelas alamedas das estrebarias sob a tenda, procurando o nome de Michael Berne, esperando não me meter em confusão com o cavalariço de alguém ou com algum segurança.

A tempestade vinha ribombando mais de perto. O vento aumentava, ondulando e agitando as tendas, deixando os cavalos nervosos. Continuei com a luz da lanterna baixa, olhei os cartões de identificação das cocheiras e os telefones de emergência, e ainda consegui assustar uns cavalos, fazendo com que dessem uma volta no apertado espaço da cocheira, me olhando. Alguns empinavam as orelhas, querendo conseguir alguma coisa de comer.

Desliguei a lanterna quando saí dos Prados e virei para as tendas. Se eu tivesse sorte, os cavalos de Berne estariam em cocheiras próximas de Jade. A discussão deles foi num picadeiro de instrução mais perto da cocheira de Jade. Talvez aquela também fosse a área de instrução de Berne. Se não tivesse sorte, Berne teria saído do caminho habitual para brigar com Jade, e eu teria de percorrer quarenta cocheiras até encontrar a que queria.

Um vento forte soprou do oeste, balançando as árvores. Um trovão ribombou no alto. Me abriguei na tenda vinte e dois e comecei a checar os nomes.

Quando estava em menos da metade da primeira fila, parei e ouvi. Os mesmos ruídos vindo das outras tendas: cavalos se mexendo, agitados, batendo nos ferros que sustentavam as cocheiras. Só que aqueles sons não vinham dos cavalos perto de mim. Vinham de duas fileiras depois. O rangido e o chiado de uma porta de estrebaria abrindo. O som abafado de patas pisando numa grossa camada de forragem. Um cavalo relinchou alto. O cavalo na cocheira mais próxima bateu na porta e respondeu com outro relincho.

Enfoquei no alto a luz da lanterna e vi um cavalo baio, cabeça ereta, orelhas esticadas, os olhos me acompanhando enquanto eu ia para o outro lado da alameda. O cavalo relinchou outra vez e bateu as patas traseiras. Outro na fila fez o mesmo.

Desliguei a lanterna e fui andando com cuidado pela alameda até o final da tenda, segurando a Maglite como se fosse um porrete. A lanterna pesava quase um quilo e meio. Uma vez, na época em que eu tinha uniforme da polícia, usei essa lanterna para me defender de um ciclista de mais de cem quilos que tinha ingerido um potente tranqüilizante usado em veterinária. Ele foi parar no hospital.

Não puxei meu revólver. Queria ver e não brigar. O Glock era minha última linha de defesa.

O vento uivava e a cobertura da tenda inflou como um balão querendo subir. As cordas grossas que prendiam as estacas da tenda rangeram e chiaram. Esgueirei-me pelas cocheiras do fundo, colada nas lonas. A terra atrás da tenda tinha uma encosta íngreme que dava na área que havia sido limpa e queimada no verão, preparada para receber mais tendas, mais picadeiros de instrução. Parecia uma paisagem lunar. Havia um cheiro de cinzas.

Fui passar da última cocheira para a outra alameda e ouvi as dobradiças de uma porta girando, um som claro e agudo que só percebi o que era quando outra coisa já havia acontecido.

Como um espectro vindo do além, um enorme e fantasmagórico cavalo cinza veio pela alameda bem na minha direção. Estava quase em cima de mim quando consegui reagir, pulando para trás. Me esforcei para mexer os pés, para sair do caminho dele. A ponta de um prego da tenda prendeu meu tornozelo direito e puxou minha perna, me jogando no chão com uma pancada surda. Tentei cobrir minha cabeça e me encolher, com cada parte do corpo preparada para o horrível impacto de ferraduras de aço e o peso de um animal de meia tonelada pisando em tecidos e ossos frágeis. Mas ele saltou por cima de mim, depois sobre a beira do aterro. Consegui ficar de joelhos e olhei, horrorizada, quando ele caiu pelo lado, de joelhos, com as patas traseiras ainda mexendo. Deu um guincho de pavor, mas conseguiu se firmar e saiu correndo pelo meio da noite.

Levantei e me virei para a tenda no momento em que outro cavalo vinha galopando. Negro, rápido como uma centelha. Relinchando atrás do cavalo cinza. Enfiei-me num lado enquanto ele passou.

Um tapa na traseira.

Aquele som eu já tinha ouvido: a palma de uma mão batendo na anca de um cavalo.

Voltei correndo para a tenda. O resto da estrebaria estava um tumulto, com os cavalos relinchando e batendo nas baias. As frágeis tendas de lona balançando e chacoalhando com o vento. Gritei, esperando que quem estivesse fazendo aquilo se assustasse e saísse correndo.

Outro cavalo empinou numa cocheira aberta, me viu, bufou e saiu em disparada, me jogando na porta da cocheira atrás de mim. A porta voltou, me levou junto, caí de joelhos.

Corri como um caranguejo e segurei na porta para me levantar. O cavalo saiu da cocheira atrás de mim como um potro indócil de rodeio, urrando enquanto cabeceava e escoiceava. Senti o vento passando na minha orelha quando a pata quase acertou o alvo.

Antes que pudesse me virar, uma escuridão fedorenta e sufocante atingiu minha cabeça e meu peito e fui jogada contra uma cocheira. Quis me segurar na manta do cavalo, mas não consegui levantar os braços. Queria respirar. Queria qualquer luz que houvesse. Queria me livrar para lutar contra meu agressor que me atirou de costas, depois de um lado e de outro.

Tonta, cambaleei, tropecei e caí de joelhos no chão. Em seguida, alguma coisa bateu nas minhas costas com tal força que eu vi estrelas.

No terceiro golpe, caí de frente, deitada. Minha respiração era quente e áspera na parte mais estreita dos pulmões. Eu só ouvia um rugido na cabeça e pensei se conseguiria saber o que estava acontecendo antes do próximo cavalo solto passar por mim e me esmagar sob as patas. Tentei me levantar, não consegui. As mensagens se dispersaram em alguma parte entre o meu cérebro e meus nervos. Minhas costas doíam, sentia falta de ar e tossia, não conseguindo respirar forte.

Passou-se um instante. Nenhum cavalo me atropelou. Nenhum forcado me empalou. Imaginei que meu atacante tinha corrido, me deixando num lugar muito ruim, numa hora muito ruim. Os cavalos estavam soltos, correndo. Se alguém entrasse naquela cocheira e me visse...

Tentei mais uma vez juntar as forças e consegui tirar a manta do cavalo de cima da minha cabeça. Querendo ar, lutando contra o enjôo, segurei na porta da cocheira e me levantei. Tonta, o chão parecia torto sob meus pés, bati no fundo da tenda e caí outra vez.

A Maglite estava no chão onde caiu quando o primeiro cavalo me atingiu, e seu facho era uma luz amarela no escuro. Peguei-a, segurei numa corda da tenda e me levantei.

Os cavalos estavam correndo na clareira que havia sob a encosta. Alguns corriam entre a tenda onde eu estava e a seguinte. O vento soprava com mais força, trazendo as primeiras gotas de chuva. Ouvi alguém gritar, longe. Era hora de eu ir embora.

Entrei na tenda só o suficiente para iluminar com a lanterna a frente de uma cocheira aberta.

Em Caso de Emergência Ligue para Michael Berne...

— Não se mexa. Largue a lanterna no chão.

A voz veio de trás de mim, num facho de luz que batia nos meus ombros. Mantive a Maglite na mão, mas afastei os braços do corpo.

— Ouvi uma confusão, alguém estava abrindo a porta das cocheiras — disse, virando-me um pouco.

— Isso mesmo. Adivinhe quem foi. Jogue a lanterna — disse ele, com ironia.

— Não fui eu — disse, virando o rosto mais um pouco. — Tentei parar os cavalos. Posso provar, estou machucada.

— Não vou repetir, dona. Jogue a lanterna.

— Quero ver quem é você. Como vou saber se não foi você quem fez isso?

— Sou do serviço de segurança.

Não me tranqüilizou. A segurança para as pistas de exibição era de uma empresa particular selecionada conforme a que cobrasse menos. A equipe devia ser tão confiável e bem treinada quanto as pessoas que deixam malucos entrarem nos aviões comerciais com revólveres e facas. Pelo que eu sabia, a metade deles era réu condenado. De costas para o homem, não podia saber nem se ele estava de uniforme.

— Deixe eu ver você.

Ele deu um suspiro impaciente. Antes que ele pudesse dizer não, virei-me e joguei o facho de luz da Maglite bem na cara dele.

Notei as roupas em segundo lugar. Primeiro, vi o revólver.

— Isso faz parte do uniforme? — perguntei.

— Faz parte do meu uniforme. Chega de perguntas. Apague a lanterna e me entregue. Ande — disse ele.

Fiz o que mandou, mais do que disposta a sair para um lugar aberto onde haveria outras pessoas por perto. Considerei e rejeitei a idéia de escapar. Não queria gente me procurando, minha descrição e meu rosto na primeira página do jornal. Nem queria levar um tiro nas costas. Por enquanto, deixar as coisas correrem podia ser uma oportunidade de aprender algo.

Lá fora, as pessoas estavam gritando, os cavalos relinchando. Ouvi barulho de patas no caminho com calçamento. O guarda me levou para um carrinho de golfe parado junto à tenda dezenove, a de Jade.

Fiquei pensando há quanto tempo aquele carrinho estaria estacionado lá. E como devia ser fácil pagar um sujeito como aquele para abrir umas portas de estrebarias. Trabalhar à noite para ganhar uma mesquinharia guardando cavalos que valiam mais do que uma pessoa média ganharia na vida inteira pode mudar a perspectiva do que é certo ou errado.

Sentei no lugar do carona, que estava molhado e escorregadio, com a chuva aumentando. O vigilante manteve a arma na mão esquerda, ligou o carrinho e saiu. Mudei de posição, virando para ele, e disfarçadamente toquei na Glock que continuava segura nas costas do meu jeans, por baixo da jaqueta e da blusa de gola rulê.

— Aonde vamos?

Ele não respondeu. Um *walkie-talkie* fez um estalido no cinto dele. Eram outros vigilantes comunicando sobre os cavalos soltos. Ele não entrou no ar para avisar alguém que tinha me prendido. Não gostei. Fomos pela alameda que levava à sede do centro que, às duas da manhã, era como uma cidade fantasma.

— Quero falar com o seu supervisor — avisei, com autoridade. — E alguém vai ter de chamar o detetive James Landry, da delegacia.

Isso fez com que ele virasse a cabeça.

— Por quê?

Foi a minha vez de não responder. Deixa ele pensar. Passamos por outros vigilantes, outras pessoas correndo na chuva para participar da brincadeira de tentar pegar meia dúzia de cavalos puros-sangues que aproveitavam a liberdade.

Passamos pela confusão de tendas e descemos por uma série de lojas de varejo desertas. A chuva agora era torrencial. Fomos nos afastando cada vez mais de qualquer ponto de ajuda. Meu batimento cardíaco aumentou um ponto. A adrenalina era como um entorpecente na minha corrente sangüínea, a possibilidade de perigo intoxicava e animava. Olhei bem o vigilante e pensei o que ele acharia, se soubesse. A maioria das pessoas acharia perturbador.

Ele manobrou o carrinho de golfe ao lado de um dos grandes *trailers* onde ficavam as administrações do centro hípico e desligou o motor. Subimos os degraus de metal e o vigilante me fez entrar no *trailer*. Um homem grandalhão estava numa mesa de metal ouvindo o barulho que vinha de um *walkie-talkie* do tamanho de um tijolo. O pescoço dele era igual ao de um sapo-boi: um saco de carne mais grosso que a cabeça, caindo por cima do colarinho da camisa. Ele também usava o uniforme azul da segurança e tinha dois distintivos no peito. Condecorado merecidamente por sentar a bunda e dar ordens além do necessário. Olhou feio para mim quando fiquei na frente dele, pingando água pelo chão.

— É ela. Peguei abrindo as portas das estrebarias — disse o vigilante.

Olhei bem na cara dele e falei com bastante ênfase para deixar claro o que estava querendo dizer:

— Tem mais alguma surpresinha no seu bolso?

Ele tinha guardado a arma. Dava para ver que lutava com a idéia de que tinha estragado tudo ao deixar que eu visse o revólver. Eu tinha algo para usar contra ele, pois era proibido usar arma em serviço. E, provavelmente, não tinha porte. Se não tivesse mesmo e eu comunicasse à polícia, havia uma grande possibilidade de ele, no mínimo, perder o emprego. Vi pela expressão dele que estava pensando em tudo isso.

Se fosse um sujeito muito brilhante, não estaria trabalhando de vigilante noturno, num emprego temporário.

— Você me pegou numa cocheira com uma lanterna. Eu estava tentando ajudar, como você — disse eu.

— Tem alguma coisa contra Michael Berne? — perguntou o sapo-boi. Ele falava arrastado como os caras da Flórida, onde o estado do Sol e os estados do Sul se esfregam, digamos assim.

— Jamais conheci Michael Berne, embora o tenha visto discutindo alto com Don Jade hoje de manhã. Era melhor o senhor procurar o sr. Jade agora.

O supervisor olhou bem para mim.

— Berne está vindo para cá com mais dois agentes. Sente-se, senhorita...?

Não dei meu nome nem me sentei, embora estivesse com as costas doendo à beça por causa da batida que me deram.

— Diga aos agentes para considerarem aquela região das estrebarias como cena do crime — disse eu. — Além de deixarem os cavalos sair, o cara me atacou quando tentei colocá-lo para fora. Eles vão encontrar um forcado ou uma vassoura, alguma coisa com cabo comprido, que deve ter as impressões digitais dele. Quero dar queixa. E fazer exame de corpo de delito e fotografar meus ferimentos. Posso processar. Que administração é essa que não consegue dar segurança às pessoas e aos animais?

O sapo-boi me olhou como se nunca tivesse visto alguém da minha espécie.

— Quem é você?

— Não vou dizer meu nome.

— Preciso do seu nome, senhorita. Tenho de fazer um relatório.

— Então vai ser um problema, pois não vou lhe dizer. Não tenho de lhe dizer nada. Você não é funcionário do tribunal nem do governo e portanto não tem o direito de me perguntar nada.

— Os agentes estão a caminho — disse ele, como se fosse uma ameaça.

— Ótimo. Vou adorar sair daqui junto com eles, embora não tenham motivos para me prender. Que eu saiba, ficar numa alameda de estrebarias não é crime.

— Bud disse que você soltou os cavalos.

— Acho que você devia perguntar outra vez a Bud o que ele viu.

Ele olhou para Bud.

— Ela estava soltando ou não?

Bud parecia estar com prisão de ventre, não conseguia dizer a mentira que queria para esconder a dele ou para marcar um pontinho com o chefe.

— Ela estava lá.

— Você também estava, como vamos saber se não abriu as portas? — observei.

— Isso é ridículo. Por que ele iria fazer uma coisa assim? — perguntou o sapo-boi.

— Posso apenas supor. Por dinheiro. Por maldade. Por doença mental.

— Talvez esses motivos sirvam para você.

— Não nesse caso em particular.

— Tem cavalos aqui, senhorita...?

— Não vou mais falar com você — anunciei. — Posso usar o telefone para chamar meu advogado?

Ele me olhou de soslaio:

— Não!

Sentei numa cadeira de espaldar reto, ao lado da mesa. O rádio do sapo-boi deu um estalido. Era o vigilante da portaria anunciando a chegada dos agentes do delegado. Golpe de sorte. Eu não queria encontrar Michael Berne na situação em que estava. O chefão mandou a portaria enviar o carro da polícia para a sala da segurança.

— Soltar os cavalos é crime grave. Você pode cumprir pena por isso — disse ele para mim.

— Não, não posso, porque não soltei os cavalos. O autor pode ser acusado de destruição dolosa, que é delito leve. Teria de pagar uma multa e talvez realizar um serviço comunitário. Isso não é nada em comparação com, digamos, carregar ilegalmente uma arma proibida — disse, olhando para o carrancudo Bud.

— Pensei que você tinha dito que não ia mais falar nada — disse o sapo.

Puxei meus cabelos molhados para trás e levantei quando ouvi o som de uma porta de carro batendo lá fora. O policial entrou com cara de quem estava dormindo profundamente e foi acordado para atender o chamado.

— O que há, Marsh? Alguém soltou os cavalos? Foi ela?

— Ela estava nas proximidades — disse o sapo-boi. — Pode dar informações sobre o caso.

O agente me olhou, sem se alterar:

— Estava mesmo, senhora?

— Só falo com o detetive Landry — respondi.

— Como se chama, senhora?

Passei por ele, indo na direção da porta e li o nome no crachá:

— Falamos no carro, agente Saunders. Vamos indo.

Ele olhou para o sapo-boi, que balançou a cabeça e disse:

— Boa sorte nessa, filho. Ela é rápida no gatilho.

9

— **Você me tirou** da cama por causa disso? — Landry olhou para o agente Saunders e depois para mim com o nojo que se costuma ter por comida estragada.

— Ela só fala se for com você — disse Saunders.

Entramos no corredor em direção à sala do setor, com Landry resmungando:

— Não estou com sorte. Não sei o que nós estamos fazendo aqui. Você podia ter resolvido isso no local, em meia hora. Droga.

— Fui atacada, acho que tenho direito a um investigador — disse eu.

— Então, pega o que estiver de serviço. Você sabe disso.

— Mas eu já tinha conversado com você sobre este caso.

— Não, não tinha, porque não há caso. O que você me contou ontem não é um caso.

Passamos pela recepção e entramos nas salas da divisão. Landry entregou seu distintivo e a arma para o funcionário da segurança, na bandeja colocada sob o vidro à prova de balas. Saunders fez o mesmo. Eu tirei o Glock de trás do meu jeans e coloquei-o na bandeja junto com as chaves do carro. Landry me olhou, surpreso.

Dei de ombros.

— Tenho porte de armas.

Ele virou-se para Saunders:

— Seu idiota. Ela podia ter estourado sua cabeça oca no carro.

— Olhe aqui, detetive, não sou uma garota desse tipo — sussurrei, passando por ele enquanto o segurança abria a porta da sala.

— Pode sair, Saunders — disse ele, ríspido. — Você é tão útil aqui quanto um pau mole.

Deixamos Saunders desconsolado, na sala. Landry passou firme por mim, contraindo os músculos do rosto. Passamos pela mesa dele e entramos numa sala de entrevistas. Ele abriu a porta.

— Entre.

Entrei e, com cuidado, sentei numa cadeira. Eu não conseguia respirar fundo por causa da dor nas costas. Comecei a pensar se não devia ir a um pronto-socorro.

Landry bateu a porta.

— Que diabo você estava querendo?

— Essa pergunta é abrangente, então vou resumir o que fiz: fui ao centro hípico procurar alguma pista do que aconteceu a Erin Seabright — respondi.

— Mas você não estava na cocheira onde ela ficava, certo? Ela trabalhava para um tal de Jade. Então, como você foi parar nessa outra cocheira?

— Michael Berne é um inimigo de Don Jade. Outro dia de manhã, vi Berne ameaçar Jade.

— Ameaçar como?

— Daquele jeito se-eu-descobrir-que-você-matou-aquele-cavalo-acabó com-você.

— Então esse Jade vai, às escondidas, e solta os cavalos do sujeito Grande coisa.

— É grande coisa para o homem cujo sustento depende da eficiência desses cavalos. É grande coisa para o treinador que precisa explicar aos proprietários como foi que um cavalo que vale duzentos e cinquenta mil ou meio milhão de dólares foi quebrar a perna correndo solto no meio da noite.

Landry deu um suspiro e torceu o pescoço como se quisesse estalar uma vértebra.

— E você me tirou da cama por isso?

— Não, eu tirei só para curtir.

— Você é um saco, Estes. Claro que você já ouviu esse elogio antes.

— Ouvi isso e coisas piores. Não me incomoda. Eu também não me tenho em alta conta. Você deve me achar insolente, não tem problema. Não me interessa o que acha de mim. Só quero que saiba que coisas perigosas estão acontecendo e todas parecem centradas em Don Jade. Erin Seabright trabalhava para ele. Erin Seabright está desaparecida. Você vê alguma ligação entre os dois fatos?

Ele balançou a cabeça.

— Aí, fico sabendo que você estava na cocheira desse outro sujeito. Como vou saber que não soltou os cavalos só para chamar a atenção? Você quer que as pessoas olhem para Jade, então orquestra essa pequena ópera...

— Alterou bem o sentido da frase. E será que bati em mim mesma com um forcado? Garanto a você que não sou tão elástica.

— Você está dando voltas no mesmo lugar. Não me parece machucada.

Tirei a jaqueta e levantei-me.

— Muito bem. Não costumo fazer isso logo no primeiro interrogatório, mas se você promete não me chamar de depravada...

Virei de costas para ele e puxei o suéter até o pescoço.

— Se essas marcas parecerem tão feias quanto doem...

— Meu Deus.

Ele falou suavemente, sem raiva, sem força, murcho. Eu sabia que a exclamação não era tanto pelas marcas do agressor, mas pelas cicatrizes dos enxertos de pele que fiz nos dois últimos anos.

Não era aquilo que eu queria. Nem um pouco. Já fazia tempo que tinha as cicatrizes. Faziam parte de mim. Guardei-as para mim porque guardei. Eu não falava nelas. Não olhava para elas. Era estranho, mas o mal que fizeram ao meu corpo não tinha importância porque eu passei a não ter importância para mim mesma.

De repente, o machucado ficou muito importante. Eu me senti nua emocionalmente. Vulnerável.

Abaixei o suéter e peguei a jaqueta, ainda de costas para Landry.

— Esqueça isso. Vou para casa — disse, constrangida e irritada comigo mesma.

— Quer dar queixa?

— Contra quem? — perguntei, virando de frente para ele. — Contra o idiota que você não vai procurar, muito menos interrogar porque nada do que acontece com aquela gente dos cavalos lhe interessa? A não ser, claro, que matem alguém.

Ele não conseguiu dizer nada.

O canto da minha boca mexeu no que deveria ser um sorriso amargo.

— Bom, você pelo menos tem a sensibilidade de ficar embaraçado. Parabéns, Landry.

Passei por ele, a caminho da porta.

— Quer apostar que Saunders está no estacionamento pensando no que deveria ter feito? Isso é muito bom, acho. A gente se vê, Landry. Ligo para você quando encontrar um cadáver.

— Estes, espere. — Ele não quis me encarar quando virei o rosto. — Você precisa ir a um pronto-socorro. Vou te levar. Pode ter quebrado uma costela ou alguma coisa assim.

— Já passei por coisas piores.

— Poxa, você é uma cabeça-dura.

— Não quero a sua compaixão. Não quero a sua solidariedade. Não quero que goste de mim nem se preocupe comigo. Não quero nada, só que cumpra o seu dever. E parece que isso é pedir demais.

— Acompanho você. Conheço o caminho.

Ele foi comigo até a recepção. Recolhemos nossas armas em silêncio. Fiz de conta que ele tinha deixado de existir enquanto andamos pelo corredor e descemos as escadas.

— Sou bom no que eu faço — disse ele, quando as portas de entrada apareceram.

— É mesmo? Tem outra carreira de idiota profissional?

— Você é uma peça.

— Sou o que tenho de ser.

— Não é. Você é agressiva e sacana, assim se sente superior ao resto — disse ele.

Ainda estava chovendo. Parecia tudo branco quando passamos pelas luzes da segurança, no estacionamento. Saunders e sua radiopatrulha tinham ido embora.

— Muito bem, acho que terei de pegar uma carona com você — disse.

Landry olhou-me de soslaio enquanto fechava a gola da jaqueta.

— Foda-se, chame um táxi.

Olhei-o entrar no carro e fiquei na chuva até ele dar marcha à ré e sair. Depois, voltei ao prédio para falar ao telefone.

Tinha de admitir que pedi para ouvir o que ele disse.

Quando o táxi finalmente apareceu, o motorista queria conversar, saber por que eu estava saindo da delegacia às quinze para as quatro da manhã. Falei que meu namorado estava sendo procurado por assassinato. O motorista então não perguntou mais nada.

Encostei-me no assento de trás do táxi e fui até em casa pensando como Erin Seabright estaria passando a noite.

SEGUNDO ATO

CENA UM

FADE-IN:

INTERIOR: *TRAILER* **VELHO**

Noite. Uma lâmpada num abajur sem cúpula. Janela imunda e sem cortinas. Cama com cabeceira velha, de ferro enferrujado. Colchão manchado, sem lençol.

Erin senta na cama, encostada na cabeceira, assustada, nua. Está acorrentada à cama por um pulso. Cabelo desgrenhado. Mancha de rímel em volta dos olhos. Lábio inferior cortado e sangrento.

Ela sabe da câmara e do diretor de cena. Tenta cobrir o corpo o quanto pode. Chora baixinho, tentando esconder o rosto.

DIRETOR
Olha para a câmara, sua puta. Diga o seu texto.

Ela balança a cabeça, continua tentando se esconder.

DIRETOR
Diga! Quer que eu faça seu papel?

Ela balança a cabeça e olha para a câmara.

ERIN
Socorro.

FADE-OUT

10

Por culpa de Estes, Landry não dormiu um minuto. Culpa dela, primeiro, por tirá-lo da cama. E por não conseguir dormir outra vez quando finalmente voltou para casa. Toda vez que fechava os olhos, via as costas dela, cheias de riscos nos lugares onde uma pele nova fora costurada por cima da antiga. Os ferimentos recentes, da briga no centro hípico, eram insignificantes em comparação com as lesões anteriores.

Lesão. Pensou em Estes e no que sabia sobre ela. Os dois não haviam se cruzado na época em que ela estava na ativa. Os tiras de Entorpecentes tinham caminhos próprios. Passavam tempo demais na clandestinidade, pelo que ele sabia. Por causa disso, eram pessoas irritadiças e imprevisíveis. Uma conclusão tirada a partir do incidente que acabou com a carreira dela e com a vida de Hector Ramirez. Ele sabia o que todo mundo sabia: Estes tinha sacado a arma, contra as ordens de dar o flagrante e deflagrou a confusão.

Ele nunca pensou em Estes, achava apenas que ela teve o que merecia, perdeu o emprego. Sabia que foi ferida, internada no hospital e estava processando a delegacia para receber a pensão por invalidez — que parecia uma coisa muito enervante, convenhamos —, mas não tinha nada a ver com ele, que não dava nada por ela. Ela criava problema. Ele achava e agora comprovou isso.

Sacana, puta. Ensinando-o a trabalhar.

Ficou pensando no que tinha acontecido com ela no centro hípico, pensando se tinha mesmo alguma coisa a ver com essa moça que ela disse estar desaparecida...

Se a garota estava desaparecida, por que uma criança de doze anos seria a única a dar parte na polícia? Por que os pais não deram? Por que o patrão não deu?

Os pais que talvez quisessem se livrar dela.

O patrão que talvez tivesse praticado uma grande fraude e batido nas costas de Estes com um cabo de vassoura.

Viu as costas dela, um retalho de carnes disformes e esticadas sobre ossos.

Às cinco e meia, ele saiu da cama, vestiu o short de corrida, fez alongamento, cem abdominais, cem flexões laterais e começou o dia. Mais uma vez.

Estou ao lado do trailer *dos irmãos Golam. Mandaram-me ficar bem quieta, aguardar, mas sei que não é a melhor atitude. Se eu sair primeiro, se for agora, posso dar um tiro nos irmãos, bang. Eles pensam que me conhecem. Trabalho nesse caso há três meses. Sei o que estou fazendo. Sei que estou certa. Sei que os irmãos Golam já devem estar nervosos. Sei que quero e mereço dar essa batida. Sei que o tenente Sikes está aqui para assistir à exibição e se gabar. Ele quer parecer direito quando chegarem os carros dos jornais. Quer que o público ache que deve votar nele na próxima eleição para delegado.*

Ele me enfiou na lateral do trailer *e disse para eu aguardar. Não sabe onde mete o nariz. Não me ouviu quando eu disse que os irmãos usam a porta lateral. Enquanto Sikes e Ramirez cuidam da frente, os irmãos estão pondo o dinheiro em sacolas de lona e se preparando para sair pelo lado. O carro de Billy Golam, com tração nas quatro rodas, está estacionado a três metros, coberto de lama. Se eles correm, pegam o caminhão e não o Corvette parado em frente. O caminhão pode rodar em estrada de terra.*

Sikes está perdendo um tempo precioso. Os irmãos Golam estão com duas garotas no trailer. *Isso poderia se transformar facilmente num seqüestro. Mas se eu for agora... Eles acham que me conhecem.*

Aperto a tecla do meu radiotransmissor.

— Isso é besteira. Eles vão pegar o caminhão. Vou atacar.

— Droga. Estes...

Jogo o rádio no mato ao lado do trailer. *O caso é meu. A batida é minha. Sei o que estou fazendo.*

Pego meu revólver e prendo nas costas. Vou para a porta lateral e bato no mesmo ritmo de todos os fregueses dos irmãos Golam: duas batidas, uma, duas.

— Ei, Billy, aqui é Elle! Preciso de um pouco.

Billy Golam abre a porta, olhos esbugalhados, ele está chapado com o que fabrica na própria cozinha: anfetamina. Ele está ofegante. Segura uma arma.

Merda.

A porta da frente explode para dentro.

Uma das garotas grita.

Buddy Golam berra:

— Polícia!

Billy Golam aponta a .357 para a minha cara. Respiro pela última vez.

Ele vira, de repente, e atira. O barulho é ensurdecedor. A bala acerta Hector Ramirez no rosto e arranca a parte de trás da cabeça dele, sangue e pedaços de cérebro espirram em Sikes, por trás.

Vou pegar minha arma enquanto Billy escancara a porta e me joga para fora. Ele corre para o caminhão enquanto tento me levantar.

O motor é ligado e ronca.

— Billy! — grito, correndo para o caminhão.

— Foda-se! Foda-se! Foda-se! — As veias do pescoço dele saltam quando ele grita. Ele dá marcha à ré no caminhão e acelera.

Jogo-me na porta do motorista, seguro no espelho lateral e na moldura da janela e fico com um pé no estribo da cabine. Não penso no que estou fazendo. Só faço.

Grito. Ele grita.

Ele levanta a arma e aponta para a minha cara.

Bato na arma, bato na cara dele.

Ele gira a roda e o caminhão dá marcha à ré. Meu pé escorrega do estribo. Ele joga o caminhão na estrada e as rodas traseiras vomitam cascalho.

Esforço-me para não cair. Tento agarrar o volante.

O caminhão entra no calçamento. Golam vira a direção para a esquerda. A cara dele é uma máscara contorcida, a boca aberta, os olhos furiosos. Tento pegar nele. Ele abre a porta enquanto o caminhão avança pela estrada.

Estou dependurada no ar.
Estou caindo.
A estrada bate nas minhas costas.
Minha mandíbula esquerda quebra como casca de ovo.
Então a sombra escura do caminhão quatro por quatro de Billy Golam cai em cima de mim, eu morro.

E acordo.

Quatro e meia da manhã. Depois de duas horas de sono agitado, esperando que um pedaço de costela fure um ou os dois pulmões, escorreguei para a beira da cama e me obriguei a espreguiçar.

Entrei no banheiro, fiquei nua na frente do espelho e olhei meu corpo. Magro demais. Marcas retangulares nas duas coxas, lugar de onde retiraram pele para os enxertos. Cortes profundos na perna esquerda.

Virei-me e tentei olhar as costas no espelho, por cima do ombro. Vi o que tinha mostrado para Landry e me chamei de idiota.

A única coisa útil que meu pai me ensinou foi: nunca demonstre fraqueza, nunca pareça vulnerável.

As marcas da agressão eram tiras de cor marrom-escuro. Doíam quando eu respirava.

Às seis e quinze, depois de dar comida aos cavalos, fui de carro ao pronto-socorro. As radiografias não mostraram ossos quebrados. Um médico residente, de olhos remelentos, que tinha dormido ainda menos do que eu, fez algumas perguntas e, evidentemente, não acreditou que caí da escada. A equipe toda me olhava desconfiada, cansada. Perguntaram duas vezes se eu queria falar com um policial. Agradeci e recusei. Ninguém insistiu, o que me fez pensar quantas mulheres espancadas saíam de lá e voltavam calmamente para seus infernos domésticos.

O residente expeliu uma penca de termos médicos, tentando me intimidar com sua dispendiosa erudição.

Olhei para ele sem me alterar e disse:

— Machuquei as costelas.

— Machucou as costelas. Vou receitar um analgésico. Vá para casa e descanse. Não faça qualquer atividade física por quarenta e oito horas.

— Certo.

Ele me deu uma receita de Vicodin. Olhei, achei graça. Coloquei a receita no bolso da jaqueta enquanto saía do pronto-socorro. Meus braços e pernas estavam funcionando, não havia fratura exposta. Não estava sangrando. Podia andar, estava ótima. Desde que eu não fosse morrer por causa daquilo, tinha de ir a lugares, ver pessoas.

O primeiro telefonema que dei foi para Michael Berne, ou melhor, para a assistente de Michael Berne — o telefone das portas da estrebaria. Michael era um homem ocupado.

— Pergunte se ele está muito ocupado para falar com uma provável cliente — disse eu. — Posso procurar Don Jade, se for o caso.

Por milagre, surgiu de repente uma brecha na agenda de Michael e a assistente passou o telefone para ele.

— Aqui é Michael. Em que posso ajudar?

— Contando uns podres do seu amigo, senhor Jade — disse eu, calmamente. — Sou detetive particular.

11

Vesti preto dos pés à cabeça, puxei o cabelo para trás com muito gel, coloquei uma saia-envelope e óculos escuros, e peguei o Mercedes SL preto de Sean. Parecia um personagem de *Matrix*. Séria, misteriosa, impaciente. Não era um disfarce, era um uniforme. Imagem é tudo.

Pedi para Berne me encontrar no estacionamento do Denny's, em Royal Palm Beach, a quinze minutos de carro das cocheiras. Ele reclamou do lugar, mas eu não podia me arriscar a ser vista com ele perto do centro hípico.

Berne chegou numa Honda Civic que já tinha visto dias melhores. Saiu do carro nervoso, olhando em volta. Uma detetive, um encontro escondido. Coisa da pesada. Usava traje de montaria, culote cinza com duas manchas e camisa pólo vermelha que não combinava com os cabelos dele.

Desci o vidro lateral do Mercedes e informei:

— Senhor Berne. O senhor veio aqui me encontrar.

Ele franziu o cenho, inseguro, indeciso, sem capacidade de avaliar nada em mim. Uma agente de uma organização clandestina. Talvez ele estivesse esperando a Nancy Drew.

— Vamos conversar aqui mesmo. Por favor, entre no carro — disse eu.

Estava indeciso como uma criança a quem um estranho oferece carona. Olhou outra vez em volta do estacionamento como se esperasse acontecer alguma coisa ruim. Espiões mascarados saindo, furtivos, da mata, para atacá-lo de tocaia.

— Se tem algo a me dizer, entre no carro — repeti, impacientemente.

Ele era tão alto que precisou se abaixar para entrar no Mercedes, como se entrasse num carrinho de brinquedo. Que contraste com a figura bonita e elegante de Jade. Era um Howdy Doody que tomou hormônios de crescimento. Ruivo, sardento, magro como um trilho. Eu já tinha lido bastante sobre Michael Berne e sabia que fora um competidor menor no mundo internacional do salto, no início dos anos 90, quando montava um cavalo chamado Iroquois. Mas seu maior feito foi uma viagem pela Europa com o segundo time dos norte-americanos nas Olimpíadas. Depois, os donos do Iroquois venderam o animal, e desde então Berne não teve mais grandes cavalos vencedores.

Quando Trey Hughes entrou na estrebaria de Berne, este deu uma entrevista dizendo que Stellar era sua volta à ribalta internacional. A seguir, Stellar mudou para a estrebaria de Don Jade e a estrela de Michael Berne se apagou outra vez.

— Para quem mesmo a senhorita disse que trabalha, srta. Estes? — perguntou ele, entrando no carro de luxo.

— Eu não disse.

— A senhorita é da empresa seguradora? É da polícia?

— Quantos policiais o senhor conhece que têm um Mercedes, sr. Berne? — perguntei, sem qualquer insinuação de estar achando graça. Acendi um dos cigarros franceses de Sean e soprei a fumaça no pára-brisa.

— Sou detetive particular, sendo *particular* a palavra que interessa. Não precisa se preocupar, sr. Berne. A menos, é claro, que tenha feito alguma coisa errada.

— Não fiz nada errado — disse ele, na defensiva. — Tenho um trabalho honesto. Não há nenhum boato de que matei cavalos para receber o seguro. Isso é com Don Jade.

— O senhor acha que ele matou Stellar?

— Eu sei que matou.

Olhei-o de soslaio e quando falei foi com uma voz insípida, monótona, profissional.

— O senhor tem como sustentar isso? Alguma prova?

Ele virou a boca para baixo, amuado.

— Jade é muito esperto. Não deixa rastro. Na noite passada, por exemplo. Ninguém jamais vai ligar o fato com Don Jade, mas ele soltou meus cavalos.

— Por que faria isso?

— Porque eu o enfrentei. Sei quem ele é. Gente assim é que dá má fama aos negócios com cavalos. Fazer fraudes, roubar clientes, matar cavalos. As pessoas fecham os olhos, desde que não sejam elas as vítimas. Alguém precisa fazer alguma coisa.

— Alguma vez Trey Hughes pediu ao senhor para fazer alguma coisa com Stellar?

— Não. Eu estava treinando Stellar. Ele estava melhorando. Pensei que tinha uma chance na Copa Mundial. De qualquer jeito, eu jamais estaria envolvido numa coisa dessas.

— Por que Hughes tirou o cavalo do senhor?

— Jade o convenceu. Ele rouba clientes dos outros o tempo todo.

— Não foi por que o senhor não estava vencendo?

Berne olhou de frente para mim.

— Estávamos no caminho da vitória. Era apenas uma questão de tempo.

— Mas Hughes não queria esperar.

— Jade decerto prometeu uma vitória logo.

— Pois é, agora Stellar não chega mais a lugar algum.

— Qual foi o resultado da autópsia?

— Necrópsia.

— O quê?

— Quando se trata de um animal, é necrópsia.

Ele não gostou de ser corrigido.

— Pois o que ficou provado?

— Não posso divulgar esses detalhes, sr. Berne. Houve algum boato, depois que o cavalo morreu? Ouvi dizer que ele não estava muito bem.

— Estava ficando velho. Cavalos mais velhos precisam de manutenção: injeções nas juntas, suplementos alimentares, coisas desse tipo. Mas ele estava inteiro. Tinha um bom coração e sempre cumpriu sua função.

— Ninguém deu a entender que havia algo esquisito na cocheira de Jade? — perguntei.

— Há sempre boatos sobre Jade. Sabe que ele já fez isso, não?

— Conheço o passado do sr. Jade. Quais foram os boatos, recentemente?

— Os mesmos. As drogas que os cavalos dele tomam. Os clientes que está querendo pegar. Como ele grudou no saco de Trey Hughes, desculpe a linguagem.

— Por que dizem isso?

— Espere aí, deve haver algum motivo. Se não, como ia conseguir aquela estrebaria que Hughes está construindo? — perguntou, na defensiva outra vez.

— Por mérito? Por boas ações? Por amizade?

Nenhuma das minhas sugestões agradou.

— Você trabalhou para Trey Hughes. Por que ele gostou de Jade? — perguntei.

— Pode escolher: porque é a sua droga do momento, porque está dormindo com a mulher dele...

— Como Trey recebeu uma herança tão de repente? — sugeri.

Berne tentou se encostar no banco do carro e me estudar por um instante, com uma expressão parecida com a de Jill Morone quando quis decidir como lidar comigo.

— Acha que ele matou a mãe?

— Não acho nada. Estou apenas perguntando.

Ele considerou alguma coisa e riu.

— Trey jamais teria coragem. Ele ficava apavorado sempre que falava em Sallie. Morria de medo dela.

Não comentei que Trey só precisava de coragem para contratar alguém que fizesse o serviço. Eu tinha certeza que um homem que passou a vida inteira fugindo de qualquer tipo de responsabilidade tinha muito facilidade para delegar tarefas.

— Você não ouviu nenhum boato lá na alameda? — perguntei.

— As pessoas riem de Trey pelas costas. Ninguém o leva a sério. Ele mal consegue sobreviver. Não sabe arrumar a carteira, quanto mais planejar um assassinato e se livrar dele. De toda forma, estava acompanhado na noite em que telefonaram para avisar da morte da mãe.

— É? Com quem?

Ele desviou o olhar.

— Que diferença faz?

— Faz, se a pessoa for na verdade uma desculpa.

— Não é.

— Sr. Berne, eu vou conseguir a resposta, de um jeito ou de outro. Quer que eu pergunte por todo o centro hípico, abrindo velhas feridas, mexendo em velhos boatos?

Berne olhou pela janela.

— Posso começar a adivinhar? Talvez ele estivesse na sua companhia. Isso daria um novo toque numa velha história, não?

— Não sou veado!

— Na comunidade hípica, os *gays* não são tão mal vistos, não é? — disse eu, com certo tédio. — Pelo que vi, de cada três homens, dois são. Pense em quantos amigos novos o senhor terá, se sair do armário. Talvez já tenha saído. Eu poderia procurar um antigo namorado seu...

— Trey estava com a minha mulher.

Preferiu dizer logo, em vez de deixar que uma estranha pensasse que ele era igual a uma lancha que ancorava pelos dois lados.

— Sua mulher estava com Trey Hughes na noite em que a mãe dele morreu? Estava no sentido bíblico, quero dizer?

— Sim.

— Com ou sem o seu conhecimento? — perguntei.

Berne ficou rubro.

— Que porra de pergunta é essa?

— Se você estava achando que ia perder um cliente, talvez tenha feito um pequeno plano com sua mulher para obrigar o cliente a ficar.

— Isso é nojento!

— O mundo é um lugar complicado, sr. Berne. Sem qualquer ofensa, mas não sei muito do senhor como pessoa. Por exemplo: não sei se é confiável. Tenho de manter meu nome e meu emprego fora da boca do povo. Descobri que as pessoas guardam melhor os segredos se elas também têm um. Está entendendo a minha intenção, sr. Berne? Ou preciso ser mais direta?

Ele parecia incrédulo.

— Está me ameaçando?

— Prefiro dizer que estamos chegando a um entendimento mútuo sobre a importância de confiar. Eu guardo seu segredo, se o senhor guardar o meu.

— Você não trabalha para a General Fidelity, senão Phil teria me dito — concluiu ele.

— Phil?

— Phil Wilshire, que acerta a quantia a ser paga pela seguradora, conheço ele. Teria me falado de você.

— Ele comentou sobre esse caso?

— Quero que Jade seja pego, de uma vez por todas — disse ele, forçando uma raiva hipócrita. — Ele devia ser expulso desse negócio e, se eu puder fazer qualquer coisa, faço.

— Qualquer coisa? — perguntei, incisiva. — Se eu fosse o senhor, tomava cuidado com o que diz, sr. Berne — avisei. — Poderiam facilmente concluir que o senhor odiava tanto Don Jade que matou Stellar e está querendo jogar a culpa nele para destruí-lo. Lá se vai a carreira dele. Lá se vai o prestígio dele com Trey Hughes. O senhor acerta as coisas com Hughes e pode ser que tudo volte a ser como antes.

Berne explodiu.

— Você me chamou aqui para me acusar? Você é o quê? Louca?

— Nossa, como o senhor se descontrola — disse eu, calmamente. — Devia fazer um curso de como administrar sua raiva. A raiva prejudica a saúde.

Ele estava com vontade de gritar comigo. Dava para ver, estava quase sufocando.

— Respondendo a sua pergunta: não, não sou louca. Sou direta. Tenho de cobrir todas as áreas e não tenho tempo de fazer média com as pessoas. Não arranjo amigos, mas consigo as respostas de que preciso.

"Talvez o senhor não tenha culpa de uma coisa, sr. Berne. Como eu disse, não o conheço. Mas, pela minha experiência, a maior parte dos crimes tem três causas: dinheiro, sexo e/ou ciúme. O senhor entra nas três categorias. Então vamos resolver logo e assim posso me concentrar em Jade. Onde estava o senhor quando Stellar morreu?

— Em casa, na cama. Com minha esposa.

Dei uma última tragada no cigarro e soprei a fumaça com um meio sorriso.

— Ela vai ter de mudar o nome para Álibi.

Berne levantou as mãos.

— É. Agora chega. Vim ajudar com toda a bondade do meu coração e...

— Não perca seu tempo, Berne. Nós dois sabemos por que você veio aqui. Quer acabar com Jade. Por mim, não tem problema. Eu tenho outra meta a cumprir.

— Qual é?

— O interesse do meu cliente. Pode ser que nós dois consigamos o que queremos. Quanto tempo depois da morte de Sallie Hughes o filho Trey passou os cavalos para Jade? — perguntei.

— Duas semanas.

— E quando soube que Hughes tinha comprado a propriedade em Fairfields?

— Um mês depois.

Minha cabeça parecia ter sido colocada dentro de um triturador. Eu não queria saber os detalhes sórdidos da vida de Trey Hughes, ou de Michael Berne ou de Don Jade. Queria encontrar Erin Seabright. Graças a minha sorte, ela morava numa caixa de Pandora.

Peguei uma foto dela no bolso interno da minha jaqueta e mostrei a Berne.

— Já viu esta garota?

— Não.

— Ela trabalhou para Jade até o domingo passado. Era cavalariça.

Berne fez uma careta.

— Cavalariços entram e saem. Eu já me esforço para saber de mim.

— Essa garota sumiu. Olhe a foto outra vez, por favor. Nunca a viu com Jade?

— Jade está sempre cercado de mulheres. Eu, pessoalmente, não sei o que elas vêem nele.

— Jade tem fama nessa área, não é? Dorme com as ajudantes?

— Com as ajudantes, as clientes, as clientes dos outros. Não escapa ninguém.

— É o que eu temia, sr. Berne. — Entreguei para ele um cartão branco, simples, com um telefone impresso. — Se tiver algo útil a dizer, por favor, ligue para este número e deixe um recado. Alguém entrará em contato com o senhor. Obrigada pelo tempo que me concedeu.

* * *

Landry estacionou no meio de enormes caminhões de tração nas quatro rodas, BMWs e Jaguares, e saiu do carro, prestando bem atenção onde pisava. Ele tinha se criado na cidade. Só sabia que cavalos eram animais grandes e fedidos.

O dia estava claro e quente. Ele piscou, apesar de olhar em volta com seus óculos de aviador. Parecia uma porra de um campo de refugiados: tendas e animais por todo canto. Gente circulando de bicicleta e em pequenas motos. Nuvens de poeira rolando no ar quando os caminhões passavam, roncando.

Ele viu a placa de Jade na tenda, foi até lá e perguntou à primeira pessoa que viu onde estava o sr. Jade. Um hispano segurando um forcado cheio de esterco fez sinal para o lado da tenda e disse:

— Fora.

Landry foi andando para onde o hispano indicou. Entre a tenda de Jade e a seguinte, um homem em traje de montaria tomava um copinho de café Starbucks e ouvia, impassível, o que uma loura atraente lhe dizia. A loura parecia irritada.

— Senhor Jade?

Os dois viraram e olharam para ele, que se aproximou e mostrou o distintivo.

— Detetive Landry, da delegacia. Gostaria de lhe perguntar algumas coisas.

— Ai, meu Deus! — riu a loura, espoucando um sorrisão. — Eu sabia que iam te pegar! Você não devia ter arrancado a etiqueta daquele colchão, não sabe que é proibido? — Virou o sorriso para Landry: — Sou Paris Montgomery, treinadora assistente do sr. Jade.

Landry não devolveu o sorriso. Três horas de sono não deram energia suficiente para gastar com charme bobo. Ele nem olhou para a mulher.

— É o sr. Jade?

— O que houve? — perguntou Jade, passando por Landry para entrar na tenda, tentando levá-lo para onde não fossem vistos da alameda.

— O senhor sabe o que aconteceu aqui na noite passada? — perguntou Landry. — Alguns cavalos foram soltos numas tendas dessa fileira.

— Nas cocheiras de Michael Berne — completou Paris Montgomery. — Claro que sabemos, um horror. É preciso fazer alguma coisa em relação à segurança. O senhor tem idéia de quanto valem esses animais?

— Pelo jeito, valem o peso em ouro — disse Landry, entediado com aquilo. Por que, diabos, um cavalo podia valer um milhão, se não era da pista de corrida?

— Michael vai te procurar, Don — disse ela para o patrão. — Você sabe que vai dizer a quem quiser ouvir que você soltou ou mandou soltar os cavalos.

— Por que diz isso, srta. Montgomery? — perguntou Landry.

— Porque Michael é assim, amargo e vingativo. Acha que Don é culpado de tudo, exceto da sua própria falta de talento.

Jade virou-se para ela, os olhos semicerrados.

— Chega, Paris. Todo mundo sabe que Michael tem ciúme.

— Ciúme de quem? — perguntou Landry.

— De Don — respondeu a mulher. — Don é tudo o que Michael não é; quando os clientes de Michael percebem e cancelam os serviços, ele culpa Don. Provavelmente, soltou os cavalos só para poder culpar Don em público.

Landry ficou de olho em Jade.

— Deve ser um problema antigo. O senhor nunca fez nada para calar a boca dele?

A cara de Jade jamais se alterava. Calmo, frio, controlado.

— Faz tempo que aprendi a ignorar gente como Michael.

— Devia processá-lo por calúnia, talvez assim ele sossegasse — disse Paris, ríspida.

— Por difamação. Quando a mentira é dita, chama-se difamação; quando é escrita, calúnia — corrigiu Jade.

— Não seja tão babaca. Ele está fazendo tudo o que pode para acabar com a sua reputação. E você fica aí como se estivesse dentro de uma bolha de isolamento. Pensa que ele não te atinge? Pensa que ele não enche o ouvido de Trey sempre que pode?

— Não posso impedir que Michael solte sua peçonha e não posso impedir que as pessoas ouçam — disse Jade. — Garanto que o detetive Landry não veio aqui para ouvir a gente se lastimar.

— Também não vim por causa dos cavalos — disse Landry. — Uma mulher foi atacada ao tentar impedir que soltassem os cavalos.

Os olhos castanhos de Paris Montgomery se arregalaram de susto:

— Que mulher? Stella? A mulher de Michael? Ela se machucou?

— Soube que ontem houve uma discussão do senhor com o sr. Berne —

disse Landry. — O senhor poderia me dizer onde estava às duas da manhã, mais ou menos?

— Não, não poderia — disse Jade, bruscamente, caminhando até o cavalo que estava amarrado numa estaca. — Se o senhor me permite, detetive, preciso montar.

— Talvez o senhor prefira discutir melhor na delegacia — sugeriu Landry. Não gostava de ser dispensado como um criado.

Jade deu uma olhada nele. Um olhar arrogante, apesar dos óculos.

— Talvez seja melhor o senhor procurar o meu advogado.

— Economize seu dinheiro e o meu tempo, sr. Jade. O senhor só precisa dizer onde estava às duas da manhã. É uma pergunta sutil para saber se o senhor estava aqui.

— Estava com uma amiga. Fora daqui.

— A amiga tem nome?

— Que lhe interesse, não.

Ele apertou uma correia na sela. O cavalo mexeu as orelhas.

Landry procurou um lugar para onde pudesse pular, caso o animal endoidasse ou algo assim. O bicho tinha uma cara esquisita, como se estivesse prestes a morder.

Jade soltou o cavalo da estaca.

— Nossa conversa terminou — avisou Jade. — A não ser que tenha alguma coisa que me ligue ao fato, afora os mexericos de que Michael e eu não nos damos bem. Como sei que o senhor não tem nada a acrescentar, não pretendo falar mais nada.

Ele tirou o cavalo e conduziu-o pela alameda. Landry ficou bem encostado numa tenda, sem respirar — uma boa idéia, sobretudo naquele lugar cheio de estrume. Pairava no ar como neblina um cheiro de esterco, cavalos e Deus sabe lá o que mais. Quando o cavalo ficou fora do alcance para lhe dar um coice, Landry foi atrás.

— E a senhorita Montgomery, o que diz?

O patrão deu uma olhada na loura e ela virou-se para Landry:

— O mesmo que ele. Eu estava com um amigo.

Os dois saíram da tenda para o ar livre e Jade montou:

— Paris, traga minha casaca e meu capacete.

— Já, já.

Jade não esperou por ela, virou o cavalo e começou a descer a alameda.

— Vocês dois estavam juntos? — perguntou Landry, voltando para a tenda com Montgomery.

— Não, pelo amor de Deus! — disse ela. — Ele me dá ordens o dia inteiro, não quero ficar recebendo ordens a noite inteira também.

— Ele é muito mal-humorado.

— Ficou assim. As pessoas não lhe dão muita folga.

— Talvez porque ele não mereça.

Landry seguiu-a até uma cocheira com o interior revestido de tecido verde, tapete oriental no piso e quadros emoldurados nas paredes. Ela abriu um guarda-roupa de antiquário e tirou uma jaqueta verde-oliva e um capacete de veludo marrom.

— Você não o conhece — disse Montgomery.

— Você conhece. Acha que ele estava com quem, na noite passada?

Ela riu e balançou a cabeça.

— Não sei da vida particular de Don. Esta foi a primeira vez que ele disse que estava com alguém.

Portanto, era pouco provável que estivesse, concluiu Landry. Pelo que percebeu, aquela gente que lida com cavalos praticamente vivia uma no bolso da outra. E, afora a intimidade, eram todos ricos ou faziam de conta que eram e a única coisa que os ricos gostavam mais do que foder era mexericar.

— Ele é muito discreto — acrescentou Montgomery.

— Acho que foi por isso que nunca foi preso: discrição. Seu patrão já esteve algumas vezes do lado errado do balcão.

— E jamais foi acusado de nada. Se me permite, é melhor eu ir para o picadeiro de instrução, senão ele me mata. — Espoucou o sorrisão. — E se ele me matar, você vai ter o que fazer.

Landry saiu da tenda atrás dela. Ela sentou no banco do motorista num carrinho de golfe verde com o logotipo de Jade na frente, dobrou o paletó e colocou-o no assento do carona. O capacete foi dentro de uma cesta, atrás do banco.

— E a senhorita, o que diz? O seu amigo misterioso tem nome?

— Tem, sim, mas também não sou do tipo que beija e sai contando, detetive — disse ela, piscando, pudica. — É assim que as garotas ficam com fama.

Ela deu partida no carrinho e saiu, acenando e chamando as pessoas enquanto passava pelas tendas. Srta. Popularidade.

Landry ficou com as mãos na cintura um instante, sabendo que dentro da tenda havia uma garota olhando para ele. Pelo canto do olho, dava para vê-la: gorda, desleixada, camiseta apertada mostrando curvas e dobras que seria melhor apenas imaginar.

Landry queria entrar no carro e sair dali. Estes tinha razão: ele não dava a mínima para o que aquelas pessoas faziam umas às outras. Mas tinha de considerar o que tinha ocorrido na delegacia no meio da noite, com Estes exigindo só falar com ele e nenhuma queixa sendo registrada e que porra de pesadelo. Seu tenente não aceitava que Estes não desse queixa e deixasse as coisas por isso mesmo. Ele tinha de dar prosseguimento ao caso.

Suspirou e virou-se, dando uma olhada na garota.

— Trabalha aqui?

Os olhinhos dela se arregalaram. Dava a impressão de que não sabia se sujava as calças ou tinha um orgasmo. Ela concordou com a cabeça.

Landry entrou de novo na tenda, tirando a agenda do bolso da calça.

— Nome?

— Jill Morone. M-O-R-O-N-E. Sou a cavalariça-chefe do sr. Jade.

— Hum-hum. E onde estava ontem à noite, pelas duas da manhã?

— Na cama — disse ela, engasgada com um segredo que estava louca para contar. — Com o sr. Jade.

12

A Empreendimentos Gryphon ficava num prédio elegante, em estilo espanhol, na Greenview Shores, em frente à entrada oeste do Clube de Pólo. Estacionei na área de visitantes, ao lado do Jaguar de Bruce Seabright.

Um cartaz na janela da frente do prédio anunciava Fairfields com uma foto de Bruce Seabright no canto inferior direito. Ele tinha o tipo de sorriso que dizia: "Sou um bom filho da puta, deixa eu vender mais caro para você." Dava a impressão de que essa estratégia funcionava com algumas pessoas.

Os escritórios foram projetados para dar sensação de opulência e aconchego. Sofás de couro, mesas de mogno. Na parede, fotos de quatro homens e três mulheres, cada um com elogios à atuação profissional gravados no metal das molduras. Krystal Seabright não estava entre eles.

A recepcionista era muito parecida com Krystal Seabright. Muitas jóias de ouro, muito *spray* nos cabelos. Fiquei pensando se foi assim que Krystal e Bruce se conheceram. O chefe e a secretária. Banal, mas muito mais comum do que se imagina.

— Sou Elena Estes e quero falar com o sr. Seabright. Gostaria de saber algumas coisas sobre Fairfields.

— Excelente local — disse ela, dando um sorriso de vendedora em treinamento. — Cocheiras espetaculares estão em construção.

— É, eu sei, passei por lá.

— A propriedade Hughes — acrescentou, com um olhar quase eufórico. — Não achou o lugar uma paixão?

— Creio que sim.

Ela sussurrou algo no interfone para Seabright. Um minuto após, a porta no fundo da recepção se abriu e Bruce Seabright apareceu, segurando a maçaneta. Usava terno de linho marrom e gravata séria, de listras. Muito formal para o sul da Flórida, terra de camisas de florões berrantes e sapatos esporte.

— Senhorita Estes?

— Sim. Obrigada por me receber.

Entrei passando por ele e fiquei do outro lado da sala, encostada num aparador.

— Sente-se — ofereceu ele, à mesa. — Aceita alguma coisa? Café? Água?

— Não, obrigada. Agradeço por me receber sem hora marcada. Tenho certeza de que é muito ocupado.

— Gosto muito de ser. — Sorriu do mesmo jeito da foto no cartaz de Fairfields. — Os negócios estão crescendo. Nossa pequena jóia de Wellington está sendo descoberta. Um imóvel aqui é tão rentável quanto no sul da Flórida. E o terreno no qual você está interessada é um excelente exemplo.

— Na verdade, não vim para comprar, sr. Seabright.

O sorriso se transformou em moderada confusão. Ele tinha feições pequenas e pontudas, parecia um furão.

— Não entendi. Você disse que queria saber sobre Fairfields.

— Isso mesmo. Sou detetive, sr. Seabright. Estou cuidando de um fato ocorrido no centro hípico envolvendo um cliente seu: Trey Hughes.

Seabright recostou-se na cadeira, insatisfeito com a mudança dos acontecimentos.

— Claro que conheço Trey Hughes. Não é segredo que ele comprou lotes em Fairfields. Mas certamente não fico comentando a vida dos meus clientes, srta. Estes. Tenho ética.

— Não estou querendo dados pessoais. Quero saber do empreendimento. Quando o terreno foi colocado à venda. Quando o sr. Hughes comprou a parte dele.

— Isso está nos arquivos públicos. Você pode ir à secretaria do condado e procurar lá — disse Seabright.

— Posso, mas estou perguntando ao senhor.

A desconfiança ficou maior que a confusão.

— Do que está falando? Que "fato" é esse que está investigando?

— Há pouco tempo, o sr. Hughes perdeu um cavalo muito caro. Precisamos esclarecer bem as coisas, o senhor entende?

— O que tem o terreno a ver com esse cavalo?

— Informação rotineira de lastro. Do tipo: estaria o proprietário com problemas financeiros etc. O imóvel que o sr. Hughes está construindo é caro, e o próprio empreendimento...

— Trey Hughes não precisa de dinheiro — disse Seabright, ofendido com a insinuação. — Qualquer pessoa pode lhe informar que ele recebeu uma grande herança no ano passado.

— Antes ou depois de comprar em Fairfields?

— Que diferença faz? Estava interessado há algum tempo e comprou na primavera passada — respondeu ele, irritado.

— Após o falecimento da mãe?

— Não gosto da sua insinuação, srta. Estes. E não estou me sentindo à vontade nesta conversa. — Levantou-se, por pouco não me botando para fora.

— O senhor tem conhecimento de que sua enteada trabalhou para o treinador do sr. Hughes? — perguntei.

— Erin? O que ela tem a ver com isso?

— É o que eu gostaria de saber. Parece que ela está desaparecida.

O nível de agitação de Seabright subiu um ponto.

— Quem é você, para quem trabalha, exatamente?

— Isso é informação confidencial, sr. Seabright. Eu também tenho ética — respondi. — O emprego de Erin teve alguma ajuda sua?

— Não estou entendendo o interesse nisso.

— O senhor sabe que ninguém tem qualquer contato com Erin há quase uma semana?

— Ela não é ligada à família.

— É mesmo? Ouvi dizer que estava bem ligada ao seu filho.

Bruce Seabright ficou tinto e levantou o dedo para mim.

— Quero saber o número da sua licença.

Levantei a única sobrancelha que conseguia mexer e cruzei os braços, encostando no aparador.

— Por que ficou tão nervoso comigo, sr. Seabright? Pensei que um pai se preocupasse mais com a filha do que o cliente dele.

— Não sou... — Percebeu o que ia dizer e calou-se.

— Não é pai dela? — completei. — Portanto, não tem que se preocupar com ela?

— Não estou preocupado com Erin porque ela é responsável. É adulta.

— Tem dezoito anos.

— E não mora mais na minha casa. Faz o que quer.

— Isso tem sido um problema, não? O que agrada a Erin não agrada ao senhor. Essas adolescentes... — Balancei a cabeça, como se lastimasse. — A vida fica mais fácil sem Erin por perto, não é mesmo?

Tive a impressão de ver o corpo dele vibrar com a raiva que tentava conter. Olhou para mim, fixando minha imagem na cabeça para assim me visualizar e me odiar depois que eu saísse.

— Saia do meu escritório — mandou ele, firme e baixo. — Se vier aqui outra vez, chamo a polícia.

Afastei-me do aparador, devagar.

— E diz o que à polícia, sr. Seabright? Que eu devia ser presa por me preocupar mais com sua enteada do que o senhor? Tenho certeza que eles vão achar muito estranho.

Seabright escancarou a porta e disse alto para a recepcionista:

— Doris, ligue para a delegacia.

Doris ficou olhando, assustada.

— Chame o detetive Landry no setor de Roubos e Homicídios — sugeri. — Diga meu nome, ele vai gostar de aparecer aqui.

Seabright franziu o cenho, tentando saber se eu estava blefando.

Saí da Empreendimentos Gryphon, entrei no carro de Sean e fui embora, caso Bruce Seabright não estivesse blefando.

13

— **Meu Deus,** El, você parece uma daquelas garotas das bandas de Robert Palmer nos anos 80.

Na volta para casa, abaixei a capota do Mercedes, esperando que o ar fresco desanuviasse minha cabeça. Em vez disso, o sol tostou meu cérebro e o vento levantou meu cabelo, num penteado parecido com aquelas fotos de vítimas da moda. Eu queria tomar um drinque e cochilar ao sol, na beira da piscina, mas sabia que não ia me permitir nada disso.

Sean inclinou-se e beijou meu rosto, depois ralhou, rabugento:

— Você pegou meu carro.

— Estava combinando com a minha roupa.

Saí do Mercedes e entreguei as chaves para ele. Sean usava culote, botas de montaria e camiseta preta e apertada, com as mangas enroladas para mostrar bíceps do tamanho de toranjas.

— Aposto que você vai ter aula com Robert — disse eu.

— Por quê? — perguntou ele, irritado.

— Por causa da camiseta mostrando os músculos. Querido, você é tão transparente.

— Bom, miau, miau. Estamos felinos hoje, não?

— Uma boa surra de chicote resolvia o meu caso.

— Garanto que você merece essa surra. Da próxima vez, me chame, eu adoraria ficar olhando.

Fomos andando pela área das cocheiras em direção à casa de hóspedes. Sean me olhou de soslaio e franziu o cenho.

— Você está bem?

Dei à pergunta um peso e uma importância excessivos, em vez da resposta evasiva de sempre. Que hora estranha para ficar considerando as coisas, pensei. Mesmo assim, parei e considerei.

— Estou, estou bem — respondi.

Por mais intricado e difícil que aquele caso estivesse ficando, por mais que eu relutasse em participar, era bom colocar em prática as velhas técnicas. Era bom se sentir útil.

— Que bom — disse ele. — Então vá empoar o nariz e se transformar outra vez, Cinderela. Seu *alter ego* tem visita.

— Quem vai chegar?

— Van Zandt. — Ele pronunciou o nome como se fosse uma coisa amarga com um buraco no meio. — Não diga que não me sacrifico por você.

— Nem minha mãe faria tanto por mim.

— Pois é melhor você acreditar, meu bem. Sua mãe não permitiria que aquele sujeito viscoso passasse nem pela porta de serviço. Você tem vinte minutos para entrar em cena.

Tomei um banho e vesti uma das roupas das lojinhas do centro hípico, uma saia-envelope vermelho vivo feita de sári indiano e uma blusa amarela, de linho. Um carregamento de pulseiras no braço, sandálias de sola grossa e óculos de armação de tartaruga e eis Elle Stevens, profissão: Diletante.

Van Zandt tinha acabado de chegar quando passei pelas cocheiras em direção ao estacionamento. Estava vestido para impressionar, com o uniforme dos patriarcas de Palm Beach: camisa rosa, calças marrons, blazer azul-marinho, lenço de grife ao pescoço.

Ao me ver, abriu os braços e veio na minha direção. Meu velho amigo que há tanto tempo não encontrava.

— Elle!

— Z.

Sofri com o ritual de beijos no rosto enquanto ele segurava minhas mãos sobre o peito dele para não me abraçar.

— Três beijinhos, como fazem os holandeses — lembrou ele, dando um passo atrás.

— Para mim, isso é desculpa para tirar uma casquinha — disse eu, meio rindo. — Libertino esperto, quais são as outras culturas que você usa, com a desculpa de boas maneiras?

Ele deu aquele suave sorriso bajulador:

— Depende da dama.

— E eu pensei que você vinha para ver meus cavalos — disse Sean. — Quer dizer que sou apenas uma barba?

Van Zandt olhou para ele, confuso:

— Você é uma barba? Nem tem barba.

— É uma figura de linguagem, Z. — expliquei. — Você tem que se acostumar com Sean. Quando era pequeno, a mãe mandava-o para uma colônia de férias de teatro. Ele não consegue ser diferente.

— Ah, um ator!

— Nós todos não somos? — disse Sean, ingênuo. — Pedi a minha cavalariça para encilhar Tino, o castrado que comentei com você. Eu gostaria de conseguir oitenta mil por ele. É talentoso, mas tenho muitos cavalos que são. Se você tiver algum cliente interessado...

— Devo ter — disse Van Zandt. — Trouxe minha máquina para gravar uma fita. Faço um vídeo e mando para uma cliente que tenho na Virgínia. E quando você quiser outro cavalo, terei prazer em lhe mostrar os melhores cavalos da Europa. Traga Elle, vamos nos divertir um bocado.

Olhou para mim, notando a saia que eu usava.

— Não vai montar hoje, Elle?

— Estou me recuperando de ontem à noite, me diverti demais. Sean e eu fomos ao Baile da Psoríase.

— Elle não resiste a uma boa causa — disse Sean. — Ou a uma taça de champanhe.

— Você perdeu ontem a confusão lá no centro hípico — disse Van Zandt, satisfeito por ter um mexerico para contar. — Soltaram cavalos. Uma pessoa foi agredida. Inacreditável.

— Você estava lá? — perguntei. — No meio da noite? Será que a polícia não quer falar com você?

— Claro que eu não estava lá — respondeu ele, irritado. — Como pode achar que eu faria uma coisa dessas?

Dei de ombros.

— Z., não tenho idéia do que você faria ou não. Sei que não consegue levar as coisas na brincadeira. Essas suas variações de humor estão me cansando, e olha que só o conheço há dois dias — disse, demonstrando a minha irritação. — Acha que vou querer rodar de carro pela Europa com você e suas múltiplas personalidades? Prefiro ficar em casa martelando o dedo sem parar.

Ele colocou a mão sobre o peito como se estivesse magoado.

— Sou uma pessoa sensível. Só quero o bem de todos. Não fico por aí acusando pessoas por não rirem de uma piada.

— Não se preocupe, não é nada pessoal, Tomas — disse Sean, quando nos aproximamos da estrebaria. — Toda noite, antes de dormir, Elle afia a língua numa pedra de amolar.

— Tanto melhor para você, meu querido.

Van Zandt olhou para mim, amuado.

— Língua afiada não atrai marido.

— Marido? E por que eu vou querer um? Já tive, joguei fora.

Sean deu um sorriso.

— Para que casar, se a gente pode se divertir?

— Ex-marido é melhor — completei. — A gente fica com a metade do dinheiro dele e nenhuma dor de cabeça.

Van Zandt apontou um dedo para mim, tentando fazer graça.

— Você precisa ser domada, srta. Leoa. Ia cantar num outro tom.

— Traga um chicote e uma cadeira — sugeriu Sean.

Van Zandt parecia já ter pensando nisso e em mais. Sorriu de novo:

— Sei como tratar bem uma dama.

Com o canto do olho, vi Irina chegando. Um vislumbre de longas pernas descobertas e botas de passeio com os saltos estalando no chão. Percebi que ela estava com alguma coisa na mão. Tinha um jeito zangado e concluí — erradamente — que o motivo era Sean estar atrasado ou atrapalhar a agenda dela, ou por um dos muitos motivos que costumam atacar Irina. Ela parou a dois metros de nós, xingou alguma coisa em russo e jogou o que tinha na mão.

Van Zandt deu um grito de surpresa e conseguiu levantar o braço e impedir que a ferradura de aço atingisse a cabeça dele.

Sean recuou, assustado:

— Irina!

A cavalariça se atirou sobre Van Zandt como um míssil, gritando:

— Porco! Porco imundo!

Não saí do lugar, fiquei olhando, impressionada, Irina esmurrá-lo com os punhos. Era esguia como um junco, mas forte como um carroceiro, de braços musculosos. Van Zandt pulou para trás e para os lados, tentando afastá-la, mas ela grudou nele como um carrapato.

— Sua doida! Tirem ela! Tirem! — gritou.

Sean pulou e segurou-a pelo rabo-de-cavalo louro e, com o outro braço, impediu que ela batesse:

— Irina! Pare com isso!

— Filho da puta! Puto fedorento! — gritou ela, enquanto Sean separou-a de Van Zandt e puxou-a pela alameda. Ela xingou de novo em russo e deu uma cusparada no belga.

— Ela é doida! — gritou Van Zandt, com o lábio sangrando. — Devia ficar presa!

— Pelo jeito, vocês já se conheciam — disse eu, secamente.

— Nunca vi essa mulher na vida! Que russa maluca!

Irina, com o rosto branco de ódio, deu um safanão em Sean:

— Da próxima vez, corto a sua garganta e cuspo nos seus pulmões, sacana! Por Sasha!

Van Zandt afastou-se parecendo assustado; o cabelo, que antes era impecável, ficou esticado em todas as direções.

— Irina! — gritou Sean, pasmo.

— Por que nós, as damas, não saímos daqui um pouco? — sugeri, segurando Irina pelo braço e levando-a para o salão.

Irina foi ríspida e fez um gesto grosseiro para Van Zandt, mas veio comigo.

Fomos para o salão, que era revestido de mogno e tinha um bar e poltronas forradas de couro. Irina andava de um lado para outro, resmungando coisas. Entrei atrás do balcão do bar, peguei uma garrafa de Stoli no refrigerador e servi três dedos num pesado copo de cristal.

— A você, amiga. — Levantei o copo num brinde e entreguei a ela. Bebeu como se fosse água. — Tenho certeza de que ele merecia, mas você pode me explicar?

Furiosa, ela xingou Van Zandt mais um pouco, deu um suspiro e se acalmou. Isso mesmo: alívio instantâneo.

— Não ser homem legal — disse ela.

— O entregador de pizza não é um sujeito legal e nem por isso você faz isso com ele. Quem é Sasha?

Ela pegou um cigarro de uma caixa no balcão do bar, acendeu e deu uma longa e profunda tragada. Soprou a fumaça devagar, o rosto inclinado num ângulo bonito. Numa vida passada, ela devia ter sido Greta Garbo.

— Sasha Kulak. Uma amiga russa. Trabalhou com esse porco na Bélgica porque ele fez as maiores promessas. Ia pagar e deixar ela montar ótimos cavalos e eles seriam uma espécie de sócios e ele a transformaria numa estrela nas competições. Mentiroso sacana. Só queria comer ela. Levou ela para a Bélgica e achou que era dono dela. Achava que ela devia dar para ele e ficar agradecida. Ela não quis. Era linda. Por que ia transar com um velho como ele?

— Por que alguém iria?

— Ele foi um monstro. Deixava ela num acampamento de ciganos, sem calefação. Ela tinha de usar o banheiro das cocheiras dele e ele espiava ela por buracos nas paredes.

— Por que ela não foi embora?

— Tinha dezoito anos e ficou com medo. Estava num país estrangeiro, não conhecia ninguém e não falava aquela língua idiota. Não sabia o que fazer.

— Não podia procurar a polícia?

Irina me olhou como se eu fosse imbecil.

— Finalmente, ela foi para a cama com ele — disse ela, fazendo um gesto de indiferença daquele jeito que os americanos não conseguem imitar. — Ele continuou horrível com ela. Passou herpes para ela. Depois de um tempo, ela roubou dinheiro e fugiu quando os dois estavam procurando cavalos na Polônia.

— Ele ligou para a família dela e fez ameaças por causa do dinheiro. Contou mentiras sobre Sasha. Quando ela chegou em casa, o pai a jogou na rua.

— Acreditou em Van Zandt e não na filha?

Ela fez uma careta.

— São todos iguais, esses homens.

— E o que aconteceu com Sasha?

— Ela se matou.

— Nossa, Irina. Sinto muito.

— Sasha era frágil como uma boneca de vidro. — Irina deu mais uma tragada, pensativa. — Se um homem fizesse isso comigo, eu não me matava. Eu cortava o pau dele e dava para os porcos comerem.

— Bem feito.

— Depois, eu matava ele.

— Se você tivesse um pouco mais de pontaria com aquela ferradura, podia ter matado ele — disse eu.

Irina serviu mais três dedos da Stoli e bebeu. Pensei em Van Zandt extrapolando autoridade para cima de uma jovem. A maioria dos adultos teria dificuldade de lidar com o temperamento imprevisível dele. Uma garota de dezoito anos ficaria perdida. Ele merecia exatamente o que Irina tinha imaginado.

— Gostaria de poder dizer que seguro ele para você chutar. Mas Sean vai querer que você peça desculpas, Irina.

— Ele pode até beijar minha bunda russa, eu não peço.

— Desculpas não precisam ser sinceras.

Ela pensou. Se fosse eu, continuaria dizendo para Sean beijar minha bunda. Mas eu não podia largar de Van Zandt, principalmente depois do que Irina me contou. Sasha, a amiga dela, tinha morrido. Talvez Erin Seabright ainda estivesse viva.

— Vamos — disse, antes que ela discordasse da minha idéia. — Não pense mais nisso. Você pode matar ele no seu dia de folga.

Fui na frente. Sean e Van Zandt estavam na grama perto dos cavalos de montaria. Van Zandt continuava com o rosto vermelho, passando o braço onde a ferradura bateu.

Irina soltou Tino da estaca dos cavalariços e puxou-o.

— Sean, peço desculpas pelo ataque — disse Irina, entregando a ele as rédeas do cavalo. — Desculpe eu ter constrangido você. — Olhava para Van Zandt com frio desdém. — Peço desculpas por atacar você dentro da propriedade do sr. Avadon.

Van Zandt ficou calado, ficou só olhando, bem sério. A garota me olhou como se dissesse: "Está vendo o porco que é?" Ela se afastou, subiu a escada do coreto no final da arena e se esticou numa poltrona.

— A czarina — disse eu.

Van Zandt disse, de mau humor:

— Eu devia chamar a polícia.

— Mas acho que não vai.

— Ela devia ficar trancada.

— Como você fez com a amiga dela? — perguntei, inocente, desejando enfiar uma faca nas costas dele.

A boca dele tremia como se fosse chorar.

— Você acreditou nas mentiras dela? Não fiz nada errado. Dei um emprego para a garota, um lugar para morar...

Herpes...

— Ela me roubou — continuou ele. — Tratei como uma filha e ela me roubou e me fodeu, contando mentiras a meu respeito!

Mais uma vez, a vítima. Todo mundo estava contra ele. Ele tinha sempre as mais puras intenções. Não contei para ele que, nos Estados Unidos, se um homem tratasse a filha dele como ele tratou Sasha, ia preso por abuso sexual.

— Que ingrata — disse eu.

— Você acredita nela — acusou ele.

— Eu acredito em me preocupar com as minhas contas. A sua vida sexual não é nem nunca será da minha conta.

Ele cruzou os braços e ficou emburrado, olhando seus mocassins ornados de borlas. Sean tinha montado e estava na arena, fazendo aquecimento.

— Esqueça a Irina. Ela é só uma empregada. Quem se importa com o que dizem os cavalariços? Eles deviam ser como as boas crianças, vistas, mas não ouvidas.

— Essas garotas deviam saber onde é seu lugar — murmurou ele, sombriamente, abrindo o zíper da bolsa e pegando uma câmera de vídeo. — Ou serem colocadas lá.

Um calafrio passou pela minha espinha como um dedo frio e ossudo.

Ficamos olhando Sean trabalhar o cavalo, sabendo que nenhum de nós dois estava pensando na qualidade do animal. O humor de Van Zandt tinha ficado num lugar bem soturno. Devia estar pensando no dano a sua reputação, achando que Irina — e eu, talvez — iria espalhar a história de Sasha por Wellington inteira e ele perderia clientes. Ou, talvez, estivesse apenas fantasiando estrangular Irina com as próprias mãos, os ossos do pescoço dela rachando como gravetos secos. Irina estava no coreto fumando, uma longa perna balançando sobre o braço da grande cadeira de vime, sem tirar os olhos de Van Zandt.

Meus pensamentos iam em outra direção. Imaginava se Tomas Van Zandt achou que Erin Seabright devia ficar satisfeita com os avanços dele ou se ele teve de "colocá-la no seu lugar". Pensei na minha suspeita de que Erin tinha terminado com Chad e se Van Zandt ou alguém parecido com ele prometeu coisas que não cumpriu. Pensei também se todas aquelas terríveis possibilidades tinham ocorrido graças a Bruce Seabright.

Erin não correspondia à imagem que ele tinha de filha perfeita e agora ela estava fora do caminho. Se aparecesse morta, será que ele sentiria alguma culpa? Se nunca mais aparecesse, será que ele sentiria um mínimo de responsabilidade? Ou ficaria contente pelo trabalho bem-feito?

Pensei no meu pai, se ele se sentiria aliviado se a filha ingrata simplesmente sumisse. Era provável. Eu sempre disse alto e bom som que era contra tudo o que ele fazia, tudo em que ele acreditava. Empinei o nariz e procurei uma profissão que levava para o tribunal as pessoas que ele defendia, as pessoas que fornecem o tipo de vida no qual fui criada. Portanto, vai ver que eu havia *mesmo* sumido por ele. Há anos não o via nem falava com ele. Pelo que eu sabia, eu não existia mais na cabeça dele.

Pelo menos, meu pai não me condenou. Fui eu que fiz tudo.

Bruce podia ter levado Erin para Trey Hughes, que a levou para Jade, através de quem ela conheceu Van Zandt. Assim, Erin não teve qualquer participação no próprio destino. Por ironia, ela pensou que estava ficando independente, controlando a própria vida. Mas quanto mais tempo ela ficasse desaparecida, maior a probabilidade de não aparecer viva.

Quando Sean parou de mostrar o cavalo, o treinador dele chegou para a aula de equitação e fiquei encarregada de levar Van Zandt até a saída.

— Acha que sua cliente da Virgínia vai se interessar por esse cavalo? — perguntei.

— Lorinda Carlton? — perguntou ele, fazendo aquele gesto de indiferença dos europeus. — Vou falar para se interessar e ela vai se interessar — disse ele. Era a palavra dele e amém. — Ela não é uma grande amazona, mas tem cem mil dólares para gastar. Só preciso convencê-la de que esse cavalo nasceu para ela e todo mundo vai ficar feliz para sempre.

Com exceção da mulher que comprou um cavalo que ela não sabia dominar. Aí, Van Zandt a convenceria a vender esse e comprar outro. Ele ganharia dinheiro nas duas transações e o ciclo recomeçaria.

— Você não deveria contar seus truques — disse eu. — Vai me decepcionar.

— Você é uma mulher muito inteligente, Elle. Conhece os meandros desse mundo do hipismo. É um trabalho duro. As pessoas nem sempre são simpáticas. Mas eu cuido bem dos meus clientes. Sou fiel a eles e espero que sejam fiéis a mim. Lorinda confia em mim. Ela me empresta a casa que tem na cidade quando fico aqui para a temporada. Viu como meus amigos me são gratos?

— É o que você diz — disse eu, secamente.

E ele ia, tranqüilamente, trair a confiança dessa amiga agradecida para ter uma relação mais lucrativa com Sean Avadon. Ele me contou sem nem piscar, como se aquilo não fosse nada e logo a seguir falou em lealdade como se fosse um menino modelo da virtude.

— Você tem compromisso para jantar, Elle? — perguntou. — Vou levar você a The Players. Podemos conversar sobre o tipo de cavalo que eu quero para você.

Achei a idéia asquerosa. Estava exausta, sentindo dor e cheia até a raiz dos cabelos daquele sujeito nojento e suas alterações de humor. Queria fazer o que Irina tinha feito, pular nele, esmurrá-lo e xingar todos os piores palavrões. Em vez disso, falei:

— Hoje não, Z. Estou com dor de cabeça.

Mais uma vez, ele fez cara de magoado e zangado.

— Não sou um monstro. Tenho integridade. Tenho caráter. As pessoas que circulam nessa área, quando se zangam, espalham boatos. Você devia saber melhor as coisas em vez de acreditar neles.

Levantei a mão.

— Pare. Pode parar, sim? Nossa, estou cansada. Minha cabeça está doendo. Quero passar a noite na banheira Jacuzzi sem ninguém falar comigo. Embora você não vá acreditar, não é por sua causa que estou assim.

Ele não acreditou, mas pelo menos mudou de tom. Aprumou-se e balançou a cabeça.

— Você vai ver, Elle Stevens. Vou fazer isso por você. Fazer você uma campeã. Vai ver que homem eu sou — disse ele.

No final, foi essa a única profecia dele que realmente se realizou.

14

Jill ficou na frente do espelho barato, tamanho natural, só de maquiagem, sutiã de renda preto e tanga fio-dental. Olhou-se de um lado e de outro, experimentando várias caras. Tímida, pudica, sensual. Gostou mais da sensual. Combinava com o sutiã.

O sutiã era dois números menor do que ela usava; apertava dos lados, mas fazia os peitos bem maiores, o que ela achou bom. Como nas mulheres da revista *Hustler*, os peitos dela pareciam transbordar das taças. Já estava imaginando Jade enfiando a cara no meio. A idéia lhe causou um formigamento entre as pernas e ela prestou atenção na tanga.

Também era pequena demais para ela, com as tiras fininhas entrando na gordura de suas coxas. Os pêlos do púbis pulavam pelos lados do tapa-sexo de renda preta. Ficou de costas e olhou o traseiro grande, nu e branco, de covinhas. Não gostou do jeito da tanga atrás, mas achou melhor se acostumar. Tanga era *sexy*. Os homens adoravam. Gostaria que aquela porra da Erin não fosse tão magra. Talvez, se a tanga fosse de uma pessoa de medidas normais, não seria tão desconfortável.

Bem. Era de graça. E, de certa forma, a deixava no lugar da outra pessoa. Estava tomando o lugar de Erin, na cocheira, no mundo. Como Erin sumiu, Jill podia ser o caso da vez. Jill podia ser a inteligente.

Mas ainda assim estaria na sombra de Paris Montgomery.

Aquela piranha.

Jill ficou séria ao lembrar dela. Não era uma boa imagem que a olhava, refletida no espelho.

Odiava Paris. Odiava seu sorriso, seus grandes olhos, seus cabelos louros. Odiava mais Paris do que tinha odiado Erin. E tinha odiado as duas mais do que qualquer coisa. Juntas, elas eram como as garotas populares na escola: legais demais para serem amigas de alguém como Jill, cheias de piadinhas e olhares secretos que só elas entendiam. Pelo menos, ela não precisava enfrentar mais aquela porra da Erin. Mas ainda tinha Paris.

Todos os homens caíam de amores por Paris. Ela conseguia que todo mundo fizesse qualquer coisa por ela. Ninguém parecia enxergar que era muito falsa e mais nada. Todo mundo achava que era tão engraçada, tão doce, tão legal. Não era legal coisa alguma. Quando as pessoas não estavam olhando, ela era mandona, filha da puta e mesquinha. Antipática, estava sempre falando que Jill comia demais, Jill precisava fazer ginástica, Jill não sabia se arrumar.

Jill se olhou no espelho, dos pés à cabeça, e de repente viu exatamente o que Paris Montgomery via. Não uma mulher sensual com uma *lingerie* sensual, mas uma cara gorda com olhos cobiçosos e boca amarga, virada para baixo; braços inflados de gordura, pernas balofas com joelhos de covinhas; um corpo que ela detestava tanto que costumava se imaginar pegando uma faca e tirando umas fatias da carne. Feia e patética no conjunto tanga-sutiã roubados e pequenos demais.

Lágrimas escorreram de seus olhos e o rosto ficou sarapintado de vermelho. Não tinha culpa de ser gorda. A mãe deixou acontecer quando era pequena. Agora, não podia fazer nada por ter comido coisas erradas. E não era culpa dela não fazer ginástica. No final do dia, estava cansada, apesar daquela porra da Paris estar sempre acusando que não trabalhava bastante.

Por que haveria de trabalhar mais por Paris? Ela não dava qualquer incentivo para trabalhar duro, portanto, se não fazia tanto quanto ela queria, era culpa de Paris. E não tinha roupas legais porque não quisesse. Ganhava pouco para comprar coisas legais. Tinha que furtar nas lojas para conseguir coisas boas. Coisas que ela merecia como todo mundo merece, mais até, considerando como as pessoas eram mesquinhas com ela.

Bom, ela ia mostrar a Paris Montgomery, pensou, enquanto mexia na pilha de roupas no meio dos lençóis da cama desarrumada. Ia pegar o lugar de Paris Montgomery, exatamente como pegou o de Erin.

Jill sabia que podia ser tão boa amazona quanto Paris, era só lhe darem uma chance. Nunca teve um cavalo bom, era isso. O pai comprou para ela montar um Appaloosa barato e inferior. Aonde poderia chegar no mundo dos saltos com aquele pangaré? Uma vez, escreveu uma carta para o tio ver se comprava um cavalo de verdade para ela. Não tinha motivos para não comprar. Afinal, era rico. O que eram setenta ou oitenta mil dólares para ele? Mas jamais teve uma resposta. Pão-duro filho da puta.

Ia mostrar para ele também. Ia mostrar para todo mundo. Ia ser rica, montar os melhores cavalos e participar das Olimpíadas. Estava tudo planejado. Precisava só de uma brecha e sabia bem como chegar lá.

Tirou uma blusa de renda branca transparente, de *stretch*, da pilha de roupas que Erin tinha deixado. Jill tinha ficado com as roupas dela. Por que não? Não era nem roubo, se a outra deixou lá. Foi difícil entrar na blusa. Mesmo com o tecido esticando, ficou um buraco entre os botões da frente. Desabotoou os três primeiros, mostrando os peitos e o sutiã preto. Melhorou. E ainda ficou *sexy*. Era o tipo da roupa que Britney Spears usava sempre. Foi por isso que Erin comprou. Erin sempre usava camisetas curtas e calça abaixo do umbigo. E os caras ficavam de olho nela, inclusive Don.

Jill mexeu em outra pilha de roupa. Tirou uma minissaia roxa de *stretch* que roubou da rede Wal-Mart. Foi numa liquidação, de todo jeito. A loja não estava tão fora de moda. Ela vestiu a minissaia, fez força, puxou e empurrou, colocou no lugar. A tanga apertada marcou demais, mas Jill achou que era bom. Parecia um anúncio.

Brincos grandes, de argola, um colar tirado da pilha de bijuterias que tinham sido de Erin, mais as pulseiras que roubou da Bloomingdale's e estava pronta. Fez força para os pés entrarem nas sandálias de plataforma, pegou a bolsa e saiu do apartamento. Ia mostrar para todo mundo, a começar por aquela noite.

Landry estava em sua mesa sentindo-se um perfeito idiota, consultando jornais na tela do micro. Sexta-feira à noite e eis o que fazia na vida.

Culpa de Estes, pensou, franzindo a testa. Transformou a frase em sua ladainha do dia. Como um espinho, Estes entrou na pele dele para irritá-lo. Por causa dela, estava no trabalho lendo reportagens de jornais velhos.

A sala da divisão estava quase vazia. Dois caras do plantão noturno cuidavam de uma papelada. O horário de Landry tinha terminado havia horas e os outros quatro sujeitos com quem trabalhava tinham ido encontrar as namoradas ou para casa, ver mulher e filhos, ou estavam no mesmo bar de sempre, bebendo e azarando, como se espera de tiras.

Landry tentava encontrar nos jornais alguma coisa sobre aquela gente que lidava com cavalos. Jade e sua treinadora assistente não tinham ficha na polícia. A cavalariça, que supostamente transava com Jade, tinha sido detida duas vezes por furto em loja e uma vez por dirigir bêbada e/ou drogada. Ele achou-a complicada e comprovou que estava com a razão. Landry não acreditava que ela estivesse com Jade na noite de quinta-feira, mesmo assim se sentiu na obrigação de dar um álibi para ele. Landry tinha de pensar por quê.

Será que a garota sabia que Jade estava metido na soltura dos cavalos de Michael Berne? Teria ela mesma feito o serviço e, ao dar um álibi para Jade, deu para ela também? Talvez Jade tivesse pedido a ela. Ele parecia muito esperto para se arriscar numa coisa dessas. Mas, se a garota fosse pega, ele sempre podia dizer que não sabia. Podia dizer que era uma tentativa equivocada de ter a aprovação dele.

Michael Berne certamente acreditava que Jade estava por trás da coisa. Landry entrevistou-o à tarde e achou que Berne fosse chorar ou sufocar quando culpou Don Jade por todos os problemas dele. O que disse Paris Montgomery? Que Berne culpava Jade de tudo, exceto pela própria falta de talento. Berne parecia pensar que Jade era o anticristo, responsável por todos os males nos negócios com cavalos.

Talvez não estivesse tão errado.

Na primeira vez que foi à delegacia, Estes contou a Landry o passado de Jade, os esquemas de matar cavalos para receber o seguro. Ninguém pegou o cara por nada disso. Jade escapou de tudo como uma serpente escorregadia.

Fraude com seguradora, matar cavalos, o que Erin Seabright poderia saber daquilo, pensou Landry. E por que não estava por perto para responder?

À tarde, ele tinha pedido para as autoridades de Ocala darem uma busca na garota lá e alertou todos os agentes da lei no condado de Palm Beach para procurarem o carro dela. Ela devia ter achado um novo emprego ou um novo namorado, mas, caso não tivesse, não custava prevenir as bases.

E se alguém perguntasse que porra ele estava fazendo na delegacia àquela hora, diria que era culpa de Estes, pensou, irritado.

Deu um gole no café e olhou para trás. Os caras da noite continuavam na papelada. Landry apertou duas teclas e viu na tela do micro uma reportagem sobre o flagrante dos irmãos Golam, dois anos antes. Já tinha lido mais cedo naquele mesmo dia, sabia o que dizia e sabia também exatamente em que parágrafo seus olhos iriam parar: o que descrevia a detetive do setor de Entorpecentes Elena Estes dependurada na porta do caminhão de Billy Golam, depois caindo embaixo dele. Foi arrastada por quarenta e cinco metros na avenida Okeechobee e estava hospitalizada em estado grave, na época em que a reportagem foi publicada.

Ele ficou pensando o que tinha acontecido com ela desde então, quantas semanas e meses ficou numa cama de hospital. Pensou o que houve com ela para pular naquele caminhão e tirar a direção de Billy Golam.

Setor de Entorpecentes. Não havia um lá que não fosse caubói.

Dois anos tinham se passado. Ele ficou pensando o que ela fez nesse tempo e por que saiu das sombras nesse caso. Pensou por que a vida dela estava se cruzando com a dele.

Claro que não queria o problema que ela trouxe. Mas lá estava. Ele tinha mordido a isca. Estava metido no caso.

Culpa de Estes.

Jill saiu pela frente de The Players, irritada e soluçando, gordas lágrimas escorrendo pelo rosto com um traço sujo de rímel preto. Passou as costas da mão no nariz escorrendo e afastou dos olhos uma mecha oleosa de cabelo.

Os manobristas ficaram de lado, olhando para ela, sem dizer nada. Não perguntaram se podiam pegar o carro, porque só de olhar sabiam que ela não teria um carro que valesse a pena estacionar. Eles manobravam os carros das pessoas elegantes e ricas, gente magra.

— Estão olhando o quê? — perguntou Jill, ríspida. Os dois manobristas se entreolharam, com um sorriso malicioso. — Fodam-se! — gritou e correu chorando para o estacionamento. Tropeçou com a sandália plataforma e torceu o tornozelo; aos trambolhões, deixou cair a bolsa de contas que tinha roubado na Neiman Marcus e tudo o que estava dentro se espalhou no chão.

— Merda! — De quatro no chão, quebrou uma unha ao pegar um batom e um pacote de camisinhas. — Porra! Porra!

Cuspe, lágrimas e ranho escorriam do rosto dela no chão de concreto. Jill sentou-se, abraçou as pernas dobradas e ficou uma bola; soluçou, um som feio e sentido. Ela era feia. As roupas dela eram feias. Até o choro era feio. Sentia uma dor por dentro como uma pústula e explodiu em outro acesso de choro.

Por quê? Tinha feito a pergunta um milhão de vezes na vida. Por que ela tinha de ser gorda e feia, aquela de que ninguém gostava e, principalmente, a quem ninguém amava? Era uma injustiça. Por que tinha de trabalhar duro para conseguir as coisas enquanto umas piranhas como Erin e Paris tinham tudo?

Enxugou as lágrimas na manga da blusa de renda branca, juntou as coisas e fez um esforço para se levantar. Um casal elegante, mais velho, saindo de um Jaguar, ficou olhando para ela com uma espécie de nojo. Jill mostrou o dedo médio para eles. A mulher soltou uma exclamação, e o homem colocou o braço em torno dela, protetor, levando-a para o prédio.

Jill abriu a porta do carro e atirou no banco do carona a bolsa e as coisas que tinham caído. Jogou-se dentro do carro, bateu a porta e caiu no choro outra vez. Socou o volante com os punhos, depois a janela e, sem querer, bateu na buzina e se assustou com o barulho.

Seu grande plano. Sua grande sedução. Ela não passava de uma piada de mau gosto.

Tinha ido a The Players sabendo que Jade estaria lá, pensando que ele a convidaria para um drinque e poderia flertar e comentar como o havia livrado daquele tira. Ele devia ficar agradecido e impressionado com sua reação rápida à pergunta, grato também pela lealdade. E os dois teriam acabado a noite na casa dele, Jade fodendo até ela não agüentar mais. Essa seria a fase um no plano de livrar-se de Paris Montgomery.

Mas tinha dado tudo errado porque ela jamais conseguia uma brecha. O mundo inteiro e estúpido estava contra ela. Quando entrou, Jade ainda não tinha chegado. O *maître* quis botar ela para fora. Pelo jeito como olhou, de alto a baixo, era evidente que achava que se tratava de uma piranha barata ou similar. Não acreditou quando ela disse que ia se encontrar com uma pessoa. E a garçonete e o rapaz do bar se juntaram e ficaram dando risadinhas quando ela foi para a mesa, esperando como uma idiota, tomando Diet Coke porque não iam aceitar a identidade falsa e servir bebida alcoólica. Então, apareceu aquele verme do Van Zandt meio bêbado e se convidou para ficar na mesa dela.

Que saco. Todas as coisas mesquinhas e podres que ela ouviu e ele achou que de repente podia se fingir de bonzinho e entrar pelo meio das pernas dela. Nos primeiros quinze minutos, não tirou os olhos dos peitos. E quando ela disse que estava esperando uma pessoa, ele teve a audácia de ficar ofendido. Como se algum dia ela tivesse vontade de fazer sexo com um velho daqueles. Por que ele ofereceu a ela dois drinques? Nem por isso ela tinha de chupar pau, que era o que ele queria. Se era para chupar o pau de alguém naquela noite, não ia ser o dele.

Finalmente, Jade chegou. Olhou para ela com um tal nojo que ela teve vontade de se estilhaçar como um copo de vidro. As palavras ásperas tocaram nos ouvidos dela como se ele tivesse gritado, quando na verdade mandou que fosse para um lugar discreto, sem levantar a voz mais que um sussurro.

— O que você está pensando, vindo aqui com essa roupa? — perguntou ele. — Você é minha empregada. As coisas que fizer em público se refletem em mim.

— Mas eu estava apenas...

— Não quero que as palavras *puta de rua* sejam associadas à minha cocheira.

Jill soltou uma exclamação como se ele a tivesse estapeado. Foi então que Michael Berne apareceu. Ela o viu de soslaio, fingindo dar um telefonema enquanto observava os dois.

— Encontro meus clientes aqui. Faço negócios aqui — continuou Jade.

— Eu s-s-só q-queria ver você — disse ela, com as palavras prendendo na garganta e as lágrimas subindo. — Q-queria falar com você sobre...

— O que você tem? Está pensando que pode vir aqui e acabar com minha noite?

— M-mas p-preciso te dizer... eu sei sobre Stellar...

— Se precisa me dizer alguma coisa, faremos isso na cocheira, em horário de trabalho.

— M-mas...

— Está tudo bem aqui? — perguntou Michael Berne, metendo-se na conversa como se fosse da conta dele, aquele macilento e sardento idiota.

— Nada a ver com você, Michael — cortou Jade.

— A jovem parece nervosa. — Mas quando olhou para ela, Jill viu que ele não se importava se estava nervosa ou não. Olhou do mesmo jeito que todos os outros homens naquela noite: como se ela estivesse se vendendo, então devia abaixar o preço.

Olhou assustada para ele, em meio a uma torrente de lágrimas, e disse:

— Dê o fora! Não precisamos de você aqui nem em lugar nenhum!

Berne saiu.

— Você devia resolver seus assuntos pessoais num lugar reservado, Jade. Isso é muito pouco profissional — disse Berne, afetado.

Jade esperou até Berne sumir de vista, virou-se para ela de novo, mais irritado do que antes.

— Saia daqui. Saia, antes que me dê mais problema do que já deu. Falamos nisso amanhã, logo de manhã. Se eu conseguir olhar para você.

Ele também podia ter cortado ela com uma faca. A dor foi tão funda como se tivesse.

Ele que se foda, pensou Jill depois. Don Jade era o patrão dela, não o pai. Não podia dizer como ela devia se vestir, aonde podia ou não ir. Não podia chamá-la de puta e ficar por isso mesmo.

Todo o trabalho duro que tinha feito por Don Jade e ele retribuía assim. Teria sido uma boa companheira para ele, na cama e fora. Seria fiel. Faria qualquer coisa por ele. Mas ele não a merecia, nem sua dedicação e devoção. Merecia ter gente que o traía e o apunhalava pelas costas. Merecia tudo o que acontecia com ele.

Aos poucos, uma idéia começou a se formar na cabeça de Jill, ao entrar no carro. Não era obrigada a aceitar ser tratada como merda. Não era obrigada a agüentar ser xingada. Podia arrumar emprego em qualquer estrebaria que quisesse. Don Jade que se fodesse.

Tirou o carro do estacionamento e virou à esquerda na South Shore, indo em direção ao centro hípico, sem notar o carro atrás dela.

15

Molly escutava o padrasto e a mãe dela discutindo. Não conseguia entender todas as palavras, mas o tom era inconfundível. Molly estava deitada no chão do quarto, perto da saída do ar condicionado. O quarto dela ficava bem em cima do escritório de Bruce, onde ele costumava chamar a mulher, ou Chad, ou Erin para gritar com eles por qualquer coisinha que tivessem feito. Fazia tempo que Molly tinha aprendido a se fazer de invisível com os homens que a mãe namorava. Bruce não foi exceção, mesmo sendo ele no momento tecnicamente pai dela. Ela não o considerava assim. Achava que Bruce era uma pessoa em cuja casa ela, por acaso, morava.

A discussão era sobre Erin. O nome da irmã dela tinha aparecido várias vezes, dito em voz alta e baixa na conversa. Alguma coisa tinha acontecido, sem dúvida. Quando Molly chegou da escola, a mãe já estava irritada, andando de um lado para outro, nervosa, batendo a porta dos fundos para fumar lá fora um cigarro atrás do outro. Pediram o jantar pelo telefone, no Domino's. Krystal não comeu nada. Chad engoliu rápido o suficiente para entupir um lobo e deu o fora antes de Bruce chegar.

E assim que Bruce entrou em casa, Krystal pediu para falar com ele no escritório.

O estômago de Molly roncava de preocupação. Ela ouviu o nome de Erin e a palavra "polícia". A voz da mãe tinha ido do urgente ao zangado e ao histérico com lágrimas. Bruce apenas soava zangado. Misturado com as duas vozes tinha um som mecânico, como se fosse o aparelho de vídeo indo e voltando, rebobinando. Molly não conseguia entender o que havia. Talvez Krystal tivesse achado uma fita pornô no quarto de Chad. Mas, então, por que ouviu o nome de Erin e não de Chad?

Com o coração batendo forte, Molly saiu do quarto e desceu devagar a escada dos fundos. A casa estava às escuras, menos no escritório. Entrou no corredor na ponta dos pés, prendendo a respiração. Se a porta do escritório se abrisse, seria pega. A sala de estar ficava ao lado do escritório. Se conseguisse entrar lá... Escondeu-se atrás da figueira e foi andando abaixada, encostada na parede.

— Não vamos chamar a polícia, Krystal — disse Bruce. — Em primeiro lugar, não acho que seja verdade. É uma espécie de brincadeira...

— E se não for?

— Eles disseram para não chamar a polícia.

— Meu Deus, não consigo acreditar que isto esteja acontecendo — disse Krystal, com a voz trêmula.

— Não sei por quê. Ela é sua filha. Você sabe que ela sempre deu problema — disse Bruce.

— Como você pode dizer uma coisa dessas?

— Digo porque é verdade, só isso.

— Você é tão cruel, porra. Não acredito. Ai, você está me machucando! Bruce!

Molly ficou com lágrimas nos olhos. Abraçou o joelho com as mãos e tentou não tremer.

— Já falei para você não falar palavrão, Krystal. Não pode ser uma dama falando feito um marinheiro.

Krystal apressou-se em se explicar:

— Desculpe, desculpe. Estou nervosa. Não foi de propósito.

— Você é irracional. Tem de se controlar, Krystal. Seja lógica, a fita diz sem polícia.

— O que vamos fazer?

— Deixe comigo.

— Mas eu penso...
— Alguém pediu para você pensar alguma coisa?
— Não.
— Quem toma as decisões nesta casa, Krystal?
Krystal deu um suspiro estremecido.
— Quem tem melhores condições de decidir.
— E quem é essa pessoa?
— Você.
— Obrigado. Então, deixe comigo. Tome um comprimido e vá dormir. Esta noite não podemos fazer nada.
— É, acho que vou fazer isso — disse Krystal, suavemente.

Molly sabia por experiência que a mãe ia tomar mais de um comprimido e que seria engolido com vodca. A mãe se retiraria para seu mundinho e fingiria que sua vida era ótima e linda. Molly sentiu enjôo. Ficou assustada com o que ouviu. O que Erin fez desta vez? Devia ser alguma coisa horrível, se Krystal queria chamar a polícia.

— Vou dar uma volta de carro para refrescar as idéias. O dia hoje foi terrível e agora ainda vem isso — disse Bruce.

Molly ficou bem quieta, rezando para que nenhum dos dois entrasse na sala por algum motivo. Ouviu os saltos da mãe nos tacos de madeira do corredor. Krystal sempre subia pela escada principal porque era linda e sempre sonhou em morar numa casa linda. Bruce passou pela sala de estar, a caminho da cozinha. Molly ficou quieta até ouvi-lo ir para a garagem. Esperou o carro ser ligado e a porta da garagem fechar. Quando teve certeza de que ele se foi, saiu do esconderijo devagar e entrou no escritório dele.

Ninguém podia entrar no escritório de Bruce quando ele não estava lá. Queria que todos respeitassem a privacidade dele, embora sempre invadisse a dos outros. Aquela casa era dele e jamais deixava ninguém se esquecer disso.

Molly acendeu o abajur da mesa e olhou a estante de livros e as paredes cobertas de fotos de Bruce cumprimentando gente importante, com prêmios por isso e por aquilo pelo trabalho e por serviços prestados à comunidade. Tudo na sala ficava exatamente onde Bruce queria e ele notaria se alguma coisinha estivesse um milímetro fora do lugar.

Molly olhou para trás quando pegou o controle remoto da tevê e do vídeo. Apertou o botão e esperou, tão nervosa que tremia inteira.

O filme começou sem qualquer crédito, títulos, nem nada. Uma garota ao lado de um portão numa estrada secundária. Erin. Molly assistiu, horrorizada, a uma van aparecer e um mascarado saltar, agarrar a garota e jogá-la na van.

Uma voz estranha, mecânica, saiu dos alto-falantes:

— Estamos com sua filha. Não chame a polícia...

As lágrimas molharam os óculos e Molly apertou o botão de parar e tirar, tropeçou numa poltrona e conseguiu pegar o vídeo saindo da máquina. Tinha vontade de gritar. Tinha vontade de jogá-lo para o alto. Não fez nada disso.

Agarrou a fita, saiu correndo pela casa até a lavanderia, pegou a jaqueta no varal. Embrulhou a fita na jaqueta e amarrou-a na cintura. Tremia tanto que não sabia se teria forças para fazer o que devia. Só sabia que tinha de tentar.

Abriu a porta da garagem, montou na bicicleta e saiu, pedalando o mais rápido que conseguiu pelas ruas, na noite.

16

Apesar de todos os agentes da lei no condado de Palm Beach me odiarem, eu ainda tinha contatos na profissão. Liguei para um agente do FBI que conheci no trabalho, em West Palm. Junto com outro agente, Armedgian tinha coordenado o setor de Entorpecentes num caso com traficantes de heroína de West Palm Beach em conexão com a França. Armedgian tinha supervisionado todo o trabalho do escritório, o agente da FBI em Paris, as autoridades francesas e a Interpol. O caso durou seis meses, e nesse tempo Armedgian tinha se tornado não só um contato, mas um amigo do tipo que eu podia ligar e pedir informação.

Liguei para ele no final do dia e me reapresentei. *É Estes. Lembra de mim? Lá em Paris...* Claro, disse ele, embora fizesse primeiro uma pausa e houvesse uma tensão em sua voz.

Pedi para ele me passar o que tivesse na Interpol sobre Tomas Van Zandt e Venda Internacional de Cavalos. Outra pausa. Eu tinha voltado para a profissão? Ele pensava que eu tinha largado depois... bom, depois...

Expliquei que estava ajudando uma amiga que tinha se envolvido com esse sujeito num negócio e eu soube que ele era um escroque. Só queria saber se ele tinha algum registro no FBI. Não era pedir muito, era?

Armedgian fez os ruídos de sempre de queixa e medo de ser descoberto e ser chamado atenção. Os agentes federais eram como crianças preocupadas que acham que ir ao banheiro na escola sem permissão pode causar uma marca preta na caderneta e acabar com eles. Mas no final aceitou meu pedido.

Não foi do dia para a noite que Tomas Van Zandt virou o que era. Não seria irracional concluir que, se ele havia apavorado uma garota, teria feito o mesmo com outras. Talvez uma delas tivesse ousado procurar as autoridades. Parte do controle que teve sobre Sasha Kulak tinha sido por ela ser estrangeira numa terra estranha e, provavelmente, estar em situação ilegal.

Fiquei furiosa quando pensei nisso. Ele era um predador atacando mulheres vulneráveis, fossem elas empregadas ou clientes. E a coisa mais irritante era que as mulheres vulneráveis costumam se recusar a ver perigo num homem como Van Zandt ou acham que não têm outra saída senão sofrer. Um sociopata como ele farejava isso a quilômetros de distância.

Peguei o cartão de visita de Van Zandt e olhei. Era tarde, mas ainda podia ligar para o celular dele, pedir desculpas outra vez pelo comportamento de Irina, sugerir encontrá-lo para um drinque... Talvez, com sorte, eu conseguisse matá-lo em legítima defesa até o final da noite.

Estava pegando o telefone quando alguma coisa bateu com força na porta da frente. Alcancei a Glock que tinha colocado na mesa para limpar. Pensei centenas de coisas num piscar de olhos. Então, começaram a bater e uma vozinha entrou pela madeira da porta.

— Elena! Elena!

Era Molly.

Abri a porta e a menina entrou como se fosse jogada por um furacão. O cabelo estava grudado de suor. Ela estava branca como papel.

— Molly, o que houve?

Levei-a até uma poltrona e ela sentou-se como um fio de macarrão, tão sem fôlego que ofegava.

— Como você veio até aqui?

— De bicicleta.

— Nossa, é tarde da noite. Por que não ligou para falar comigo?

— Não podia.

— Soube alguma coisa de Erin?

Ela desamarrou a jaqueta da cintura e mexeu nela. As mãos tremiam muito quando tirou uma fita de vídeo e me entregou.

Coloquei a fita no aparelho de vídeo, rebobinei e apertei a tecla *play*. Vi o drama se desenrolar como sabia que Molly tinha visto, mas com um temor que sabia que ela não tinha porque não viveu tanto quanto eu, nem viu o que vi. Assisti à irmã dela ser jogada no chão e enfiada na van branca. Depois veio a voz, alterada mecanicamente para não ser reconhecida ou para assustar, ou ambos: "Estamos com sua filha. Se chamar a polícia, ela morre. Trezentos mil dólares. Instruções depois."

A imagem ficou parada. Desliguei o aparelho e olhei para Molly. A miniexecutiva tinha sumido. Não se via a Molly disfarçada de adulta. Sentada à minha mesa, parecendo pequena e frágil, estava Molly a criança, doze anos e aterrorizada por causa da irmã mais velha. As lágrimas presas atrás dos óculos de Harry Potter ampliavam o medo dela.

Ela se esforçava para ser corajosa enquanto esperava que eu fizesse alguma coisa. Isso me assustava mais do que o vídeo.

Me abaixei na frente dela, segurando nos braços da poltrona.

— Onde você conseguiu isso, Molly?

— Ouvi a mamãe e Bruce discutindo sobre Erin. Quando saíram do escritório, entrei e achei — disse ela, rápido.

— Eles viram a fita.

Ela concordou com a cabeça.

— O que eles fizeram?

As lágrimas rolaram nos lados dos óculos e caíram pelas bochechas. Ela falou com uma voz muito, muito fininha.

— Nada.

— Não chamaram a polícia?

— Bruce disse para deixar isso com ele. Depois, mandou mamãe dormir. — Ela balançava a cabeça, incrédula. Dava para ver a raiva aumentando, dando cor ao seu rosto. — E ele foi andar de carro para clarear as idéias porque teve um *dia ruim*! Detesto ele! — gritou, batendo o pequeno punho na mesa. — Detesto ele! Não vai fazer nada porque não quer que ela volte! Erin vai morrer por causa dele!

As lágrimas surgiram mais rápidas, e Molly atirou os braços no meu pescoço.

Eu nunca soube como confortar as pessoas. Talvez porque não tenha aprendido com o exemplo. Ou talvez por ter deixado minhas dores tão dentro de mim que não permitia que ninguém tocasse nelas. Mas a dor de Molly estava transbordando e não tive outro jeito senão compartilhar com ela. Abracei-a e apertei a cabeça dela com a mão.

— Não precisa de Bruce. Você tem a mim, Molly, lembra? — perguntei.

Naquele instante, conheci o verdadeiro medo. Não era mais um caso que eu não queria aceitar com um desfecho provável de pouca proporção. Não era uma simples questão de executar um trabalho. Eu tinha uma ligação com aquela criança nos meus braços. Tinha prometido. Eu, que não queria mais do que me esconder no meu sofrimento até poder encontrar um jeito de sair.

Segurei-a com mais força, não por ela, mas por mim.

Tirei uma cópia da fita, coloquei a bicicleta de Molly na mala do carro e fomos para Binks Forest. Era quase meia-noite.

17

Jill entrou no quarto de arreios de Jade e acendeu o pequeno abajur que ficava sobre uma arca antiga. Pegou um vidro de óleo para couro na prateleira, destampou-o, abriu a gaveta de culotes de competição de Jade e despejou o óleo. Costumava olhar os catálogos de roupas de equitação, por isso sabia que aqueles culotes custavam no mínimo duzentos dólares cada. Abriu o armário, tirou duas jaquetas feitas sob medida e encharcou as duas de óleo, depois fez o mesmo com as camisas também sob medida, recém-chegadas da lavanderia.

Ainda não bastava. Ela queria mais.

Devia ter limpado os estábulos no final do dia porque Javier, o rapaz guatemalteco, teve de sair cedo. Mas Jill não gostava de recolher esterco e então apenas espalhava forragem por cima. Deu uma risadinha quando foi ao primeiro estábulo e tirou o cavalo cinza de Trey Hughes. Colocou o cavalo na cocheira vazia, que foi de Stellar, pegou um forcado na cocheira dele e descobriu as pilhas de estrume e os lugares molhados de urina. O cheiro de amônia queimava o nariz e ela deu um sorriso maldoso.

Deixou o forcado, voltou para o quarto de arreios e pegou a pilha de roupas.

Jade teria um ataque quando visse. Saberia que foi ela quem fez, mas não teria como provar. E ele tinha de estar no picadeiro de manhã. Não ia ter o que vestir. Os cavalos dele não estariam prontos. E Jill estaria ocupada, estirada na praia, pegando um bronzeado e azarando um cara legal.

Espalhou as roupas na cocheira por cima das pilhas de estrume e marcas de mijo, depois ficou pisando nas roupas caras de Don Jade, afundando tudo na sujeira. Assim ele aprenderia a não tratar as pessoas como servos. Não podia humilhá-la e ir embora sem mais nem menos. Grande filho da puta. Ia se arrepender do que tinha feito com ela. Ela poderia ter sido uma aliada, espiã dele. Agora, ele que se lixasse.

— Foda-se, Don Jade. Foda-se. — Ficou repetindo, enquanto andava pela cocheira.

Não tinha medo de ser pega por Jade. Ele tinha voltado para aquela boate ordinária, tentando impressionar algum cliente ou alguma mulher. Paris deveria fazer a vistoria noturna, mas Jill sabia que quase nunca ela vinha quando era o turno dela.

Jill não pensou que uma pessoa de outra cocheira pudesse entrar na estrebaria, ou que um segurança pudesse estar fazendo a ronda. Ela quase nunca foi pega fazendo algo. Como trancar o carro da burra da Erin. Todo mundo achou que foi Chad porque ele tinha estado lá e discutido com Erin naquela noite. E Jill uma vez trabalhou numa loja da rede Wal-Mart onde roubou todo tipo de coisa, bem no nariz do gerente dela. Bem feito para a loja que foi idiota de contratar um sujeito burro como aquele.

— Foda-se, Don Jade. Foda-se, Don Jade — repetia, misturando, com satisfação, as roupas na sujeira.

Foi então que as luzes da cocheira se apagaram.

Jill parou e ficou bem quieta. Sentia as batidas do coração. O som das batidas nos ouvidos não a deixou perceber se vinha alguém. Quando seus olhos se acostumaram com o escuro, vislumbrou formas, mas a cocheira ficava bem no fundo da tenda, não recebia muita luz do enorme poste de iluminação da estrada.

Alguns cavalos se mexeram dentro das cocheiras. Alguns bufaram — de nervoso, pensou Jill. Apalpou a lona da tenda às cegas, tentando achar o forcado. Tinha deixado bem no fundo da cocheira. Virou de costas para a porta para procurar.

Foi tão de repente, que ela não pôde reagir. Alguém apareceu rápido, pelas costas. Ela ouviu o farfalhar da serragem no chão da cocheira, sentiu a presença de outra pessoa. Antes que conseguisse gritar, uma mão tampou sua boca. Suas mãos se fecharam, desesperadas, no cabo do forcado e ela virou, tentando se livrar do atacante, se soltar, tropeçando para trás, girando o forcado num vasto arco, atingindo alguma coisa. Ela agarrou o forcado perto demais da ponta, por isso controlou mal ou com pouca força o golpe, e ele se soltou das mãos dela e bateu surdamente na lona da tenda.

Ela tentou gritar, não pôde. Como num pesadelo, o som morreu na garganta. Naquele milésimo de segundo, viu que ia morrer.

Mesmo assim, tentou correr para a porta. As pernas estavam pesadas como chumbo. Os pés se enroscaram nas roupas no chão da cocheira. Como um laço em volta dos seus tornozelos, as roupas impediam que seus pés se mexessem. Ela caiu para a frente, pesada, batendo o peito no chão. O atacante ficou por cima dela.

Houve um som — uma voz —, mas ela não conseguiu ouvir com a pancada nos ouvidos e o som doído que saiu de sua garganta ao tentar respirar, soluçar, pedir. Sentiu a minissaia sendo puxada para cima, uma mão se enfiando entre suas pernas, rasgando a tanga pequena demais.

Ela tentou se virar de frente. Havia uma força enorme no meio das costas, depois na cabeça, forçando-a para baixo, enfiando o rosto dela no estrume que ela devia ter tirado da cocheira naquele dia. Não conseguia respirar. Tentou virar a cabeça, não pôde; tentou sorver o ar, e sua boca se encheu de esterco; tentou vomitar e sentiu uma queimação horrível no peito.

E então não sentiu mais nada.

18

Estava tudo calmo em volta da casa dos Seabright, todas as casas grandes e lindas no escuro, os moradores felizmente não tomaram conhecimento do problema na casa ao lado. Ainda havia luz acesa num lado térreo da casa. O primeiro andar estava escuro. Fiquei pensando se Krystal estaria dormindo.

Bruce tinha "mandado ela dormir", contou Molly. Como se ela fosse uma criança. A filha tinha sido seqüestrada e o marido manda a mulher dormir. Deixasse a coisa com ele. Se Krystal não tivesse visto a fita, fiquei pensando se Bruce não teria simplesmente jogado no lixo como se fosse uma dessas correspondências que mandam pelo correio anunciando coisas.

Molly me levou pela sala da frente e foi até o escritório de Bruce Seabright, o cômodo de onde vinha a luz. A porta do escritório estava aberta. Bruce estava lá dentro, resmungando enquanto mexia nas pastas perto da tevê.

— Está procurando isso? — perguntei, segurando a fita.

Ele virou-se.

— O que está fazendo aqui? Como entrou na minha casa?

Viu Molly meio escondida atrás de mim.

— Molly? Você deixou essa pessoa entrar?

— Elena pode ajud...

— Ajudar o quê? — disse ele, tentando negar, mesmo eu estando ali com a fita da enteada seqüestrada. — Não precisamos da ajuda dela para nada.

— Acha que pode resolver isso sozinho? — perguntei, jogando a fita na mesa dele.

— Acho que você tem que sair da minha casa, senão chamo a polícia.

— A ameaça não me assusta. Pensei que tivesse aprendido isso hoje de manhã.

Ele apertou os lábios enquanto me olhava, bem sério.

— Elena foi detetive na delegacia — disse Molly, saindo de trás de mim. — Ela sabe tudo sobre aquelas pessoas com quem Erin trabalhava e...

— Molly, vá dormir — ordenou Seabright, bruscamente. — Converso com você amanhã, mocinha. Se metendo na conversa, entrando no meu escritório sem licença, trazendo essa pessoa na minha casa. Vai ter de responder um bocado de coisas.

Molly manteve o queixo erguido e deu uma longa olhada no padrasto.

— E você também — disse ela. Depois, virou-se e saiu da sala com a dignidade de uma rainha.

Seabright foi até a porta e fechou-a.

— Como ela conseguiu te chamar?

— Acredite se quiser, mas as pessoas que moram na sua casa têm vida e cabeça próprias e se permitem pensar sem lhe pedir permissão. Tenho certeza que você vai acabar com isso, agora que sabe.

— Como ousa criticar a forma como administro minha casa? Não sabe nada da minha família.

— Ah, pois sei tudo sobre a sua família. Pode ter certeza — disse, sentindo uma antiga amargura no meu tom de voz. — Você é o semideus e os mortais giram a sua volta como os planetas em torno do sol.

— Como fala assim comigo? — perguntou ele, aproximando-se, tentando me afastar literal e figuradamente. Não me mexi.

— Não sou eu que tenho de dar explicações, sr. Seabright. Sua enteada foi seqüestrada e Molly é a única pessoa que parece estar preocupada se ainda verá Erin viva. O que o senhor tem a dizer?

— Não tenho nada a lhe dizer. E a senhora não tem nada a ver com isso.

— Resolvi ter. Quando, onde e como essa fita apareceu?

— Não sou obrigado a responder a suas perguntas. — Passou do meu lado como se quisesse me mandar embora, voltando às estantes para fechar as portas do armário onde ficava a tevê.

— O senhor prefere responder a um delegado de polícia? — perguntei.

— Eles disseram para não procurar a polícia — lembrou-me ele, enquanto empurrava um livro dois centímetros para a esquerda. — Quer ser responsável pela morte da garota?

— Não. O senhor quer?

— Claro que não. — Ele endireitou uma fileira de livros, procurando com os olhos outra parte de seu reino que estivesse fora de lugar. Está nervoso, pensei.

— Mas, se ela simplesmente nunca mais voltar, o senhor não iria exatamente lastimar a perda, não? — perguntei.

— É inconveniente dizer isso.

— Sim, bem...

Ele parou de arrumar e fez uma cara de grande ofensa:

— Que tipo de homem acha que eu sou?

— Não vai querer que eu responda neste exato momento. Quando chegou esta fita, sr. Seabright? Erin não aparece nem telefona há quase uma semana. Seqüestradores costumam querer o dinheiro rápido. É a finalidade da coisa, o senhor sabe. Quanto mais tempo ficarem com a vítima, maior a possibilidade de alguma coisa dar errado.

— A fita acabou de chegar — disse ele, sem me olhar. Eu apostava que ele estava com a fita havia dois dias.

— E os seqüestradores não telefonaram.

— Não.

— Como a fita chegou aqui?

— Pelo correio.

— Enviada para cá ou para seu escritório?

— Para cá.

— Endereçada ao senhor ou a sua mulher?

— Eu... eu não lembro.

Para Krystal. E ele não mostrou para ela. Devia mexer em tudo o que chegava para ela, o babaca controlador. E quando ela finalmente viu, mandou-a dormir e saiu para uma volta de carro.

— Gostaria de ver o envelope — disse eu.
— Joguei fora.
— Então está no seu lixo. Vamos ver. Pode ter impressões digitais nele e o carimbo do correio pode dar uma grande informação.
— O lixo já foi.
— Foi para onde? O lixo estava ontem na calçada. Se a fita chegou hoje...
Ele não teve o que responder, filho da puta. Dei um suspiro de desânimo e tentei outra vez.
— Eles ligaram?
— Não.
— Se estiver mentindo, faço votos que Deus o ajude, Seabright.
Ele ficou rubro.
— Como ousa me chamar de mentiroso?
— Você é.
Nós dois nos viramos para a porta e vimos Krystal lá, parecendo uma prostituta velha. O rosto estava caído e sem cor. Os olhos, manchados de rímel. O cabelo pintado estava levantado como uma peruca assustada. Usava um roupão rosa, curto, debruado de plumas no pescoço e nos punhos, e estava de chinelos de salto.
— Você é um mentiroso — disse ela, os olhos vítreos fixos no marido.
— Você está bêbada — acusou Bruce.
— Devo estar. É melhor do que me irritar com você.
Olhei para Seabright. Estava furioso, tremendo de ódio. Se eu não estivesse lá, não sei o que ele faria. Mas então, se eu não estivesse lá, Krystal jamais teria coragem de dizer nada. Virei-me para ela, percebendo as pupilas dilatadas e o batom borrado.
— Sra. Seabright, quando viu a fita do seqüestro de sua filha?
— Vi a caixa com meu nome. Não entendi por que Bruce não me entregou. Pensei que fosse alguma coisa que eu tivesse comprado pelo correio.
— Krystal... — rosnou Bruce.
— Que dia foi?
Os lábios dela tremeram.
— Quarta-feira.
Há dois dias.

— Achei que eu não devia te preocupar com isso — disse Seabright. — Olhe aí, olhe como você ficou.

— Eu soube hoje — disse ela para mim. — Minha filha tinha sido seqüestrada. Bruce achou que eu não devia saber.

— Eu falei para você deixar isso comigo, Krystal — disse ele, entre dentes.

Krystal me olhou, trágica, patética, apavorada.

— Na nossa família, deixamos as decisões para a pessoa em melhor condição de tomá-las.

Olhei firme para Bruce Seabright. Ele estava suando. Sabia que podia intimidar uma mulher como Krystal, mas não a mim.

— Vou lhe perguntar pela última vez, sr. Seabright. E antes que responda, saiba que a delegacia de polícia pode quebrar o sigilo telefônico e conferir a informação. Os seqüestradores ligaram?

Ele pôs as mãos na cintura e olhou para o teto, pesando os prós e os contras de negar. Não era o tipo que desafia a polícia abertamente. Se ele acreditasse no que eu disse sobre as ligações e pensasse no que aconteceria, se a delegacia se metesse... poderia prejudicar sua imagem pública... Prendi a respiração.

— Ligaram ontem à noite.

Krystal Seabright deu um grito estranho de angústia e dobrou o corpo sobre o encosto de uma grande poltrona de couro como se tivesse sido baleada.

Seabright empertigou-se como um pavão furioso e tentou explicar seu comportamento:

— Primeiro, acho que essa história toda é uma brincadeira. Isso é só Erin querendo me humilhar...

— Estou pela tampa com as teses de perseguição dos homens hoje — eu disse. — Não quero ouvir a sua. Vi a fita. Conheço o tipo de gente com quem Erin se meteu. Eu não gostaria de apostar a vida dela contra o seu medo de constrangimento. Quem ligou? Um homem? Mulher?

— Parecia a voz da fita. Distorcida — disse ele, impaciente.

— Dizia o quê?

Ele não queria responder. A boca fez aquele nozinho de nojo que me dava vontade de estapear.

— Por que vou lhe dizer? Não sei nada sobre você. Não sei para quem trabalha. Não sei se não é um deles.

— Pelo amor de Deus, diga a ela! — gritou Krystal. Sentou-se na poltrona de couro e se encolheu, ficando numa posição fetal.

— E como vou saber se você não é um deles? Como sua mulher vai saber? — devolvi a pergunta.

— Não seja ridícula — disse Seabright, ríspido.

— *Ridícula* não é a palavra que eu usaria, sr. Seabright. Erin tem sido uma constante irritação para o senhor. Talvez tenha encontrado uma forma de eliminar o problema.

— Ah, meu Deus! — gritou Krystal, pondo as mãos sobre a boca.

— Isso é um absurdo! — gritou Seabright.

— Acho que a delegacia não vai concordar. Por isso, é melhor o senhor ir dando os detalhes.

Ele deu outro suspiro, o patriarca assumido.

— A voz disse para colocar o dinheiro numa caixa de papelão e deixar num determinado lugar na Propriedade Hípica, lá em Loxahatchee.

Eu conhecia o local. Ficava a vinte minutos de Wellington. A Propriedade Hípica era um investimento imobiliário que ainda não tinha sido lançado. Uma espécie de grande vazio com pistas de competição usadas apenas algumas vezes por ano.

— Entregar o resgate quando?

— Hoje, às cinco horas.

— E o senhor entregou?

— Não.

Krystal estava soluçando:

— Você matou ela! Matou ela!

— Ah, pelo amor de Deus, Krystal, pare com isso! Se ela foi mesmo seqüestrada, eles não vão matá-la. Para quê? — perguntou ele, ríspido.

— A finalidade do seqüestro é receber o dinheiro. Eles vão tentar receber, com ela viva ou não. Prometeram que você encontraria Erin no local? Disseram se poderia encontrá-la em algum lugar, se entregasse o resgate?

— Não.

Não havia qualquer garantia de que Erin já não estivesse morta. Se o seqüestrador fosse bem desumano, poderia tê-la matado pouco depois do seqüestro para não ter testemunhas e facilitar as coisas para ele. O objetivo também poderia ser matá-la, sendo o seqüestro apenas um disfarce.

— Eles ligaram outra vez?

— Não.

— Não acredito. Se eu fosse receber trezentos mil dólares às cinco da tarde e o dinheiro não aparecesse, eu ia querer saber por quê.

Ele levantou as mãos e foi até a janela onde as venezianas meio abertas mostravam a escuridão lá fora. Observei-o e fiquei pensando que homem frio ele era. Seria tão frio a ponto de colocar a enteada nas mãos de um agressor sexual? Para deixar que ela fosse assassinada? Talvez.

A única coisa que eu não estava aceitando era que Seabright entrasse em qualquer parceria que o deixasse vulnerável. Mas a outra opção teria sido ele sujar as mãos, o que eu achava menos provável ainda. Tramar era o menos grave. Tramar sempre poderia ser negado.

Meu olhar bateu na mesa de Seabright e sua imaculada arrumação. Talvez eu fosse encontrar uma pasta lá com a etiqueta SEQUEST. ERIN. Mas parei no telefone, um Panasonic sem fio com painel identificador de chamadas. O mesmo aparelho que eu tinha na casa de hóspedes de Sean. Fui até a mesa, sentei na cadeira de executivo, de couro, e levantei o fone. A luz vermelha no painel estava piscando.

— O que está fazendo? — perguntou Bruce, saindo da janela, rápido.

Apertei no painel o botão de busca e apareceu um número.

— Estou aproveitando as maravilhas da tecnologia moderna. Se o seqüestrador ligou de um telefone que não estava bloqueado, o número fica arquivado na memória deste aparelho e pode ser conferido. Não é muito inteligente?

Anotei o número no também imaculado bloco de papel dele, passei para o número seguinte na memória e anotei também. Ele quis tirar o papel da minha mão. Dava para ver os músculos do maxilar dele mexendo.

— Meus clientes e as pessoas com quem faço negócios ligam para cá. Não permito que você vá importuná-los — disse ele.

— Como sabe se um deles não é o seqüestrador? — perguntei.

— Isso é maluquice! São pessoas ricas e de respeito.

— Talvez uma não seja.

— Não quero que elas se metam nessa confusão.

— O senhor tem algum inimigo, sr. Seabright? — perguntei.

— Claro que não.

— Jamais teve problemas com ninguém? Um construtor imobiliário no sul da Flórida? É de espantar.

— Sou um homem de respeito, srta. Estes.

— Deve ser uma pessoa tão interessante quanto uma disenteria. Não acredito que não haja alguém que gostaria de vê-lo sofrer. E olha que estou pensando só na sua própria família.

Ele me odiava. Dava para ver nos seus olhos pequenos e mesquinhos. Achei que o sentimento era compreensível e recíproco.

— Quero sua licença. Pretendo dar queixa às autoridades — disse ele, firme.

— Então seria burrice minha entregar meus documentos, não? — perguntei, anotando outro número de telefone. A memória do aparelho tinha treze números, desde a última vez em que foi apagada. — Além de que, acho que não tem motivo para se queixar de mim, sr. Seabright. Sei de muita coisa que o senhor vai preferir não ler nos jornais.

— Está me ameaçando?

— Eu gosto quando as pessoas têm de perguntar isso. O senhor deve dinheiro a alguém?

— Não.

— O senhor joga?

— Não!

— Conhece um homem chamado Tomas Van Zandt?

— Não. Quem é?

— Foi o senhor quem arrumou o emprego de Erin com Don Jade?

Anotei o último número arquivado e olhei para ele.

— Que diferença faz? — perguntou.

— Foi o senhor? — repeti.

De novo, ele parecia nervoso. Passou o dedo num umidificador sobre a mesa.

— Seria muita coincidência se Erin tivesse arrumado emprego com o treinador do cliente para quem o senhor vendeu um imóvel caríssimo.

— O que isso tem a ver? Eu poderia ter mencionado ao cliente que ela queria trabalhar com cavalos. E daí?

Balancei a cabeça, arranquei a folha do bloco com os números anotados e levantei. Olhei Krystal, que continuava encolhida na poltrona de couro, os olhos vítreos, presa em seu inferno particular. Gostaria de perguntar se ela achava que aquele problema valia tudo aquilo — a casa, as roupas, o carro, o dinheiro. Mas ela já devia estar sofrendo muito, sem eu acusá-la de vender a própria filha. Dei um cartão para ela com meu telefone e deixei outro sobre a mesa.

— Vou ligar para esses números e ver o que acontece — eu disse. — Ligue para mim imediatamente, se os seqüestradores fizerem contato. Farei o que for possível. Minha opinião profissional é que deveria ligar para o setor de detetives na delegacia policial e pedir para falar diretamente com o detetive James Landry.

— Mas eles disseram para não chamar a polícia — repetiu Seabright, um pouquinho contente demais em atender à exigência.

— Roupas simples, carro simples. Ninguém imagina que seja um testemunha-de-jeová — ironizei.

Seabright ressaltou:

— Não quero outras pessoas decidindo coisas da minha família.

— Não quer? Bom, apesar da sua egomania, o senhor não tem condições de tomar essas decisões. Precisa de ajuda profissional. E se não quiser aceitá-la, eu a enfio por sua goela abaixo.

19

Duas e quarenta da madrugada. Bruce Seabright não conseguia dormir. Não tentou. Naquela noite, não tinha qualquer vontade de ficar na mesma cama que Krystal, mesmo sabendo que ela estava inconsciente. Estava agitado demais para dormir ou até para descansar. Passou uma hora arrumando o escritório: tirando as impressões digitais dos móveis, limpando cada objeto na mesa, borrifando Lysol no telefone. Seu santuário tinha sido profanado, contaminado.

Krystal tinha entrado lá sem que ele soubesse e mexido na correspondência sobre a mesa dele, apesar de ele ter dito com todas as letras que não era para mexer. Ele sempre pegava a correspondência. E Molly tinha entrado e pegado a fita. Esperava que as duas fossem melhores. O desapontamento dava um gosto amargo na boca. A ordem no mundo dele tinha sido alterada e agora aquela porra de detetive particular estava tentando assumir. Ele não ia deixar. Ia descobrir para quem ela trabalhava e garantir que nunca mais trabalhasse.

Andou de um lado para outro no escritório, respirando bem o cheiro de óleo de limão e desinfetante, tentando se acalmar.

Não devia ter se casado com Krystal. Foi um erro. E sabia que a filha mais velha dela seria um problema que teria de enfrentar, e não deu outra coisa.

Abriu a porta do armário onde ficava a tevê, tirou uma fita da estante, colocou-a no aparelho de vídeo e apertou o *play*.

Erin, nua, acorrentada numa cama, tentando se esconder.

— *Olha para a câmara, sua puta. Diga o seu texto.*

Ela balança a cabeça, tenta esconder o rosto.

— *Diga! Quer que eu faça seu papel?*

Ela olha para a câmara.

— *Socorro.*

Bruce tirou a fita e enfiou-a na capa de papelão. Foi até a pequena parede secreta, escondida atrás de uma fileira de livros sobre direito imobiliário, abriu o cofre, colocou a fita dentro e trancou. Ninguém mais veria a fita. Ele havia decidido. Era a pessoa mais capaz de decidir.

20

Jamais me iludi achando que as pessoas, basicamente, são boas. Pela minha experiência, elas são, basicamente, egoístas e, muitas vezes, cruéis.

Dormi três horas, meu corpo não me permitiu mais. Acordei porque minha cabeça não queria me deixar descansar. Levantei, dei comida aos cavalos, tomei um banho e fui de camiseta e calcinha para o meu micro, conferir os números de telefone do aparelho de Bruce Seabright usando um *site* na Internet.

Dos treze números, seis não estavam na lista de Wellington, quatro vieram com o nome dos usuários, um era da pizzaria Domino's e dois eram do mesmo número em Royal Palm Beach, que também não estava na lista. Seabright disse que o seqüestrador só tinha ligado uma vez, mas não acreditei. Ele não tinha pago o resgate. Não era possível que os seqüestradores não ligassem de novo.

Disquei o número de Royal Palm, o telefone tocou e ninguém atendeu. Nenhum cumprimento gentil: "Bom-dia, aqui é da casa dos seqüestradores."

Liguei para os números que não estavam na lista de Wellington, um por um, e atenderam secretárias eletrônicas, empregadas e duas pessoas que acordaram muito mal-humoradas e eram capazes de ligar para o escritório de Bruce Seabright e reclamar da nova assistente dele.

Liguei para a delegacia e escapei de várias recepcionistas até conseguir o número da secretária eletrônica de Landry, ao mesmo tempo que checava meu correio eletrônico vendo se tinha mensagem do meu contato no FBI sobre a pesquisa na Interpol. Nada ainda. Ouvi a mensagem de Landry atendendo e anotei o número da central do bip dele, pensando se devia apressar Armedgian, mas resolvi não atropelar as coisas. Qualquer informação vinda do exterior seria apenas uma confirmação. Eu já sabia que Van Zandt era um tratante internacional.

Será que ele teria coragem de seqüestrar? Por que não? Esteve a um passo disso com a amiga de Irina, Sasha Kulak. Se Bruce Seabright tinha conseguido o emprego de Erin através de Trey Hughes, era razoável que Van Zandt tivesse descoberto que Erin estava ligada ao construtor de Fairfields. Construtores lidam com muito dinheiro, deve ter pensado ele. Por que não teria direito a um pouco? Motivo: cobiça. Ele conhecia a garota, conhecia o centro hípico, sabia quando haveria gente por lá ou não. Oportunidade.

Meios? Eu sabia que Van Zandt tinha uma câmara de vídeo, portanto podia ter feito aquela fita. A distorção na voz disfarçaria seu sotaque. E aquela van branca? De onde veio e, se Van Zandt operou a câmara, quem era o sujeito de máscara?

A escória se reconhecia. Tinha muita gente agindo nas sombras do centro hípico e concordaria em fazer qualquer coisa por dinheiro. Gente direita não conseguiria encontrar essas pessoas, mas Tomas Van Zandt não era assim.

A possibilidade perturbadora de Van Zandt ser o seqüestrador era sua possível ligação com Bruce Seabright e a falta de iniciativa do padrasto para entregar o dinheiro. Mas, se Seabright estava ligado, por que a fita de vídeo foi endereçada a Krystal? E por que ele tentou esconder dela? Se a intenção fosse se livrar de Erin, dando a impressão de um seqüestro que falhou, Seabright precisava de confirmação do seu fim. Não fazia sentido só ele saber.

Era inegável que ele não quis agir, seja por que motivo fosse. Mas eu estava propensa a apostar que ele ainda agiria, apesar da minha ameaça.

Disquei para a central do bip de Landry e deixei meu número. A fazenda Avadonis ia entrar na agenda telefônica dele. Assim, haveria mais possibilidade de ele atender a ligação. Se não, veria meu nome e deletaria.

Enquanto aguardava o telefone tocar, tomei café, andei de um lado para outro e considerei todas as possibilidades. O fato de Erin ter cuidado de Stellar e o animal estar morto; as prováveis ligações com Jade e seu passado sombrio. O fato de Erin ter se envolvido com Chad Seabright; o fato de terem discutido dois dias antes do desaparecimento dela. Erin tinha trocado Chad por um homem mais velho, disse ele. Tinha uma queda pelo patrão, disse Molly.

Tocou o telefone. Tirei do gancho e atendi.

— Aqui é o detetive James Landry, recebi um recado para ligar para este número.

— Landry, é Estes. Erin Seabright foi seqüestrada. Os pais receberam uma fita de vídeo e um pedido de resgate.

Silêncio do outro lado da linha, enquanto ele digeria a informação.

— Ainda acha que não é nada? — perguntei.

— Quando eles receberam o pedido?

— Quinta-feira. O padrasto deveria entregar o dinheiro ontem. Não foi.

— Não entendi o que você disse.

— É uma longa história. Vamos nos encontrar em algum lugar. Conto tudo e depois levo você até eles.

— Não precisa. Pego os detalhes com os pais. Obrigado pela dica, mas não quero você lá.

— Não me interessa se você quer ou não, vou lá — disse, sem rodeios.

— Você está atrapalhando a investigação oficial.

— Até agora, você só fez atrapalhar. Não fosse eu, não haveria investigação. O padrasto não quer fazer nada. Gostaria de dizer: "Ah, bem", e esperar os seqüestradores jogarem a garota num canal com uma âncora presa na cintura. Tenho três dias de vantagem sobre você e contato com as pessoas com quem a garota trabalhou.

— Você não pertence mais à polícia.

— E preciso que você me lembre disso. Foda-se, Landry.

— Estou só dizendo. Você não faz o serviço maçante, Estes. Quer supervisionar tudo e ter um ajudante. Não trabalho para você nem com você.

— Ótimo. Então não vou contar o que sei. Nos vemos, imbecil.

Desliguei e fui me vestir.

Poucas pessoas na face da Terra são mais teimosas do que os tiras. Falo de cadeira, já que sou um deles. Posso não ter mais distintivo de detetive, mas um tira não é isso. Ser policial está no sangue, nos ossos. Um tira é um tira, seja qual for seu status, uniforme, agência, idade.

Eu entendia Landry porque tínhamos a mesma vocação. Não gostava dele, mas entendia. Acho que ele me entendia como qualquer pessoa poderia. Não iria admitir que entendia e não gostava de mim, mas sabia como eu era.

Peguei uma calça marrom e uma camiseta preta, sem mangas. O telefone tocou outra vez quando eu estava colocando o relógio.

— Onde você mora? — perguntou ele.

— Não quero que venha à minha casa.

— Por quê? Está vendendo *crack*? Receptando objetos roubados? Está com medo do quê?

Não queria que meu santuário fosse profanado, mas não ia dizer isso a ele. Nunca revele um ponto fraco para um inimigo. Minha relutância já dizia bastante. Dei o endereço e me xinguei por conceder a ele aquela pequena vitória.

— Chego em trinta minutos — disse ele, desligando.

Recebi Landry no portão em vinte e três minutos.

— Linda casa — disse ele, olhando a casa de Sean.

— Sou hóspede. — Fui mostrando o caminho do estacionamento perto da estrebaria até a casa de hóspedes.

— É bom conhecer gente que não mora em caixa de papelão nem come no Dumpsters.

— É esse o seu círculo social? Podia almejar um pouco mais; afinal, você mora na marina.

Ele me olhou de um jeito desconfiado por eu saber da vida dele sem autorização.

— Como sabe?

— Cheguei. Dei uma navegada na Web...

Ele não gostou nada. Boa. Queria que soubesse que eu era mais esperta do que ele.

— Seu tipo sanguíneo é AB negativo e na última eleição você votou nos republicanos — disse, abrindo a porta da frente. — Aceita um café?

— Sabe como eu gosto do café? — perguntou, com ironia.

— Sei: forte, com duas pedras de açúcar.

Ele ficou me olhando.

Dei de ombros.

— Puro palpite.

Ele ficou do outro lado da cozinha, de braços cruzados. Parecia um cartaz de recrutamento. Camisa branca com listras vermelho-claras, gravata vermelho-sangue, óculos de aviador, postura de militar.

— Você está parecendo um federal. O que diz disso?

— Por que tem tanta curiosidade a meu respeito? — perguntou ele, irritado.

— Informação é poder.

— Então, para você isso é uma espécie de jogo?

— De jeito algum. Gosto de saber com quem estou lidando.

— Você não vai me conhecer mais do que isso. Fale sobre os Seabright.

Coloquei a fita no aparelho de vídeo e contei como tinha sido na noite anterior, na casa de Seabright. Ele nem piscou, atento.

— Você acha que o padrasto tem alguma coisa a ver com isso? — perguntou ele.

— Não há dúvida dos sentimentos dele em relação a Erin e é estranha a forma como lidou com as coisas até agora. Não gosto das ligações que ele tem. Mas, se esse seqüestro é uma farsa e ele participa, por que esconder a fita? Não entendi.

— Por controle, talvez — disse Landry, rebobinando a fita e assistindo de novo. — Talvez espere até acabar e a garota estar morta, aí ele mostra a fita para a mulher e diz que estava protegendo-a desse horror e que resolveu a situação da forma que achou melhor.

— Ah, sim. As decisões na família são tomadas por quem tem melhores condições para isso — resmunguei.

— O que você disse?

— É o lema deles. Bruce Seabright é um louco controlador. Patológico.

Egoísta, tirano, psicologicamente invasor. A família parece tirada das páginas de Tennessee Williams.

— Então, combina.

— Combina. Essa garota vivia num verdadeiro ninho de cobras. Posso citar mais três suspeitos.

— Então, cite.

Falei de Chad Seabright e falei de novo em Don Jade.

— E estou esperando uma informação da Interpol com os antecedentes de Tomas Van Zandt. Ele tem um passado de maus relacionamentos com mulheres jovens e, ao que tudo indica, está mais manco que um perneta.

— Que gente interessante essa que lida com cavalos — ironizou Landry.

— O mundo dos cavalos é um microcosmo. Tem gente boa e gente má, os bonitos e os feios.

— Os prós e os contras. É isso que mantém as prisões cheias. Inveja, cobiça e perversão sexual — disse Landry.

— Faz o mundo girar.

Ele suspirou e pôs a fita no vídeo outra vez.

— E por que você está nessa história, Estes?

— Já disse. Estou ajudando a irmãzinha de Erin.

— Por quê? Por que ela procurou você?

— É uma longa história que não interessa. Estou nisso e vou continuar até o fim. Tem algum problema?

— Tem, mas com certeza isso não vai te impedir de continuar — disse ele, prestando atenção na tevê.

— Não, não vai.

Ele apertou a tecla de pausa e franziu o cenho para a tela:

— Você consegue ver a chapa da van?

— Não, tentei. Também não consegui ver na tevê de Seabright. Vai precisar de algum gênio tecnológico.

"Olha, Landry, eu já conheço o pessoal de Jade e estou mais do que disposta a trabalhar com você. Você seria idiota de não aceitar. Você é muitas coisas, mas tenho certeza de que não é idiota."

Ele ficou me olhando, tentando ver além do que eu deixaria que visse.

— Eu também me preparei para este caso — disse ele. — Mas você é um caso perdido, Estes. Sempre foi, pelo que eu soube. Não gosto disso. Você acha que esse tal Seabright é uma porra de um controlador. Eu acho isso uma qualidade. Quando cuido de um caso, ele é meu. Ponto final. Não quero estar nesse caso pensando em que diabo você vai fazer a seguir. E garanto que ninguém mais na delegacia vai se ocupar disso. Se o meu tenente souber que você meteu a mão, vai me comer vivo.

— Não posso fazer nada. Estou cuidando do caso e vou continuar. Falei que trabalho com você, mas não para você. Você não me controla, Landry. Se é o que pretende, eis um problema. Só existe uma meta aqui: encontrar Erin Seabright viva. Se você acha que é uma espécie de competição, pode enfiar o pau na braguilha. Eu sei que o seu é maior que o de todo mundo, mas não quero ver. Obrigada, de qualquer jeito.

— E agora, vamos começar? — perguntei. — Estamos perdendo tempo.

Landry pensou um segundo e andou na direção da porta.

— Vá em frente. Espero não me arrepender disso.

Retribuí o olhar e a disposição dele.

— Agora, sim, somos dois.

Bruce Seabright não ficou feliz de me ver. Ele mesmo abriu a porta — claro que proibiu todo mundo de fazer isso —, de roupa de golfe, com calça cáqui e camisa pólo cor de tangerina. Usava mocassins idênticos aos de Van Zandt. Eram oito e quinze da manhã.

— Sr. Seabright, este aqui é o detetive Landry da delegacia policial — apresentei. Landry mostrou seu distintivo. — Ele me disse que o senhor não telefonou.

— Hoje é sábado, eu não sabia a que horas da manhã podia ligar — explicou Seabright.

— O senhor pensou em terminar o golfe antes de ligar? — perguntei.

— A srta. Estes me disse que sua enteada foi seqüestrada — começou Landry.

Seabright me olhou, surpreso.

— Os seqüestradores disseram que não queriam a polícia, portanto não chamei. Espero que a srta. Estes não tenha aumentado o perigo para Erin, trazendo o senhor aqui.

— Não acho que isso prejudique o resgate. Podemos entrar? — perguntei.

Ele deu passagem, relutante, e fechou a porta, para que os vizinhos vissem a cena.

— Os seqüestradores fizeram mais algum contato? — perguntou Landry, enquanto seguíamos atrás de Seabright para o santuário. Não havia sinal de Krystal. A casa estava silenciosa como um mausoléu. Vi Molly encolhida no corredor de cima, olhando para nós entre os balaústres da escada.

— Não.

— Quando foi o último contato?

— Quinta à noite.

— Por que não pagou o resgate?

Seabright fechou a porta do escritório e virou-se para sentar à escrivaninha. Landry já tinha se posicionado atrás da poltrona, com as mãos apoiadas no encosto.

— Tenho certeza de que a srta. Estes contou-lhe que desconfio um pouco que essa coisa seja um logro.

— Desconfia o bastante para não ligar para a delegacia, com medo do que possa acontecer a Erin, mas não o bastante para pagar o resgate? — perguntou Landry. — Acho que não entendi bem, sr. Seabright.

Seabright andou de um lado para outro com as mãos na cintura.

— Desculpe eu não conhecer o cerimonial de vítimas de seqüestro. É a primeira vez que tenho alguém seqüestrado.

— O senhor tem o dinheiro?

— Posso conseguir.

— Num sábado?

— Se preciso. O presidente do banco onde tenho conta é meu amigo pessoal. Tenho inúmeros negócios com ele.

— Ótimo. Então ligue para ele. Diga que pode ser que tenha de pedir um favor mais tarde, hoje. Precisa de trezentos mil dólares em notas marcadas. Ele vai precisar de um tempo para juntar. Diga que uma pessoa da delegacia vai encontrar com ele no banco para ajudá-lo.

Seabright parecia chocado.

— M-mas não vamos entregar o dinheiro, vamos?

— O senhor vai, se quer ver sua enteada viva ainda. Quer, não? — perguntou Landry.

Seabright fechou os olhos e deu um suspiro.

— Claro que sim.

— Ótimo. Vou mandar alguém vir aqui grampear seu telefone. A próxima ligação que eles fizerem poderei rastrear. O senhor marca o lugar do pagamento do resgate. Diga que leva o dinheiro, mas Erin tem que estar lá para o senhor ver. Eles já sabem que o senhor não é idiota. Se ainda não a mataram, vão levá-la. Querem o dinheiro e não a garota.

— Não consigo acreditar que isso esteja acontecendo. O senhor vai estar lá no local do resgate?

— Vou. Já falei com meu tenente sobre o caso. Daqui a pouco ele vai ligar para o senhor. Quer falar rapidamente umas coisas.

— E o FBI? Eles não participam sempre de seqüestros? — perguntou Seabright.

— Não é automático. Podem ser chamados, se o senhor quiser.

— Não. Isto já está fora do combinado. Disseram para não chamar a polícia e minha casa vai estar cheia de policiais.

— Seremos muito discretos, sr. Seabright. Vou querer falar com todas as pessoas que moram aqui — disse Landry.

— Minha mulher está sedada. Além de Krystal tem só eu, meu filho Chad e a filha caçula de Krystal, Molly.

— O detetive Landry tem conhecimento da relação entre Erin e Chad — eu disse. O sangue subiu pelo pescoço de Seabright como mercúrio num termômetro. — Ele vai querer falar com Chad.

— Meu filho não tem absolutamente nada a ver com isso.

— Não tem por quê? Porque o senhor está dizendo? — desafiei. — Seu filho tinha muito a ver com Erin. Foi visto no apartamento dela duas noites antes do seqüestro, discutindo com ela.

— Ela fez tudo. Erin o seduziu só para me irritar — disse Seabright, amargo.

— O senhor não acha que Chad também pudesse querer irritá-lo?

Seabright se aproximou e colocou um dedo na minha cara.

— Não agüento mais você e suas acusações. Não me interessa para quem está trabalhando, não quero a senhora aqui. Agora a delegacia está envolvida. Tenho certeza de que eles também não precisam de uma investigadora particular. Precisa, detetive?

Seabright olhou para Landry, que olhou para mim. A cara de Landry estava tão indecifrável quanto a minha.

— Na verdade, precisamos muito da ajuda da srta. Estes, sr. Seabright. Se não fosse ela, eu não estaria aqui — disse Landry.

Tira bom. Quase sorri.

— Talvez o senhor queira explicar *isso* ao chefe do detetive Landry — disse para Seabright.

Ele queria colocar as mãos na minha garganta e me esganar. Dava para ver nos olhos dele.

— Tenho certeza de que ele vai se interessar muito em saber como o senhor não quis se incomodar com o seqüestro da enteada — continuei, afastando-me. — Olhe, detetive Landry, talvez o senhor *deva* chamar o FBI. Tenho um amigo no escritório regional com quem posso falar. Afinal, isso pode ter implicações internacionais, se houver envolvimento de um estrangeiro no centro hípico. Ou pode envolver um cliente do sr. Seabright que more fora do estado. Se Erin saiu das fronteiras do estado, isso se transforma automaticamente num caso federal.

Eu só precisava mencionar os negócios de Seabright para o esfíncter dele dar um nó duplo.

— Não gosto de ser ameaçado — reclamou ele.

Passei por Seabright outra vez, segredando na orelha dele:

— Era essa a intenção.

— O senhor tem que pensar na sua enteada — disse Landry. — Não adianta reclamar das pessoas que parecem se preocupar mais com ela do que o senhor. Entende?

— O senhor me dá a impressão de que devo chamar meu advogado — disse Seabright.

— Fique à vontade, se está preocupado em conversar comigo.

Com isso, Seabright se calou. Passou as mãos no rosto e olhou para o teto.

— O senhor *me* considera um suspeito? — perguntou ele.

— As investigações nesse tipo de crime são sempre em duas direções, sr. Seabright. As possibilidades devem ser consideradas dentro e fora da família. Agora, gostaria de falar com seu filho. Ele está em casa?

Seabright foi para um interfone na parede e apertou um botão.

— Chad, pode vir ao meu escritório, por favor?

Fiquei me imaginando numa outra parte da casa de Seabright e a voz dele saindo da parede. Para ficar completo, ele só precisava de uma lenha ardente que acendesse por controle remoto.

— Chad já teve algum problema com a lei, sr. Seabright? — perguntou Landry.

Seabright fez cara de ofendido.

— Meu filho é um excelente aluno.

Ouviu-se uma batida discreta na porta e Chad Seabright enfiou a cabeça na sala, depois entrou com a expressão de um bichinho tímido e ansioso. Estava de banho tomado, calça cáqui e camisa pólo Tommy Hilfiger azul-marinho. Parecia pronto a integrar as hostes do Partido Republicano.

— Chad, este é o detetive Landry e a srta. Estes. Eles querem lhe fazer umas perguntas sobre Erin.

Chad arregalou os olhos.

— Uau. Tá certo. Já falei com a srta. Estes. Ela sabe que não vi Erin. Gostaria de poder ajudar mais.

— Você e Erin tinham um caso — disse Landry.

Chad pareceu constrangido.

— Acabou. Concordo que me enganei. Aconteceu. Erin é muito convincente.

— Você discutiu com ela na semana passada. Por quê?

— Nós terminamos.

— Chad! — Bruce Seabright foi ríspido. — Você me disse que terminou há meses. Quando Erin se mudou.

Chad olhou para o chão.

— Foi... quase. Desculpe, pai.

— Chad, onde você estava no domingo passado, entre as quatro e as seis da tarde? — perguntou Landry.

Chad olhou em volta como se a resposta pudesse estar numa das paredes.

— Domingo? Hã... eu devia estar...

— Fomos ao cinema — disse Seabright. — Lembra, Chad? Não foi no domingo que assistimos àquele filme novo com Bruce Willis?

— Foi domingo? Ah, é. — Chad concordou e olhou para Landry. — Estava no cinema.

— Vendo que filme?

— *O Refém*. Ótimo filme. Já viu?

— Não vou a cinema — disse Landry.

— Você não tem o canhoto da entrada, tem? — perguntei.

Chad deu um sorriso pateta com uma risadinha.

— Quem guarda essas coisas? Gente que sofre de prisão de ventre?

— Então vou perguntar ao sr. Seabright. O senhor me parece alguém que guardaria a entrada e a cortaria em tiras.

— Não, não sou.

— O senhor é o tipo de homem que mandaria o filho mentir para um detetive da polícia — disse.

— Foram ao cinema com amigos? Alguém viu os dois lá? — perguntou Landry.

— Não, foi um programa de pai e filho.

— A que cinema foram?

— Naquele grande, na State Road Seven.

— Em que sessão? — perguntei.

Seabright estava quase perdendo a paciência outra vez.

— Sessão das quatro. — Olhou para Landry. — Por que o senhor está aí sentado nos interrogando? Se alguém levou Erin, devia conhecê-la do centro hípico. Não tem todo tipo de gente envolvida no mundo dos cavalos? O senhor não devia estar conversando com eles?

— O senhor falou com eles? — perguntei. Ele olhou para mim, ausente. — O senhor arrumou o emprego para ela através de Trey Hughes. Falou com ele? Perguntou se ele viu Erin, se sabe ou ouviu alguma coisa?

Seabright mexeu a boca, sem dizer nada.

— Depois que o senhor viu a fita e soube que Erin foi seqüestrada no centro hípico, não telefonou para a única pessoa que conhecia e estava ligada a ela?

— Eu... bem... Trey não ia saber de nada. Erin era só uma cavalariça — disse ele.

— De Hughes. Mas do senhor é enteada.

O celular de Landry tocou e ele pediu licença para sair do escritório, deixando a mim e os dois Seabright nos entreolhando. Achei que os dois deviam ser amarrados pelos escrotos e açoitados com chibata, mas essa não é uma conduta adequada, mesmo no sul da Flórida. Olhei para o pai e disse:

— Já lidei com muita gente fria e corrupta, mas o senhor tem que ser coroado rei dos mais desprezíveis em um monte de bosta. Vou sair um instante da sala, tenho dificuldade em controlar a raiva.

Landry estava perto da porta da frente, o cenho franzido enquanto falava baixo ao celular. Olhei para cima e vi Molly, ainda sentada ao lado dos balaústres. Parecia pequena e desamparada. Devia se sentir completamente só naquela casa. Krystal não adiantava; Bruce e o filho eram os inimigos.

Eu queria subir a escada, sentar ao seu lado, pôr o braço no ombro dela e dizer que sabia como ela estava se sentindo. Mas Landry tinha terminado de falar ao telefone.

A cara dele fez meu estômago se contorcer.

— O que foi? — perguntei, com calma, preparada para o pior. E foi exatamente o que ouvi.

— Encontraram uma garota morta no centro hípico.

21

Nada é tão humilhante para uma cínica assumida como ficar abalada com alguma coisa a ponto de perder a respiração.

Eu senti literalmente o sangue escoar da minha cabeça quando Landry me falou do corpo encontrado. Ele me largou em pé no corredor e foi contar para Bruce Seabright.

O corpo seria de Erin? Como morreu? Morreu porque eu não consegui ajudá-la? Que idéia egoísta. Se Erin estivesse morta, a culpa era, em primeiro lugar, do assassino e, em segundo, de Bruce Seabright. Em termos de culpa, eu estava no final da lista. Pensei que talvez não fosse Erin e, no microssegundo seguinte, pensei que não podia ser outra garota senão ela.

— O que houve?

De repente, Molly surgiu ao meu lado. Minha língua, que costumava ser mais rápida que meu cérebro, ficou presa na boca.

— Alguma coisa com Erin? Alguém achou ela? — perguntou Molly, assustada.

— Não sabemos. — Era verdade, mas parecia mentira e ela também deve ter achado. Molly deu um passo atrás.

— Conte. Eu mereço saber, não sou uma criança idiota que todo mundo precisa enganar e esconder as coisas — disse Molly, irritada.

— Não, você não é, mas não quero te assustar antes de saber o que aconteceu.

— Já me assustou.

— Desculpe. — Respirei fundo para conseguir uma trégua para pensar. — O detetive Landry acaba de receber um telefonema do chefe informando que encontraram um corpo no centro hípico.

Ela arregalou os olhos.

— É de Erin? Ela morreu? Foi por causa da polícia, na fita eles avisaram para não chamar a polícia!

— Não sabemos de quem é o corpo, Molly — eu disse, segurando-a pelos ombros. — Mas garanto que ninguém matou Erin porque Landry está aqui. Os seqüestradores não têm como saber quem ele é ou que trabalha na delegacia.

— Como você sabe? Eles podem estar vigiando a casa. Podem ter grampeado os telefones!

— Não foi isso. Os telefones não estão grampeados. Isso só acontece no cinema. Na vida real, os criminosos são preguiçosos e burros. E seja quem for a pessoa morta, morreu antes de Landry chegar aqui. Vou para o centro hípico e aviso você assim que souber de tudo.

— Vou com você — disse ela, decidida.

— De jeito nenhum.

— Ela é minha irmã!

— E eu estou trabalhando. Não posso levar você, Molly, por várias razões. E não quero você lá por várias outras razões.

— Vai ser horrível ficar aqui. Erin está em dificuldades, quero ajudar — argumentou ela.

— Se quer ajudar, fique atenta a qualquer entrega que façam aqui. Se os seqüestradores mandarem outra fita de vídeo, temos de saber no mesmo instante que chegar. Você fica responsável, certo?

Entendi a frustração dela. Era a única pessoa que tinha feito alguma coisa para encontrar Erin e agora estava se sentindo inútil.

— Está bem — disse ela, num suspiro. Fui andando. — Elena?

— O quê?

Ela me olhou, assustada.

— Estou com muito medo.

Toquei a cabeça dela como se estivesse dando uma espécie de bênção, desejando ter esse poder e sabendo muito bem que não tinha.

— Eu sei. Fique aí, vamos fazer o possível.

Landry saiu do escritório. Bruce Seabright não apareceu. Fiquei imaginando se ele estaria falando com Krystal pelo interfone.

— Ligo assim que souber de alguma coisa — disse para Molly e saí, com Landry atrás.

— Sabe onde fica a cocheira número quarenta? — perguntou ele.

— Sei, fica nos fundos. Siga-me, vou por trás, é mais rápido. Sabe de algum detalhe?

Ele balançou a cabeça.

— Nada que faça sentido para mim. O tenente disse que ela foi desenterrada. Não sei se isso quer dizer que é um corpo ou é um esqueleto.

— Vamos descobrir logo — disse, dando a volta pela frente do meu carro. Aquilo também parecia mentira. Cada minuto que eu não sabia das coisas parecia uma hora. Por causa de Molly. Não queria ter de dizer a ela que a irmã estava morta.

Fiz um caminho saindo de Binks Forest passando pelo Aero Club — lançamento imobiliário para quem tem avião particular — em direção a Palm Beach Point até a rua suja que dá no portão dos fundos do centro hípico. O portão onde Erin Seabright havia sido seqüestrada há quase uma semana. A cocheira quarenta ficava nos Prados, logo depois daquele portão.

Como em todo fim de semana da temporada, o local estava agitado com cavaleiros, cavalariços, cães e crianças; carros, caminhões, carrinhos de golfe e motos. O lugar mais apinhado era em volta de uma empilhadeira e um caminhão de lixo parados perto de um dos montes de estrume na frente das tendas. Vi algumas camisas azuis. Eram homens da segurança do centro. Um carro verde e branco, da polícia do condado, estava parado na lama, no final da alameda.

Estacionei do outro lado da agitação, peguei um chapéu no assento de trás e saí do carro. Landry parou na alameda e abriu a janela do carro. Debrucei-me sobre ela e avisei:

— Você não me conhece.

Ele revirou os olhos.

— É o que eu mais desejo.

Ele seguiu com o carro e parou ao lado da viatura da polícia.

Meu coração batia disparado, à medida que me aproximava da cena. Perguntei a uma garota de rabo-de-cavalo saindo de um boné de beisebol se ela sabia o que tinha havido ali.

Ela parecia nervosa.

— Acharam uma pessoa morta.

— Meu Deus. Sabem quem é?

— Dizem que é uma cavalariça. Não sei.

Passei por ela e abri caminho na aglomeração. Os seguranças avisavam para as pessoas voltarem a seus afazeres. O motorista do caminhão de lixo estava sentado no estribo, pálido, as mãos caídas no meio das pernas. O motorista da empilhadeira estava ao lado da máquina, gesticulando e falando com um segurança, o delegado e Landry.

Consegui andar até a frente do aglomerado. Ao lado da empilhadeira, o monte de esterco estava pela metade. Um braço saía do monte. De mulher, com unhas roxas e várias pulseiras brilhando ao sol. Jogaram uma manta de cavalo sobre as outras partes do corpo que estavam expostas.

— Senhorita? — chamou Landry, aproximando-se. — O guarda disse que você pode nos ajudar. Se pudesse...

— Ah, não sei. Não posso, não — disse para as pessoas que estavam me olhando e pensando quem, diabos, era eu.

Landry segurou meu braço e me levou, protestando, até o monte de esterco. Quando ficamos longe dos ouvidos alheios, ele disse:

— O cara estava recolhendo esta pilha de esterco e achou o corpo. Enterrado no estrume. Isso é que é respeito pelos mortos. Ele falou que esse buraco não foi limpo desde quinta-feira, quando foi esvaziado.

— Se o corpo for de Erin, quero ficar dez minutos a sós com Bruce Seabright e um grande facão serrilhado.

— Eu seguro, você arranca o coração dele.

— Combinado.

Ele fez uma careta por causa do fedor de estrume e urina, inclinou-se sobre o corpo e levantou a ponta da manta.

Eu me preparei para o pior. O corpo estava branco e rígido. Rímel manchado, sombra de olho azul e batom vermelho-cereja davam ao rosto a impressão de uma obra de arte macabra. Havia uma marca de dedo no rosto. A boca estava entreaberta, com pedaços de esterco saindo, como se cuspidos.

Soltei a respiração, ao mesmo tempo aliviada e enjoada.

— É Jill Morone.

— Conhece ela?

— Conheço. Adivinha para quem ela trabalhava.

Landry franziu o cenho.

— Don Jade. Ontem ela me contou que estava dormindo com ele.

— Ontem? O que você veio fazer aqui? — perguntei, esquecendo da platéia, esquecendo do papel que eu devia estar representando.

Ele pareceu constrangido e não olhou para mim.

— Dando prosseguimento a sua investigação do caso.

— Puxa, e eu achei que você não se incomodou com o que contei.

— O fato é que você me obrigou a mexer em papéis — reclamou ele. — Saia daqui, Estes. Vá fazer o papel de diletante. Seja útil.

Fiz uma cara trágica para os espectadores e corri para o carro, de onde liguei para Molly Seabright e disse que a irmã não estava morta... pelo que eu sabia. Depois, fui para a cocheira de Don Jade atrás de um assassino.

22

Cheguei às cocheiras de Jade na hora em que estavam fazendo uma grande limpeza. Paris comandava o guatemalteco, que tirava roupas de uma cocheira e enfiava num carro de lixo. Ela alternava uma fala ríspida com o empregado e uma conversa com alguém ao celular.

— Como as roupas não estão cobertas pelo seguro? Sabe quanto valem essas coisas?

Olhei a pilha de roupas no carro de lixo. Culotes de competição, brancos e amarelos, jaquetas de lã verde-oliva que deviam ser sob medida; camisas de grife. Tudo aquilo valia um bom dinheiro. Tudo sujo de estrume.

— O que houve? — perguntei.

Paris desligou o celular, furiosa, os olhos negros cintilando de ódio.

— Aquela garota miserável, feia, burra, gorda.

— A sua cavalariça?

— Ela não veio trabalhar, não tratou dos cavalos, não limpou as cocheiras ontem quando Javier foi embora e ainda fez *isso*. — Paris apontou a pilha de roupas estragadas. — Detestável, odiosa sujeitinha...

— Ela morreu — eu disse.

Paris interrompeu o discurso e me olhou como se, de repente, eu estivesse com duas cabeças.

— O quê? O que você disse?

— Você não soube? Acharam uma garota morta na pilha de esterco da cocheira quarenta. É Jill.

Ela me olhou, depois olhou em volta como se houvesse uma câmara de televisão escondida em algum lugar.

— Você está brincando, não é?

— Não. Eu entrei de carro pelos fundos. A polícia está lá. Tenho certeza de que daqui a pouco vêm aqui. Sabem que ela trabalhava para Don.

— Ai, Deus — disse ela, pensando no transtorno e não na garota. Vi quando ela se concentrou e fez uma cara preocupada. — Morta, que horror. Não acredito. O que houve? Foi acidente?

— Não creio que ela tenha se enterrado em estrume de cavalo por acidente — disse. — Deve ter sido assassinada. Se eu fosse você, não mexia em nada aqui. Deus sabe o que os detetives vão pensar.

— Bom, não podem achar que um de nós fosse matá-la — disse ela, ofendida. — Foi a única cavalariça que sobrou.

Como se isso fosse o único motivo para não matá-la.

— Por que ela fez essa bagunça? — perguntei, apontando para as roupas.

— Tenho certeza que foi de raiva. Don disse que a viu no Players ontem à noite e que zangou com ela por alguma coisa. Ai, meu Deus — exclamou, arregalando os olhos. — Você não acha que foi morta aqui, não?

Dei de ombros.

— Onde mais poderia ser?

— Não sei. Ela podia ter encontrado um cara numa das outras cocheiras ou algo assim.

— Tinha namorado?

Paris fez uma careta.

— Falava em homens como se ela fosse a puta da aldeia. Mas jamais acreditei que tivesse namorado.

— Parece que ontem à noite ela tinha — eu disse. — Vocês, o pessoal que salta a cavalo, têm uma vida animada. Assassinato, violência, intriga...

Javier perguntou a ela em espanhol se devia continuar limpando a cocheira. Paris olhou em volta. Também olhei. A cocheira estava um caos de estrume mexido, forragem e óleo para couro.

— Isso é sangue? — perguntei, apontando para umas gotas em espiral que podiam ser de sangue na forragem de raspas de pinheiro branco. Devia ser da garota morta. Podia ser do assassino. Podia ser do cavalo daquela cocheira. Só um laboratório de análises poderia dizer. Quem sabe as outras coisas que foram desenterradas da cocheira e levadas.

Paris olhou fixamente.

— Não sei, pode ser. Ah, isso é tão horrível, não dá para falar.

— Onde está Don?

— Está no shopping comprando roupas. Ele tem competição hoje.

— Eu não teria tanta certeza. Ele esteve com Jill na noite passada. Ela depois veio aqui, fez isso e morreu. Acho que a polícia vai querer falar com ele.

Paris foi sentar-se numa cadeira de diretor com JADE bordado no encosto.

— Elle, isso é horrível — disse ela, sentando-se como se de repente não tivesse mais forças para ficar de pé. — Você acha que Jade poderia...?

— Não interessa o que eu acho. Mal conheço Jade. O que você acha? Ele seria capaz de fazer uma coisa dessas?

Ela olhou a meia distância.

— Minha vontade é dizer não. Ele nunca foi violento na minha frente. Está sempre tão controlado...

— Ouvi dizer que ele teve problemas por matar cavalos para receber o seguro.

— Nada foi provado.

— E a morte de Stellar?

— Foi acidente.

— Tem certeza? O que disse a seguradora?

Ela enfiou a cabeça nas mãos um instante, depois passou-as nos cabelos dourados. Na direita, usava um anel antigo de diamante e esmeralda que devia valer uma fortuna.

— A seguradora procura qualquer motivo para não pagar — disse ela, desgostosa. — Isso porque Don está envolvido. Se os proprietários de cavalos pagam milhões em prêmios, não tem problema, mas Deus proíbe que eles exijam uma indenização.

— Se foi um acidente...

— O funcionário da seguradora ligou hoje de manhã dizendo que a necrópsia de Stellar mostrou um sedativo no sangue. Isso é ridículo, mas se eles puderem negar a indenização, vão negar. Trey vai ficar furioso quando souber.

E lá se vão as cocheiras de um milhão de dólares, pensei. Mesmo se Hughes quisesse que o cavalo morresse, não queria se envolver em fraude com seguradora. Ele culparia Jade e o demitiria.

— Havia motivo para o animal ter uma droga no sistema sanguíneo? — perguntei.

Paris balançou a cabeça.

— Não. Claro que temos esses remédios por aí. Rompun, acepromazina, Banamina, toda cocheira tem isso. Se um cavalo tem cólica, damos Banamina. Se tem problemas com a ferradura, damos um pouco de acepromazina. Não é nada de mais. Mas não havia por que Stellar ter alguma coisa no sangue.

— Acha que Jill poderia saber de algo? — perguntei.

— Não consigo imaginar. Ela mal fazia o seu serviço. Certamente não estaria aqui no meio da noite, quando Stellar morreu.

— Estava, na noite passada — observei.

Paris olhou para o final da alameda, quando Jade entrou na tenda.

— Pois é. Acho que jamais conhecemos as pessoas com quem trabalhamos, não é?

Jade vinha carregado de sacolas de compras. Paris pulou da cadeira e entrou no quarto de arreios para dar a notícia sobre Jill. Prestei atenção nela, mas só consegui pegar o tom de pressa, palavras soltas e Jade dizendo para ela se acalmar.

Olhei para Javier, que continuava na porta da cocheira aguardando instruções, e perguntei a ele em espanhol se aquele negócio de cavalos era mesmo doido.

— Mais do que imagina, *senõra* — disse ele, depois pegou seu forcado e foi para uma cocheira mais longe.

O carro de Landry surgiu no final da tenda. Ele teve de esperar os funcionários do setor de homicídios e os médicos-legistas chegarem à cena do crime. E devia ter chamado mais gente para examinar o local, procurando qualquer um que pudesse ter visto Jill Morone na noite anterior. Veio com outro policial à paisana enquanto Michael Berne irrompia pelo lado da tenda, rosto vermelho.

Berne parou na porta do quarto de arreios e abriu a cortina com a mão.

— Você já era, Jade — disse, a voz alta e muito agitada. — Estou contando para a polícia o que vi na noite passada. Você pode se livrar de muita coisa, mas não de assassinato.

Ele parecia quase satisfeito com a idéia de alguém ter morrido.

— O que você acha que viu, Michael? — perguntou Jade, aborrecido. — Você me viu falando com uma empregada.

— Vi você discutindo com aquela garota e ela agora está morta.

Landry e o outro detetive chegaram a tempo de ouvir o final da frase de Berne. Landry enfiou seu distintivo na cara de Berne.

— Muito bem, eu quero mesmo falar com o senhor.

— Pode falar com o detetive Weiss — disse Landry, passando por Berne para entrar no quarto de arreios. — Sr. Jade, preciso que me acompanhe.

— Estou preso? — perguntou Jade, calmamente.

— Não. Deveria estar?

— Já devia há muito tempo — disse Berne.

Landry ignorou a frase.

— Uma empregada sua foi encontrada morta. Gostaria que me acompanhasse para identificar o corpo e responder a perguntas de rotina.

— Pergunte o que ele estava fazendo com ela na noite passada, no Players — disse Berne.

— Srta. Montgomery, temos de falar com a senhorita também. Acho que ficaremos mais à vontade na delegacia — disse Landry.

— Preciso tratar de um negócio — disse Jade.

— Don, pelo amor de Deus, a garota morreu — disse Paris, rispidamente. — Pode ter morrido bem aqui na nossa cocheira. Você sabe que ela esteve aqui na noite passada, destruindo suas roupas, e agora...

— O que ela fez na noite passada? — perguntou Landry.

Jade não disse nada. Paris fez uma cara de "ai, que merda eu disse", e fechou a linda boca.

Landry olhou bem para ela.

— Srta. Montgomery?

— Bom, ah, alguém entrou aqui na noite passada e destruiu umas coisas. Achamos que fosse Jill porque ela conhecia o segredo do cadeado no quarto de arreios.

Landry olhou para Weiss, comunicando alguma coisa por telepatia. Weiss saiu e foi até o carro. Pelo rádio, avisou para virem à cocheira de Jade quando terminassem as investigações no lixo. Chamou os policiais para guardarem a área até os especialistas chegarem.

Berne apontou para Jade.

— Vi ele discutindo com a garota morta na noite passada, no Players.

Landry levantou a mão.

— Aguarde sua vez de falar, senhor.

Irritado com o desinteresse de Landry, Berne saiu da cocheira e virou-se para mim.

— Eles estavam juntos no bar. Ela estava com uma roupa de puta — disse, alto.

Olhou para trás, para o quarto de arreios.

— Você não vai conseguir se livrar dessa armadilha, Jade. Ouvi a garota dizer que sabia o que aconteceu com Stellar. Você matou para ela calar a boca.

— Isso é totalmente ridículo. Não fiz nada disso.

— Vamos, sr. Jade — disse Landry. — Os legistas têm de tirar o corpo da cena do crime.

— Não vai querer que eu olhe ela aqui, vai? Não vou ser o centro de um show paralelo — disse Jade.

Nada bom para os negócios. Don Jade ser visto olhando a cavalariça morta.

— Então podemos nos encontrar no necrotério.

— Não pode ser depois que eu terminar minhas obrigações do dia?

— Sr. Jade, uma garota morreu. Assassinada. Acho que isso é um pouco mais grave do que suas obrigações do dia — disse Landry. — O senhor vem conosco, queira ou não. Que conseqüência teria para sua reputação ser visto algemado?

Jade deu um grande suspiro, conformado.

— Paris, ligue para os clientes e diga o que está acontecendo. Não quero que saibam por fontes não confiáveis — disse, olhando para Michael Berne. — Depois, vá ao escritório e cancele nossos compromissos para hoje.

— Cancele tudo para sempre. Vou ficar bem feliz — disse Berne, com um risinho.

Fiquei olhando-os sair da tenda: Landry, Jade e Paris Montgomery; Michael Berne era o último, sempre falando. Pensei no que ele tinha dito.

No dia anterior, eu o coloquei contra a parede, dando a entender que ele podia ter matado Stellar para arruinar Jade. Mas talvez houvesse alguma coisa nisso. Jade tirou Berne de uma vida maravilhosa quando levou Trey Hughes como cliente. O que valeria a pena fazer para se vingar? Tirar a vida de um animal? A vida de um ser humano? O ciúme pode ser um grande motivador.

Ao morrer, Stellar estava com um sedativo no sangue. Como Paris disse: todo quarto de arreios tinha aqueles remédios — inclusive o quarto de Berne, claro.

O cavalo morreu eletrocutado, método preferido pelos matadores de cavalos porque não deixava sinais e parecia morte por cólica, que é uma doença comum e às vezes letal nos cavalos. A morte foi simples, executada por alguém com dois fios e uma fonte de eletricidade. Quando bem-feita, era difícil provar que a morte não foi natural.

Se os boatos sobre seu passado fossem verdade, Jade devia saber disso. Mas ter sinal de sedativo na necrópsia era uma grande bandeira vermelha e Jade também sabia disso. Se matou o cavalo, jamais teria injetado nada no sangue do animal que fosse aparecer no exame toxicológico.

Mas então, se Jade matou Stellar, por que não disse que o animal morreu de cólica? Por que não disse apenas que não sabia o que aconteceu? Por que aquela história de eletrocussão acidental? Devia ter alguma prova. Que pena que a pessoa que encontrou o cavalo morto não estava mais lá para dizer qual poderia ser a prova.

"Ouvi a garota dizer que sabia o que aconteceu com Stellar."

Berne tinha dito isso para envolver Jade ainda mais, mas se Berne tinha matado o cavalo e Jill Morone sabia e estava para contar para Jade... Eis um motivo.

Berne tinha visto a garota em The Players. Podia ter visto ela sair de lá. Podia ter seguido ela... Uma oportunidade.

Afundei-me na cadeira de lona onde Paris estava antes e pensei como é que o seqüestro de Erin Seabright entrava nessa história.

— Você está metida num caso cheio de glamour — resmungou Landry, quando voltou. — Uma garota é assassinada e só o que essa gente consegue pensar é na inconveniência do fato.

— Preste atenção em Berne — disse, com calma, quando ele parou ao meu lado. — Se a morte da garota estiver ligada à do cavalo, ele é tão suspeito quanto Jade. Perdeu um grande negócio quando o proprietário passou os cavalos para os cuidados de Jade.

— Certo, você me explica isso depois. Conheci essas pessoas há dez minutos e não posso acreditar que sejam capazes de nada. E o belga?

— Não o vi, mas vai aparecer. Deve haver um pouco de sangue nessa cocheira — disse, indicando a direção com a cabeça. — Você tem de dar um acompanhamento para o pessoal da delegacia.

Ele concordou.

— Certo, vou interrogar Jade. Weiss está com Berne. Os técnicos e o meu tenente estão na casa de Seabright, grampeando os telefones.

— Deus queira que não seja tarde demais.

Tive uma sensação esquisita do meu lado direito, depois Van Zandt entrou em foco na minha visão periférica. Eu não conseguia precisar havia quanto tempo ele estava ali.

— Realmente, não sei de nada, detetive — eu disse. — Conhecia a garota de vista, só. — Virei-me para Van Zandt — Z., você viu Jill na noite passada?

Ele parecia estar com acidez estomacal e má disposição.

— Que Jill?

— A cavalariça. Cavalariça de Don.

— Por que eu veria? — respondeu ele, com rispidez. — Don devia demitir ela. Não serve para nada.

— Ela morreu — disse Landry.

Van Zandt parecia perturbado.

— Morta? Como?

— É o que os legistas vão dizer. Meu trabalho consiste em descobrir por que ela morreu e quem matou. Você a viu na noite passada?

— Não presto atenção em cavalariças — desdenhou Van Zandt e foi para o quarto de arreios.

— Por favor, não toque em nada — disse Landry.

Van Zandt tinha aberto a minigeladeira. Fechou a porta e olhou, prepotente, para Landry.

— E quem é o senhor para me dar ordens?

— Sou o detetive Landry, da delegacia. Quem é o senhor?

— Tomas Van Zandt.

— Qual a sua ligação com Don Jade?
— Temos negócios.
— E o senhor não sabe de nada sobre essa garota Jill? Só que ela não servia para nada.
— Não sei de nada.

Os peritos chegaram para isolar o local e nos puseram fora da tenda, sob o sol ofuscante. Landry entrou no carro dele com Jade e foi embora.

— Prenderam Jade? — perguntou Van Zandt. Na claridade do dia, ele parecia lívido e doentio. Estava com um plastrom azul e vermelho ao pescoço e uma camisa azul. Talvez o lenço estivesse impedindo a circulação do sangue no cérebro.

— Não, vão fazer um interrogatório de rotina — eu disse. — A empregada dele foi assassinada. Não acha incrível? Nunca conheci alguém que tivesse sido assassinado.

Van Zandt deu de ombros. Não parecia nem um pouco perturbado.

— A garota era uma puta, sempre falando nesse e naquele rapaz, usando roupas de puta. Não estranha que tivesse um mau fim.

— Você está dizendo que ela estava pedindo esse fim?
— Estou dizendo que quem dorme com cachorro acorda com pulga.
— Muito bem. Que sirva de lição para todos nós.
— Essa porra de sol — reclamou ele, colocando os óculos e mudando de assunto, como se a morte violenta de uma garota tivesse a mesma conseqüência de uma volta mal dada no picadeiro. Menos, até.

— O que deu em você, Z.? — perguntei. — Parece morto. Esteve em alguma festa na noite passada, sem mim?

— Comida ruim. Não agüento uma ressaca — disse ele, sem se alterar.
— Eu nunca fico bêbado.
— Isso é por falta de tentar ou por ser superior aos demais?

Ele deu um sorriso tímido.

— A segunda possibilidade, Elle Stevens.
— É mesmo? E eu achava que os alemães fossem uma raça superior.
— Só quem diz isso são os alemães, porque acham isso.
— Você sabe tudo, Z. Vamos — disse, segurando-o pelo braço. — Vou comprar um antiácido para você e em troca você me conta tudo sobre a Nova Ordem Mundial.

23

— **O senhor a viu ontem** à noite no Players. Vocês discutiram.

— Não foi discussão — disse Jade, calmamente. — Ela estava com uma roupa imprópria para o lugar.

— E o que o senhor tinha a ver com isso? Ela estava lá com o senhor?

— Não, mas é minha empregada. O comportamento dela em público se reflete em mim.

— Não foi lá encontrar com ela?

— Não. Ela trabalhava para mim. Eu não me meti com a garota.

Landry levantou as sobrancelhas.

— É mesmo? Engraçado, ela me disse ontem que o senhor estava dormindo com ela.

— O quê? Mentira!

Finalmente, uma reação humana. Landry já estava desconfiado que Jade não tinha um só nervo no corpo. Sentaram-se frente a frente na mesa da sala de interrogatório, com Jade — até aquele momento — perfeitamente composto, cada fio de cabelo no lugar, camisa bem branca realçando o bronzeado, o monograma bordado no punho da camisa.

Michael Berne estava na sala ao lado, com Weiss. A loura estava refrescando as idéias na recepção. Jill Morone estava numa mesa do necrotério com várias contusões, mas nenhum ferimento que pudesse ter sido fatal. Landry imaginou que ela havia sido estrangulada ou sufocada. E parecia ter sofrido violência sexual.

Landry concordou enquanto mordia um sanduíche de salada de atum.

— Ela me disse que estava com o senhor na quinta-feira à noite em que os cavalos de Michael Berne foram soltos.

Jade passou as mãos no rosto e resmungou:

— Aquela garota idiota. Achava que estava me ajudando.

— Ajudando ao lhe fornecer um álibi? Por que ia achar que o senhor precisava? Ela estava presente quando o senhor me disse que estava com uma pessoa naquela noite. Ela sabia de alguma coisa?

— Claro que não. Jill não sabia nada de nada. Era uma garota confusa e patética, com muita imaginação.

— Tinha uma queda pelo senhor.

Ele deu um longo suspiro.

— Acho que tinha. Por isso foi à boate na noite passada. Estava me esperando, parece que com a intenção de me seduzir.

— Mas o senhor não queria vê-la.

— Pedi para ela se retirar. Ela estava constrangedora.

— E constrangendo o senhor também.

— Sim — admitiu Jade. — Meus clientes são pessoas ricas, sofisticadas, detetive. De certa forma, querem ser representados.

— E Jill não preenchia os requisitos.

— Eu também não levaria Javier a The Players, mas não o matei.

— Ele não falou que o senhor estava transando com ele — disse Landry, dando outra mordida no sanduíche. — Isso eu tenho certeza.

Jade parecia aborrecido.

— O senhor precisa ser tão grosseiro?

— Não.

Landry recostou-se na cadeira e ficou mastigando, mais para irritar do que por fome.

— Pois ela se embonecou toda — disse Landry, como se visualizasse os fatos à medida que pensava. — E foi a The Players encontrar o senhor, pois numa dessas talvez o senhor se interessasse.

Jade fez um gesto com a mão e mudou de posição na cadeira. Estava entediado.

— Vamos lá, Don. Ela estava lá, louca para transar com você, de graça. Vai me dizer que nunca aproveitou uma oportunidade?

— Essa insinuação é repugnante.

— Por quê? Já tinha transado com uma assistente.

A seta atingiu o alvo. Jade se contorceu como se levasse um leve choque elétrico.

— Tive um caso com uma cavalariça. Não era Jill Morone. Mesmo assim, aprendi a lição e desde então tive por princípio não me envolver mais com assistentes.

— Nem mesmo com Erin Seabright? Ela também não é Jill Morone, se o senhor está acompanhando minha divagação.

— Erin? O que ela tem a ver com isso?

— Por que ela não trabalha mais com você, Don?

Ele não gostou da intimidade. Os olhos dele se apertavam de leve toda vez que Landry chamava-o pelo nome de batismo.

— Ela saiu. Disse que ia trabalhar em outro lugar.

— Pelo que pude descobrir, você é a única pessoa a quem ela contou essa grande mudança de vida — disse Landry. — Aceitar outro emprego, mudar para outra cidade. Não contou nem para a família. Acho esquisito. Só para você. Desde então, ninguém mais a viu nem ouviu.

Jade olhou firme para Landry, mudo, ou sabendo que era melhor ficar quieto. Finalmente, levantou-se.

— Não gosto da direção que esta conversa está tomando. O senhor está me acusando de alguma coisa, detetive Landry?

Landry continuou sentado. Inclinou-se e descansou os braços na cadeira.

— Não.

— Então, eu agora gostaria de ir embora.

— Bem, tenho mais algumas perguntas.

— Nesse caso, prefiro estar na presença de meu advogado. Estou achando que o senhor tem interesses que não são os meus.

— Estou tentando ter uma imagem clara das coisas que acontecem no seu negócio, Don. Faz parte do meu trabalho: mapear o mundo da vítima, colocar todas as peças no lugar. Não quer que eu descubra o que aconteceu com Jill Morone?

— Claro que quero.

— Acha que precisa da presença de um advogado? O senhor não está preso. Disse-me que não tem nada a esconder.

— Não tenho.

Landry abriu as mãos.

— Então, qual é o problema?

Jade olhou para longe, pensando, considerando as opções que tinha. Landry achava que ele podia render mais uns cinco minutos, no máximo. Um supervisor sentou-se numa sala do mesmo corredor e ficou assistindo à entrevista pelo circuito interno de tevê, observando um polígrafo de análise computadorizada de voz, para detectar mentiras.

— Se quiser, chame seu advogado, podemos aguardá-lo — disse Landry, generoso.

— Não tenho tempo. O que mais quer saber? — resmungou Jade, sentando-se outra vez.

— O sr. Berne disse que ouviu Jill dizer que sabia algo sobre Stellar, o cavalo que morreu. Ela sabia o quê?

— Não sei do que estava falando. O cavalo morreu por acidente, no meio da noite. Ela não tinha o que saber.

— Se não foi acidente, havia muito o que saber.

— Mas foi acidente.

— Você estava lá quando aconteceu?

— Não.

— Então, na verdade não sabe o que aconteceu. Se foi acidente, por que o cavalo tinha sedativo no sangue?

Jade ficou olhando para ele.

— Como você sabe?

Landry devolveu o olhar como se o outro fosse idiota.

— Sou detetive.

— Não houve nada criminoso na morte de Stellar.

— Mas o dono do cavalo exige um belo cheque da seguradora, não é?

— Caso a seguradora resolva pagar, o que é pouco provável agora.

— Você receberia uma parcela desse dinheiro?

Jade levantou-se, de novo.

— Desta vez, vou embora.
— A que horas saiu do Players ontem à noite?
— Por volta das onze.
— Para onde foi?
— Para casa, dormir.
— Não deu uma volta pelas cocheiras para olhar seus cavalos?
— Não.
— Nem mesmo depois do que aconteceu na noite anterior? Não ficou preocupado?
— Ontem, era a vez de Paris fazer a checagem noturna.
— E ela não viu nada de errado? Não viu aquele ato de vandalismo?
— Óbvio que ela foi lá antes de acontecer.
— Então, você foi para casa, dormir. Sozinho?
— Não.
— Estava com a mesma amiga de quinta à noite?

Jade deu outro suspiro e olhou para a parede.

— Olhe, Don — disse Landry, levantando-se da cadeira. — Você precisa me contar, isto aqui é coisa séria. Não se trata apenas de alguns corcéis correndo no meio da noite. Uma garota morreu. Percebo que no seu mundo ela não devia esperar muito, mas, no meu mundo, assassinato é coisa grave. Todos os que a conheciam e tinham problemas com ela vão ter de contar suas andanças. Se você tem uma testemunha, é melhor dizer, senão vou acabar usando mais horas do seu precioso tempo.

Landry achava que a arrogância de Jade venceria e ele sairia da sala. Mas ele não era idiota. Landry imaginou a cabeça do sujeito soltando informação como um computador. Finalmente, ele disse:

— Eu estava com Susannah Atwood. É uma cliente. Gostaria que não dissesse para nenhum dos meus outros clientes.

— Todas querem ser a queridinha do treinador? — perguntou Landry.
— Grande negócio esse seu, Don. Monta os cavalos e as donas dos cavalos.

Jade se encaminhou para a porta.

— Preciso do endereço e telefone dela, além do nome e telefone do parente mais próximo de Jill Morone — disse Landry.

— Peça a Paris. Ela cuida dos meus detalhes.

Os detalhes dele, pensou Landry, olhando-o sair. Era isso que a vida de uma jovem significava para Don Jade: detalhes.

— Obrigada por me conceder seu tempo, sr. Jade.

— Jade tem de administrar os negócios de outra maneira — declarou Van Zandt.

Estávamos a sós na cerca de um dos picadeiros de competição, olhando uma pequena amazona levar seu pônei numa pista de cercas baixas e bem decoradas. A menina e o pônei demonstravam total concentração, os olhos brilhando de determinação, a garra de um espírito competidor. Formavam um time: menina e pônei contra o mundo.

Eu lembrava bem daquela sensação. Eu e meu pônei cor de cobre chamado Boas Maneiras. Meu melhor amigo e confidente. Mesmo depois que fiquei mais alta que ele, contava todos os meus problemas para o Boas e ele ouvia de bom grado. Quando morreu, bem velhinho, aos vinte e cinco anos, fiquei mais triste que com a morte de qualquer pessoa que eu tinha conhecido até então.

— Você está me ouvindo? — perguntou Van Zandt, impertinente.

— Estou. Achei que você estava sendo retórico. — Ofereci-me para comprar um lanche para ele, recusou. Sugeri dois *milk shakes* para nós, ele disse que engorda. Bundão. Comprei um.

— Sim — concordei. — Assassinato afasta clientes em potencial.

Van Zandt não gostou.

— Não estou com disposição para agüentar o seu humor.

— Pensa que estou brincando? Uma cavalariça some. A outra aparece morta...

— Some? Ela foi embora — disse ele.

— Acho que não, Z. O detetive estava perguntando por ela.

Ele virou-se de repente e olhou-me sem levantar a cabeça.

— O que você disse a ele?

— Nada. Nunca vi essa garota. Estou só contando porque ele decerto vai perguntar para você também.

— Não tenho nada a dizer sobre ela.

— Na outra noite você tinha um bocado de coisas a dizer. Que ela flertava com os clientes, que falava demais. Pense bem, exatamente as mesmas coisas que disse sobre Jill. Você sabe que não se deve falar mal dos mortos, Z. Principalmente quando há um detetive por perto.

— Eles não têm o direito de me interrogar.

— Claro que têm. Você conheceu as duas garotas. E francamente, não agiu bem com nenhuma das duas.

Ele bufou, ofendido.

— Está me acusando?

— Ah, pelo amor de Deus — eu disse, revirando os olhos. — Faça isso com os tiras e eles acusam você na hora. E vou me oferecer para empurrar o êmbolo quando eles aplicarem a injeção letal no seu braço.

— Do que você está falando? Que injeção é essa?

— Estamos num estado onde há pena de morte. Aqui, assassinato é pena capital.

— Isso é barbarismo — disse ele, muito ofendido.

— Também é barbarismo enterrar uma garota numa pilha de esterco de cavalo.

— E você acha que sou capaz de fazer uma coisa dessas? — Desta vez, ele fez cara de mágoa, como se tivesse sido traído por uma velha amiga.

— Não foi o que eu disse.

— Tudo por causa daquela piranha russa...

— Cuidado com o que diz, Van Zandt! — disse eu, fazendo com que voltasse um pouco do mau humor dele. — Eu gosto de Irina.

Ele bufou e olhou para longe.

— São amantes?

— Não. Está querendo me ofender? Acusando-me de lésbica?

Ele fez uma espécie de muxoxo.

— Patético. Aposto que diz que toda mulher que não transa com você é lésbica.

O rosto dele ficou com um leve rubor, mas ele não disse nada. A conversa não ia na direção que ele queria. Mais uma vez.

— Claro que isso não é da sua conta, mas acontece que sou uma hétero feliz — disse eu, enquanto a menina e o pônei terminaram a volta e os espectadores aplaudiram.

— Não sei se é feliz.

— Por quê? Porque não tive o prazer da sua companhia na minha cama?

— Porque você nunca sorri, Elle Stevens. Acho que não é feliz — disse ele.

— Não fico feliz com você tentando entrar na minha cabeça ou na minha calça.

— Você não tem objetivo — informou ele. Estava pensando que tinha retomado o controle da situação e que eu o ouviria como tantas mulheres fracas e solitárias ouviam. — Você precisa de uma meta. Alguma coisa pela qual lutar. Você gosta de desafios, mas não tem um.

— Discordo — murmurei. — Conversar com você já é um desafio.

Ele riu forçado.

— Você supõe coisas a meu respeito sem de fato saber nada de mim — eu disse, calmamente.

— Sei julgar as pessoas muito bem. Há muito tempo me dedico a avaliar pessoas, saber o que elas necessitam.

— Vai ver que eu devia ter como meta resolver o assassinato de Jill — disse eu, virando a situação para ele outra vez. — Ou resolver o desaparecimento da outra garota. Posso começar entrevistando você. Quando viu Erin Seabright pela última vez?

— Estava mais propenso a achar que você precisa de um cavalo para montar — disse ele, sério.

— Vamos, Z., participe — alfinetei. — Você pode me ajudar a ter uma carreira. Ouviu Erin dizer que ia embora ou isso é só história de D. J.? Mentes curiosas querem saber.

— Você está me dando dor de cabeça.

— Talvez ela tenha sido seqüestrada — disse, fingindo animação e olhando bem para ele. — Talvez tenha sido mantida como escrava sexual. O que você acha?

Van Zandt olhou firme para mim, a cara sem expressão. Eu pagaria uma fortuna para saber o que ele pensava naquele instante. O que imaginava? Pensava em Erin, escondida em algum lugar para o perverso prazer dele antes que entregassem o dinheiro? Lembrava de Sasha Kulak? Pensava em mim como próxima vítima?

O celular dele tocou. Ele atendeu e ficou conversando em francês fluente. Tomei meu *milk shake* de canudinho e fiquei prestando atenção.

Os europeus costumam dizer com razão que os norte-americanos falam mal a própria língua, quanto mais a dos outros. Van Zandt não imaginava que tive uma educação cara e talento para línguas. Ouvindo o que ele dizia, percebi que estava enganando alguém num negócio e chateado por não estarem sendo carneirinhos completamente obedientes. Ele disse à pessoa do outro lado da linha para cancelar o envio dos cavalos para os Estados Unidos. Assim eles aprenderiam que não podiam sacanear V.

A conversa passou então a acertos para vários cavalos virem de avião de Bruxelas para a Flórida, passando por Nova York e dois outros embarcando no vôo de volta para Bruxelas.

Na Europa, os cavalos são um grande negócio. Quando eu era adolescente, voei uma vez da Alemanha para casa com um novo cavalo, num avião de carga com vinte e um cavalos que seriam entregues a seus novos proprietários nos Estados Unidos. Esses vôos são feitos toda semana.

Van Zandt terminou a conversa e guardou o celular no bolso outra vez.

— Meu expedidor de mercadorias, Phillipe. É um escroque nojento — disse ele.

— Por que diz isso?

— Porque é verdade. Quer sempre que mande coisas para ele dos Estados Unidos. Que empacote e embarque junto do equipamento dos cavalos. Sempre faço isso, ninguém jamais confere os contêineres — confessou ele, contente.

— E você zangou porque ele está burlando a alfândega?

— Não seja burra. Quem paga alfândega? Só os bobos. Zanguei porque ele não me paga. Ainda me deve quinhentos dólares em toalhas Ralph Lauren. Como confiar numa pessoa assim?

Eu não sabia o que dizer. Podia estar ao lado de um agressor sexual em série, um seqüestrador, um assassino e a maior preocupação dele era receber quinhentos dólares por toalhas contrabandeadas.

Livrei-me dele quando outro comerciante chegou e os dois foram tratar de negócios. Afastei-me, dando um aceno de mão rápido e prometendo ir em busca de um sentido para minha vida.

A especialidade do sociopata é sentir os pontos fracos dos seres humanos normais e se aproveitar. Muitos grandes empresários acertaram na loteria graças a essa habilidade, muito sujeito imbecil forrou os bolsos de dinheiro. Muitos *serial killers* encontraram suas vítimas...

Van Zandt não era inteligente, mas era esperto. Foi com essa esperteza que convenceu a amiga de Irina a ir para a Bélgica trabalhar para ele. Fiquei pensando como ele teria usado esse instinto em Erin e Jill. Não gostei do jeito como disse que não acreditava que eu fosse feliz. Eu achava estar parecendo uma diletante despreocupada para ele. Não me agradava pensar que ele poderia ver qualquer outra coisa. Não gostava de pensar que alguém pudesse enxergar dentro de mim, me constrangia o pouco que havia para ver.

Mas ele estava enganado em relação a uma coisa. Eu tinha um objetivo. E se Z. estorvasse o meu caminho, teria muito prazer em derrubá-lo.

Andei até a cocheira de Jade. Uma fita amarela isolava as cocheiras nas duas pontas da alameda. Apesar do aviso impresso na fita, Trey Hughes passou para o outro lado e ficou sentado numa cadeira, os pés sobre um baú de arreios, uma cerveja numa mão, um cigarro na outra.

Ele piscou e deu uma risadinha.

— Conheço você!

— Nem tanto. Você faz parte da cena do crime? — perguntei.

— Meu bem, sou uma cena do crime ambulante. O que está acontecendo aqui? Parece uma droga de um necrotério.

— Bom, é por causa do assassinato.

— Mas isso foi há dias — disse ele.

— Como há dias?

Os pensamentos dele tropeçavam naquela cabeça encharcada de cerveja.

— Acho que perdi alguma parte.

— *Eu* é que perdi alguma coisa, se houve um assassinato aqui há dias. Você está falando de quem? Erin?

— Erin morreu?

Passei por baixo da fita e sentei numa cadeira na frente dele.

— Quem é o primeiro?

— Primeiro o quê?

— Do que está em segundo.

— Não sei.
— Terceira base.

Hughes jogou a cabeça para trás e riu.

— Puxa, devo estar bêbado.
— Como você sabe? — perguntei, secamente.
— Você é rápida no gatilho. Seu nome é Ellie, certo?
— Acertou.

Ele deu uma tragada no cigarro e bateu a cinza no chão. Tenho certeza que jamais lhe ocorreu que podia causar um incêndio numa tenda cheia de cavalos.

— Então, quem morreu? — perguntou.
— Jill.

Ele se levantou e ficou sério, o máximo que devia conseguir.

— Brincadeira sua, não?
— Não. Ela morreu.
— Morreu de quê? Mesquinharia ou feiúra?
— Você é uma alma gentil.
— Merda. Você nunca teve de ficar perto dela. Morreu mesmo?
— Mataram. O corpo foi encontrado hoje de manhã na cocheira quarenta.
— Meu Deus — resmungou ele, passando na cabeça a mão que segurava o cigarro. Apesar dos comentários que fez, parecia desconcertado.
— Até o momento, ninguém sentiu falta dela — eu disse. — Coitadinha. Soube que era doida por Don. Talvez ele sinta falta.
— Acho que não. — Hughes inclinou a cabeça para trás e fechou os olhos. — Ele teria se livrado dela há muito tempo, se soubesse que era tão fácil.
— Ela era complicada?
— Tinha uma bocona e uma cabecinha.
— Não dá boa combinação, nessa área. Ouvi dizer que ela estava ontem à noite no Players dizendo que sabia algo sobre Stellar.

Um olho azul e remelento tentou focar em mim.

— O que ela poderia saber?

Dei de ombros.

— O que há para saber?
— Não tenho idéia. Sou sempre o último a saber.

— Assim você pode acabar como Jill.

— Alguém a matou — disse ele como se falasse sozinho. Inclinou-se para a frente, apagou o cigarro com o salto da bota e ficou de cabeça baixa e as mãos balançando no meio das pernas, como se esperasse uma onda de enjôo passar.

— A polícia está interrogando Don. Acha que ele seria capaz de matar alguém? — perguntei.

Esperava uma negativa imediata. Mas ele ficou quieto tanto tempo que achei que estivesse catatônico. Até que disse:

— As pessoas podem fazer as piores coisas, Ellie. Nunca se sabe. Nunca se sabe.

Paris Montgomery ficou olhando firme para ele com seus grandes olhos castanhos e brilhantes. Não era uma corça sob os holofotes, pensou Landry. A expressão dela era mais atenção do que medo. Tinha escovado os cabelos e passado batom enquanto ele interrogava Jade.

— A que horas viu Jill pela última vez ontem? — perguntou ele.

— Por volta das seis. Ela estava reclamando de ficar até tão tarde. O dia todo ficou dando indiretas de que tinha altos planos para a noite.

— Você perguntou quais eram esses planos?

— Não. Detesto falar mal dos mortos, mas tenho de admitir que não gostava dela. Era malcomportada e mentia o tempo todo.

— Mentia sobre o quê?

— Qualquer coisa. Que fez um trabalho que não fez, que conhecia gente que não conhecia, que tinha treinado com pessoas importantes, que teve todos aqueles namorados...

— Dava o nome dos namorados?

— Eu não queria saber. Sabia que não era verdade. Era só asqueroso e patético. Eu estava procurando alguém para o lugar dela, mas é difícil encontrar depois que a temporada começa.

— Então, ela foi embora mais ou menos às seis horas. Você sabia de alguma coisa entre ela e o seu patrão?

— Don? Nossa, não. Ou melhor, sei que tinha uma queda por ele, mas parava por aí. Don me procurou para demiti-la. Não confiava nela. Estava sempre falando coisas para quem quisesse ouvir.

— A respeito de quê?

Ela piscou os grandes olhos e tentou decidir até onde deveria contar.

— Sobre tudo o que acontecia na nossa cocheira. Por exemplo, se um cavalo estava mancando um pouco ou...

— Morto? — sugeriu Landry.

— Isso é intriga pura, detetive — disse ela, afetada. — Uma reputação pode ser construída ou destruída por boatos. A discrição é uma qualidade importante nos empregados.

— Portanto, se ela ficava tagarelando sobre o cavalo que morreu, isso poderia irritar muito você.

— Poderia. Muito.

— E Don?

— Ele ficaria furioso. A morte de Stellar foi um pesadelo para ele, não precisava que a própria empregada atirasse mais lenha na fogueira. — Ela parou e franziu o cenho. — Não estou dizendo que ele seria capaz de bater nela. Não creio. Não mesmo.

— Ele tem um temperamento difícil?

— Não chega a tanto. Don é muito controlado, muito profissional. Tenho um enorme respeito por ele.

Landry inclinou-se sobre suas anotações e esfregou a testa tensa.

— Você não viu Jill ontem à noite?

— Não.

— Você tinha de fazer a checagem noturna. A que horas...

— Eu não fiz. Don fez. Ofereci, ele insistiu. Depois do que houve na cocheira de Michael Berne, ele achou que não era seguro uma mulher andar por lá à noite.

— Ele me disse que você fez a checagem ontem à noite — disse Landry.

A bonita testa de Paris Montgomery ficou toda enrugada.

— É engano. Ele deve ter esquecido. Puxa, se um de nós estivesse lá na noite passada, talvez pudesse evitar o que aconteceu.

Ou então um deles esteve *lá e fez tudo o que aconteceu.*

— A que horas ele faria a checagem, se tivesse lembrado? — perguntou Landry.

— Em geral, um de nós faz por volta das onze horas.

Jade tinha dito que foi a The Players. Se ele tivesse ido à cocheira mais tarde, certamente teria visto os atos de vandalismo, poderia até ter pegado a garota em ação. Não seria exagero pensar que eles discutiram, as coisas ficaram fora de controle...

— Onde você estava na noite passada? — perguntou Landry.

— Em casa. Fazendo as unhas, fazendo as contas, assistindo à tevê. Não gosto de sair quando temos apresentação de nossos cavalos na manhã seguinte.

— Estava sozinha?

— Eu e Milo, meu cachorro. Disputamos o controle remoto. Espero que não tenhamos atrapalhado o sono dos vizinhos — disse ela, com um sorriso sedutor.

Landry não retribuiu o sorriso. Fazia aquele trabalho havia muito tempo para se influenciar com charme. Na opinião dele, isso era uma espécie de desonestidade.

Isso poderia significar que Elena Estes era a garota perfeita para ele. Nunca viu uma pessoa tão durona quanto ela.

— Viu alguém estranho nos arredores das suas cocheiras? — perguntou Landry.

Paris fez uma careta.

— Tem tanta gente estranha no centro hípico. Não notei ninguém em particular.

— Quer dizer que acaba de ficar sem cavalariças. Soube que perdeu uma na semana passada — disse ele.

— É. Erin. Foi assim: bum, mais nada. Saiu do emprego e foi para outra cidade.

— Ela deu motivo para sair?

— Não falou comigo. Nem disse que pensava nisso. No final do domingo, ela disse a Don que estava indo embora e foi.

— Não deixou endereço?

Ela balançou a cabeça.

— Tenho de admitir que isso magoa, enganar a gente assim. Eu gostava de Erin. Pensei que fosse ficar conosco muito tempo. Ela dizia que ia ser muito legal quando mudássemos para as novas cocheiras. Estava querendo ir conosco para os campeonatos na Europa, na primavera. Nunca esperei que fosse embora.

— Quando a viu pela última vez?

— No domingo à tarde. Saí do centro hípico mais ou menos às três. Estava com enxaqueca.

— E Erin parecia bem quando você falou com ela?

Ela ia dar uma resposta automática, depois parou e pensou.

— Sabe, acho que ela estava confusa na última semana. Dor-de-cotovelo. Tinha rompido com um rapaz da mesma idade e estava de olho em outro. Não sei quem seria. Alguém que não era uma criança, disse ela. Depois, algum idiota trancou o carro dela duas noites. Ela ficou irritada. Aposto que foi Jill, que tinha muito ciúme de Erin.

Parou outra vez, parecendo aturdida.

— Por que está perguntando de Erin?

— Ela está desaparecida.

— Bom, acho que ela foi para Ocala...

— Não, não foi.

Os grandes olhos castanhos piscaram quando ela pensou melhor.

— Ai, meu Deus, você acha que, ai meu Deus — exclamou, baixinho.

Landry estendeu um cartão de visita por cima da mesa e levantou-se.

— Obrigado por me conceder seu tempo, srta. Montgomery. Por favor, ligue se lembrar de alguma coisa que possa ajudar.

— Terminamos?

— Por enquanto. Preciso que me dê o telefone do parente mais próximo da srta. Morone — disse Landry, encaminhando-se para a porta.

— Claro.

— Ah, e o telefone de Susannah Atwood e dos demais clientes de vocês. Mas primeiro e mais importante o dela.

— Susannah? Por que ela?

— Parece que na noite passada o sr. Jade esteve fazendo uma checagem noturna pessoal — disse ele, curioso para ver a reação dela. Esperava ciúme. Desapontou-se.

Paris levantou as sobrancelhas.

— Don e Susannah? — repetiu ela, e o espanto fez com que torcesse um canto da boca. — Todo dia aprendo alguma coisa.

— Acho que não é fácil manter segredo num mundo tão pequeno.

— Ah, o senhor se surpreenderia, detetive Landry — disse ela, bem perto, a mão pouco abaixo da dele, ao lado da porta aberta. — O mundo dos cavalos tem duas coisas em quantidade: segredos e mentiras. O difícil é saber qual é um e qual é outro.

24

As pessoas podem fazer as piores coisas.

Uma reflexão de Monte Hughes III. Talvez houvesse um mínimo de conteúdo por baixo do narcisista encharcado de álcool e centrado no próprio umbigo. Não havia dúvida de que alguma coisa se passou sob seu rosto gasto, algo que havia penetrado o suficiente para intrigá-lo.

"*...é por causa do assassinato.*"

"*Mas isso foi há dias.*"

Só pude achar que ele se referia a Stellar e, portanto, admitia que o cavalo tinha sido morto. Ao mesmo tempo, não saía da minha cabeça a imagem do cadáver de Jill Morone. A ligação entre Jill e Erin me deixava ansiosa. Se uma podia ser assassinada, por que não a outra?

Odiava que tudo aquilo estivesse acontecendo no mundo que tinha sido meu refúgio. Mas gente é gente. O cenário não altera as emoções humanas básicas — ciúme, cobiça, lascívia, ódio, inveja. Os atores nesse drama poderiam ser retirados de lá e colocados em qualquer outro cenário. A história teria sido a mesma.

Deixei Trey Hughes e fui procurar uma pessoa que ninguém interrogou e que eu achava que podia ter alguma coisa relevante para contar. Era a única pessoa na cocheira de Jade que estava sempre presente, embora fosse quase invisível. Javier.

A dificuldade dele para falar inglês não o fazia cego, surdo nem idiota, mas lhe conferia um manto de anonimato. Sabe lá o que ele devia ter presenciado entre a equipe e os clientes de Jade. Só prestavam atenção em Javier para dar ordens.

Naquela manhã, quando Landry surgiu no fundo da alameda, Javier tinha sumido e não consegui encontrá-lo. Os empregados latinos nas cocheiras próximas não tinham nada a dizer para uma mulher bem vestida, fazendo perguntas, apesar de eu falar a língua deles.

Fiquei sem saída. Pela primeira vez naquele dia admiti para mim mesma que gostaria de ainda usar um distintivo de detetive e poder me sentar numa sala de interrogatório, juntando as peças e os fios das pessoas que conheceram e não gostaram de Jill Morone, as pessoas que conheceram Erin Seabright e poderiam saber de seu paradeiro. Eu conhecia essa gente e entendia-as de um jeito que os detetives que as estavam interrogando jamais poderiam entender.

No mínimo, minha vontade era ficar soprando perguntas ao ouvido de Landry. Mas eu jamais chegaria a esse ponto numa investigação. E, apesar de minhas ameaças a Bruce Seabright, eu ia ficar completamente por fora do seqüestro. Não podia entrar naquela casa onde estava a metade da divisão de detetives do condado de Palm Beach. Não podia nem telefonar para Molly porque as ligações seriam rastreadas e gravadas.

Fui relegada ao papel de informante, que não me agradava, embora tivesse sido eu que levei Landry para o caso.

Eu que não queria participar do caso.

Rangendo os dentes de frustração, saí do centro hípico de carro para um shopping, entrei numa loja de celulares e comprei um pré-pago, descartável. Ia dar para Molly, assim manteríamos contato sem que a delegacia ouvisse.

Pensei na pessoa que ligou duas vezes para Bruce Seabright e estava na longa lista de telefones da casa dele. Fiquei imaginando se os seqüestradores teriam sido espertos o suficiente para fazer o mesmo que eu. Será que tinham um telefone que pudessem jogar fora? Será que compraram um celular em dinheiro vivo e deram identidade falsa?

Eu tinha dado a lista de telefones para Landry, que conseguiria o nome de todos aqueles usuários na companhia telefônica. Eu não acreditava que tivéssemos tanta sorte a ponto de um dos números ser de Tomas Van Zandt, de Don Jade ou de Michael Berne. No final do dia, Landry teria a resposta. Fiquei pensando se iria me contar. Agora que ele estava metido até o pescoço naquela confusão, eu não sabia se ia me incluir na investigação. Uma pequena bolha de medo se instalou no meu estômago quando pensei que podia não ser incluída.

Entrei de carro na fazenda e Sean acenou para mim da cocheira. A tarde estava sumindo a oeste, o céu alaranjado tinha um traço de fumaça escura se encrespando no horizonte. Os fazendeiros queimavam o bagaço de seus canaviais. Irina dava o jantar aos cavalos. Respirei o cheiro dos animais, de melaço e capim. Aquilo para mim era melhor do que Valium. D'Artagnan enfiou a cabeça na meia porta da cocheira e fez sinal de brincar comigo. Fui até lá, abracei a cabeça dele, passei meu rosto na cara dele e disse que estava com saudade.

— Você chegou na hora para uns drinques, querida. Vamos — disse Sean, indo em direção ao salão. Ele ainda estava de culote e botas.

— Desculpe eu não ter feito nada nos últimos dias. Você vai me despedir, me jogar no olho da rua? — perguntei.

— Não seja boba. Você me envolveu numa intriga internacional. Vou ter assunto para jantares durante anos. — Ele foi até o bar e serviu uma taça de vinho tinto. — Aceita? Vermelho-sangue. Você deve gostar.

— Não, obrigada, vou ficar tonta.

— Duvido muito.

— Uma tônica com limão está ótimo.

Ele preparou o drinque e fui me arrastando até um banquinho do bar, cansada, com o corpo moído.

— Falei hoje com amigos na Holanda. Eles já sabiam que Van Zandt tinha estado na minha cocheira — disse Sean.

— É a notícia boca a boca.

— Ao que parece, Van Zandt não perdeu tempo e espalhou que vou comprar e vender cavalos com ele.

— Tenho certeza de que não perdeu tempo. Você é uma goiaba madura, meu lindo, pronta para ser colhida. Tem bom gosto e muito dinheiro. Ele quer que essa notícia chegue ao seu velho agente o mais rápido possível.

— Isso mesmo. Graças a Deus, eu antes liguei para Toine e avisei que estava me sacrificando por uma causa nobre. Se não, ele tomaria o primeiro avião de Amsterdã para me livrar das perigosas garras de Van Zandt.

— E o que seus amigos têm a dizer sobre o perigoso Z.?

— Dizem que é um pária. Foi expulso das melhores fazendas da Holanda. Simplesmente não aceitam negociar com ele.

— Mas tem muita gente que aceita.

Ele deu de ombros.

— Os comerciantes sempre dão um jeito de achar clientes e quem tem cavalos para vender precisa de clientes para comprar. Se ninguém trabalhasse com gente mau-caráter como Van Zandt, muitos negócios não se realizariam.

— Vou contar para ele no jantar.

Sean fez uma careta.

— Vai jantar com ele? Precisa comprar um litro de Lysol.

— Para beber?

— Não, é um desinfetante, para se lavar depois. Falando sério, Elle — disse, franzindo o cenho —, tome cuidado com esse crápula. Irina me contou o que ele fez com a amiga dela. E agora tem esse assassinato. Será que está envolvido? Você se perguntou isso o dia inteiro, não?

— Não sei se ele está metido. Outras pessoas poderiam querer a garota morta.

— Meu Deus, Elle.

— Sei o que estou fazendo. E agora a polícia também está no caso.

— É aquele sujeito que esteve aqui de manhã? — perguntou ele, com um olhar safado. — O Sr. Gatão, no carro prateado?

— Ele é detetive — corrigi. — É bonito? Não notei.

— Querida, se não notou, está precisando de óculos.

— A personalidade dele deixa a desejar.

— A sua também — disse ele, tentando não rir. — Os dois podiam se entender.

— Talvez você precise examinar sua cabeça — reclamei. — A confusão em que me envolvi, aliás, graças a você, tem muita coisa feia. Romance não faz parte do roteiro, mesmo se eu estivesse interessada. Não estou.

Ele cantarolou alguma coisa pensando em algo que certamente eu não queria saber. Não me sentia à vontade se alguém pensasse em mim como um ser sexual pois tinha parado de pensar nisso havia dois anos.

Mais fundo do que as cicatrizes no meu corpo, meu ego tinha sido aniquilado naquele dia na Loxahatchee rural, quando Hector Ramırez foi morto e eu fiquei sob as rodas do caminhão de Billy Golam.

Os cirurgiões passaram os últimos dois anos consertando os danos físicos causados ao meu corpo — emendando ossos quebrados, substituindo pele queimada pela estrada, reconstruindo a parte esmigalhada do meu rosto —, mesmo assim, eu não sabia se algum dia me sentiria inteira outra vez. Minhas partes essenciais estavam faltando, partes da minha alma, do meu eu. Talvez as coisas acabassem se acertando. Talvez esse processo tivesse começado. Mas eu tinha um longo caminho a percorrer e quase todo dia duvidava que tivesse força ou vontade de prosseguir. Sabia que não queria ninguém muito perto para acompanhar o processo. Certamente, não queria James Landry.

— Nunca diga nunca, querida. — Sean terminou o vinho e foi se preparar para a noite em Palm Beach. Fui para a casa de hóspedes e conferi meu correio eletrônico.

O agente especial Armedgian, meu contato no FBI em West Palm, teve resposta da Interpol.

Segundo Armedgian, Van Zandt não tinha registro de detenção, mas a Interpol tinha uma pasta sobre ele com alguma coisa. Ele havia se metido numa série de confusões em negócios, sempre no limite entre o legal e o ilegal, mas sem jamais ultrapassar tal limite, ou nunca ser pego.

Não havia registro de ter sido interrogado por motivo sexual. Fiquei desapontada, mas não surpresa. Se houvesse outras vítimas de suas seduções dúbias, deveriam ser como a amiga de Irina: jovens, inexperientes, sozinhas num país estrangeiro, com medo de contar para alguém.

Eu precisava clarear as idéias antes das ocupações mentais da noite, então vesti um maiô e fui para a piscina, deixar a água cálida e sedosa acalmar meu corpo e limpar as camadas de resíduos no meu cérebro.

O sol tinha ido embora, mas a piscina, iluminada por dentro, tinha um brilho azul de meia-noite. Não pensei em nada enquanto dava preguiçosas braçadas e virava dentro d'água, em câmara lenta, no final da raia. A tensão escorreu do meu corpo e por um pequeno tempo fui apenas um animal aquático e liso, feito de ossos, músculos e instinto. Era bom sentir algo tão fundamental e inesperado.

Quando cansei, fiquei boiando, olhando as estrelas minúsculas no céu de veludo negro. Foi então que Landry apareceu, em pé na beira da piscina.

Mergulhei e voltei, sacudindo a água da cabeça.

— Detetive. Você está me seguindo — disse, pingando.

— Garanto que isso não é habitual.

Ele continuava com roupa de trabalho, embora tivesse afrouxado a gravata e enrolado as mangas da camisa.

— O erro foi meu de lhe dar o código para entrar pelo portão — eu disse. — Teve um dia duro apertando torniquetes?

— Longo dia.

— Pena que não participei. Ninguém faz melhor o papel de policial durão do que eu.

— Não tenho a menor dúvida — disse ele, meio rindo. — Não vai me convidar para entrar na água? Nem dizer que a água está ótima?

— Isso seria o óbvio. Odeio tudo que é previsível.

Nadei até a escada e saí da piscina, esforçando-me para não correr e esconder o corpo na toalha. Não queria que ele soubesse como eu estava vulnerável. Achava que, mesmo com a luz mortiça da piscina, ele enxergaria cada cicatriz, cada defeito. Fiquei com raiva de me importar.

Enxuguei-me, sequei o cabelo, depois enrolei a toalha na cintura como um sarongue para esconder a pele esburacada e as cicatrizes das minhas pernas. Landry observou, com uma expressão indecifrável.

— Nada em você é previsível, Estes.

— Vou considerar isso um elogio, embora ache que você não considera que imprevisível seja uma qualidade. Tem boas notícias? — perguntei, indo para a casa de hóspedes.

— Os peritos encontraram o carro de Erin Seabright — disse ele. — Com uns dez centímetros de poeira, numa esquina no primeiro estacionamento da entrada de caminhões no centro hípico.

Parei segurando a maçaneta da porta, sem respirar, esperando ele dizer que Erin estava morta na mala do carro.

— O pessoal vai procurar impressões digitais e o resto.

Dei um suspirou de alívio.

— Onde estava o carro?

— No primeiro estacionamento de quem vem pela entrada de caminhões, depois da lavanderia.

— Como foi parar lá? Ela devia ter estacionado perto da cocheira de Jade e não a quinhentos metros. Por que estaria lá? — perguntei, sem esperar resposta.

Landry deu de ombros.

— Talvez tivesse deixado roupas na lavanderia.

— E depois andou até a cocheira de Jade? E foi para o portão dos fundos encontrar o homem com quem estava saindo? Não faz sentido.

— Também não faz sentido os seqüestradores levarem o carro para lá — disse Landry. — Eles a seqüestraram. Por que iriam se incomodar com o lugar onde o carro ficou?

Pensei nisso enquanto entrávamos em casa.

— Para ganhar tempo? A segunda-feira era folga de Erin. Se não fosse Molly, só dariam por falta dela na terça de manhã.

— Também não notariam, já que Jade dizia que ela foi embora e mudou-se para Ocala. — Landry fechou minha tese.

— Como foi o interrogatório de Jade?

— Um estorvo para ele. Tanto o interrogatório quanto o assassinato.

— Ele ficou nervoso?

— Nada de mais.

— Bom, o sujeito vive de saltar a cavalo cercas mais altas do que eu. Não é jogada para quem tem coração mole.

— Assassinato também não é.

Um jogo. Para as pessoas comuns, é difícil considerar assassinato e seqüestro como um jogo, mas, de uma forma macabra, era um jogo. Um jogo de lances bem graves.

— Os seqüestradores fizeram contato?

Landry sentou-se numa cadeira, mãos nos bolsos. Balançou a cabeça.

— Não. Os telefones na casa de Seabright estão grampeados. Tenho dois policiais checando a vizinhança. É uma rua sem saída.

— Tem um bar naquele armário embaixo da tevê — disse eu, apontando para a sala. — Você parece precisar de um drinque. Faça um, enquanto troco de roupa.

Eu o fiz esperar enquanto tomei uma ducha rápida, depois fiquei cinco minutos na frente do espelho, me olhando, tentando ler minha expressão inescrutável.

Não estava gostando da sensação de ansiedade na minha barriga. A bolha de medo tinha sido substituída por algo que eu mal reconhecia: esperança. Não queria que aquilo significasse que Landry tinha voltado, que ele estava me dando informação, me incluindo no caso.

— Você disse a Seabright que é detetive particular. É mesmo? — perguntou ele. A voz era forte e clara. Ele devia estar bem na porta do quarto.

— Não exatamente.

— Isso é fraude.

— Não, é mentira — corrigi. — Só seria fraude se eu estivesse fingindo ser e aceitasse dinheiro dos Seabright por essa falsidade. Não estou.

— Você podia ser uma advogada excelente.

Foi o que meu pai sempre disse, por isso fui ser tira. Não queria ser igual a ele, torcendo a lei como se ela fosse um arame, virando-a para atender as necessidades de gente corrupta, ricos corruptos. Na época, não percebi que como tira eu também acabaria torcendo a lei e justificando meu atos por acreditar que minha causa era justa. Mas eu ainda não era como ele. Isso é que importava.

— Chequei os dados escolares do filho de Seabright — disse Landry. — Nunca teve qualquer problema. Bom aluno, com inúmeras atividades extracurriculares.

— Como, por exemplo, transar com a meia-irmã?

— E com as sócias do clube de matemática.

— Acho ruim ele mentir sobre onde estava no domingo — eu disse.

— Tal pai, tal filho.

Vesti calcinha e sutiã pretos e me olhei no espelho, de costas, quase esperando que Landry estivesse na soleira da porta. Não estava.

— Seabright vai se comprometer por causa do filho — eu disse. Vesti uma camisa branca de smoking e uma calça *cigarette* preta. — Ele não vai aceitar o envolvimento de Chad.

— Isso, supondo que seja o pai que dê o álibi. Vale para o filho também.

Amarrei a camisa na cintura e saí do quarto. Landry continuava encostado na bancada da cozinha, com um uísque na mão. Ele ficou surpreso com minha roupa.

— Você não precisava se arrumar para mim — disse ele.

— Não foi para você. Não consigo achar que Bruce Seabright tenha participação ativa no seqüestro. Mesmo se quisesse se livrar de Erin, não ia sujar as mãos. Seria muito arriscado. Portanto, por que ele precisaria de álibi? Era Chad que estava envolvido com ela.

— E Erin tinha registro de delinqüência juvenil — disse Landry. — Furto em loja. Posse de droga.

— Que droga?

— O *ecstasy*. Batida policial numa festa. Recebeu apenas uma repreensão. Tenho uma pessoa na Divisão Juvenil checando os amigos com quem ela foi presa. E contatei um cara na Divisão de Entorpecentes para me falar do traficante.

— Quem você contatou na Entorpecentes?

— Brodie. Conhece ele?

Olhei para meus pés e concordei. Eu estava de frente para Landry, encostada na outra bancada, braços cruzados. A cozinha era tão pequena que meus pés descalços estavam bem na frente dos sapatos dele. De boa qualidade, de couro marrom. Com Landry, nada de mocassins de borlas.

Matt Brodie tinha sido amigo meu. Ou eu achava que tinha. Eu não devia ter perguntado nada. Agora Landry aguardava uma explicação.

— Ele é muito bom — eu disse.

— Tenho certeza que ele vai gostar da sua aprovação — disse Landry, com um toque de ironia.

Fiquei pensando no que Brodie poderia ter dito de mim, embora não me importasse. Landry podia pensar o que bem entendesse.

— Jade diz que a garota foi embora de repente. Foi a última pessoa a vê-la. Acho que houve o seguinte: Erin sabia alguma coisa sobre o cavalo morto. Jade queria se livrar dela. Planejou o seqüestro para ganhar um dinheiro extra. A garota deve estar tão morta quanto aquela da pilha de esterco.

— Espero que você esteja enganado a respeito da última parte — disse, sabendo que ele podia ter muita razão. Eu também já tinha pensado naquilo.

— Olha, Estes, devo uma desculpa a você. Por isso vim aqui. Se eu a tivesse ouvido logo que me procurou, talvez Jill Morone não estivesse morta. E talvez Erin Seabright tivesse aparecido.

Dei de ombros.

— Não sei o que dizer.

Ele tinha razão e nós dois sabíamos. Eu não ia dizer banalidades como uma esposa boazinha desculpando os pecadilhos do marido. Também não ia jogar a verdade na cara dele. Ele cometeu um erro de avaliação e eu era a última pessoa com direito a criticá-lo.

— Não é tudo culpa sua. Eu entrei no caso antes de você. E não impedi que a garota morresse nem encontrei Erin. Às vezes, as coisas acontecem do jeito que acontecem.

— Acha mesmo?

— Tenho de achar. Se não, seria culpada por todas as coisas erradas que já aconteceram quando só sou culpada por dois terços.

Ele ficou me olhando. Tive vontade de ir embora ou me mexer, mas não fiz nada.

— Então, Jade tinha um álibi para a noite passada? — perguntei.

— Tinha. Uma cliente. Susannah Atwood.

— Ela confirmou?

Ele concordou.

— E tinha alguém para confirmar a história *dela*?

Ele revirou os olhos.

— Claro. Jade. Por quê? Conhece ela?

— Já ouvi falar nela. Sean a conhece. Tem fama de mariposa.

— Você não está querendo dizer borboleta?

— Não.

Ele levantou as sobrancelhas.

— Conheço o tipo — eu disse. — Susannah deve achar que dar um álibi para um assassino é o sexo oral do novo milênio. Não confio nela. Mas, repito, eu não confio em ninguém.

Olhei meu relógio de pulso e desencostei da bancada.

— Agora tenho de pôr você para fora, Landry. Tenho um jantar com o demônio.

— Qual deles?

— Van Zandt.

Fiquei procurando os sapatos enquanto contava para ele o que soube por Sean e pela Interpol, através de Armedgian. Eu tinha dito a Van Zandt que o encontraria no Players, às oito. Fui esperta em não aceitar que me pegasse em casa.

Landry ficou olhando para o *closet*, as mãos na cintura.

— Você disse que esse cara pode ser um agressor sexual, mas vai jantar com ele?

— É.

— E se ele matou Jill Morone? E se escondeu Erin em algum canto?

— Espero conseguir descobrir alguma coisa para prendê-lo.

— Você fumou *crack*? — perguntou, sem acreditar no que ouviu. — Você é idiota?

— Ele não vai fazer nada comigo — disse eu, saindo do *closet* com um sapato alto no pé e outro na mão. — Primeiro: sabe que não me assusta e não pode me controlar. Segundo: acha que eu valho dinheiro para ele como cliente, não como vítima.

—- E se ele for apenas uma porra de um pervertido que quer violentá-la e cortar sua garganta?

— Nesse caso, eu teria cometido um grosseiro erro de avaliação do caráter dele, o que não cometi.

— Estes, você sabe que ele pode ter matado a garota na noite passada. Ele mentiu: estava no Players. O rapaz do bar e a garçonete disseram que ele estava lá, azarando a garota. Já devíamos ter interrogado ele, mas não sabemos seu paradeiro.

— A que horas ele saiu do bar?

— Ninguém soube dizer.

— Então, se quiser, o capture e interrogue. — Entrei no banheiro e olhei meu cabelo. Não podia fazer nada com ele. — Vou gostar de passar a noite na banheira lendo um livro. Mas se ele escondeu Erin em algum lugar, garanto que não vai dizer a você.

— E acha que vai chegar e dizer para você? — perguntou Landry, bloqueando a passagem. — Como se fosse um convite agradável ele vai perguntar: "Quer ir até lá em casa e ver a garota seqüestrada?" Pelo amor de Deus!

— Pois então nos siga! Por que está tão nervoso?

Ele balançou a cabeça e andou em círculo, voltando para o quarto.

— É por isso que não quero que você se meta nisso — disse ele, apontando para mim quando saí do banheiro. — Você tem suas prioridades e é muito impulsiva...

— Pois veja a situação por outro prisma — disse, tirando o dedo dele da minha cara, a raiva aumentando. — Sou uma cidadã, Landry. Não preciso da sua autorização nem da sua aprovação. Se eu morrer, você sabe a quem prender. Resolvo a porra do caso para você. Você vira herói na delegacia e ainda se livra de mim e de um assassino num só golpe.

— Meu trabalho não consiste em deixar que você seja morta! — ele berrou.

— Olha, se eu não tivesse feito meu trabalho, não ia deixar um idiota como Van Zandt fazer por mim.

Nossos narizes estavam frente a frente e, no curto espaço entre nós dois, o ar estava carregado de eletricidade. Landry conteve dentro do peito o que pretendia dizer. Talvez estivesse contando até dez. Talvez fosse só o que ele pudesse fazer para não me estrangular com as próprias mãos. Não sei o que ele estava pensando. Eu estava pensando que estava perto demais dele.

— Eu também era boa no trabalho, Landry — disse, calmamente. — Sei que não é assim que as pessoas se lembram de mim, mas eu era boa. Besteira sua não se aproveitar disso.

Passou-se mais uma eternidade. Ficamos lá nos olhando como dois porcos-espinhos zangados, com todas as defesas em alerta. Landry foi o primeiro a piscar e deu um passo atrás. Achei que eu devia me orgulhar, mas o que senti foi mais parecido com desapontamento.

— Van Zandt quer me impressionar. — Voltei para o *closet* e achei uma bolsinha de fecho para enfiar meu microgravador. — Ele quer aparecer como o bom do pedaço, mas tem a boca maior que a cabeça. Vou conseguir que ele diga coisas que não devia. Vou gravar a conversa. Depois te ligo.

— Depois do quê? — perguntou ele, de propósito.

— Depois do café. Estabeleci um limite para não entrar na prostituição. Gostei de ver como você me tem em alta conta.

— Gostei de saber que tem um limite — resmungou ele.

Tirou o celular do bolso, teclou um número e ficou me olhando enquanto esperava atenderem. Eu sabia o que ele estava fazendo. Uma metade de mim queria pedir para não fazer aquilo, apesar do que eu disse antes. Mas não ia dizer. Já tinha chegado muito perto de implorar.

— Weiss, aqui é Landry. Van Zandt está no Players. Segura ele.

Sem tirar os olhos de mim, ele fechou o celular e guardou de novo no bolso.

— Obrigado pela dica.

Eu queria mandar ele ir para o inferno, mas não confiei na minha voz. Era como se eu tivesse uma pedra quente enfiada na garganta. Preferia não sentir nada, não me importar com nada, só em passar de um dia para o outro sem me importar nem com isso. Quando não se espera nada, não se tem um objetivo, uma meta, a gente não se desaponta nem se machuca.

Landry virou-se e foi andando, levando a informação que eu tinha dado, levando meus planos para a noite com ele, levando minha esperança de parar de falar no caso. Fiquei me achando uma tola. Achei que ele tinha vindo para me incluir, mas foi só para se desculpar. O caso era dele. Pertencia a ele.

"Obrigado pela dica."

Fiquei andando pela casa, tentando afastar as emoções que me dominavam. Precisava fazer alguma coisa. Precisava de um novo plano. Não ia ficar em casa pensando em todos aqueles sentimentos e não tinha um bom livro para levar à banheira.

Comecei a pensar numa coisa. Antes que a idéia fosse mais que um embrião, eu já tinha mudado de roupa e saído de casa.

Minha vida teria sido mais fácil se eu tivesse ido à livraria Barnes & Noble.

25

O endereço de Lorinda Carlton, em Wellington, era um prédio na Sag Harbor Court. Não haveria motivo para ter algum policial nos arredores, a menos que Van Zandt revelasse alguma coisa no interrogatório com Landry. Mas se Van Zandt estivesse envolvido no seqüestro de Erin ou na morte de Jill e tivesse levado alguma recordação, havia boa chance de se livrar dela **assim que chegasse em casa.**

Parei num estacionamento de visitas, no final do bloco onde ficava o prédio de Carlton. A metade dos apartamentos do bloco estava com luzes acesas, mas não havia nada acontecendo do lado de fora. Nenhum vizinho simpático sentado na entrada da frente, apreciando a noite de sábado passar.

Sendo a localidade de Wellington e temporada das competições de inverno, os apartamentos tinham alta rotatividade de inquilinos a cada ano. Alguns participantes das competições tinham casa própria, mas muitos ficavam cada inverno em um apartamento diferente. Sendo as pessoas que lidam com cavalos do jeito que são, elas arrumam primeiro as acomodações para seus animais e só no último minuto resolvem onde vão ficar. Com isso, os prédios e os conjuntos de apartamentos não dão muito uma idéia de comunidade.

O prédio de Carlton ficava no final de uma rua sem saída e completamente escura. Verifiquei se a porta da frente tinha algum sistema de segurança. Se tinha, estava fora do meu limitado campo de visão. E se houvesse um alarme e eu não percebi, estava num lugar ruim para voltar ao carro. Teria de achar um jeito de fugir pulando ou passando pelo meio da cerca alta que ficava no final do conjunto de prédios, esperando que ninguém me visse, depois dobrar duas vezes para chegar ao meu carro.

Com todo esse plano em mente, tirei duas gazuas do bolso do casaco e fui trabalhar a fechadura da porta da frente. Qualquer pessoa que passasse desconfiaria menos de alguém destrancando a porta da frente do que tentando, furtiva, entrar pelos fundos. Sempre dava para eu me fazer de boba e dizer que tinha perdido a chave, inventar uma história de passar o fim de semana com meu amigo Van Zandt que, grosseiro, esqueceu de mim.

Prendi a respiração enquanto enfiava as gazuas na fechadura. Abrir segredos não se aprende na academia de polícia. Aprendi com um cavalariço, quando tinha onze anos. Bobby Bennet passou muitos anos trabalhando nos jóqueis clubes do sul da Flórida até que um infeliz mal-entendido sobre roubo jogou-o na prisão por três a cinco anos. Ele dizia que estava recuperado quando saiu de lá, mas não perdeu as velhas técnicas e passou-as para mim porque eu era uma peste e ele ia com a minha cara.

A fechadura abriu e agradeci a Deus por Bobby Bennet ter existido. Meu coração ainda estava batendo forte quando abri e porta e entrei. Muitos segredos de fechadura podem ser abertos com uma chave, mas depois precisa-se saber o código, senão o alarme soa dentro da casa e na agência de segurança à qual está conectada, seja ela particular ou da delegacia.

Encontrei o sistema de controle na parede ao lado das dobradiças da porta. Uma pequena luz verde informava que o sistema estava desligado.

Aliviada, fui cuidar dos meus negócios. Acendi um abajur na mesinha da entrada. Qualquer vizinho que visse luz acesa concluiria que o morador da casa era quem estava lá, pois qual é o ladrão que vai acender a luz?

O lugar era meio gasto e tinha cheiro de cachorro velho. O carpete um dia tinha sido branco. Da mesma forma que os sofás de couro falso, que agora estavam rasgados e capengas. Van Zandt precisava arrumar uma cliente mais rica que pagasse as despesas. Ele devia estar de olho em Sean. Já devia estar imaginando ficar na casa de hóspedes na próxima temporada.

Passei pela cozinha estilo navio e conferi, como de hábito, as gavetas e armários. Nada senão o equipamento habitual de utensílios descasados, caixas de sucrilhos e sabão em pó. Ele apreciava cerveja Heineken e suco de laranja com polpa extra. A geladeira e o freezer não estocavam membros amputados de corpo humano. Algumas peças de roupa estavam limpas, secas e torcidas na secadora. Calças, meias e cuecas. Como se ele tivesse tirado a roupa e jogado tudo na máquina de lavar. Só não tinha camisa. Fiquei pensando qual seria o motivo.

A sala não tinha nada que interessasse. Uma coleção de vídeos no armário da tevê. Ficção científica e romances. Deviam pertencer a Lorinda Carlton, concluí. Eu não conseguia imaginar Van Zandt assistindo ao *Titanic* e chorando quando Leonardo DiCaprio afunda pela terceira vez. Não havia sinal da filmadora de vídeo que ele levou para a casa de Sean.

Subi a escada para o andar de cima, onde ficavam os quartos: um era pequeno e decorado com brinquedos para cachorro; outro era grande, com móveis laminados, de segunda. Esse quarto tinha cheiro da colônia que Van Zandt usava. A cama estava arrumada, as roupas dele estavam guardadas no *closet* e nas gavetas. Ele podia ser um bom marido, caso não possuísse aquelas infelizes e misóginas tendências patológicas.

A filmadora de vídeo estava no chão do *closet*, ao lado de uma fileira de sapatos. Abri o estojo de couro e olhei as fitas, todas etiquetadas com os nomes de cavalos à venda. Van Zandt gravava os cavalos, depois copiava as fitas (cuidadosamente editadas para mostrar só os melhores ângulos de cada animal) para prováveis compradores. Coloquei uma das fitas na máquina, rebobinei e apertei o *play*. Apareceu na tela um cavalo cinza, executando uma série de saltos. Boa forma. A imagem ficou sem foco, depois enfocou e mostrou um castanheiro. Apertei o botão de parar e troquei a fita. Mesma coisa. Van Zandt filmava não só o cavalo em questão, mas também o sorriso de alguma jovenzinha simpática que tinha alguma coisa a ver com o animal. Uma amazona, cavalariça, proprietária. Nada grave, só para descansar a vista.

Na terceira fita, achei Paris Montgomery montada num corcel negro que tinha uma estrela branca na testa. Era Stellar.

Fiquei de coração partido ao ver o cavalo se exibir. Era um lindo animal com um brilho travesso no olhar e, quando saltava, tinha um jeito de levantar o rabo como se fosse uma bandeira. Ele foi, entusiasmado, em direção dos obstáculos, mas não tinha muito impulso no salto e não recolhia as patas traseiras a tempo, para não tocar na vara superior do obstáculo. Mas dava para ver a garra dele, o coração que o dr. Dean tinha citado. Quando Stellar bateu numa vara, esticou as orelhas e balançou a cabeça, como se estivesse zangado consigo mesmo por não ter feito melhor. Ele tinha um bocado de "intenção" como dizem as pessoas que lidam com cavalos, mas é preciso mais que intenção para ganhar na categoria elite ou ser vendido a um preço de elite.

Por trás da câmara, ficava claro que Van Zandt tinha enjoado do cavalo. Havia *closes* demais de Paris e seu sorriso de modelo. Fiquei pensando qual seria o grau de intimidade deles, se Paris Montgomery jogava a mesma isca que eu para conseguir o que queria de um homem.

A seguir, havia uma longa cena de uma menina conduzindo Stellar pelas rédeas e posando com o animal sem sela, de lado. Tratava-se de Erin Seabright numa camiseta justa e um short que mostrava pernas esguias e bronzeadas. No momento em que foi colocar o cavalo para aparecer melhor no filme, ele deu uma cabeçada nela e ela recuou, rindo. Bonita garota, bonito sorriso. Ela segurou a cabeça do cavalo e deu um beijo no focinho dele.

A garota desagradável, linguaruda, ruim não estava nessa cena. Dava para sentir a ligação de Erin com o cavalo. Dava para ver pelo jeito como se falava com ele, como tocava nele, como passava a mão pelo pescoço dele ao se aproximar. Sabendo da situação familiar dela, não era difícil imaginar que Erin se sentia mais próxima dos cavalos que cuidava do que da maioria dos Seabright. Os cavalos não a julgavam, não a criticavam, não a humilhavam. Os cavalos não sabiam ou não se importavam se ela havia desrespeitado regras. Eles só sabiam se ela era delicada e paciente, se trazia agrados para eles e sabia onde gostavam que coçasse.

Eu sabia essas coisas sobre Erin Seabright porque eu tinha sido ela, um dia. A garota que não se encaixava na família, não correspondia às expectativas da família; a garota que travava relações baseada em qualidades que a família criticava. Seus únicos e verdadeiros amigos ficavam nas cocheiras.

A fita me deu mais informações sobre Erin do que sobre Van Zandt. Rebobinei-a e olhei o trecho com Erin outra vez, esperando ter a chance de vê-la sorrir assim pessoalmente, embora sabendo que, mesmo que a tirasse daquela confusão, levaria tempo até ela conseguir achar graça em alguma coisa.

Coloquei outra fita na máquina e aproximei a imagem de mais três cavalos, depois Sean e Tino apareceram na tela e deixei a fita correr. Os dois faziam uma bela figura, percorrendo o círculo da arena. Sean era excelente cavaleiro, forte, elegante, calmo e centrado no corpo. O corcel marrom era magro e de pernas longas, tinha estilo. A câmara acompanhou os dois passando pelo picadeiro em direção ao coreto, as patas em diagonal cruzando com a graça de um bailarino, o corpo do cavalo curvo como um arco em **volta da perna de Sean**. E os dois saíram de quadro.

A câmara ficou no coreto, aproximando o foco em Irina. Ela apareceu com uma expressão de frio ódio, levou o cigarro aos lábios e soprou a fumaça bem na objetiva da máquina. Não pareceu se irritar por Van Zandt estar observando-a. Senti um arrepio. Tive vontade de ir ao apartamento dela e recomendar para trancar bem a porta à noite.

Elena Estes, Mamãe Pata.

Coloquei a câmara no lugar onde a havia encontrado e voltei para o quarto, para a mesa que tinha outro aparelho de tevê e vídeo. Além de uma coleção de fitas pornôs. Várias garotas com um sujeito. Vários sujeitos com uma garota. Sexo entre lésbicas. Muito lesbianismo. Gays. Alguns filmes davam a impressão de violência, a maioria, não.

Igualdade na perversão, nosso Van Zandt.

Vasculhei as gavetas do armário e mesas-de-cabeceira. Olhei embaixo da cama e descobri rolos de poeira e cocôs de cachorro petrificados. O proprietário do apartamento precisava de uma nova faxineira.

Não encontrei fitas do seqüestro de Erin. Eu sabia que o seqüestrador precisava tê-las. A fita que foi enviada para os Seabright era uma VHS grande. A maioria das filmadoras modernas era digital ou em oito milímetros com um pequeno cassete VHSC como aqueles que estavam no *closet*. A fita teria sido passada na máquina de vídeo para a fita maior. O seqüestrador também utilizou equipamento de áudio mais sofisticado do que os que encontrei na casa. A voz na fita tinha sido alterada na máquina. Se Van Zandt estivesse envolvido no seqüestro, escondeu em outro lugar as fitas e o equipamento de gravação.

Frustrada, apaguei as luzes e desci. Meu relógio interno me dizia que estava na hora de sair. Tinha demorado muito olhando as fitas dos cavalos. Sabia que Landry tentaria manter Van Zandt no interrogatório pelo maior tempo possível, mas sempre havia a possibilidade de Z. simplesmente se levantar e ir embora. Ele não estava preso, que eu soubesse. E sequer imaginava que as leis dos Estados Unidos poderiam ser aplicadas nele.

Olhei a porta da frente, mas não fui lá. Eu não gostava da idéia de invadir a casa. Queria encontrar algo mais grave do que gostar de pornografia, qualquer coisa que, mesmo se não envolvesse diretamente assassinato ou seqüestro, pudesse ser usado como arma contra ele num futuro interrogatório.

Passei pela cozinha e fui para a garagem onde só podiam caber um carro e uma prateleira cheia de fechaduras. As fechaduras da porta tinham cadeados. Não tive tempo de abri-los. Por cima da prateleira havia uma pilha instável de inutilidades: uma geladeira de isopor, brinquedos de piscina, caixas de refrigerantes Diet Rite, pacote com doze toalhas de papel barato. Em outras palavras: nada.

Garrafas de plástico vazias e latas para reciclar estavam encostadas na parede do fundo da garagem. Achei estranho e fui até lá.

O lixo de um criminoso pode ser um tesouro de provas. A única lâmpada na garagem era na parede da janela da cozinha. A voltagem era fraca; eu devia ter levado minha lanterna do carro, mas não dava tempo de pegá-la.

Mexi no lixo, tendo de ficar bem perto para enxergar as coisas. Cartas de anunciantes, caixas e bandejas de microondas de jantares congelados, embalagens de cartolina para ovos, cascas de ovos, clara de ovo, caixas de comida chinesa para viagem, caixas de pizza. O mesmo lixo que qualquer pessoa teria. Nenhum recibo de cartão de crédito nem lista de coisas a fazer que incluísse assassinato ou seqüestro.

Achei um papel com nomes de cavalos, uma data, hora da partida do aeroporto de Palm Beach, hora de chegada em Nova York, número do vôo e horários de vôo para Bruxelas. Eram os cavalos que ele estava mandando para a Europa. Enfiei a anotação no bolso do meu jeans. Se Van Zandt estava enviando cavalos de avião para fora do país, podia embarcar junto com eles. Poderia viajar com os cavalos e sair da jurisdição de Landry como um ladrão na noite.

Destampei a segunda lata de lixo e a adrenalina correu pelo meu sangue como uma droga.

A lata só tinha uma camisa. Aquela que não tinha sido colocada para lavar junto com a calça, as meias e a cueca, roupas tiradas depressa e atiradas na máquina.

Tive de me debruçar na lata para pegar a camisa pela beirada. Fiquei tomada pelo mau cheiro, meus olhos lacrimejaram, meu estômago revirou. Mas peguei a camisa e coloquei-a sob a luz para olhar com mais atenção.

Ótimo algodão egípcio azul forte. Com a camisa contra a luz, procurei um monograma, alguma coisa que mostrasse ser de Van Zandt. Não tinha nada, mas algo do lado esquerdo do colarinho poderia identificar o dono: manchas escuras que pareciam sangue. O lado esquerdo da camisa tinha um rasgo grande da metade para baixo, com mais sangue.

Meu coração batia desembestado.

Van Zandt deve ter se cortado ao barbear-se, diria um advogado de defesa. E ele se apunhalou também?, perguntaria um promotor. A prova faz supor que ele deve ter se ferido numa luta, o promotor diria.

Eu podia imaginar bem Jill Morone lutando com seu agressor, os braços levantados, dedos em forma de garra, atacando-o. Deve tê-lo pegado no pescoço, unhado, o sangue passou para a camisa. Se a autópsia mostrasse pele sob as unhas dela... Se Van Zandt tivesse arranhões no pescoço... Não percebi nenhum, mas podia ter escondido sob o seu onipresente plastrom. Lembrei do estábulo na cocheira de Jade, da mancha que achei ser de sangue na forragem. Talvez o sangue fosse de um segundo ataque. Ela deve ter batido nele com alguma coisa, cortado. Afinal, podia não ser por causa da bebida que Van Zandt estava pálido naquela manhã.

Meu coração batia muito pesado, minhas mãos tremiam. Eu tinha acertado a sorte grande. Se fosse nos velhos tempos, depois de um achado assim eu pagava uma rodada para todo mundo no bar dos tiras. Mas não podia nem cantar vitória e, mesmo se pudesse, não seria bem-vinda lá. Fiquei na penumbra da garagem, tentando conter meu nervosismo, forçando-me a pensar nos próximos passos importantes que daria.

Landry tinha de achar a camisa. Eu gostaria muito de jogar na cara dele, da mesma forma que sabia que se levasse a camisa, ela não entraria no julgamento. Como cidadã, eu não precisava de autorização para vasculhar a casa de alguém. A quarta emenda da Constituição nos protege dos agentes do governo, mas não dos demais cidadãos. Mas eu também não podia estar naquela casa sem licença. Se Van Zandt tivesse me convidado para ir lá e durante a visita eu encontrasse a camisa, seria outra história. Mesmo assim, seria complicado. Como eu tinha sido da polícia e como falei com a delegacia sobre o caso, um bom advogado de defesa diria que eu devia ser considerada agente *de facto*, acabando com meu argumento de inocente cidadã e considerando a prova inaceitável.

Não. A coisa tinha de ser feita conforme a lei. Tinha de haver mandato de detenção. O policial tinha de entrar na garagem com uma autorização. Uma informação anônima juntada à vida pregressa de Van Zandt e sua ligação com Jill Morone seriam suficientes.

Mesmo assim, eu não estava querendo jogar a camisa no lixo outra vez. Alguma coisa podia dar errado, Van Zandt ficaria assustado depois da conversa com Landry, voltaria em casa e se livraria da prova. Eu tinha de esconder a camisa num lugar onde Van Zandt não encontrasse.

Assim que pensei isso, ouvi um carro entrando e a porta da garagem começou a ranger.

A porta já estava um terço aberta quando me virei e corri para a porta da cozinha, com os faróis do carro iluminando a parede como holofotes na fuga de um preso.

O carro buzinou.

Pulei na cozinha, bati a porta e tranquei a fechadura emperrada, ganhando alguns preciosos segundos. Frenética, procurei um lugar para esconder a camisa.

Sem tempo. Sem tempo. Jogar a camisa e correr.

Enfiei a camisa atrás de um armário da cozinha, fechei a porta e corri, enquanto a chave virava na fechadura emperrada.

Meu Deus! Se Van Zandt me reconhecer...

Corri pela sala de jantar, bati com a perna numa cadeira, tropecei e me equilibrei de olho na porta de correr que dava no pátio.

Ouvi um cachorro latindo atrás de mim.

Cheguei à porta do pátio, segurei na maçaneta. Estava trancada.

Uma voz, seria de mulher?

— Pega ele, Cricket!

O cachorro, rosnando. Eu vi de soslaio, era um pequeno míssil preto, com dentes.

Meu polegar tateou a fechadura, soltei-a. Puxei com força, forcei a porta e tentei sair quando o cachorro abocanhou a barriga da minha perna.

Dei um chute e o cachorro rosnou enquanto eu tentava fechar a porta na cabeça dele.

Passei pelo pequeno pátio rumo à porta de tela, me joguei contra ela e abri. Entrei no quintal dos fundos.

A casa de Lorinda Carlton era a última da rua. Um muro alto contornava tudo. Eu tinha de passar para o outro lado, onde havia um terreno baldio que pertencia ao condado de Wellington e no final dele ficava o shopping center de Town Square.

Corri para o muro. O cachorro continuava atrás de mim, latindo e rosnando. Dei uma guinada para a direita e corri junto ao muro, procurando uma abertura para o outro lado. O cachorro estava nos meus calcanhares. Enquanto corria, tirei a jaqueta, amarrei bem uma manga na mão direita e deixei o resto arrastando pelo chão.

O cachorro mordeu a jaqueta. Segurei a manga com as duas mãos e girei o cachorro no ar uma, duas vezes, como um atirador de disco nas Olimpíadas. Soltei.

Não sabia onde tinha conseguido jogar o cachorro, com aquele peso, mas foi o bastante para me dar alguns segundos. Ouvi uma queda e um latido na hora em que achei uma saída por cima da cerca.

Uma picape estava estacionada no final da fileira de casas. Pulei na capota, depois no telhado e passei por cima da cerca.

Aterrissei como um pára-quedista, com os joelhos dobrados, caí e rolei pelo chão. A dor que sentia no corpo era aguda e abrangente, começava nos pés e subia até o alto da cabeça. Fiquei por um instante sem me mexer, caída num monte de entulho. Não sabia se alguém tinha me visto pular a cerca. Não sabia se aquele horrendo bichinho não ia aparecer, mostrando os dentes, no meio da folhagem como a cabeça reduzida de Cujo, o cachorro-personagem stephen-kinguiano.

Encolhida de medo, apoiei os pés no chão, me levantei e fui andando, bem colada à cerca. Sentia repuxões de dor, nos nervos ciáticos até atrás do joelho, me fazendo gemer. Minhas costelas machucadas me castigavam a cada áspera respiração que eu dava. Tinha vontade de xingar, mas ia doer.

Mais uns vinte metros e eu estaria no shopping center.

Tropecei, andei mais rápido e tentei continuar. Estava suando como um cavalo e com cheiro de lixo. Atrás de mim, lá longe, a sirene da polícia. Na hora em que os policiais chegassem à casa de Lorinda Carlton e Van Zandt e percebessem que houve invasão, eu estaria a salvo. Por enquanto.

Apesar da falta de sorte. Se eu tivesse saído da casa dois minutos antes... Se não tivesse ficado tanto tempo olhando as fitas dos cavalos ou me surpreendendo com a coleção de vídeos pornôs de Van Zandt... Se não tivesse ficado esses minutos a mais e entrado na garagem para mexer no lixo de Van Zandt... jamais encontraria a camisa.

Tinha de ligar para Landry.

Entrei no Town Square iluminado. Era noite de sábado. As pessoas estavam nas calçadas do restaurante italiano, esperando mesa. Passei de cabeça baixa, tentando parecer casual, tentando respirar normal. Do restaurante que ficava a seguir, o Cobblestones, vinha música por baixo da porta. Passei pelo China-Tokyo, senti o cheiro do camarão gigante bem frito e lembrei que não havia comido nada.

Os seres humanos normais estavam passando uma ótima noite comendo frango *kung pao* e *sushi*. Não devia haver nenhuma mulher ali que tivesse invadido uma casa em busca de prova para um assassinato.

Eu sempre fui diferente.

Pensei nisso e tive vontade de rir e chorar.

Na loja Eckerd's, comprei uma garrafa de água, uma barra de chocolate Power, uma camisa de algodão barato, um boné de beisebol e consegui moeda para usar no telefone público. Quando saí da loja, rasguei as etiquetas da camiseta e vesti por cima da camiseta preta ensopada de suor, rasguei a nota fiscal e pus o boné na cabeça.

Tirei do bolso do jeans dois pedaços de papel: um, a anotação encontrada no lixo de Van Zandt; o outro, os telefones de Landry. Liguei para a central do bip dele, deixei o número do telefone onde eu estava e desliguei. Fiquei aguardando, me torturando ao imaginar se a mulher na casa de Van Zandt tinha me visto, quem era ela, se Z. estava com ela.

Achava que ela não havia visto muita coisa pois mandou o cachorro pegar "ele". Deve ter visto meu cabelo curto e concluiu, como a maioria das pessoas, que o ladrão era homem. A polícia iria procurar um homem, se procurasse. Uma simples ocorrência, sem que nada tivesse sido roubado, ninguém ferido. Achei que não iam gastar muito tempo com aquilo. Esperava que não.

Mesmo se eles chegassem a procurar impressões digitais no local, as minhas não estavam em nenhum arquivo policial e não era costume checar os outros. Como fui integrante da lei, minhas digitais estavam no arquivo do condado de Palm Beach, mas não junto com o de gente mal comportada.

Mesmo assim, eu devia ter usado luvas. No mínimo, elas seriam ótimas para mexer no lixo.

Não desembrulhei toda a barra de chocolate enquanto comia.

Eles iam achar minha jaqueta — ou o que tivesse sobrado quando o cachorro parasse de morder —, mas nada que a ligasse a mim. Era uma simples jaqueta preta.

Pensei se havia alguma coisa nos bolsos. Um filtro solar Tropicana para os lábios, em bastão, um pacotinho de goma de mascar Breathsavers, um recibo de caixa do posto Shell. Graças a Deus, não paguei com cartão de crédito. O que mais havia? Qual foi a última vez que usei a jaqueta? Aquela manhã em que fui ao pronto-socorro.

Meu estômago revirou.

A receita. A receita de analgésico cujos dados eu não tinha a intenção de preencher. Tinha enfiado no bolso da jaqueta.

Ah, droga.

Será que tirei do bolso? Será que joguei fora e esqueci? Sabia que não.

Fiquei enjoada.

Encostei na parede e tentei me concentrar na respiração. A receita estava em meu nome, Elena Estes, e não Elle Stevens. O nome não significava nada para Van Zandt. A não ser que ele tivesse visto a foto na *Sidelines*. A foto a cavalo com a legenda me identificando, na fazenda de Sean. E se tivesse visto, quanto tempo levaria até todas as peças se encaixarem na cabeça dele?

Idiota, um erro por descuido.

Se a polícia batesse na minha porta, eu diria que não estive em Sag Harbor Court. Diria que perdi a jaqueta no centro hípico. Não teria testemunha para garantir a mentira que seria meu álibi, mas por que eu precisava de álibi, meu Deus? Era o que eu diria, indignada. Não era criminosa. Era uma cidadã de boa família, com muito dinheiro. Não era uma viciada em *crack* obrigada a roubar para conseguir a próxima pedra.

E eles mostrariam uma foto minha para Van Zandt e perguntariam se me conhecia e eu estaria fodida.

Droga, por que Landry não retornava a minha ligação? Liguei para a central de bip outra vez, deixei o número do telefone com 911 no fim dele, desliguei e fiquei andando de um lado para outro.

O pior não era explicar minhas atividades fora da obrigação. O pior seria se Van Zandt achasse a camisa antes de Landry chegar lá com a autorização de busca.

Droga, droga, droga. Tinha vontade de bater a cabeça na parede de concreto.

Não ousaria voltar à casa de Van Zandt. Mesmo se eu pudesse me limpar e mudar de roupa, aparecendo como a companhia de Z. que não apareceu no jantar, esperando encontrá-lo lá, não podia me arriscar a ser reconhecida por aquela mulher. Também não podia me arriscar a ele ter me reconhecido na garagem, se também estivesse no carro. Por isso, não ousava nem voltar ao conjunto de prédios para pegar meu carro.

Que merda. Tive a melhor das boas intenções, mas era muito provável que acabasse perdendo uma prova crucial e queimado meu filme com Van Zandt e, portanto, com toda a turma de Jade.

Era por isso que, em primeiro lugar, eu não devia ter me envolvido no caso, dizia uma vozinha dentro de mim. Se o assassino fugisse por causa disso, era culpa minha. Mais um peso me pressionando para baixo. E se Erin Seabright acabasse morta por causa...

Por que Landry não retornava minha ligação?

— Foda-se — resmunguei. Peguei o fone e liguei 911, emergência.

26

Landry não atendeu a ligação, xingou e desligou. Não reconheceu o número. O 911 no fim o fez pensar que era Estes. Só Deus saberia o que ela ia querer. Era garantido que não havia ficado em casa e entrado na banheira com um livro.

Ela era uma figura. Jantar com um provável *sexual killer* como aquele não era boa coisa. Landry achava que havia reagido com exagero ao plano dela. Afinal, era uma tira — ou tinha sido — e a última mulher que um homem teria vontade de proteger. Mesmo assim, foi uma reação exagerada. Havia alguma coisa nela, uma falta de instinto de autopreservação que o atraía, fazendo com que ela parecesse a pessoa mais vulnerável do mundo. Ficou pensando nela saltando do estribo do caminhão de Billy Golam, tentando arrancar a direção das mãos dele... caindo embaixo daquela maldita coisa... sendo arrastada pelo caminho como uma boneca de trapos.

Ela não sabia — ou não se preocupava em — se proteger. Claro que não gostava que ele fizesse o serviço dela. Ainda via o olhar de Estes quando ele ligou para Weiss e mandou-o pegar Van Zandt. Raiva, mágoa, desapontamento, tudo isso sob uma fachada de total indiferença.

Ele estava no corredor de uma sala de autópsia no prédio dos legistas. Tinha ido direto do interrogatório com Van Zandt para pegar os legistas no final do cortar-e-recortar de Jill Morone.

Van Zandt havia sido uma frustração, ficou quinze minutos contando vantagem sobre a inferioridade da justiça americana e pondo em prática seu direito a um advogado. Fim do interrogatório. Eles não tinham nada de concreto para expedir um auto de detenção. Como alguém tinha lhe dito há pouco tempo: não era contra a lei alguém ser bundão.

Ele tinha realmente se precipitado. Se tivesse esperado a autópsia terminar para ouvir Van Zandt, teria alguns fatos para agir, para apertar, para usar contra ele, talvez assustá-lo e fazer com que dissesse algo que jamais diria agora.

Landry repetiu para si mesmo que precisava manter o controle da situação e não colocar uma maluca — Elena — no meio da investigação.

Ficou pensando o que ela estaria arrumando naquela hora. Nada de bom, claro.

Ela ia querer saber tudo sobre a autópsia. Ia querer saber que Jill Morone foi jogada de cara no chão de uma cocheira. Foram encontradas lascas de madeira e pedaços de estrume na garganta, na boca e no nariz dela. Morreu sufocada. Alguém apertou o pescoço dela por trás com tanta força que ficaram marcas dos dedos na pele. Ela lutou com o assassino, quebrando várias unhas. Mas não havia pele, sangue nem nada sob as outras unhas.

Landry achava que aquilo não fazia sentido. Se ela lutou tanto a ponto de quebrar as unhas, deveriam encontrar alguma coisa. Seguraram ela com o rosto no chão. Devia haver ao menos vestígios da forragem e de esterco nas outras unhas, de quando tentou se levantar. Não havia nada.

As roupas dela foram amassadas de forma a supor uma violência sexual, mas o corpo não tinha sêmen dentro nem fora. Na verdade, a prova de estupro era mínima. Alguns arranhões nas coxas e na vagina, mas sem rompimento ou ferimento vaginal. Podia ser que o atacante estivesse usando camisinha, ou tivesse perdido a ereção, não terminando o que pretendia. Ou que a tentativa de estupro tivesse sido pensada depois, para dar a impressão de que o assassinato era outra coisa.

Landry poderia ter usado todas essas informações contra Van Zandt antes que ele exigisse um advogado, principalmente a tentativa frustrada de estupro. Podia bater direto no ego de Van Zandt, ameaçado ele, zombado dele. Van Zandt teria estourado de raiva. Ele era arrogante demais para ter a masculinidade questionada, arrogante demais para se controlar. E inteligente o suficiente para exigir um advogado e agora não haveria mais perguntas, nem ironias, nem mofas, sem aquele advogado presente.

Quem era arrogante demais?

Landry se xingou quando Weiss saiu da sala de autópsia. Weiss, originário de Nova York, era um homem baixo que malhou demais e por isso a parte de cima do corpo parecia inflada a ponto de ser desconfortável. Síndrome de baixinho. Os braços dele não conseguiam encostar nos lados do corpo.

— O que você acha?

— Acho muito estranho que as unhas dela estejam limpas — respondeu Landry. — Que tipo de criminoso mata uma garota num lugar essencialmente público e depois perde tempo limpando as unhas dela?

— Inteligente.

— Um cara que foi pego antes, ou que aprendeu fazendo — disse Landry.

— Ou que assiste ao canal Discovery.

— Ou que sabe que haveria essa prova.

— Mostrando que ela o arranhou — disse Weiss. — Van Zandt tinha marcas no corpo?

— Que eu visse, não. Ele estava de gola alta. Não pude ver nada em Jade também. Não poderemos dar uma boa olhada neles sem termos uma prova convincente para prendê-los. Tem alguma resposta se aquela mancha na cocheira era de sangue?

Weiss balançou a cabeça e revirou os olhos.

— Hoje é noite de sábado. Se o dr. Felnick não estivesse com os cunhados em casa, ele não faria a autópsia esta noite.

— Acho que podemos conseguir — disse Landry. — A gerência do centro hípico tem amigos em altos postos. Querem que este caso seja resolvido e esquecido o mais rápido possível. Um assassinato é ruim para o moral entre os patrões.

— As pessoas em Wellington não são assassinadas.

— Não. Precisam ir a West Palm para isso.

— E aquele incidente em que soltaram os cavalos? Acha que os dois fatos estão ligados? — perguntou Weiss.

Landry franziu o cenho, lembrando-se dos arranhões nas costas de Estes naquela noite, apesar de, na hora, não registrar o fato na memória. Ele tinha ficado muito atordoado com as cicatrizes antigas e as linhas de demarcação onde a pele havia sido enxertada sobre outro tecido.

Ela havia levado uma surra na quinta-feira à noite, mas não comentou nada no aspecto sexual. Surpreendeu alguém soltando os cavalos. Estava no lugar errado, na hora errada. Agora, ele se perguntava se ela escapou por sorte. Jill Morone também esteve no lugar errado, na hora errada. Apenas duas tendas depois.

— Não sei. O que disseram os seguranças? — perguntou ele.

— Nada. Segundo eles, o lugar é virtualmente sem crimes. Um ou outro assalto, mas nada grave.

— Nada grave. Agora as coisas ficaram graves. Estes disse que não gostou do segurança que estava de serviço naquela noite. Falei com ele no dia seguinte e também não gostei. Pensei em checá-lo, depois...

— Você disse Estes? — perguntou Weiss, olhando para ele como se estivesse certo de ter ouvido mal.

— A vítima — classificou Landry.

— Qual é o nome de batismo?

— O que interessa? — defendeu-se Landry.

— Não é *Elena* Estes?

— E se for?

Weiss virou a cabeça e seu pescoço grosso fez um som parecido com o de botas pesadas pisando em conchas.

— Ela é um problema, só isso. Muita gente gostaria que ela é que estivesse naquela mesa — disse ele, olhando a porta da sala de autópsia.

— Você é uma dessas pessoas? — perguntou Landry.

— Hector Ramirez era um bom sujeito. Aquela puta fez com que estourassem a cabeça dele. Não gosto disso — disse Weiss, bufando, os braços ficando um centímetro a mais de distância do corpo. — O que ela está fazendo nesta história? Ouvi dizer que sumiu de vista.

— Não sei de nada — disse Landry, ríspido. — Ela está nisso porque está ajudando alguém.

— Ah é? Não preciso da ajuda dela. O tenente sabe que ela está nisso? — perguntou Weiss.

— Ah, pelo amor de Deus. A delegacia é o quê? Escola maternal? Você vai contar? — ironizou Landry. — Ela apanhou um bocado na quinta-feira. Fique contente com isso e ponha sua cabeça no lugar. Estamos com uma garota morta e outra seqüestrada.

— Por que está defendendo ela? Está transando com ela ou alguma coisa assim? — perguntou Weiss.

— Não estou defendendo. Sei pouco dela e não gosto do que sei — disse Landry. — Estou fazendo o meu serviço. Nós agora estamos escolhendo as vítimas? Será que não recebi esse comunicado interno? Devo ficar no meu barco todo dia até termos uma vítima à altura dos meus préstimos? Isso vai reduzir muito minhas horas de serviço. Não vamos mais ter putas viciadas em *crack* nem bandidos brancos...

— Acho ruim ela estar envolvida nisso — disse Weiss.

— E daí? Não gostei de ver uma garota morta que foi cortada como um pedaço de bife. Se você não gosta do trabalho, vá ser motorista de táxi — disse Landry, virando-se e saindo pelo corredor. — Se acha que não pode trabalhar neste caso, avise o chefe e deixe a porra do cargo para quem possa.

O bip dele tocou outra vez. Ele xingou, olhou a tela, voltou para o telefone e discou.

— Aqui é Landry.

Ouviu enquanto informavam que uma denúncia anônima informou o local exato onde se encontrava a prova do assassinato de Jill Morone. Um armário de cozinha numa casa onde Tomas Van Zandt estava hospedado.

— Decida-se, Weiss — disse ele enquanto desligava o telefone. — Vou pegar um mandado de busca e apreensão.

Eu não tinha como saber o que aconteceu com minha ligação para o 911 da polícia. A telefonista me fez passar um mau pedaço: evidente que achava que eu estava passando um trote e me deixou na linha para poder mandar uma mensagem para uma radiopatrulha ir aonde eu estava. Eu estava convicta de que Van Zandt tinha matado "minha amiga" Jill Morone no centro hípico, que o detetive Landry poderia encontrar a camisa ensangüentada de Van Zandt no armário da cozinha da casa de Lorinda Carlton, em Sag Harbor Court. Descrevi a camisa em todos os detalhes e desliguei, limpei minhas impressões digitais do telefone e sentei num banco na frente de uma loja de artigos chineses. Um carro da polícia passou logo depois.

Esperava que Landry tivesse recebido a mensagem. Mas, mesmo se tivesse e resolvesse fazer alguma coisa, levaria um bom tempo até ele chegar na casa de Van Zandt.

Um mandado de busca e apreensão não é coisa que um detetive possa tirar do computador. Também não pode simplesmente procurar o chefe e conseguir um. Tem que escrever um requerimento com os motivos para o pedido, especificando o provável motivo da busca e especificando em detalhes o que pretende procurar. Se quer fazer a busca à noite, precisa garantir que há perigo iminente de a prova ser destruída ou de qualquer outro crime ser cometido, do contrário uma busca noturna pode ser considerada passível de multas por invasão de domicílio. O requerimento é avaliado por um juiz, que decide se concede ou não o mandado.

Tudo isso leva tempo. E durante esse tempo o suspeito pode fazer qualquer coisa, livrar-se da prova e sumir.

Será que Van Zandt estava no carro com a mulher? Eu não sabia. Sabia que o carro era escuro, mas não deu tempo de anotar a marca e o modelo. Devia ser o Mercedes que Trey Hughes tinha emprestado para ele usar durante a temporada. Podia não ser. Achei que a mulher era Lorinda Carlton.

Seja quem for que me viu, se viram também a camisa na minha mão, era melhor concluírem que levei a camisa.

Olhei o relógio e fiquei pensando se a polícia estava batendo nas portas dos apartamentos próximos ao meu carro. Se eu, muito tranqüila, aparecesse com a chave de um BMW na mão, seria interrogada? Andei até a estação Chevron, fui ao banheiro, lavei as mãos e olhei o relógio outra vez. Tinha se passado mais de uma hora desde que fugi.

Fiz o longo caminho de volta para Sag Harbor Court. Não havia polícia nem holofotes de busca. O Mercedes de Van Zandt estava na garagem do prédio de Lorinda Carlton.

Ele não veio correndo pela rua para me cumprimentar. As coisas estavam tão calmas em Sag Harbor Court como quando cheguei. Fiquei pensando se Carlton tinha avisado a polícia da invasão ou se a sirene que ouvi estava indo para outro lugar. Pensei também se Van Zandt tinha aparecido e convenceu-a a não ligar para a polícia porque ele não queria um bando de tiras na casa.

Sem ter respostas para essas perguntas e ainda lutando contra a idéia de ser descoberta, saí de carro de Sag Harbor Court e fui para casa fazendo um retorno por Binks Forest.

No quarteirão dos Seabright, dois carros estavam estacionados na rua. Deviam ser da vigilância da delegacia. As luzes da casa estavam acesas.

Eu queria entrar lá, conferir o nervosismo das pessoas. Queria ver Molly, mostrar que ela não estava sozinha. Eu estava ao lado dela.

E eu tinha dado o fora do século, comprometido minha segurança e a prova que ligava Van Zandt a um assassinato.

Isso mesmo. Seria um consolo para Molly. Eu do lado dela.

Deprimida e nervosa, fui para casa me recompor e esperar pelo pior.

— Isso é uma afronta! — exclamou Van Zandt. — Este estado agora é governado pela polícia?

— Creio que não — disse Landry, abrindo a porta do armário da cozinha e olhando lá dentro. — Se fosse, garanto que eu estaria ganhando mais.

— Ninguém acreditaria que Tommy faria uma coisa dessas!

Lorinda Carlton tinha aquele jeito de quem gostaria de ter sido hippie um dia, mas que provavelmente foi de colégio interno. Tinha quarenta e poucos anos, tranças negras compridas e usava uma camiseta com alguma besteira de Nova Era escrita. Devia acreditar que descendia de um xamã indígena ou era a reencarnação de uma escrava egípcia.

Ficou ao lado de Tomas Van Zandt, tentando se agarrar nele. Ele a mantinha a distância. *Tommy.*

— Isto aqui nem é minha casa, como você pode entrar na casa de Lorinda assim? — perguntou Van Zandt.

Weiss mostrou para ele o mandado de busca outra vez, afastando a cabeça para poder olhar de cima para um homem que tinha uns quinze centímetros mais do que ele.

— Sabe ler inglês? Aqui estão o nome e o endereço dela.

— Ele mora aqui, certo? — perguntou Landry para a mulher.

— É amigo meu — disse ela, dramática.

— É. A senhora devia reconsiderar isso.

— Ele é o homem mais gentil e honesto que já conheci.

Landry revirou os olhos. Aquela ali queria tatuar "vítima" na testa. A porra do cachorrinho ficava em volta do pé dela, rosnando e latindo. Ele tinha a forma de um pequeno torpedo com pêlo e dentes. Claro que mordia, se tivesse uma chance.

— Não sei o que você acha que vai encontrar — disse Van Zandt.

Weiss olhou embaixo da pia.

— Camisa com sangue. Amassada, com sangue.

— Por que eu teria tal coisa? E por que iria guardar isso num armário de cozinha? É ridículo. Acha que sou idiota?

Nenhum dos dois detetives respondeu.

Landry pegou uma pilha de cadernos de telefone em cima da geladeira e a poeira caiu numa nuvem espessa. A denúncia era de que a camisa estava num armário, mas ele tinha ampliado o mandado para toda a propriedade, caso Van Zandt tivesse mudado a camisa de lugar. Parecia que tinha. Procuraram em todos os armários da cozinha. Um policial subiu ao andar de cima para vasculhar todos os armários e gavetas.

— Com base em que o senhor tem esse mandado? Ou pode perseguir qualquer um que não seja cidadão americano? — perguntou Van Zandt.

— Um juiz determinou que há probabilidade de o senhor estar de posse desse item, sr. Van Zandt. Temos uma testemunha. Isso basta? — perguntou Landry.

— Mentira. O senhor não tem testemunha.

Landry levantou uma sobrancelha.

— E como o senhor sabe, se não esteve lá e não matou a moça?

— Não matei ninguém. E quem vai saber o que tenho nesta casa? Ninguém esteve aqui, exceto um ladrão. Tenho certeza de que os senhores não se incomodam com isso.

— O ladrão esteve quando? — perguntou Landry, casual, enquanto olhava no armário da lavadora e secadora.

— Ontem à noite, quando eu estava chegando do aeroporto. Tinha alguém na garagem. Cricket correu atrás, mas o ladrão fugiu — disse Lorinda.

Ao ouvir seu nome, o cachorro começou a latir outra vez.

— Levaram alguma coisa?

— Que notássemos, não. Mas isso não altera o fato de que alguém entrou aqui.

— Algum sinal de arrombamento?

Carlton franziu o cenho.

— Ligaram para o 911?

Van Zandt fez uma careta.

— O que vocês fariam, se ligássemos? Nada. Não levaram nada. Iam dizer para tomarmos mais cuidado e trancarmos as portas. Perda de tempo. Falei para Lorinda não se incomodar.

— O senhor já teve a sua dose de cumprimento da lei por esta noite? — perguntou Landry. — Pelo que sei, essa pessoa matou alguém na semana passada e a polícia ainda está perdida graças ao senhor.

— Então vocês deviam ter pegado essa pessoa quando ela matou alguém — sentenciou Van Zandt.

— É. Estamos tentando — disse Weiss, dando um encontrão em Van Zandt ao passar por ele para a sala.

— A senhora viu bem essa pessoa, sra. Carlton? — perguntou Landry, achando que teria de trancar Estes numa cela enquanto durasse a investigação. E se Lorinda Carlton tivesse ligado para a polícia, o caso já poderia estar sendo investigado.

— Não vi direito, estava escuro — respondeu ela, abaixando-se para pegar o cachorro.

— Era homem? Mulher? Branco? Latino? Negro?

Ela balançou a cabeça.

— Não sei dizer. Branco, acho. Talvez, latino, não tenho certeza, magro, de roupas escuras.

— Hum — fez Landry, mordendo o lábio. Meu Deus, o que Estes estava pensando da vida?

Pensava que podia encontrar uma camisa ensangüentada. Mas foi pega no ato e Van Zandt escondeu a prova enquanto conseguiam o mandado de busca.

— A senhora quer dar queixa? — perguntou Weiss.

Lorinda meio que deu de ombros, meio que balançou a cabeça, prestando atenção no cachorro.

— Bom, não levaram nada...

E Van Zandt não queria que os tiras ficassem lá, passando um pente-fino. Foi por isso que não chamaram a polícia. E que diabo estava pensando aquela mulher? Como ela podia ter obedecido para não chamar a polícia depois de alguém entrar na casa e como podia achar que ele não tinha nada a esconder?

Landry sempre achava interessante a lógica da vítima em série. E apostava que Lorinda tinha um ou dois ex-maridos desonestos e aquele bundão tinha conseguido convencê-la de que era um bom sujeito, enquanto vivia à custa dela.

— Essa pessoa pode ter vindo aqui *plantar* uma prova — disse Lorinda.

E então Landry entendeu como Van Zandt tinha explicado a camisa ensangüentada.

— A prova que não estamos encontrando? — perguntou Weiss.

— Podemos espalhar pó para coletar impressões digitais, ver se o invasor era conhecido da polícia — disse Landry, olhando para Van Zandt. — Claro que teríamos de tomar as digitais de vocês dois para eliminação de suspeitos. Afinal, o cara pode ser um *serial killer* ou coisa assim. Procurado no mundo inteiro.

Van Zandt apertou os olhos, duros como pedra.

— Seus filhos da puta, vou chamar meu advogado — murmurou.

— Faça isso, sr. Van Zandt — disse Landry, passando por ele para ir à garagem. — Gaste seu dinheiro ou o dinheiro de quem estiver lhe pagando um advogado como Bert Shapiro. Ele não pode nos impedir de vistoriar esta casa. E o senhor sabe, mesmo se tiver se livrado da camisa, temos o sangue da cocheira onde Jill Morone morreu. Não o sangue dela, mas o do senhor. Vamos acabar pegando o senhor.

— Sangue meu, não. Eu não estive lá — garantiu Van Zandt.

Landry parou com a mão na maçaneta da porta.

— Então aceita fazer exame de corpo de delito para provar sua inocência?

— Isso que estão fazendo é pressão, vou ligar para Shapiro.

— Eu já disse, estamos num país livre — disse Landry, dando um sorriso cínico. — Mas o senhor sabe o que é engraçado nesse assassinato? Parecia um caso de estupro, mas não havia sêmen. Os legistas não encontraram nada. O que houve, Van Zandt? Não quis nada com ela depois de sufocá-la? Gosta que elas chutem e gritem? Ou não conseguiu levantar o pau?

A cabeça de Van Zandt parecia prestes a explodir. Ele pegou o telefone na parede e jogou o receptor no chão. Estava tremendo de ódio.

Landry saiu. Pelo menos, ele acertou uma.

Vasculharam a casa por mais quarenta minutos, dos quais dez foram só para incomodar Van Zandt. Se existiu uma camisa ensangüentada, tinha sumido. Descobriram apenas uma coleção de vídeos pornôs e o detalhe que ninguém na casa jamais se preocupou em limpar nada. Landry ficou certo de que as pulgas estavam ferrando os tornozelos dele por cima das meias.

Weiss mandou o policial embora, depois olhou para Landry como quem diz "e agora?".

— Então, voltando ao tal ladrão, a senhora sabe em que direção ele foi? — perguntou Landry, quando chegaram ao vestíbulo.

— Passou pelo pátio para o fundo, ao longo da cerca — respondeu Lorinda. — Cricket foi atrás dele. Meu valente pequeno herói. Depois, ouvi um latido horrível. Aquela pessoa má deve ter dado um chute nele.

O cachorro olhou para Landry e rosnou. Landry também estava com vontade de dar um chute nele. Nojento, pulguento, vira-lata vicioso.

— Vamos dar uma olhada, pode ser que o sujeito tenha perdido a carteira na fuga. Às vezes, temos sorte — disse ele.

— Não vão achar nada, já olhei — disse Van Zandt.

— Bom, o senhor não é do nosso time — disse Weiss. — Nós olhamos. Mas obrigado pelo interesse.

Van Zandt saiu, ofendido.

Weiss e Landry foram até o carro e pegaram uma lanterna. Juntos, se encaminharam para os fundos da casa, iluminando as plantas e a grama. Foram na direção que Lorinda Carlton deu até saírem da propriedade e só encontraram um papel de chiclete.

— Bela e estranha coincidência, a casa de Van Zandt é invadida enquanto ele é interrogado — disse Weiss, enquanto os dois seguiam.

— Delito de oportunidade.

— Não levaram nada.

— Roubo *interruptus*.

— E nós fomos conferir a denúncia.

Quando chegaram ao carro, Landry deu de ombros e abriu a porta do motorista.

— Weiss, cavalo dado não se olham os dentes. Ele morde.

27

A ligação foi às três e doze da madrugada.

Molly pegou o telefone sem fio na sala, levou escondido para o andar de cima e colocou embaixo de uma revista na mesa-de-cabeceira. Ela não podia ter um telefone, embora quase toda menina na escola dela tivesse. Bruce achava que uma menina com telefone era problema na certa.

Ele também não permitia que Chad tivesse um telefone, embora Molly soubesse que tinha um celular *e* um bip para que ele e suas namoradas idiotas pudessem enviar mensagens e se localizarem como se fossem importantes ou coisa assim. Bruce não sabia disso. Molly fez segredo porque detestava Bruce ainda mais que Chad. Segundo Bruce, todos na casa — menos ele — deveriam telefonar da cozinha, onde qualquer um podia ouvir a conversa.

O telefone tocou três vezes. Molly ficou olhando o fone na mão, sem respirar, segurando seu minigravador na outra mão pequena e suarenta. Estava com medo que Bruce acordasse com a ligação. Ele não se importava com o que tinha acontecido com Erin. Mas bem na hora em que Molly resolveu atender, o telefone parou de chamar. Mordeu o lábio e apertou o botão do telefone e o do gravador.

A voz era aquela horrorosa e distorcida do vídeo, como de um filme de horror. Cada palavra metálica e desagradável era pronunciada devagar. Os olhos de Molly se encheram de lágrimas.

— Você não cumpriu o combinado. A garota vai pagar o preço.

— Do que está falando? — perguntou Bruce.

— Você não cumpriu o combinado. A garota vai pagar o preço.

— Não foi culpa minha.

— Você não cumpriu o combinado. A garota vai pagar o preço.

— Não foi culpa minha. Não chamei a polícia. O que querem que eu faça?

— Leve o dinheiro ao local. Domingo. Seis da tarde. Sem polícia. Sem detetive. Só você.

— Que quantia?

— Leve o dinheiro ao local. Domingo. Seis da tarde. Sem polícia. Sem detetive. Só você. Você não cumpriu o combinado. A garota vai pagar o preço.

Desligou.

Molly desligou o telefone e o gravador. Tremia tanto que achou que fosse passar mal. *Você não cumpriu o combinado. A garota vai pagar o preço.* As palavras se repetiam, tão alto que ela teve vontade de bater as mãos nos ouvidos para tirá-las da cabeça, mas o som estava dentro.

Tudo culpa dela. Achou que estava fazendo a coisa certa, a coisa inteligente. Achava que só ela faria qualquer coisa para salvar Erin. Ela fez. Procurou ajuda. Agora Erin podia morrer. E era culpa dela.

Culpa dela e de Elena.

Você não cumpriu o combinado. A garota vai pagar o preço.

28

Na hora incerta antes do amanhecer
Quase no fim da noite interminável

Estranhas são as coisas que lembramos e os motivos que nos fazem recordá-las. Lembro-me desses versos de um poema de T. S. Eliot porque aos dezoito anos, então obstinada caloura na Universidade de Duke, tive uma paixonite obsessiva pelo professor de literatura, Antony Terrell. Lembro-me também de uma discussão inflamada sobre a obra de Eliot, tomando *cappuccino* num café próximo, enquanto ele dizia que, em *Quatro quartetos,* Eliot explorava o tema do tempo e da renovação espiritual, e eu explicava que, como deu origem ao musical *Cats*, da Broadway, o poema não passava de uma porcaria.

Eu teria dito que o sol era azul só para ficar com Antony Terrell. Debate: meu flerte preferido.

Não estava pensando em Antony quando me enrosquei no canto do sofá, roendo unhas e olhando pela janela a escuridão de antes do amanhecer. Pensava na incerteza e no que aconteceria no final da interminável noite. Não me permitia tratar de questões relativas à renovação espiritual.

Provavelmente, por achar que já tinha mandado minha oportunidade para o inferno.

Tive um tremor e me arrepiei toda. Não sabia como ia viver comigo mesma se o fato de me descobrirem na casa de Van Zandt fez com que perdessem a prova de que ele era o assassino. Se tivesse alguma ligação com o desaparecimento de Erin Seabright e eu tivesse anulado a chance de ele ser acusado de alguma coisa e a pressão da acusação o fizesse revelar o paradeiro de Erin...

Engraçado, antes de ouvir falar em Erin Seabright, eu não sabia como viveria comigo mesma, pois Hector Ramirez tinha morrido por minha causa. A diferença é que agora isso era importante para mim.

No meio de tudo aquilo, a esperança infiltrou-se pela porta dos fundos. Se tivesse batido na porta, eu teria mandado ela embora com a mesma presteza com que me livraria de um missionário que bate de porta em porta. "Não, obrigada, não estou interessada no que o senhor está vendendo."

> *"Esperança" é a coisa emplumada*
> *Pousada no viveiro da alma*
> *E canta sem palavras sem nunca parar.*
> Emily Dickinson

Eu não queria ter esperança. Queria apenas existir.

A vida é simples. Um pé na frente do outro. Comer, dormir, funcionar. Viver, realmente viver, com toda a emoção e o risco inerentes, é duro. Cada risco traz tanto a possibilidade de sucesso quanto a de fracasso. Cada emoção tem seu oposto. O medo não pode existir sem a esperança, nem a esperança sem o medo. Eu não queria nenhum dos dois. Já tinha.

O horizonte tingiu-se de rosa e uma garça branca voou ao longo da faixa rosa, entre a escuridão e a terra, enquanto eu olhava pela janela. Antes que eu interpretasse isso como sinal de alguma coisa, fui ao quarto e vesti trajes de montaria.

Nenhum policial veio bater na minha porta no meio da noite para perguntar da minha jaqueta e do arrombamento na casa de Lorinda Carlton e Tomas Van Zandt. Minha pergunta era: se minha jaqueta não estava com a polícia, com quem estava? Será que o cachorro a arrastou para a casa de Lorinda Carlton? Um troféu pelos seus esforços. Será que Carlton ou Van

Zandt seguiram meu rastro e encontraram a jaqueta? Se, enfim, Van Zandt estivesse com minha receita, o que aconteceria?

A incerteza é sempre o tormento do trabalho feito às escondidas. Eu construí um castelo de cartas, apresentando-me como uma pessoa para uns e outra para outros. Não me arrependia. Eu sabia dos riscos. O truque era colher os dividendos antes de ser descoberta e as cartas desmoronarem. Mas não me sentia mais perto de trazer Erin Seabright de volta e se já tivesse estragado meu disfarce com pessoal do hipismo, então estaria mesmo fora de tudo aquilo e teria deixado Molly em dificuldade.

Dei comida aos cavalos e fiquei pensando se telefonava para Landry ou o esperava me procurar. Eu queria saber como tinha sido o interrogatório de Van Zandt e se tinham feito a autópsia em Jill Morone. Eu não sabia por que achava que ele me contaria tudo isso, depois do que fez na noite anterior.

Fiquei na frente da cocheira de Feliki enquanto ela terminava sua refeição matinal. A égua era de pequena estatura, tinha uma cabeça grande e pouco feminina, mas um coração e um ego do tamanho de um elefante e atitude de sobra. Ela sempre desafiava os cavalos mais bonitos e, se pudesse, eu tinha certeza de que mostraria o dedo médio para seus rivais ao sair do picadeiro.

Levantou as orelhas e me olhou fixamente, sacudindo a cabeça, como se perguntasse: "O que *você* está olhando?"

Dei uma risada que foi uma agradável surpresa, depois de tantas coisas desagradáveis. Catei uma bala de hortelã no bolso. Com o farfalhar do papel, ela levantou as orelhas e colocou a cabeça sobre a meia porta da cocheira, fazendo a cara mais simpática.

— Você é mesmo durona — disse. Com delicadeza, ela pegou a bala na minha mão e mastigou. Fiz um carinho no queixo dela, ficou toda dengosa.

— É — murmurei, enquanto ela enfiava o focinho em mim, procurando outro presente. — Você me faz lembrar de mim. Só que eu não tenho ninguém para me dar nada, só tristeza.

O som de pneus rolando na entrada tirou minha atenção da porta. Um Grand Am prateado parou perto da cocheira.

— Este é o caso em questão — disse para a égua. Ela olhou o carro de Landry, orelhas alertas. Como todas as éguas de qualidade, Feliki estava sempre atenta para intrusos e o perigo. Fez uma rápida volta dentro da cocheira, relinchou e deu um coice na parede.

Não saí para encontrar Landry. Ele que viesse até mim. Em vez disso, tirei D'Artagnan do estábulo e o levei para uma cocheira onde os cavalos eram tratados. De soslaio, vi Landry se aproximando. Estava com roupa de trabalho. A brisa da manhã soprava a gravata vermelha por cima do ombro dele.

— Para quem ficou rondando ontem à noite, você acordou bem cedo — disse ele.

— Não sei do que está falando. — Peguei uma escova no armário e comecei a escovar D'Ar de um jeito tão desleixado que Irina faria cara feia para mim e xingaria alguma coisa em russo, se não estivesse de folga.

Landry encostou-se num pilar, mãos nos bolsos.

— Ouviu alguma coisa sobre um arrombamento na casa de Lorinda Carlton, onde Tomas Van Zandt está hospedado?

— Não. Como foi?

— Ligaram ontem à noite para o 911 dizendo que lá encontraríamos uma prova que ligaria a morte de Jill Morone a Van Zandt.

— Ótimo. Você achou a prova?

— Não.

Meu coração pesou. Só havia uma notícia pior do que essa: se tivessem encontrado o corpo de Erin. Tinha fé em Deus de que não seria a próxima novidade.

— Você não esteve lá — disse Landry.

— Eu falei que ia para a cama com um livro.

— Você disse que ia para a banheira com um livro — corrigiu ele. — Isso não é resposta.

— Você não fez uma pergunta, fez uma declaração.

— Você foi a essa casa ontem à noite?

— Tem motivo para acreditar que fui? Tem minhas impressões digitais? Alguma coisa caiu do meu bolso? Fitas de vídeo da segurança? Uma testemunha? — Prendi a respiração sem saber qual era a resposta que eu mais temia.

— Arrombar e invadir domicílio é contra a lei.

— Sabe, eu meio que lembro da época em que trabalhava nisso. Havia sinais de arrombamento nessa casa?

Ele não parecia interessado na resposta inteligente.

— Van Zandt voltou para casa antes que eu conseguisse o mandado de busca. Se a camisa estava lá, ele se livrou dela.

— Que camisa é essa?

— Droga, Estes.

Ele agarrou meu ombro e me puxou, assustando D'Artagnan. O grande animal se levantou e deu um puxão nas vigas, depois pulou para a frente, voltou-se e levantou o traseiro.

Bati com força no peito de Landry. Era como bater num bloco de cimento.

— Pelo amor de Deus, cuidado com o que está fazendo — rosnei.

Ele me soltou e deu um passo atrás, mais preocupado com o animal do que comigo. Aproximei-me do cavalo para acalmá-lo. D'Artagnan olhou para Landry, sem certeza de que se acalmar fosse a melhor alternativa. Teria preferido fugir.

— Não dormi nada — disse Landry, como desculpa. — Não estou com disposição para jogos de palavras. Você ainda não foi informada de seus direitos. Nada do que disser poderá ser usado contra você. De qualquer forma, nem Van Zandt nem aquela mulher boba querem manter a investigação, porque, tenho certeza de que você sabe, nada foi roubado. Quero saber o que você viu.

— Se ele se livrou da camisa, não importa. De qualquer forma, suponho que você tinha uma boa descrição de como era, ou não teria obtido o mandado. Ou ele deu motivo para isso durante o interrogatório? Nesse caso, você deveria ter sido esperto e o detido enquanto arrumava o mandado e dava a busca.

— Não houve interrogatório. Ele chamou um advogado.

— Qual?

— Bert Shapiro.

Incrível. Bert Shapiro era do mesmo nível de meu pai, em termos de clientes famosos. Fiquei curiosa em saber se um dos pombos-correio de Van Zandt estava, em agradecimento, bancando a conta.

— Isso é péssimo — eu disse. E duas vezes pior para mim. Shapiro me conhecia desde pequena. Se Van Zandt mostrasse aquela receita médica, eu estava frita. — Pena que você não tenha esperado até o fim da autópsia para interrogá-lo. Talvez tivesse alguma coisa para assustá-lo antes de ele chamar um advogado.

Senti que havia tocado num ponto sensível. Dava para ver pela flexão dos músculos do maxilar dele.

— Qual o resultado da autópsia? — perguntei.

— Se soubesse, eu não estaria aqui. Estaria enjaulando aquele babaca, com ou sem advogado.

— É difícil imaginar que ele seja tão inteligente a ponto de ficar impune.

— A menos que já tenha experiência.

— Ele não foi pego — eu disse.

Escolhi uma manta branca com a marca Avadonis bordada no canto e joguei-a sobre D'Artagnan, tirei a sela do suporte e coloquei-a. Podia sentir a tensão de Landry enquanto me observava. Ou talvez essa tensão fosse minha mesmo.

Andei em volta do cavalo, ajustando a barrigueira, um trabalho que tinha de ser feito vagarosamente, apertando-a tão devagar que chegava a ser ridículo, porque, como dizia Irina, D'Artagnan era uma flor delicada. Apertei mais um furo na cinta, depois me ajoelhei para colocar a proteção da pata. Olhei os pés de Landry, mexendo à medida que ele mudava de posição, inquieto.

— Os Seabright receberam outro telefonema — disse ele, finalmente. — O seqüestrador disse que a garota iria pagar porque os Seabright não cumpriram o combinado.

— Meu Deus. — Fiquei de cócoras; a notícia me deu uma fraqueza. — A que horas ligaram?

— No meio da noite.

Após meu fiasco na casa de Van Zandt. Depois de Landry ter conseguido o mandado.

— Você deixou alguém vigiando a casa de Van Zandt?

Landry balançou a cabeça.

— O tenente não autorizaria. Shapiro já estava nos acusando de abuso de autoridade por causa da busca. Ainda não temos nada contra ele. Como justificar a vigilância na casa dele?

Cocei a testa, tensa.

— Ótimo. Ótimo mesmo.

Van Zandt estava livre para fazer o que quisesse. Mas, mesmo se não estivesse, sabíamos que não estava sozinho no seqüestro. Uma pessoa operou a câmera, outra agarrou a garota, não havia nada que impedisse o cúmplice de machucar Erin, mesmo se Van Zandt fosse vigiado noite e dia.

— Vão machucá-la porque envolvi você nisso — eu disse.

— Primeiro, você sabe tão bem quanto eu que a garota já pode estar morta. Segundo, você fez a coisa certa. Bruce Seabright não faria nada.

— No momento, saber disso não é muito confortador.

Levantei-me e me apoiei no armário, cruzando os braços com força, me abraçando. Outro arrepio sacudiu meu corpo, de dentro para fora, ao pensar no que Erin Seabright iria sofrer por minha causa. Isso, se já não estivesse morta.

— Eles deram outro local para a entrega do resgate. Com sorte, teremos o cúmplice no fim do dia — disse Landry.

Com sorte.

— Onde e quando? — perguntei.

Ele só olhou para mim, por trás dos óculos escuros, o rosto como pedra.

— Onde e quando? — perguntei de novo, chegando mais perto dele.

— Você não pode ir lá, Elena.

Fechei os olhos um instante, sabendo aonde essa conversa iria levar.

— Não pode me deixar fora disso.

— Eu não decido. O tenente vai dar as ordens. Você acha que vai querer te levar? Mesmo se eu pudesse decidir, acha que iria levar você depois do que fez ontem à noite?

— Aquele *feito* rendeu uma camisa rasgada e suja de sangue de um suspeito de assassinato.

— Uma camisa que não temos.

— Não por culpa minha.

— Você foi pega.

— Nada disso teria acontecido se você não quisesse mostrar serviço na noite passada e levasse Van Zandt para a delegacia — argumentei. — Poderia ter me dito alguma coisa durante o jantar. Você poderia levá-lo mais tarde, depois da autópsia. Podia detê-lo, conseguir o mandado e você mesmo encontrar a camisa. Mas, não, você não quis e agora o cara está solto.

— Ah, agora é culpa *minha* você ter arrombado a casa — disse Landry, incrédulo. — E suponho que Ramirez tenha sido culpado por ficar na frente da bala.

Dei um soluço, como se ele tivesse me batido. Meu instinto me mandou dar um passo atrás. Consegui me controlar.

Ficamos lá, olhando um para o outro por um longo e desagradável momento, o peso das palavras dele no ar. Depois disso, virei-me e fui colocar a outra proteção da pata em D'Artagnan.

— Puxa, desculpe, não devia ter dito isso — murmurou Landry.

Não falei nada, me concentrei em apertar as correias no ponto certo, alinhando-as perfeitamente.

— Desculpe — disse ele novamente enquanto eu me levantava. — Você me deixa tão irritado.

— Não me responsabilize — disse, virando-me para encará-lo. — Já carrego muita culpa, sem ter essa.

Ele desviou o olhar, envergonhado. Eu não precisava daquela pequena vitória. O preço foi alto demais.

— Você é um filho da puta, Landry — disse, mas sem muita emoção. Poderia ter dito com a mesma facilidade "seu cabelo está curto". Era uma simples constatação de um fato.

Ele fez que sim com a cabeça.

— É, sou. Pode ser.

— Não tem que combinar a entrega do resgate? Eu tenho um cavalo para montar.

Tirei as rédeas de D'Ar do gancho e fui colocar nele. Landry não se mexeu.

— Preciso perguntar uma coisa, você acha que Don Jade pode ser o parceiro de Van Zandt no seqüestro?

Pensei.

— Van Zandt e Jade tinham ligações com Stellar, o cavalo que foi morto. Os dois podem ganhar muito dinheiro se Trey Hughes comprar esse cavalo de salto da Bélgica.

— São então parceiros, de certa forma.

— De certa forma. Jade queria se livrar de Jill Morone, talvez por ser preguiçosa e burra, ou porque soubesse algo sobre Stellar. Erin Seabright era a cavalariça de Stellar. Talvez também soubesse alguma coisa. Por quê? Você sabe de alguma coisa sobre Jade?

Ele ficou pensando se deveria me contar ou não. Finalmente, respirou fundo, expirou e mentiu para mim. Eu senti. Podia ver na maneira como seus olhos ficaram inexpressivos. Olhos de tira.

— Estou só tentando unir os pontos — disse ele. — Há coincidências demais para tudo não estar conectado.

Balancei a cabeça e sorri aquele meu meio sorriso irônico e amargo e me lembrei da conversa de Sean sobre apresentar pessoas que pudessem combinar. Ah, sim, eu e Landry. Uma combinação acertada no quinto dos infernos.

— Então, o que descobriram na autópsia? — perguntei novamente. — Ou isso também é segredo de estado?

— Ela morreu asfixiada.

— Foi estuprada?

— Eu pessoalmente acredito que ele tentou, mas não conseguiu terminar o serviço. O assassino segurou Jill com o rosto no chão e ela morreu sufocada enquanto ele tentava. Ela aspirou vômito e esterco de cavalo.

— Meu Deus. Pobre garota. Morrer assim e ninguém que ela conheceu aqui lastimou.

— Ou então a tentativa de estupro foi encenada — disse Landry. — Não encontramos sêmen.

— Encontraram alguma coisa sob as unhas dela?

— Nem um fragmento de pele.

Terminei de apertar as fivelas dos arreios, virei e olhei para ele.

— Ele *limpou* as unhas dela?

Landry deu de ombros.

— Talvez não seja tão burro quanto pareça.

— Esse é um comportamento adquirido, não é algo como "epa, sufoquei essa garota sem querer e agora vou entrar em pânico". É um *modus operandi*. Ele já fez isso antes.

— Estou dando uma busca de *modus operandi* no banco de dados e chamei a Interpol e as autoridades belgas, para ver casos semelhantes.

Já estava pensando no que isso poderia significar para Erin, caso estivesse nas mãos não de um seqüestrador cujo único motivo fosse dinheiro, mas de um *serial killer* cujos sombrios motivos fossem pessoais.

— Por isso que eles têm a ficha dele — disse, mais para mim mesma do que para Landry. — Aquela mentira sobre práticas comerciais, eu sabia que não era suficiente para a Interpol entrar. Armedgian, seu filho da puta — murmurei.

— Quem é Armedgian?

Ele havia filtrado as informações da Interpol. Se eu estivesse certa e Van Zandt já tivesse um histórico como predador, meu bom amigo do FBI havia omitido essa informação. E eu sabia por quê: por eu não fazer mais parte do clube.

— Os agentes federais contataram a sua delegacia? — perguntei.

— Que eu saiba, não.

— Espero que isso signifique que estou errada e não que são uns babacas.

— Ah, eles são uns babacas. E se tentarem se meter no meu caso, cada um deles vai ganhar mais um caso — disse Landry.

Olhou o relógio.

— Tenho que ir. Vamos dar uma busca nos apartamentos de Morone e Seabright para ver se encontramos alguma coisa que nos oriente.

— Há muitas coisas de Erin no apartamento de Jill — disse, segurando meu cavalo pelas rédeas.

— Como sabe?

— Porque na foto que tenho de Erin, ela está com a blusa que Jill Morone estava quando morreu. Por isso parecia que Erin havia se mudado, Jill roubou tudo.

Tirei D'Artagnan da cocheira e levei até o bloco de cimento que uso para montar, deixando Landry para trás. Pelo canto do olho, dava para vê-lo parado com as mãos na cintura, olhando para mim. Atrás dele, a porta da sala abriu-se e Irina apareceu de pijama de seda azul-claro, segurando uma caneca de café. Dirigiu a Landry um olhar cáustico e deslizou a caminho da escada para seu apartamento. Ele não notou.

Montei meu cavalo e fomos para o picadeiro. Não sei quanto tempo Landry ficou lá. Ao tomar as rédeas, limpei a cabeça da confusão do nosso encontro. Senti o cheiro do cavalo, o sol aquecer minha pele e ouvi a guitarra num jazz de Marc Antoine vindo dos alto-falantes do picadeiro. Eu estava lá para uma limpeza interior, para centralizar meu ser, sentir o conforto no exercício dos músculos conhecidos funcionando e o suor escorrendo devagar entre as omoplatas. Se não merecia receber um momento de paz, ia agarrar um de qualquer maneira.

Quando terminei de montar, Landry já tinha ido. Outra pessoa estava lá para uma visita.

29

— **Então era dela** o corpo encontrado no centro hípico?

Landry olhava de soslaio a velha senhora. Ela estava de calça rosa, suéter largo e chinelinhos de pele. Segurava um enorme gato laranja nos braços. O gato tinha cara de que mordia.

— Eu realmente não posso dizer, senhora — disse Landry, olhando o apartamento minúsculo. O lugar era uma confusão. E sujo. Parecia que tinha sido revirado. — Alguém esteve aqui desde a noite de sexta-feira?

— Não, ninguém. Eu não saí de casa. E meu amigo Sid tem dormido aqui — confidenciou, ruborizando. — Desde que a outra sumiu, acho que nós, as garotas, temos de nos cuidar.

Landry fez um gesto indicando o quarto:

— Por que está assim?

— Porque ela é uma porquinha, por isso! Não vou falar mal dos mortos, mas... — Eva Rosen olhou para o teto manchado de nicotina para ver se Deus estava olhando. — Além do mais, era uma garota má. Eu sei que tentou chutar meu Cecil.

— O seu o quê?

— Cecil! — Ela levantou o gato. O bichano rosnou.

Landry foi pegar uma roupa na pilha que estava sobre a cama desarrumada. Muitas pareciam pequenas demais para Jill Morone. Muitas ainda estavam com a etiqueta.

— Acho que ela roubou. Mas, falando nisso, ela morreu como? — perguntou Eva.

— Não tenho autorização de informar.

— Alguém matou, não? Os jornais disseram.

— Disseram?

— Foi um crime sexual? — Era evidente que ela esperava que fosse. As pessoas são incríveis.

— A senhora sabe se Jill tinha namorado? — perguntou Landry.

— Ela? Não — disse, fazendo uma careta. — A outra, sim.

— Erin Seabright.

— Como eu disse para sua coleguinha outro dia, no outro quarto. Aquela Coisa.

— Chad? Chad Seabright? — perguntou Landry, indo para uma mesa de centro cheia de papéis de bala e com um cinzeiro transbordando tocos de cigarro.

Eva fez uma cara apavorada.

— Tinham o mesmo sobrenome? Eram casados?

— Não, senhora. — Landry mexeu numa pilha de revistas, *People*, *Playgirl*, *Hustler*. Meu Deus.

— Ah-ah. Dentro da minha própria casa!

— Alguma vez viu alguém vir aqui? — perguntou Landry. — Amigos. O chefe delas?

— A chefe.

— Don Jade?

— Não conheço ele. Paris, loura, bonita, moça muito simpática. Sempre com tempo de conversar. Sempre pergunta pelos meus bebês.

— Bebês?

— Cecil e Beanie. Paris pagava o aluguel. Moça muito simpática.

— Quando esteve aqui pela última vez?

— Faz tempo. Ela é muito ocupada, sabe. Monta cavalos. Zum! Pula por cima das cercas. — Ela balançou o gato gordo como se fosse jogá-lo. O gato abaixou as orelhas e fez um som parecido com uma sirene.

Landry foi até a mesa-de-cabeceira e abriu a gaveta.

Bingo.

Pegou uma caneta no bolso, afastou um vibrador rosa forte e pegou seu merecido prêmio. Fotos. Fotos de Don Jade ao lado de um corcel negro com uma guirlanda de flores no pescoço, enfeite de animal vencedor. Fotos de Jade saltando um enorme obstáculo, montado em outro cavalo. Retrato dele ao lado de uma garota cujo rosto havia sido arranhado na foto.

Landry olhou atrás do retrato. A primeira parte da dedicatória tinha sido riscada a caneta com tanta força que furou o papel, mas o rabisco foi feito sem cuidado, ainda dava para ler.

Para Erin.

Com amor, Don.

30

— **Ele deve ser mais redondo**, mais leve nas passadas.

Van Zandt tinha estacionado ao lado da estrada (um Chevy azul-escuro, não o Mercedes) e ficou inclinado sobre a cerca me olhando. Meu estômago revirou ao vê-lo. A não ser nos jornais, sendo detido pelas autoridades, eu só esperava vê-lo no centro hípico, no meio de muita gente.

Ele subiu com cuidado na cerca e veio para o picadeiro, os olhos escondidos por óculos espelhados, o rosto calmo e tranqüilo. Achei que ainda parecia doente e fiquei pensando se matar ou a ameaça de ser preso tinha perturbado seu metabolismo. Ou talvez a idéia de ter uma ponta do novelo sobrando. Eu.

Olhei o estacionamento ao lado da cocheira. O carro de Irina não estava mais lá. Ela saiu enquanto eu estava montando distraída.

Não vi sinal de Sean. Se ele tinha voltado para casa, estava dormindo até mais tarde.

— Você tem de soltar suas costas para o cavalo também soltar as dele — disse Van Zandt.

Fiquei pensando se ele sabia e vi num lado fatalista da minha alma que sim, sabia. As possibilidades se debatiam na minha cabeça como tinha acontecido em todas as horas desde aquele fiasco na casa dele. Ele tinha encontrado a receita médica na minha jaqueta e me reconhecido pela *Sidelines*, ou Lorinda Carlton tinha identificado meu nome. A revista devia estar em algum lugar da casa. Os dois devem ter visto a foto juntos. Van Zandt reconheceu o cavalo, ou meu perfil, ou juntou as peças do quebra-cabeça por causa da menção à fazenda de Sean. Ele devia ter encontrado a jaqueta com a receita, concluído que Elena Estes era uma policial dando uma busca enquanto ele estava na sala de interrogatório com Landry. Então, chamou seu advogado e pediu para checar o nome. Shapiro teria reconhecido meu nome.

Não interessava como ele tinha me descoberto. Interessava era saber o que ele ia fazer com a descoberta. Se sabia que estive na casa dele no sábado à noite, então sabia que vi a camisa ensangüentada. Gostaria, naquele momento, de ter guardado a camisa e me lixado para as conseqüências. Pelo menos, ele estaria na cadeia e eu não estaria sozinha com um homem que achava ser um assassino.

— Tente outra vez. Faça um trote largo.

— Nós estávamos terminando o trabalho, por hoje.

— Americanos — disse ele com desdém, na beira do picadeiro, mãos na cintura. — O cavalo está mal aquecido. O trabalho está apenas começando. Faça um trote largo.

Minha tendência natural seria desprezá-lo, mas era preferível estar montada do que de pé no chão, onde Van Zandt teria quinze centímetros e trinta quilos a mais do que eu. Pelo menos, até eu poder avaliá-lo melhor e o que ele sabia ou não, era melhor fazer a vontade dele.

— Fique no círculo de vinte metros de diâmetro — orientou Van Zandt.

Coloquei o cavalo no círculo, tentei respirar e prestar atenção, embora estivesse segurando as rédeas com tanta força que dava para sentir meu pulso nelas. Fechei os olhos, soltei a respiração e afundei na sela.

— Relaxe as mãos. Por que está tão tensa, Elle? — perguntou ele, a voz sedosa, provocando um arrepio nas minhas costas. — O cavalo sente isso. Ele também fica tenso. Mais força na sela, menos força na mão.

Tentei fazer conforme as instruções.

— Por que veio aqui tão cedo?

— Não está contente de me ver? — perguntou ele.

— Estaria contente se o tivesse visto no jantar, ontem à noite. Você me largou. Com isso, perdeu pontos comigo.

— Eu fui detido, não tive escolha.

— Levado para uma ilha deserta? Um lugar sem telefone? Até a polícia deixa que se faça uma ligação.

— É lá que acha que eu estava? Na polícia?

— Garanto que não me preocupo.

— Deixei recado com o *maître*. Não podia ligar para você, pois não me deu o número — disse ele, depois mudou de tom. — Vamos, vamos! Mais energia, menos velocidade. Vamos! Com firmeza!

Dominei o cavalo até conseguir na hora o que queria, as patas dele tocavam a areia em três tempos.

— Está querendo me dar uma aula de equitação grátis?

— Nada é de graça, Elle. Conduza o animal como se soltasse uma pluma.

Obedeci, ou melhor, tentei, mas não consegui por causa da tensão.

— Não o deixe sair da andadura. Quer poupar seu cavalo? — gritou Van Zandt.

— Não.

— Então por que fez isso?

A resposta implícita era porque eu era idiota.

— Outra vez! Trote largo! Mais energia na transição e não menos!

Repetimos o exercício, muitas vezes. Sempre, alguma coisa não estava bem e essa alguma coisa era obviamente erro meu. O suor virou espuma no pescoço grosso de D'Artagnan. Minha camiseta ficou encharcada. Os músculos de minhas costas deram cãibra. Meus braços estavam tão cansados que tremiam.

Comecei a questionar minha inteligência. Não podia ficar montada o dia inteiro, pois quando desmontasse cairia no chão, mole, sem ossos, como uma água-viva jogada na praia. Quanto a Van Zandt, estava me castigando e eu sabia que se divertia com aquilo.

— ...e faça-o flutuar, como um floco de neve caindo.

Mais uma vez, dominei o cavalo, contendo minha respiração por prever outro estouro de Van Zandt.

— Está melhor — disse ele, de má vontade.

— Chega. Quer me matar? — perguntei, largando as rédeas.

— Por que ia querer, Elle? Somos amigos, não?

— Achava que sim.

— Eu também achava.

Verbo no passado. Foi de propósito e não um erro gramatical que deveria ser o terceiro ou quarto na lista dele.

— Tarde da noite, liguei para o restaurante e o *maître* disse que você não apareceu — disse ele.

— Eu estive lá. Não vi você, fui embora — menti. — Também não vi o *maître*, ele devia estar no banheiro.

Van Zandt considerou a história.

— Você está ótima — disse ele.

— Em quê? — observei-o, enquanto conduzia D'Artagnan no círculo, aguardando que voltasse a respirar mais devagar.

— No adestramento, claro.

— Você passou meia hora gritando comigo para fazer uma mudança decente.

— Você precisa de um instrutor firme. É muito teimosa.

— Não preciso ser maltratada.

— Acha que sou muito duro? Um grosso? — perguntou ele, com uma falta de emoção que era mais perturbadora do que a habitual. — Acredito em disciplina.

— Está me colocando no meu lugar?

Ele não respondeu.

— Por que acordou tão cedo? — perguntei de novo. — Não deve ser para se desculpar pela noite passada.

— Não tenho nada para me desculpar.

— Você não admitiria, mesmo se levasse um tapa na cara. Veio aqui para falar com Sean sobre Tino? Sua cliente já chegou da Virgínia?

— Chegou ontem à noite. Imagine o susto que levou ao encontrar um ladrão em casa.

— Arrombaram sua casa? Que horror. Roubaram alguma coisa?

— Por estranho que pareça, não.

— Sorte. Ela não está ferida, está? Vi na tevê, uma noite dessas, a notícia de um casal idoso assaltado dentro de casa por dois haitianos com machadinhas.

— Não, ela não se machucou. A pessoa correu. O cachorro de Lorinda correu atrás dele no gramado, mas voltou só com uma jaqueta.

Meu estômago revirou outra vez. Meus braços ficaram arrepiados, apesar do calor.

— Onde está sua cavalariça? Por que não veio pegar seu cavalo? — perguntou Van Zandt, olhando na direção da cocheira.

— **Está tomando um café** — disse, desejando que fosse verdade. Van Zandt olhou para o estacionamento onde só se via o meu BMW.

— Boa idéia, um café. Deixe o cavalo amarrado. Podemos tomar um café e fazer novos planos.

— Ele precisa tomar banho.

— A russa pode fazer isso. É trabalho dela, não seu.

Pensei em pegar as rédeas e fazer ele sair dali rápido. Mais fácil falar do que fazer. Ele seria um alvo em movimento e D'Ar ia tentar impedir. Mesmo se eu conseguisse derrubá-lo no chão, o que aconteceria depois? Eu teria que pular uma cerca para sair de lá. Não sabia se D'Artagnan seria capaz de saltar. Podia bem refugar a cerca e me jogar no chão.

— Vamos — ordenou Van Zandt. Virou e foi andando para a cocheira.

Eu não sabia se ele estava armado. Sabia que eu não estava. Se entrasse em casa junto, ele ficaria em grande vantagem.

Peguei as rédeas. Apertei as pernas em torno de D'Ar. Ele fez uns passos de dança e resfolegou.

Percebi uma coisa colorida perto da cerca. Olhei melhor: era Molly. Tinha encostado a bicicleta, passado pela cerca, e vinha na minha direção.

Coloquei o indicador sobre a boca, na esperança de que ela não dissesse meu nome. Como se adiantasse alguma coisa. A única coisa que aprendi como filha de advogado de defesa foi: nunca admita nada. Mesmo que esteja na frente de uma grande prova, negue, negue, negue.

Molly olhou para mim, depois olhou para Van Zandt, que tinha acabado de notá-la. Desmontei e estendi a mão para a menina.

— Esta é Molly, a magnífica! Veio visitar a tia Elle.

Ela ficou insegura, mas com uma expressão vaga. Tinha adquirido muita prática em enfrentar situações indefinidas com Krystal e seus homens. Ela se aproximou, respirando pesado, a testa brilhando de suor. Coloquei o braço em volta de seus ombros estreitos e apertei-a, com vontade de poder torná-la invisível. Ela estava lá por minha causa e por minha causa agora estava em perigo.

Van Zandt olhou-a com uma espécie de reprovação.

— Tia Elle? Você tem parentes por aqui?

— Tia honorária — expliquei. Apertei os dedos no braço de Molly e disse para ela: — Molly Avadon, este é meu amigo Sr. Van Zandt.

Não queria que Z. associasse Molly a Erin. Achei também que Van Zandt podia querer sumir comigo, mas pensaria duas vezes antes de matar uma parente de Sean. Como sociopata ele tinha de acreditar na grande possibilidade de escapar do que fez até então. Se não, já estaria num avião para Bruxelas ou algum lugar desconhecido. Se ainda achava que podia sair ileso, ia continuar fazendo negócios e freqüentando os ricos e famosos.

Molly olhou outra vez de mim para Van Zandt e cumprimentou com fria reserva.

Van Zandt deu um sorriso irritado.

— Olá, Molly.

— Prometi a ela que íamos assistir à apresentação dos cavalos hoje. Melhor adiar nosso café, Z. Não estou vendo Irina e preciso levar o cavalo.

Ele franziu o cenho, avaliando as opções que tinha.

— Então me deixe ajudá-la — disse ele, pegando as rédeas de D'Ar.

Molly me olhou, preocupada. Pensei em mandá-la buscar socorro, mas Van Zandt voltou antes que eu pudesse fazer isso.

— Então, senhorita Molly. Gosta de cavalos? Como seu tio Sean? — perguntou ele.

— Parecido — disse Molly.

— Então me ajude a tirar os protetores da pata deste cavalo.

— Não. Se ela levar uma pisada, a culpa será minha — disse eu, olhando para Molly, tentando fazer com que lesse meus pensamentos. — Molly, meu bem, por que não corre até a casa do tio Sean e vê se ele já acordou?

— Ele não está em casa. Liguei do carro, quando estava vindo para cá. Atendeu a secretária eletrônica — disse Van Zandt.

— Isso significa apenas que ele não atendeu — disse Molly. Van Zandt franziu o cenho e continuou levando o cavalo para a cocheira.

Inclinei-me como se fosse dar um beijo em Molly e disse ao ouvido dela, baixinho:

— Ligue para o 911.

Ela virou-se e correu para a casa. Van Zandt olhou para trás e ficou observando Molly.

— Não é uma boneca? — perguntei.

Ele não disse nada.

Fomos para a cocheira e ele colocou D'Artagnan na parte onde era tratado pela cavalariça, tirou o bridão e colocou o cabresto. Fiquei do outro lado do animal e me agachei para tirar um protetor das patas, sempre de olho em Z.

— Você me deve um jantar — eu disse.

— Você me deve uma aula.

— Quer dizer que estamos quites?

— Acho que não. Creio que não terminei de ensiná-la, Elle Stevens.

Ele foi para a frente do cavalo. Passei para o outro lado e me inclinei para tirar outro protetor.

— Para mim, você já terminou.

— Há muitos tipos de aula — disse ele, enigmático.

— Não preciso de instrutor. Mas agradeço a intenção.

Fui até o armário onde ficavam os apetrechos dos cavalos e, disfarçadamente, peguei uma tesoura. Enfiaria nele sem hesitar, caso fizesse um movimento estranho.

Achei que talvez devesse atacá-lo de qualquer jeito, já que a melhor defesa é um bom ataque. Ele era um assassino. Por que me arriscar a ser ferida, ou Molly? Podia me aproximar e enfiar a tesoura no umbigo dele bem fundo. Ele morreria antes de perceber que eu o havia matado.

Eu justificaria autodefesa. A ligação para o 911 mostraria que estava me sentindo em perigo. Na delegacia, Van Zandt já era considerado suspeito de assassinato.

Podia pedir para meu pai me defender. A imprensa ia adorar. Pai e filha pródiga juntos, ele lutando para livrá-la do corredor da morte.

Jamais tive a intenção de matar alguém. Fiquei pensando se sentiria remorso, sabendo o que sabia de Van Zandt.

— Nós teríamos formado uma boa dupla, você e eu — ele disse.

Passou para a frente do cavalo.

Segurei a tesoura e esperei que ele viesse na minha direção.

Meus braços tremiam de cansaço e nervoso. Fiquei pensando se teria força para enfiar as lâminas no corpo dele.

— Do jeito que fala, parece que nunca mais vamos nos ver — eu disse. — Você está indo para algum lugar? Eu estou?

Ele continuava de óculos. Não dava para ver seus olhos. O rosto estava sem expressão. Achei que não ia me matar ali, naquela hora. Mesmo se quisesse matar Molly também, ele não tinha certeza se Sean estava em casa.

— Não vou para lugar algum — disse ele, aproximando-se.

— Tomas! — A voz de Sean veio da alameda. O alívio me invadiu como uma onda e levou junto minha força. — Pensei que você não ia mais voltar! Desta vez, ninguém tentou ofendê-lo, não?

— Só atacaram o orgulho dele — eu disse, inclinando-me sobre o armário e colocando a tesoura lá. — Não aceitei o privilégio de tê-lo como treinador.

— Ah, meu Deus! — riu Sean. — Por que você ia querer esse cargo? Ela tirou as vísceras do último treinador e serviu os restos com molho de espaguete e um ótimo Chianti.

— Ela precisa ser domada — disse Van Zandt, dando um sorriso leve.

— E eu preciso voltar aos vinte anos, mas isso também jamais ocorrerá — disse Sean, aproximando-se. Deu-me um beijo e apertou meu braço. — Querida, Molly está esperando, ansiosa. Por que você não corre lá? Eu cuido de D'Ar.

— Mas sei que você também precisa sair. Tem aquele almoço, não é? — perguntei.

— Tenho. — Olhou para Van Zandt se desculpando. — Almoço beneficente. Cavaleiros contra Traseiros Reumáticos, ou qualquer outra causa meritória. Desculpe não lhe dar atenção, Tomas. Ligue amanhã, vamos jantar ou alguma coisa assim. Talvez, quando sua cliente da Virgínia chegar, possamos sair juntos.

— Claro — disse Van Zandt.

Ele se aproximou de mim, colocou as mãos nos meus ombros e me deu um beijo. Lado direito, esquerdo, direito. Como os holandeses. Olhou para mim e pude sentir o ódio no seu olhar, apesar dos óculos espelhados.

— Até mais, Elle Stevens.

31

Comecei a tremer quando vi o carro de Van Zandt indo embora. Ele podia ter me matado. Eu podia tê-lo matado.

Até mais...

— Que diabo aconteceu? Sua amiguinha veio correndo e disse para eu ligar para o 911.

— Fui eu que pedi. Pensei que você não estivesse em casa. Você ligou?

— Não. Vim aqui salvá-la! Pelo amor de Deus, não vou ficar em casa esperando a polícia chegar enquanto um maluco mutila você.

Abracei-o pelas costas.

— Meu herói.

— As explicações, por favor — ele disse, com firmeza.

Afastei-me e dei uma olhada lá fora para garantir que o demônio não tinha mudado de idéia e voltado.

— Tenho boas razões para acreditar que Van Zandt matou aquela moça no centro hípico.

— Meu Deus, Elle! Por que ele não está preso? O que veio fazer aqui?

— Não está preso porque escondeu a prova do crime. Sei disso porque vi essa prova e chamei a polícia. Mas quando Landry chegou lá a prova tinha desaparecido. Acho que Van Zandt sabe que eu sei.

Sean ficou me olhando, chocado, tentando entender tudo. Coitadinho. Ele realmente não sabia no que estava se metendo quando me aceitou na fazenda.

— Vou aproveitar este momento de silêncio para lembrar-lhe uma coisa: foi você quem me meteu nisso — eu disse.

Ele olhou para o teto, olhou a alameda, olhou para D'Artagnan, que estava esperando pacientemente na coluna.

— As pessoas acham que este é um esporte de elite: lindos animais, gente linda, finas competições — disse Sean.

— Tudo tem dois lados. Você já viu isso.

Ele balançou a cabeça; estava sério, triste.

— Sim, já vi pessoas serem enganadas, outras, trapaceadas numa venda de cavalo, conheço até quem faz coisas questionáveis. Mas, Elle, assassinato? Seqüestro? Você está falando de um mundo que desconheço.

— E no qual estou metida até o pescoço. — Dei uma batidinha carinhosa no rosto bonito dele. — Você queria que eu fizesse uma coisa interessante.

— Se eu soubesse que era assim. Desculpe, meu bem.

— Não, eu é que digo isso — eu disse, sem saber como se pede desculpas. — Eu podia não ter aceitado o convite, ou ter largado o caso quando a delegacia entrou. Não saí. Foi escolha minha. Mas não devia ter envolvido você.

Ficamos ali, os dois chocados, nos sentindo vazios. Sean me deu um abraço e beijou minha cabeça.

— Por favor, se cuide, El. Não salvei você para ser morta — murmurou.

Eu mal lembrava a última vez que alguém tinha me abraçado. Esqueci como era bom ser envolvida pelo calor de outra pessoa. Tinha esquecido como era valiosa e frágil a preocupação autêntica de um amigo de verdade. Me senti com muita sorte, o que era um segundo fato que não ocorria havia muito tempo.

Um sorriso largo estava estampado no meu rosto quando olhei para ele.

— Toda boa ação será recompensada — eu disse.

De soslaio, vi Molly olhando no canto da cocheira, assustada.

— Ele já foi embora, Molly, está tudo bem.

Ela se aprumou caminhando pela alameda, livrando-se da criança assustada que correu para pedir ajuda.

— Quem era ele? É um dos seqüestradores? — perguntou ela.

— Ainda não sei. Pode ser. É um homem mau, disso tenho certeza. Tive sorte de você aparecer, Molly. Obrigada.

Ela olhou para Sean e disse:

— Com licença. — Depois olhou para mim com aquela cara de Jovem Senhora de Negócios. — Preciso falar com você a sós, Elena.

Sean arqueou as sobrancelhas.

— Vou cuidar de D'Ar. Tenho de fazer alguma coisa para me acalmar. É cedo demais para beber — disse.

Agradeci e levei Molly para o salão. O cheiro do café que Irina fez enchia a sala. Pensei, distraída, por que havia saído do apartamento dela para fazer café. Irina tinha uma pequena cozinha particular. Não importava. Satisfeita com o que sobrou na cafeteira, servi um copinho para mim, fui até o bar e acrescentei uma boa dose de uísque.

Cedo demais para beber uma ova.

— Aceita alguma coisa? Água? Soda? Uísque de malte duplo? — perguntei a Molly.

— Não, obrigada — disse ela, educadamente. — Você está despedida.

— O que disse?

— Lamento, mas tenho de romper nosso acordo — ela disse.

Olhei para ela fixamente por um bom tempo, tentando entender. Lembrei as notícias de Landry, em meio às veladas ameaças de Van Zandt.

— Eu sei do último telefonema que deram, Molly. Landry me contou.

O rostinho esperto dela estava branco de medo. As lágrimas surgiram por trás das lentes dos óculos.

— Vão machucar Erin por minha causa. Porque eu te contratei e você levou os detetives da polícia.

Eu nunca tinha visto ninguém tão desamparado. Molly Seabright estava de pé no meio da sala, de calça vermelha e camiseta azul-marinho, segurando as mãozinhas enquanto se esforçava para não chorar. Fiquei pensando se eu parecia assim desapontada, quando disse quase a mesma coisa para Landry, mais cedo.

Saí de detrás do bar, levei Molly até uma das poltronas de couro e puxei outra para mim.

— Molly, não se culpe pelo que foi dito nesse telefonema. Você acertou em procurar ajuda. Onde Erin estaria, se você não tivesse me chamado? O que Bruce teria feito para ela voltar?

As lágrimas dela começaram a escorrer.

— M-mas eles d-disseram que não queriam a polícia. Talvez, se-se fosse só você...

Apertei as mãozinhas dela. Estavam frias como gelo.

— Este não é um caso para uma pessoa só, Molly. Precisamos de todos os recursos disponíveis para resgatar Erin e prender as pessoas que a levaram. A delegacia tem acesso a gravações telefônicas, arquivos, pode grampear telefones, analisar provas. Seria um erro não chamá-los. Você não fez nada de errado. Nem eu. As únicas pessoas que agiram errado foram as que levaram sua irmã.

— M-mas a voz ficou repetindo qu-que ela vai pagar o preço porque nós não c-cumprimos o combinado.

Ela tirou as mãos das minhas para mexer num pacotinho amarrado na cintura e tirou uma minifita de gravação.

Mostrou para mim.

— Você tem que ouvir.

— Gravou a ligação?

Ela confirmou com a cabeça, mexeu no pacotinho e tirou um pedaço de papel que me entregou.

— E anotei o número de onde ligaram.

Peguei o gravador e o papel, e apertei o botão *play* para ouvir. A voz metálica, alterada por máquinas, saiu do pequeno alto-falante: *Você não cumpriu o combinado. A garota vai pagar o preço.* Outra vez e mais outra, entremeada pelos breves comentários de Bruce Seabright. Depois: *Leve o dinheiro ao local. Domingo. Seis da tarde. Sem polícia. Sem detetive. Só você. Você não cumpriu o combinado. A garota vai pagar o preço. Você não cumpriu o combinado. A garota vai pagar o preço. Você não cumpriu o combinado. A garota vai pagar o preço.*

Molly colocou a mão sobre a boca. As lágrimas rolaram pelo rosto dela.

Eu queria rebobinar a fita e ouvir outra vez, mas não ia fazer isso na frente dela. Ela ia acabar ouvindo a voz em pesadelos.

Pensei no que foi dito, como foi dito.

Sem polícia. Sem detetive.

Será que se referiam a Landry? Ou a mim? Como souberam? Não havia carros com placas da polícia nem policiais uniformizados na casa dos Seabright. Não houve contato direto com os seqüestradores. Se estivessem vigiando a casa de longe, teriam visto alguns homens diferentes entrando e saindo da casa, no sábado.

Sem polícia. Sem detetive.

Landry e Weiss tinham falado com a maior parte da equipe de Jade, perguntando sobre Jill Morone e Erin. Todas aquelas pessoas sabiam que a delegacia estava investigando o assassinato. Mas eu apostava que ninguém falou no seqüestro, só que Erin estava desaparecida e ninguém tinha visto nem falado com ela.

Sem polícia. Sem detetive.

Por que diferenciar, se o detetive, citado no singular, era Landry? Quem sabia que nós dois estávamos envolvidos?

— A que horas foi essa ligação? — perguntei.

— Três e doze da madrugada.

Depois do meu fiasco na casa de Van Zandt.

Além de Van Zandt, quem sabia do meu envolvimento? Os Seabright, Michael Berne e Landry. Excluindo Molly. Excluindo Krystal. Bruce atendeu a ligação, portanto não poderia ter ligado. Isso não o excluía, já que sabíamos haver mais de um seqüestrador e ele tinha mentido sobre seu paradeiro na hora do seqüestro.

Era pouco provável que Van Zandt ligasse da casa, sabendo que a polícia já o estava procurando pelo assassinato e fazendo perguntas sobre Erin. Ele podia ter saído da casa para telefonar. Ou, imaginei, podia ter ligado do conforto do seu quarto, usando um celular enquanto assistia a um de seus vídeos pornôs. No quarto ao lado, poderia estar Lorinda Carlton com seu horrendo cãozinho.

— Tive vontade de ligar para o número, mas fiquei com medo. Sabia que os detetives estariam escutando e achei que ia dar problema — disse Molly.

Levantei e fui até o telefone do bar, disquei o número anotado, ninguém atendeu. Olhei para o papel que Molly me deu com sua caligrafia cuidadosa, de mocinha. Que menina: gravou a ligação e ainda anotou o número do telefone. Doze anos e era mais responsável que qualquer pessoa na família.

Fiquei pensando o que Krystal estaria fazendo enquanto Molly estava lá salvando minha vida e tentando salvar a da irmã.

— Venha — eu disse.

Fomos para a casa de hóspedes, peguei os números que copiei da memória do telefone de Bruce Seabright e comparei. Havia dois números iguais, ambos com prefixo do Royal Palm Beach.

Eu tinha dado a Landry a lista dos números. Ele já devia ter a relação de todos os usuários, caso os telefones estivessem registrados nos seus próprios nomes.

Você acha que Don Jade poderia ser cúmplice de Van Zandt no seqüestro?

Será que Landry tinha rastreado o número até Jade? Seria isso que decidiu não me contar?

Não fazia sentido que Jade fosse tão descuidado a ponto de fazer exigências de resgate num telefone que podia ser rastreado. Qualquer idiota ligaria de um telefone público ou de um celular.

Se a ligação foi feita de um celular como o que comprei no dia anterior e a delegacia tivesse conseguido rastrear para uma loja particular, eles poderiam conseguir identificar Jade por um vendedor.

— E agora? — perguntou Molly.

— Em primeiro lugar, vou dar isso para você — disse, entregando a ela o celular que comprei, junto com um papel com meus telefones. — Isso é para você falar comigo. Está pré-pago por uma hora, depois pára de funcionar. Estes são meus telefones. Se você vir ou souber de qualquer coisa sobre Erin, ligue na hora.

Molly olhou para o celular baratinho como se eu tivesse dado a ela um lingote de ouro.

— Na sua casa sabem que você saiu?

— Falei pra mamãe que ia andar de bicicleta.

— Ela estava consciente?

— Bastante.

— Vou levar você de carro para casa. Não precisamos que os agentes procurem você também.

Fomos andando para a porta e Molly me olhou:

— Você também vai à entrega do resgate? — perguntou.

— Não estou autorizada, mas tenho outras pistas para seguir. Ainda estou trabalhando para você?

Ela ficou insegura.

— Você quer?

— Quero. Mesmo se você me demitisse, eu continuaria até o fim. Quando começo uma coisa, termino. Quero ver Erin salva.

Segurando o telefone na mão, Molly me abraçou pela cintura, com força.

— Obrigada, Elena — disse ela, mais séria do que qualquer menina de doze anos jamais deveria ser.

— Obrigada, Molly — retribuí, mais séria do que ela estava acostumada. Esperava corresponder à esperança e à gratidão dela. — Você é uma pessoa muito especial. É um privilégio conhecer você — disse, quando Molly terminou o abraço.

Ela não soube o que dizer, aquela criança especial era ignorada pelas pessoas que mais deviam valorizá-la. De certa forma, estava bem assim. Molly tinha conseguido se educar sozinha melhor do que a mãe teria educado.

— Gostaria de não ser especial, gostaria de ser normal, ter uma família normal e uma vida normal — ela confessou, suavemente.

Eu sabia o que aquilo significava. Já tive doze anos desejando ter uma família normal, desejando não ser o patinho feio, a diferente. Indesejada pelo homem que deveria ser meu pai. Um peso para a mulher que deveria ser minha mãe. Aos doze anos, eu não passava de um acessório na vida dela.

Disse a única coisa que podia:

— Você não está sozinha, Molly. Nós, as patinhas feias especiais, nos unimos.

32

— Vocês acham que devemos pegar o homem? — perguntou Weiss.

Eles lotavam a sala do tenente — Landry, Weiss, além de dois outros detetives, Michaels e Dwyer, e um indesejável recém-chegado ao grupo, o agente especial Wayne Armedgian, do FBI. O tenente William Dugan, do setor de Roubos e Homicídios, estava atrás da mesa dele, com as mãos na cintura. Era um homem alto, moreno, de cabelos grisalhos, que pretendia se aposentar e fazer uma viagem turística com antigos policiais.

Dugan olhou para Landry:

— O que acha, James?

— Acho que as provas que temos são muito tênues e circunstanciais, a menos que o tipo sanguíneo de Jade seja igual ao encontrado na cocheira onde Jill Morone foi morta. Mesmo assim, seria um exagero prendê-lo. E *se* tivermos uma pista do tipo sanguíneo dele. Claro que ele não vai nos dizer e precisamos de uma ordem judicial para colher uma amostra. Além do mais, sabemos que o sangue na cocheira deve ser de Van Zandt.

— Você acha — desafiou Weiss. — Jade foi visto discutindo com a garota no Players. E ele disse que não voltou ao centro hípico, mas era mentira.

— Ele disse que não *teve* de voltar — Landry corrigiu. — Ninguém o viu passar pelo portão de entrada. Nem na área da cocheira.

— Mas ninguém viu Van Zandt também — disse Weiss.

Landry deu de ombros.

— Os dois conhecem a entrada dos fundos. Van Zandt estava todo interessado em Jill Morone no Players, antes de Jade chegar. E recebemos a denúncia da camisa ensangüentada.

— Camisa que, aliás, não temos — lembrou Weiss. — Não sabemos nem se ela existe mesmo. O que sabemos é que Jill Morone destruiu algumas roupas caras de Jade. Se ele chegou e a encontrou lá... Podia matá-la, no calor do momento por um impulso repentino depois fazer parecer um estupro para culpar Van Zandt. Vai ver que ele deixou a camisa lá e depois ligou para o 911.

— Vamos supor que os dois fizeram tudo juntos — Landry sugeriu. — Eu adoraria. Aí eles poderiam ser executados lado a lado.

— O que sabemos da ligação para a polícia? — perguntou Dugan.

— Foi feita de um telefone público perto da Publix, no shopping center Town Square, a meio quarteirão da casa onde Van Zandt está hospedado — disse Weiss, observando Landry.

— Bert Shapiro, advogado de Van Zandt, está reclamando de assédio e conspiração — disse Dugan.

Landry deu de ombros.

— O juiz Bonwitt disse que temos motivos suficientes para dar a busca. O advogado Bert Shapiro que vá à merda.

— Conspiração com quem? — Armedgian perguntou.

— Alguém arrombou a casa de Van Zandt na noite passada enquanto ele estava aqui — Weiss explicou. — A seguir, recebemos a denúncia da camisa ensangüentada.

— Camisa que você não encontrou — disse Armedgian. — Ela provavelmente não seria aceita como prova no tribunal. Shapiro diria que a camisa foi colocada lá de propósito.

— Van Zandt podia se mudar para Miami. Ele e O.J. Simpson podiam se tornar parceiros de golfe — sugeriu Weiss. Todos, com exceção de Landry, riram educadamente da piada sem graça.

— Ou nós poderíamos acusar esse filho da puta de assassinato enquanto apuramos o caso e botamos ele na cadeia em vez de ficarmos dando voltas, com ele livre para entrar num avião e sair do país à hora que quiser — disse Landry.

— Você acha que Van Zandt e Jade agiram juntos no seqüestro? — Armedgian perguntou.

— Pode ser. Van Zandt é o corrompido, Jade é o cabeça. Ou é Jade e mais alguém.

— Motivos?

— Dinheiro e sexo.

— E o que você conseguiu saber sobre ele?

— Jade foi a última pessoa a ver Erin Seabright. Ele diz que a garota largou o emprego e mudou de cidade, coisa que ela não contou a ninguém — Landry explicou.

Dwyer prosseguiu.

— As ligações dos seqüestradores para a casa dos Seabright foram feitas de um celular pré-pago. Pelo número, conseguimos o nome da empresa que fabricou o aparelho e a partir daí conseguimos o telefone de onde fizeram as ligações. O telefone foi comprado na Radio Shack, em Okeechobee, em Royal Palm Beach.

"A loja tem registro das vendas, mas não separadamente. Venderam dezessete celulares na semana anterior ao seqüestro de Erin Seabright. Localizamos três compradores pelos cartões de crédito, os demais foram vendas a dinheiro."

— Mostramos uma foto de Jade para os vendedores e nenhum lembrou dele, mas um dos caixas achou que conhecia o nome — completou Michaels.

— Por que Jade usaria o próprio nome? — Armedgian perguntou.

— Podemos trazê-lo aqui e perguntar, mas ele já ameaçou chamar um advogado e, se tem um profissional do mesmo nível que o de Van Zandt, sai daqui em três minutos, perdemos o resgate e ficamos sem nada em troca. Como está perto da hora do resgate, eles podem ficar assustados e matar a garota ou matar só porque nós os irritamos — disse Landry.

— Você também pode pegar Jade e tentar chegar ao comparsa dele — sugeriu Armedgian.

Landry fez uma cara de "alguém falou com você?", e perguntou:

— Conhece essa gente? Já falou com Don Jade?

— Bom, não.

— Ele é duro na queda. Não está de brincadeira. Se chegarmos perto, ele solta os cachorros, é perda de tempo. O melhor é seguir Van Zandt e Jade a uma boa distância, ver se um deles nos leva até a garota e se conseguimos pegar um ou ambos no local de resgate. Aí estaremos em vantagem e os advogados vão querer conversar.

Armedgian ajeitou o nó da gravata.

— Você acredita mesmo que eles vão pegar o resgate?

— Existe outra possibilidade? — perguntou Landry. — O que você quer fazer, Armageddon? Estourar o cativeiro e ir comer mexilhões no Chuck and Harold's?

— Landry — rosnou Dugan.

— O quê? O que foi que eu disse?

— Por favor, o agente especial *Armedgian*, e não Armageddon, está aqui para nos acompanhar.

— Eu sei para que ele está aqui.

Armedgian levantou a sobrancelha. Ele parecia ter só uma. Uma grossa lagarta preta que rastejava de um lado a outro da cabeça lisa como bola de boliche.

— E para que estou aqui?

Landry se inclinou sobre Armedgian.

— Está por causa do belga, embora não seja culpa sua. E se tivesse colocado as patas nele logo de primeira, talvez Jill Morone ainda estivesse viva.

Armedgian semicerrou as pálpebras.

— Não sei do que você está falando.

— Nem eu — acrescentou Dugan. — Do que está falando, James?

— Estou falando que os policiais federais querem ganhar reconhecimento internacional. Acaba que Van Zandt é um *serial killer* e os federais querem pegar ele.

— A única coisa que sabemos de Van Zandt — disse Armedgian — é especulação de uma agência européia, mais nada. Ele teve duas transgressões pequenas que foram recusadas pela justiça. Você teria a mesma informação se perguntasse à Interpol, detetive Landry.

Landry tinha vontade de jogar na cara dele que alguém *tinha* perguntado, mas aquele idiota poria o nome de Estes na história e estaria tudo perdido. Weiss estava de olho nele.

— Você não contatou a Interpol? Achei que tinha — disse Dugan.

— Contatei. — Landry prestou atenção no policial federal. — Está bom, vou abrir o jogo. O que vocês estão fazendo aqui? Não quero que fiquem atrapalhando, fodendo com o resgate.

Armedgian levantou as mãos.

— O show é todo seu. Estou aqui para trocar idéias e sugerir.

Uma ova, pensou Landry.

— Já trabalhei em seqüestros. Vocês checaram o local de resgate? — perguntou Armedgian.

Landry arregalou os olhos.

— Uau, devíamos checar?

— Landry...

— Pelo que sei, é um lugar bem aberto — disse Armedgian.

— Tenho um homem lá, atento. É um lugar difícil de vigiar. Meu policial está num trailer de transportar cavalos, do outro lado do centro hípico — disse Dugan.

— Tem uma estrada em volta da propriedade eqüestre e um caminho lateral e sujo aonde se chega por um portão perto do local de resgate. Nossos carros não podem passar por lá — disse Michaels.

Ele lançou um olhar implacável para o federal também.

— Meus homens podem ir atrás de Van Zandt, tenente — ofereceu Armedgian. — Assim os seus não podem ser acusados de assédio pelos advogados.

— Bonzinho pra caralho — resmungou Landry.

Dugan olhou zangado para ele.

— Agora, chega. Se não, entrego você ao advogado Bert Shapiro, eu mesmo.

Landry continuou olhando para Armedgian.

— Advogados de um lado, policiais federais de outro. Estamos fodidos pelos dois lados.

Ele só esperava que Erin Seabright não terminasse pagando o preço mais alto.

33

Leve o dinheiro ao local. Domingo. Seis da tarde.

Como os seqüestradores não deram mais instruções, concluí que o local de entrega era o mesmo de antes.

O Horse Park, dentro da propriedade eqüestre, existia desde a temporada de 2000, quando sediou as provas de adestramento da equipe olímpica americana de hipismo. Ao contrário do centro hípico de Wellington, era um lugar compacto e simples, com quatro arenas de areia usadas especificamente para adestramento e três picadeiros de aquecimento em forma de U num vasto gramado. Como no centro hípico, a maioria das cocheiras da propriedade ficavam dentro de tendas enormes com baias portáteis, todas na parte da frente da propriedade. As baias só eram ocupadas durante as competições. No resto do tempo, o local era um grande e vazio gramado no meio do nada.

No centro e nos fundos da propriedade ficava a única construção permanente: um imponente prédio de dois andares com enormes colunas brancas na fachada. No primeiro andar ficava a secretaria de competições e, no segundo, o centro de controle eletrônico dos locutores.

Do segundo andar podia-se avistar tudo. Era perfeito para vigiar e como cabine de sentinela, se alguém conseguisse chegar lá sem ser percebido.

O prédio ficava bem nos fundos da propriedade. Atrás dele havia um canal com a margem mais distante toda arborizada. Do outro lado das árvores, havia uma trilha usada por ciclistas e veículos que enfrentam qualquer estrada, para desespero das pessoas que montavam cavalos muito ariscos. Se alguém quisesse entrar na trilha e atravessar o canal, podia usar uma escadaria nos fundos do prédio.

Claro que os seqüestradores sabiam de tudo isso, pois escolheram o lugar. Mas eu achava uma escolha esquisita. Tinha poucas entradas e saídas. Podiam avistar o inimigo de longe, mas também podiam ser vistos. Fazer armadilhas e pegá-los era só questão de disposição. Por que não escolheram um lugar agitado, com muito movimento, muita gente, muitos caminhos para fugir?

Sem polícia. Sem detetives. Você não cumpriu o combinado. A garota vai pagar o preço.

Não havia chance de aquilo dar certo.

Os seqüestradores sabiam que a delegacia já estava no caso. Eles não podiam se arriscar de aparecer com Erin num lugar tão aberto. E eu não via por que iriam se arriscar. Cheguei à conclusão de que não iam aparecer.

Seis da tarde de domingo. Uma semana depois de Erin Seabright ser levada. Fiquei pensando se o tempo tinha algum significado. Queria saber se todos os tiras estariam na propriedade eqüestre, na Loxahatchee rural, enquanto os seqüestradores largavam o corpo de Erin no portão dos fundos do centro hípico em Wellington — no lugar de onde foi levada.

Passei o vídeo do seqüestro tentando perceber alguma coisa que não tivesse visto antes, esperando alguma súbita revelação.

Erin do lado de fora do portão. Esperando. Por quem? Um amigo? Um amante? Alguém ligado a drogas? Don Jade? Tomas Van Zandt? Quando a van branca se aproxima, ela não parece nervosa. Ela reconhece a van? Pensa que aquela é a pessoa que deve encontrar? *Será aquela* a pessoa que deve encontrar?

Landry tinha me dito que contatou a Divisão de Entorpecentes para saber se Erin Seabright tinha ligações com drogas, se a detenção por posse de ecstasy não foi um fato isolado. Fiquei imaginando a que conclusão chegaram. Se fosse dois anos antes, eu saberia exatamente a quem procurar, já que era da equipe de entorpecentes. Mas dois anos é um longo tempo, quando se trata de drogas. As coisas mudam rápido. Traficantes são presos, vão para Miami, são mortos. A rotatividade é especialmente rápida na venda de drogas para jovens do ensino médio. Os traficantes precisam ser da mesma idade dos fregueses, ou quase, para merecerem confiança.

Mas eu não acreditava muito na hipótese de Erin estar envolvida com drogas. Podia ser que estivesse ligada a um traficante de cocaína ou heroína. Mas era preciso consumir um bocado de ecstasy para ter uma dívida de trezentos mil dólares e tramar um seqüestro desesperado por dinheiro. O delito que Erin havia cometido antes valeu-lhe apenas uma reprimenda do tribunal juvenil. Ela não foi acusada de tráfico, só de posse de droga.

Fiquei ponderando o que Chad Seabright, excelente aluno, sabia do uso de drogas por Erin. Se ele podia ter sido corrompido por Erin. Chad não tinha um álibi convincente para a noite do seqüestro.

Mas Landry não me perguntou nada sobre Chad.

Você acha que Don Jade poderia ser cúmplice de Van Zandt no seqüestro?

Landry não tinha perguntado aquilo por acaso. Será que Erin estava lá para encontrar com Jade? Seria Jade o homem mais velho com quem ela se relacionava? Muito provável que sim. Nesse caso, Jade teria controle sobre Erin e ela não seria uma ameaça, mesmo se soubesse o que realmente aconteceu com Stellar.

Pensei outra vez no cavalo, na forma como morreu e no fato de ter um sedativo no sangue. Paris não deu o nome da droga. Citou várias possibilidades: Rompun, acepromazina, Banamina.

O consenso era de que Jade já havia matado cavalos antes e escapado. Mas, se fosse verdade, ele não teria primeiro sedado o animal. Não correria o risco de aparecer alguma coisa na necrópsia.

E se o golpe que dei em Michael Berne para confundi-lo desse certo? Eu me perguntava. E se Berne odiasse Jade o bastante para arruiná-lo, a ponto de matar um animal que amava para incriminá-lo?

Berne saberia tanto quanto qualquer pessoa que um sedativo no sangue do cavalo seria uma enorme bandeira vermelha para a seguradora. A morte seria considerada fraude. A seguradora não pagaria. **Trey Hughes perderia** um quarto de milhão de dólares. Jade terminaria sua carreira e, provavelmente, seria preso.

Se o que Erin soubesse da morte de Stellar era que havia sido orquestrada por Berne, então ele tinha um motivo para se livrar da garota. Mas por que se arriscar num seqüestro? Será que estava tão desesperado para conseguir dinheiro? A possibilidade de ser descoberto parecia muito grande, a menos que ele pudesse incluir Jade no seqüestro, mas eu não imaginava como. E se Van Zandt tivesse participado do seqüestro, eu não via ligação entre ele e Berne.

Levantei da poltrona e andei pela casa, tentando separar os fios da verdade e os da especulação.

Eu sabia até a medula dos ossos que Tomas Van Zandt era um sociopata criminoso, assassino. Questão de lógica: se ele era responsável pela morte de uma garota, podia ser também pelo sumiço de outra. Ele tinha a arrogância de achar que podia fazer um seqüestro por resgate. Mas em quem confiaria para cúmplice? E quem confiaria nele?

Tudo aquilo parecia arriscado demais para Jade. Ele até podia ser um sociopata também, mas havia um mar de diferenças entre ele e Van Zandt. O belga era imprevisível. Jade era controlado e metódico. Por que tramaria algo em que ia parecer escroque e assassino? Por que mataria Stellar de um jeito que todos o considerariam culpado? Por que se arriscaria a seqüestrar Erin por causa do resgate?

Se precisava se livrar dela, por que não fez a garota sumir? Se ia dizer que ela havia mudado de cidade, por que não se livrou do carro dela? Por que deixar o carro estacionado no centro hípico, acreditando que ninguém iria procurá-lo?

Não fazia sentido para mim. Mas Landry achava que Jade estava envolvido. Por quê?

Pela ligação que Erin tinha com Stellar.

Por que Erin teria dito a Jade que ia sair do emprego. Disse só para ele, a mais ninguém.

Jade foi a última pessoa a vê-la.

Afirmou que ela havia ido para Ocala. Não foi.

Por que Jade inventaria uma história dessa, que podia ser facilmente checada e comprovada como falsa?

Não fazia sentido para mim. Mas, de alguma forma, fazia sentido para Landry. Que informações ele teria que eu não tinha? Que pequeno detalhe ligava Don Jade ao crime?

O número dos telefones que ligaram para a casa de Seabright.

Eu detestava pensar que Landry tinha detalhes que eu ignorava. Fui eu que dei os números, mas era ele que podia checá-los. Fui eu que dei a fita do seqüestro, mas ele tinha acesso aos técnicos para analisá-la. Fui eu que tentei falar com a Interpol para checar Van Zandt. Mas, se Landry tivesse feito o primeiro contato com a Interpol, não diria a ninguém que Van Zandt foi um provável agressor sexual.

A frustração foi aumentando dentro de mim como uma avalanche. Eu estava de fora. O caso era meu. Fui eu que me interessei em ajudar a menina. Fui eu que fiz todo o trabalho pesado. Mesmo assim, estava sendo excluída, não me passavam informações. Informações importantes que eles resolveram que eu não precisava saber.

E de quem era a culpa?

Minha.

Era minha culpa eu não ser mais tira. Minha culpa ter incluído Landry na história. Fiz a coisa certa e me deixei de fora.

Meu caso. Meu caso. Eu andava de um lado para outro e as palavras ecoavam na cabeça como um tambor. *Meu caso. Meu caso.* O caso que eu não queria. O fato que religou minha vida com o mundo real. O mundo do qual eu havia me retirado. A vida da qual eu havia desistido.

As emoções conflitantes emitiam faíscas como uma pedra friccionada em outra, acendendo meu ânimo. Não consegui conter a tensão: peguei um objeto da decoração e joguei-o na parede com toda a força.

Aquele movimento foi ótimo. Um estampido satisfatório. Peguei outro objeto (uma pesada bola de madeira que estava junto com outras numa tigela) e joguei-a como fazem no beisebol. Um grito animal, selvagem, subiu pela minha garganta e explodiu na boca. O som ensurdecedor durou tanto que minha cabeça ficou martelando só do grito. Quando me calei, fiquei exaurida, como se um demônio tivesse sido exorcizado da minha alma.

Debrucei-me no encosto do sofá, respirando pesado e olhei a parede. Ficaram duas grandes marcas na altura da cabeça de um adulto. Parecia um bom lugar para pendurar um quadro.

Afundei numa poltrona, segurei a cabeça com as mãos e passei uns bons dez minutos sem pensar em nada. Em seguida, levantei, peguei as chaves, o revólver, e saí.

James Landry não ia me excluir do caso porra nenhuma. O caso era meu. Ia ficar nele até o fim.

Seria o fim do caso ou o meu fim, o que viesse primeiro.

34

Só existe um jeito de saber para onde o vento está indo: cuspir nele.

Domingo é o dia da competição em Wellington. Durante o Festival Eqüestre de Inverno, o grande prêmio das provas de salto é no domingo à tarde. Muito dinheiro, muita gente circulando.

Na estrada depois da arquibancada de pólo, ia se realizar uma competição internacional na mesma hora, e as barracas e bancas em volta da arena se encheram com centenas de aficionados, proprietários de cavalos, cavaleiros, amazonas e cavalariços que vieram assistir ao melhor do salto numa série de obstáculos com um prêmio de mais de cem mil dólares em dinheiro.

Equipes do canal de televisão Fox Sports pontuavam a paisagem. No espaço entre a arena internacional e os picadeiros, as barracas de vendedores na calçada estavam cheias de gente louca por gastar dinheiro em qualquer coisa, de sorvete a diamantes a um filhote da raça Jack Russell. Enquanto o grande prêmio se realiza, há outros eventos na meia dúzia de arenas menores em volta.

Entrei de carro pelo portão dos exibidores e passei pelas tendas, estacionando à distância de umas três tendas de Jade. Não tinha como saber se Van

Zandt tinha me expulsado da área. Pensei: se expulsou, ótimo. Não estava com muita paciência para mais brincadeira.

Minha roupa não era mais de diletante. Estava de jeans e tênis. Camiseta preta e boné de beisebol. Cinto de coldre e o Glock enfiado nas costas, por baixo da blusa solta.

Passei por trás da tenda de Jade e entrei como na primeira noite em que estive lá. Nas alamedas onde ficavam as cocheiras de outros treinadores havia gente que eu não conhecia e que estava conversando, rindo, falando alto enquanto se preparava para as apresentações. Os cavalos estavam sendo arrumados e tendo a crina trançada, as ferraduras limpas, os protetores de pata lustrados.

Mais abaixo na alameda, bem atrás das cocheiras de Jade, os cavalos de outro treinador estavam nas baias, aborrecidos. Dois já tinham trabalhado naquele dia, a crina curta ainda mantinha a ondulação das tranças desfeitas depois que foram montados. Os outros cavalos ainda não tinham visto escova. Não havia sinal de cavalariço por lá.

Com o boné bem enfiado na cabeça, peguei um forcado e, levando um pouco de esterco para uma das cocheiras, entrei. O ocupante da cocheira mal olhou para mim. De cabeça abaixada, enfiei o forcado na forragem e fui indo para a parte dos fundos, ao mesmo tempo que dava uma olhada entre a estrutura de ferro e a lona das laterais.

Na cocheira de trás, uma garota ruiva de cabelo espigado estava em pé num banquinho, trançando a crina de Park Lane. Os dedos dela eram rápidos, sabiam trançar. Ela arrematava com uma fita bem preta, cada uma bem apertada ao pescoço do cavalo. A garota balançava a cabeça enquanto trabalhava, marcando o ritmo de uma música que só ela escutava nos fones de ouvido.

Uma das muitas atividades paralelas na temporada de inverno é trançar crinas e rabos de cavalos. Com quatro mil cavalos no centro, a maioria precisando de tranças para o picadeiro e sem muitos cavalariços, um trançador hábil pode ganhar um bom dinheiro por dia. Há garotas que só percorrem as cocheiras, desde a madrugada, trançando crinas até os dedos não agüentarem mais. Um bom trançador pode tirar muitas centenas de dólares por dia, em dinheiro vivo, se os clientes aceitarem.

A garota que estava trançando os cavalos de Jade estava concentrada e seus dedos voavam. Não me viu chegar.

Paris andava de um lado para outro na alameda em frente à cocheira do cavalariço, falando ao celular. Estava em traje de competição, culotes e blusa sob medida verde-acinzentada. Não havia sinal de Jade nem de Van Zandt por ali.

Eu não acreditava que Landry tivesse detido qualquer um dos dois. Ele não faria nada antes da entrega do resgate. Se ainda havia chance de conseguir o dinheiro, os seqüestradores tinham um motivo para manter Erin viva, caso já não a tivessem matado. E se as coisas que Landry sabia sobre Jade fossem verdade, poderia colocá-lo sob custódia; se não, era arriscado demais. Ele ainda não tinha nada de concreto sobre Van Zandt. Se pegasse um suspeito, o outro seqüestrador continuaria solto para fazer o que quisesse com Erin. Se soubesse que o comparsa estava detido, poderia entrar em pânico, matar a garota e fugir.

Landry tinha que apostar nas probabilidades e ter esperança de que os seqüestradores apareceriam com Erin, embora soubesse que era pouco provável.

Não dava para entender direito o que Paris falava ao celular. Não parecia nervosa. A voz aumentava e diminuía como se fosse música. Ela riu umas vezes, espoucando o grande sorriso.

Joguei uns dois forcados de esterco no carro de lixo, entrei na cocheira seguinte e repeti a operação. Olhei entre a lona da tenda e a estaca e vi Javier sair do quarto de arreios de Jade carregando a sela de Park Lane.

— Com licença, com licença.

Levei um susto com a voz atrás de mim, virei a cabeça e vi uma mulher mais velha me olhando. Tinha uma cabeleira amarelo-alaranjada dura de laquê, parecia um capacete, maquiagem demais, ouro demais e a expressão exigente de uma matrona da sociedade.

Tentei parecer confusa.

— Pode me dizer onde ficam as cocheiras de Jade? — ela perguntou.

— *Cocherrras* de Jadê? — repeti, com forte sotaque francês.

— Cocheiras de Don Jade — ela disse com a voz alta e bem clara.

Apontei para a lona atrás de mim e voltei a cavar o esterco.

A mulher agradeceu e saiu pelo fundo da tenda. Um instante depois, ouvi a voz de Paris Montgomery:

— Jane! Que ótimo te ver!

Jane Lennox. A proprietária de Park Lane. A que ligou após a morte de Stellar e falou em transferir a égua para outro treinador.

Olhando entre a lona e a estaca, a minha vigia de espiã, observei as duas se cumprimentarem — Paris se inclinou para abraçar a visita, sem conseguir se aproximar muito devido ao tamanho dos peitos de Jane Lennox.

— Que pena, Don não está, Jane. Está resolvendo alguma coisa relativa ao assassinato da pobre garota. Ligou para dizer que não poderá estar aqui a tempo para a apresentação de Park Lane. Vou substituí-lo. Espero que não fique muito desapontada. Sei que veio de avião de Nova Jersey para ver Don montar a...

— Paris, não se desculpe. Você monta Park Lane muito bem. Não vou me desapontar assistindo a você conduzindo-a no picadeiro.

Elas entraram no quarto de arreios e as vozes ficaram abafadas. Passei para a cocheira exatamente atrás para escutar através da lona. As vozes iam do cochicho ao sussurro e subiam, o volume aumentando com a emoção.

— ... Você sabe, adoro que monte Parkie, mas preciso dizer, Paris, não gostei do que está acontecendo. Pensei que ele tivesse deixado o passado para trás quando foi para a França...

— Entendo você, mas espero que reconsidere, Jane. Park Lane é uma égua tão maravilhosa. Tem um futuro tão promissor.

— Você também, querida. Tem que pensar no seu futuro. Sei que é fiel a Don, mas...

— Com licença, quem é você? — perguntou uma voz ríspida atrás de mim. — O que faz aqui?

Fiquei de frente para uma mulher de cabelo grisalho e cheio, e rosto parecido com uma uva passa.

— O que está fazendo? Vou chamar a segurança — disse ela, abrindo a porta da cocheira.

De novo, fingi estar confusa, dei de ombros e perguntei em francês se aquela não era a cocheira de Michael Berne. Pediram para eu limpar as cocheiras de Michael Berne. Não era ali?

O nome de Berne foi a única coisa que a mulher entendeu.

— Michael Berne? — ela perguntou, o rosto bem enrugado. — O que tem ele?

— Tenho que trabalhar para Michael Berne — disse, insegura.

— Estes cavalos não são dele! O que tem você? Não sabe ler? Está na cocheira errada.

— Errada? — perguntei.

— Cocheira errada. Michael Berne é para lá — disse a mulher, em voz alta, mexendo o braço a esmo.

— Sinto muito, sinto muito — disse, saindo da cocheira e fechando a porta.

Joguei o forcado, dei de ombros, abri os braços, tentei parecer confusa.

— Michael Berne — repetiu a mulher, acenando como um louco de desenho animado.

Concordei e fui saindo.

— *Merci, merci.*

Enfiei a cabeça nos ombros, abaixei o boné e saí pelo fundo da tenda. Paris estava se afastando com Park Lane, parecendo uma garota da capa da *Town and Country*. O carrinho de golfe de Jade ia atrás, e Jane Lennox e seu cabelo parecendo algodão-doce amarelo-alaranjado em volta da cabeça apareciam atrás dos pneus.

Entrei na tenda da área de Jade. Javier dava a impressão de que havia sido promovido, conduzia o cavalo cinzento de Trey Hughes para a cocheira onde iria arrumá-lo. Esperei-o começar a tratar do cavalo e entrei no quarto de arreios, sorrateiramente.

No dia anterior, a cena do crime tinha sido bastante mexida. A superfície dos armários tinha restos de um pó escuro para registro de impressões digitais. A soleira da porta estava com pedaços de fita amarela para isolamento do local do crime.

Não gostei de Jade não estar lá, com a entrega do resgate marcada para dali a apenas duas horas. Que detalhe da morte de Jill Morone ele saberia? Ele não quis perder tempo falando sobre ela quando os policiais retiraram o cadáver da pilha de esterco. Não quis ser incomodado com detalhes pois precisava montar um cavalo. Os detalhes eram ofício de Paris Montgomery no papel de assistente. Os detalhes, o trabalho desagradável, as relações públicas, o cotidiano. Toda a chateação e nada da glória. Era o que competia à assistente do treinador.

Não naquele dia. Naquele dia, Paris montaria no picadeiro a estrela das cocheiras, enquanto a rica proprietária estaria assistindo. Boa oportunidade.

Fiquei pensando no grau de fidelidade de Paris Montgomery em relação a Jade. Ela parecia muito dedicada, mas os elogios e defesas que fazia de Don Jade pareciam ter sempre alguma coisa camuflada. Trabalhava havia três anos na sombra dele, administrando as coisas, lidando com os clientes, treinando os cavalos. Se Jade saísse de cena, Paris Montgomery teria uma ótima oportunidade. Por outro lado, ela não tinha nome na área internacional de competições de salto. Seu talento na arena ainda precisava ser mostrado. Para isso, seria necessário o apoio de dois patrões ricos.

E dentro de poucos instantes ela estaria montando Park Lane no picadeiro, na frente de Jane Lennox, que estava disposta a abandonar o barco de Jade.

Dei uma olhada na cocheira, mantendo um olho na porta, pois podia ser descoberta. Paris tinha deixado o armário aberto. Na prateleira, camisas e jaquetas limpas. Jeans e camisetas estavam jogados no chão. Uma sacola de couro estava meio escondida por uma blusa usada, no fundo do armário.

Dei mais uma olhada na porta, me abaixei e mexi na sacola, sem encontrar nada de interesse ou valor. Uma escova de cabelo, um horário das apresentações, um estojo de maquiagem. Nenhuma carteira, nenhum celular.

Do lado direito do armário, no fundo de um gaveteiro, havia uma pequena caixa de plástico presa à base do armário. Tentei abrir. A chave da caixa estava na fechadura, mas as dobradiças eram de plástico frágil e mexeram quando forcei. Uma ladra comum deixaria a caixa e se dedicaria a uma das várias cocheiras abertas, onde deixaram bolsas bem à vista.

Eu não era uma ladra comum.

Olhei para a porta da cocheira outra vez, experimentei abrir a caixa, sacudindo e forçando as dobradiças. Ela mexeu e cedeu, me atormentando com a possibilidade de abrir. Foi então que um celular tocou a abertura da ópera Guilherme Tell. Era de Paris Montgomery. E o som não vinha da caixa na minha frente, mas da gaveta acima da minha cabeça.

Com a barra da camiseta, apaguei minhas impressões digitais na caixa, levantei-me e fui abrindo as gavetas. O painel no celular mostrava o nome Dr. Ritter. Desliguei o celular, enfiei-o na cintura do meu jeans e puxei a camiseta por cima. Fechei a gaveta e saí, furtivamente.

Javier estava na cocheira de cavalariço com o cavalo cinzento, prestando atenção enquanto passava um pente duplo no pêlo do animal. O cavalo meio que cochilava, satisfeito como quem recebe uma boa massagem.

Cheguei à porta da cocheira e convenientemente me anunciei em espanhol e perguntei, muito gentil, se Javier sabia onde encontrar o sr. Jade.

Ele me olhou de lado e disse que não sabia.

Tem acontecido um bocado de coisa grave, eu disse.

É, muito grave.

Horrível o que aconteceu com Jill.

Horrível.

Os detetives perguntaram se ele sabia de alguma coisa?

Ele não queria saber da polícia. Não tinha nada para dizer. Naquela noite, estava com a família do primo. Não sabia de nada.

Pena o *señor* Jade não ter feito a checagem daquela noite e ter impedido que acontecesse o assassinato.

Ou a *señora* Montgomery, disse Javier, continuando a escovar o cavalo.

Claro, tinha gente que achava o *señor* Jade culpado.

As pessoas gostam de pensar o pior.

Soube também que os detetives tinham falado com Van Zandt. O que ele achava?

Javier só pensava no trabalho e tinha muita coisa a fazer, agora que as duas garotas saíram.

É, a outra garota também se foi. Ele conheceu bem Erin Seabright?

Não, não conheceu. Para aquelas garotas ele não era nada porque não falava inglês direito.

Isso dificulta as coisas, comentei. Falta de respeito por você. Não passa pela cabeça dessas pessoas que você podia achar o mesmo por elas não fala**rem espanhol.**

As jovens só pensam nelas mesmas e nos homens que querem.

Erin estava de olho no *señor* Jade, não?

É.

E o *señor* Jade estava de olho nela?

Sem resposta.

Ou será que era Van Zandt que estava de olho nela?

Javier só trabalhava. Não se preocupava com a vida dos outros.

Melhor assim, aprovei. Por que arrumar problema com os outros? Veja o caso de Jill. Disse que sabia de alguma coisa sobre a morte de Stellar e olha **o que aconteceu com ela.**

Os mortos não contam nada.

Ele passou os olhos por mim. Percebi que Trey Hughes vinha vindo, pelas minhas costas.

— Ellie, você é uma mulher de muitos talentos. Fala várias línguas — ele disse. Parecia desanimado, não era o mesmo bêbado alegre.

Levantei os ombros.

— Uma língua aqui, outra ali. Qualquer garota de colégio interno consegue.

— Só consigo falar inglês.

— Não vai montar? — perguntei, notando a roupa com que ele estava, calça esporte, camisa pólo, mocassins.

— Paris vai montá-lo — ele disse, passando por mim para tocar o focinho do cavalo cinzento. — Assim conserta tudo o que fiz de errado com ele na última volta, sexta-feira.

Olhou minha roupa e levantou uma sobrancelha.

— Você também não parece a mesma hoje.

Abri as mãos.

— Estou disfarçada de gente simples.

Ele sorriu devagar. Fiquei pensando se estava de humor baixo com uma pequena ajuda química.

— Ouvi uma historinha a seu respeito, jovem — ele disse, me olhando com o canto do olho, enquanto dava um pouco de feno para o cavalo.

— É mesmo? Espero que seja picante. Estou vivendo um romance abrasador com alguém? Com você?

— Você está? Esse é o mal de ficar velho, continuo me divertindo, mas não me lembro de nada — disse ele.

— Então as coisas são sempre novidade.

— Você só vê o lado positivo das coisas.

— Mas o que ouviu a meu respeito? — perguntei, mais interessada em saber de quem ele tinha ouvido. Van Zandt? Bruce Seabright? Van Zandt iria colocar as pessoas contra mim. Seabright teria falado com Hughes porque valorizava mais o cliente do que a enteada.

— Ouvi dizer que você não é o que parece — disse Hughes.

— Alguém é, por acaso?

— Boa observação, minha cara.

Ele saiu da cocheira e fomos andando para o fim da alameda. O céu tinha escurecido, ameaçando chuva. Do outro lado da estrada, a água da lagoa encrespava, prateada, com a brisa.

— Então quem eu devo ser, já que não sou o que pareço? — perguntei.

— Uma espiã — disse ele. Não parecia nervoso, mas estranhamente calmo. Talvez também estivesse cansado de fingir. Fiquei pensando que personagem importante ele poderia ser naquela história toda, ou se tinha apenas entrado na onda de alguém.

— Espiã? Isso é emocionante. De um país? De uma facção terrorista?

Hughes deu de ombros, inclinando a cabeça de lado.

— Eu sabia que te conhecia. Só não lembrava de onde. Minha velha mente não funciona mais como antes — disse ele, calmamente.

— É ruim desperdiçar a memória.

— Eu ia fazer um transplante, mas esqueço de pedir.

Que coisa horrível, pensei, enquanto andávamos lado a lado. Trey Hughes teve tudo: boa aparência, inteligência, dinheiro para fazer ou ser qualquer coisa. E escolheu ser um bêbado desocupado e envelhecido.

Engraçado. As pessoas que me conhecem podiam pensar a mesma coisa de mim: *Ela teve todas as vantagens, era de ótima família, jogou tudo fora. Para quê? Olhe como está. Que lástima.*

Jamais sabemos o que se passa no coração do outro, o que os anima, o que os derruba, o que eles consideram corajoso, rebelde ou de sucesso.

— Por que acha que me conhece? — perguntei.

— Conheço seu pai. Ele já fez um trabalho para mim. Lembrei pelo nome. Estes. Elle. Elena Estes. Você tinha um cabelo lindo — ele lembrou. Seu olhar estava distante enquanto percorria as brumas da memória. — Um amigo me disse que você agora é detetive, imagina só.

— Não sou. Pode procurar onde quiser. Não me conhecem.

— É uma boa coisa para trabalhar — ele disse, ignorando minha negativa. — Deus sabe que não faltam segredos por aqui. As pessoas fazem qualquer coisa por um dinheirinho.

— Matam um cavalo? — perguntei.

— Matam um cavalo, matam uma carreira, matam um casamento.

— Matam alguém?

Ele não pareceu surpreso com a sugestão.

— A mais velha história do mundo é a cobiça.

— É. E sempre termina do mesmo jeito: mal.

— Para alguns. O jeito é não ser um desses alguns — ele disse.

— Qual o seu personagem nessa história, Trey?

Ele deu um sorriso cansado.

— Sou o palhaço triste. Todo mundo gosta de um palhaço triste.

— Eu só quero saber quem é o vilão. Pode me dar uma pista? — perguntei.

Ele tentou rir, mas não teve forças.

— Claro. Entre na galeria dos espelhos e vire à esquerda.

— Uma garota morreu, Trey. Erin Seabright foi seqüestrada. Não é brincadeira.

— Não. É mais parecido com um filme.

— Se você sabe de alguma coisa, está na hora de contar.

— Meu bem, se eu soubesse de alguma coisa não estaria onde estou agora — ele disse, olhando o lago.

Foi andando, entrou em seu conversível e partiu, bem devagar. Fiquei olhando e pensei que desde o começo estive errada, achando que tudo levava a Jade. Tudo leva a Trey Hughes — a compra do terreno com Seabright, Erin conseguindo o emprego com Jade, Stellar. Tudo levava a Trey.

E assim a grande pergunta era: ele estava no centro do furacão porque era o furacão ou porque o furacão se formou em torno dele?

Trey gostava de garotas, isso todo mundo sabia. E escândalo era seu nome do meio. Só Deus sabia quantos casos teve na vida. Teve um romance com Stella Berne quando Michael era treinador dele. Estava com ela na noite em que a sogra morreu. Não era difícil imaginá-lo interessado em Erin. Mas seqüestro? E o que dizer de Jill Morone?

Eu não conseguia imaginar. Não queria. Monte Hughes III, minha primeira paixão destruída.

Conheço seu pai. Ele já fez um trabalho para mim.

Que diabo ele quis dizer com aquilo? Por que precisou de um advogado de defesa do quilate de meu pai? E como eu descobriria? Ligava para meu pai depois de tantos anos de amargo silêncio e perguntava?

Bom, pai, não se importe por eu tê-lo contestado sempre e largado os estudos para virar policial. E não se preocupe por você ter sido sempre um pai ausente, distante, desinteressado, que se desapontou comigo pelo simples fato de não ter sido feita por você. São águas passadas. Conte-me por que Trey Hughes precisou de seus valorizados serviços.

Meu pai e eu não nos falávamos havia dez anos. Não seria naquele momento que ia ter essa conversa.

Fiquei pensando se Landry tinha interrogado Trey. E se procurou o nome dele no micro, por rotina. Mas Landry não me perguntou nada sobre Trey Hughes, só sobre Jade.

Fui para o carro, entrei e aguardei. Dali a pouco, Paris iria montar o cavalo cinzento de Hughes. Trey iria à cocheira para as providências pós-picadeiro. E quando ele fosse embora, eu iria atrás.

Trey Hughes tinha se transformado no centro do universo. Tudo girava em torno dele. Eu ia descobrir por quê.

SEGUNDO ATO

CENA DOIS

FADE-IN:

EXTERNA: HORSE PARK, NA PROPRIEDADE HÍPICA — ANOITECER

Espaço vazio. Árvores e um canal ao fundo. Curvas de uma estrada pavimentada. Ninguém à vista, mas os tiras estão lá, escondidos.

Um carro escuro se aproxima e pára no portão. Bruce Seabright sai do carro e olha em volta. Parece coagido e nervoso. Acha que aquilo é uma armadilha.

Tem razão.

Abre a mala do carro e tira duas grandes sacolas de lona. Passa as sacolas por cima do portão, sobe na cerca, pega as sacolas e olha em volta outra vez. Está procurando um sinal, uma pessoa. Talvez esteja procurando até Erin, embora ficasse bem satisfeito se nunca mais a visse.

Com relutância, segue pelo caminho que leva ao prédio. Está com cara de quem vai molhar as calças se ouvir algum barulho.

A meio caminho, ele pára e aguarda. Devagar, gira o corpo. Pensa no que vai acontecer. Coloca as sacolas no chão e olha o relógio.

Seis e cinco da tarde.

Está escurecendo. Acendem a luz da segurança e ouve-se um zunido alto. A voz, a mesma voz mecânica dos telefonemas, vem dos alto-falantes.

> **VOZ**
> Deixe as sacolas no chão.

> **BRUCE**
> Cadê a garota?

> **VOZ**
> Deixe as sacolas no chão.

> **BRUCE**
> Quero ver Erin!

> **VOZ**
> Na caixa. Campainha um. Na caixa. Campainha um.

> **BRUCE**
> Que caixa? Que campainha?

Ele está agitado, não sabe para onde ir. Acha desagradável não estar controlando os fatos. Não quer largar o dinheiro. Vê duas campainhas perto do prédio e escolhe a da direita. Pega as sacolas e fica ao lado da campainha.

BRUCE
Que caixa? Não vejo caixa!

Fica lá, impaciente. Escurece rapidamente. Ele olha por um instante para a cabine do juiz (um pequeno abrigo de madeira), no fim do picadeiro, e vai até lá.

BRUCE
Erin? Erin!

Dá a volta na cabine, cauteloso. Alguém pode aparecer de repente, atirar ou bater nele. O corpo de Erin pode ser jogado do alto no chão.

Nada acontece.

Ele corre para a porta, abre, pula para trás.

Nada acontece.

BRUCE
Erin? Você está aí?

Sem resposta.

Devagar, ele põe as sacolas no chão e vai até a cabine outra vez. Não tem ninguém lá dentro. Há uma fita de vídeo no chão. Uma etiqueta tem escrito em letras de imprensa pretas: CASTIGO.

VOZ
Você não cumpriu o combinado. A garota pagou o preço.

Policiais saem do mato. Alguns sobem as escadas do prédio. Derrubam a porta com um chute e entram na sala gritando, armas em punho. Examinam a sala com a luz das lanternas. Não há ninguém lá.

Eles se aproximam do equipamento de som que está sob as janelas com vista panorâmica dos gramados e vêm o *timer* que ligou a máquina precisamente às seis e cinco da tarde.

A fita continua girando.

VOZ
Você não cumpriu o combinado. A garota pagou o preço.
Você não cumpriu o combinado. A garota pagou o preço.

A voz ecoa no vazio da noite.

FADE-OUT

35

Trey Hughes não voltou para a cocheira de Don Jade.

Fiquei esperando no carro e tive a impressão de olhar o relógio a cada três minutos enquanto ele tiquetaqueava em direção às seis da tarde. Javier tirou o cavalo cinzento da cocheira, coberto com uma capa com a marca Lucky Dog, e voltou conduzindo Park Lane. Paris e Jane Lennox voltaram do picadeiro no carrinho de golfe, depois Lennox entrou num Cadillac dourado e foi embora.

Olhei o relógio novamente: eram cinco e quarenta e três.

Num outro centro hípico, situado a alguns quilômetros, Landry e sua equipe do setor de Roubos e Homicídios estariam a postos, aguardando os seqüestradores aparecerem.

Eu queria estar lá para assistir ao resgate, mas sabia que não me deixariam aproximar. Queria saber onde estavam Jade e Van Zandt, o que faziam, quem os vigiava. Queria saber também aonde Trey Hughes tinha ido. Queria que as pessoas me informassem das coisas. Queria participar.

A velha descarga de adrenalina estava presente, acelerando meu metabolismo, fazendo um arrepio de eletricidade correr sob a pele. Fazendo-me sentir viva.

Paris saiu da cocheira em roupas comuns, entrou num Infiniti verde-escuro e tomou a direção da saída de caminhões. Liguei meu carro e a segui, deixando uma picape entre nós. Ela virou à esquerda em Pierson e fomos percorrendo os arredores de Wellington, passando por Binks Forest.

Molly deveria estar na casa dos Seabright, encolhida num canto como um ratinho, olhos arregalados, ouvidos atentos, respiração suspensa, esperando, desesperada, qualquer notícia de Erin e o que tinha acontecido na entrega do resgate.

Gostaria de estar lá, por ela e por mim.

Fiquei indecisa quando Paris parou o carro num cruzamento em Southern, uma movimentada estrada leste-oeste que ia, de um lado, para Palm Beach e, de outro, para a parte rural do condado. Ela passou para o lado da estrada de Loxahatchee e continuou pela B Road, entrando na escuridão de um bosque.

Fiquei atenta às luzes traseiras do Infiniti, sabendo muito bem que estávamos indo na direção da propriedade eqüestre.

Tive uma sensação desagradável de *déjà vu*. A última vez que dirigi por aquelas estradas secundárias à noite, eu era detetive de Entorpecentes. O *trailer* dos irmãos Golam estava por perto.

As luzes de freio do Infiniti acenderam. Nenhum pisca-pisca.

Reduzi a marcha e olhei no retrovisor quando faróis iluminaram minha janela de trás. Meu coração bateu mais depressa.

Não gostei de ter alguém na traseira. Aquela estrada não era de muito movimento. Ninguém passava lá a não ser que precisasse, morasse por ali, trabalhasse numa creche ou numa picotadeira de bagaço.

Naquela manhã, senti outra vez o enjôo na boca do estômago, quando Van Zandt apareceu na fazenda e pensei que estivesse sozinha com ele.

Até mais, tinha dito ele, quando me beijou no rosto.

Na minha frente, Paris entrou na garagem de uma casa. Passei por ela, dando uma olhada. Como a maioria dos lugares naquela região, a casa era em estilo rancho, anos 70, com uma floresta como jardim. A porta da garagem subiu e o Infiniti entrou.

Fiquei pensando: por que ela morava naquele lugar? Jade tinha um negócio rendoso. Paris devia estar ganhando um bom dinheiro. O suficiente para morar em Wellington perto do centro hípico, o suficiente para um apartamento num dos muitos condomínios para cavaleiros e amazonas.

Uma coisa era enfiar os cavalariços lá naquele mato, pois o aluguel era relativamente barato. Mas Paris Montgomery com seu Infiniti verde-escuro e seu anel antigo de esmeralda e diamante?

As luzes brilharam no meu espelho retrovisor, quando o carro atrás de mim diminuiu a distância entre nós.

De repente, apertei o freio e virei à direita numa outra estrada lateral. Mas não era uma estrada. Era uma espécie de beco sem saída, cercado de lotes recém-demarcados. Meus faróis iluminaram o esqueleto de concreto de uma casa em construção.

Os faróis entraram no beco, atrás de mim.

Fiz a volta e fui na direção da estrada principal outra vez, dei uma freada e parei de lado, bloqueando a saída do beco.

Não ia deixar aquele filho da puta ficar me espreitando como se eu fosse um coelhinho.

Tirei a Glock da caixa na porta do motorista.

Escancarei a porta com um chute enquanto o outro carro parava ao lado e abria a janela do passageiro.

Coloquei o revólver na mira, bem na cara do motorista, que ficou de olhos arregalados, boca aberta.

Não era Van Zandt.

— Quem é você? — gritei.

— Ai, meu Deus, ai meu Deus! Não me mate!

— Cala essa boca! Carteira, já! — berrei.

— Eu só, eu só... — gaguejou ele. Parecia ter uns quarenta anos, era magro, cabeludo.

— Saia do carro! Mãos para o alto!

— Ai, meu Deus — lamentou. — Por favor, não me mate. Eu dou meu dinheiro...

— Cala a boca. Sou da polícia.

— Ai, meu Deus.

Pelo jeito, era pior ser da polícia do que ladrão e assassino.

Ele saiu do carro com as mãos para a frente.

— Você é canhoto ou destro?

— O quê?
— É canhoto ou destro?
— Canhoto.
— Com a *mão direita*, tire a carteira e ponha na capota do carro.

Ele obedeceu, colocou na capota e empurrou-a para mim.
— Como se chama?
— Jimmy Manetti.

Abri a carteira e fingi que conseguia enxergar com a luz fraca dos faróis que iluminavam à frente.
— Por que estava me seguindo?

Ele tentou dar de ombros.
— Pensei que você também estivesse procurando.
— Procurando o quê?
— A festa de Kay e Lisa.
— Que Kay e Lisa?
— Não sei. Kay e Lisa. Recepcionistas da Steamer's?
— Minha nossa — murmurei, empurrando a carteira de volta para ele, sobre a capota. — Você é idiota?
— Bom, acho que sim.

Balancei a cabeça e abaixei a arma. Estava tremendo. Uma descarga de adrenalina e a conclusão de que quase atirei na cara de um idiota inocente.
— Mantenha distância, pelo amor de Deus — disse, entrando no carro.
— A próxima pessoa em que você ficar grudado no rabo pode não ser tão boazinha quanto eu.

Deixei Jimmy Manetti com as mãos ainda levantadas, saí do beco e fiz o mesmo caminho, de volta. Lentamente. Tentando fazer meu coração voltar ao normal. Tentando colocar a cabeça no lugar.

As luzes estavam acesas na casa em que Paris Montgomery tinha entrado. No jardim da frente, o cachorro dela tentava morder o próprio rabo. Havia um carro na porta da garagem.

Um clássico Porsche conversível, de capota arriada e placas personalizadas: LKY DOG.

Lucky Dog.

Era Trey Hughes.

36

— Claro que eles foram lá e colocaram a gravação e o *timer* antes até de darem o último telefonema — Landry concluiu.

Estavam numa sala de reuniões: ele, Weiss, Dugan e Armedgian. O major Owen Cathcart, chefe da Divisão de Investigações, juntou-se à equipe para servir de ligação com o delegado Sacks. Completando o grupo, estavam Bruce e Krystal Seabright e uma mulher do Serviço de Apoio à Vítima cujo nome Landry não entendeu.

A mulher do serviço de apoio e Krystal ficaram de lado, Krystal tremendo como um cãozinho chihuahua, os olhos fundos, os cabelos desbotados e espetados como uma peruca monstruosa. Bruce não gostou nada de vê-la na sala, insistiu para que fosse para casa e o deixasse cuidar das coisas. Krystal fez de conta que não ouviu.

— Há três semanas não ocorre nenhum evento naquele local — disse Weiss. — A propriedade fica trancada, mas não a cadeado. A segurança nunca foi problema devido à localização. Mas não seria difícil entrar lá.

— Encontraram alguma impressão digital? — Cathcart perguntou.

— Centenas. Mas nenhuma no gravador, na fita de vídeo nem no *timer* — disse Landry.

— Algum técnico está tentando passar aquela voz na fita para uma voz normal?

— Estão fazendo isso — informou Dugan.

— E o que mostra o vídeo? Vamos ver.

Landry ficou indeciso, olhou para Krystal e para a mulher do Apoio à Vítima.

— São cenas muito fortes, senhor. Não sei se a família...

— Quero ver a fita — disse Krystal, falando pela primeira vez.

— Krystal, pelo amor de Deus — disse Bruce, rispidamente, andando de um lado para outro atrás dela. — Para que ver? O detetive acaba de dizer...

— Quero ver. É minha filha — disse ela, com mais força.

— Quer ver algum animal atacá-la? Violentá-la? É isso o que está dizendo, não é, Landry? — perguntou Bruce.

Landry mexeu a boca. Seabright o irritava. Seria milagre se, até o final do caso, Landry não metesse a mão na cara daquele sujeito.

— Eu disse que é duro assistir. Não há estupro, mas Erin é espancada. Não recomendaria a senhora assistir, sra. Seabright.

— Não há por que assistir, Krystal — Bruce começou, mas a mulher o interrompeu.

— É minha filha. — Krystal levantou-se, apertando as mãos trêmulas. — Quero ver, detetive Landry. Quero ver o que meu marido fez com a minha filha.

— Eu? — Bruce enrubesceu e sufocou como se estivesse tendo um ataque cardíaco. Olhou os policiais na sala. — Sou apenas uma vítima!

Krystal virou-se para ele.

— É tão culpado quanto as pessoas que levaram ela!

— Não fui eu que chamei a polícia! Disseram sem polícia.

— Você não teria feito nada — disse Krystal, amarga. — Não ia nem me contar que ela foi levada!

Seabright parecia constrangido. A boca tremia de raiva. Ele se aproximou da mulher e abaixou a voz:

— Krystal, aqui não é lugar nem hora para essa discussão.

Ela o ignorou e olhou para Landry.

— Quero ver a fita. Ela é minha filha.

— Como se você algum dia tivesse se interessado por ela. Uma gata é melhor mãe que você — murmurou Bruce.

— Acho importante a sra. Seabright ver pelo menos parte da fita. Você pode pedir que parem, Krystal. — A mulher do Apoio à Vítima contribuiu para a discussão.

— Quero ver.

Krystal foi para a frente do grupo, mal se equilibrando em saltos finos de estampa de leopardo. Parecia frágil como um enfeite de vidro, como se um tapa pudesse despedaçá-la num milhão de cacos coloridos.

Landry segurou-a pelo braço. A mulher do Apoio à Vítima finalmente levantou o grande traseiro para ajudar, ficar ao lado de Krystal e oferecer apoio.

— Acho desaconselhável, sra. Seabright — disse Dugan.

Krystal olhou para ele, os olhos saltando das órbitas.

— Quero ver! — gritou. — Quantas vezes tenho de dizer? Preciso gritar? Preciso de uma ordem judicial? Quero ver!

Dugan levantou a mão, vencido.

— Vamos passar a fita. Basta a senhora dizer quando quiser que pare, sra. Seabright.

Ele fez um sinal para Weiss, que enfiou a fita no aparelho de vídeo ligado na tevê vinte e uma polegadas num carrinho na frente da sala.

Todos ficaram em silêncio quando o vídeo mostrou uma cena num quarto que parecia ser uma casa *trailer*. A janela era de alumínio barato e vidros sujos. Alguém tinha escrito com o dedo no vidro manchado: SOCORRO, com as letras invertidas para serem lidas do lado de fora.

Era noite. Um abajur com lâmpada fraca iluminava a cena.

Erin Seabright estava nua sobre um colchão sujo e manchado, sem lençóis, acorrentada pelo pulso à cabeceira enferrujada da cama. Mal parecia a garota que Landry tinha visto numa foto. O lábio inferior estava cortado e o sangue tinha secado. Os olhos estavam manchados de rímel. As pernas e braços tinham marcas e machucados vermelhos. Ela estava de joelhos dobrados, tentando esconder a nudez. Olhava bem para a câmara, lágrimas escorrendo pelo rosto, os olhos vidrados de terror.

— Por que não me ajudam? Pedi para me ajudarem! Por que não fazem o que eles mandam? — perguntou ela, meio histérica. — Vocês me detestam tanto assim? Não sabem o que eles vão fazer comigo? Por que não me ajudam?

— Ah, meu Deus — murmurou Krystal. Cobriu a boca com a mão. Os olhos ficaram cheios de lágrimas que escorreram pelo rosto. — Ah, meu Deus, Erin!

— Nós avisamos — disse a voz metálica, as palavras bem pronunciadas, devagar, baixo e um pouco deturpadas. — Você não cumpriu o combinado. A garota vai ser castigada.

Uma pessoa de preto entrou em cena, vindo de trás da câmera: máscara, roupas e luvas pretas. Foi até a cama e Erin começou a choramingar. Ela se encolheu, encostando na parede, tentando se proteger e cobrir a cabeça com o braço livre.

— Não, não! Não é culpa minha! — gritou ela.

A figura de preto bateu nela com um chicote de montar. Landry recuou ao ouvir o chicote batendo na pele nua. O chicote desceu muitas vezes com uma força cruel, batendo nos braços, costas, pernas, coxas. A garota gritou várias vezes seguidas, um guincho cortante e horrível que entrou no ouvido de Landry como uma lasca de gelo.

Dugan parou a fita sem que pedissem.

— Meu Deus — murmurou Bruce Seabright. Virou-se e passou a mão no rosto.

Krystal Seabright caiu sobre a mulher do Apoio às Vítimas, querendo chorar, mas sem um som sair da boca aberta. Landry segurou um braço dela, Weiss pegou o outro, e sentaram-na numa cadeira.

Bruce Seabright ficou onde estava, o bundão, olhando aquela mulher com quem tinha se casado, como se estivesse pensando se podia considerar o casamento acabado ali mesmo, naquela hora.

— Eu avisei que só ia perturbá-la — disse ele.

Krystal sentou-se dobrada ao meio, com o rosto nas mãos, a saia rosa no meio das coxas.

Landry ficou de costas para ela e, de frente para Bruce, disse, baixo:

— Se o senhor conseguisse levantar o traseiro por três segundos e fingir um pouco de compaixão seria bom.

Seabright teve o desplante de ficar ofendido.

— Não sou o vilão! Não fui eu quem chamei vocês quando os seqüestradores disseram que não era para fazer isso.

— Não. Você não chamou ninguém! Não fez nada! — disse Krystal, levantando a cabeça.

— Erin já estaria em casa, se não fosse aquela detetive meter o nariz nisso — disse Bruce, furiosamente. — Eu estava cuidando disso. Eles teriam soltado ela. Sabiam que eu não ia aceitar terrorismo e a teriam soltado.

— Você a detesta! Quer que ela morra! Não quer mais vê-la! — disse Krystal com a voz esganiçada.

— Ah, pelo amor de Deus, Krystal. Você também não quer! — gritou Bruce. — Ela não passa de lixo, exatamente como você era quando a conheci! Isso não quer dizer que eu queira que ela morra!

— Basta. O senhor saia daqui — disse Landry para Seabright.

— Dei a você uma vida que jamais teria. Você não queria Erin atrapalhando. Você mesma colocou-a para fora de casa — disse Seabright para a mulher.

— Estava com medo, com medo — disse Krystal chorando.

Aos soluços, ela caiu da cadeira e ficou no chão enrolada como uma bola.

— Saia! — disse Landry, empurrando Seabright para a porta.

Seabright deu de ombros e partiu para o corredor. Landry foi atrás, seguido de Dugan.

— Vou processá-la! — gritou Seabright.

Landry olhou para ele como se tivesse enlouquecido:

— O que disse?

— Quero processar aquela mulher!

— Sua mulher?

— Não, Estes! Nada disso teria acontecido se não fosse ela.

Dugan olhou para Landry.

— O que ele está dizendo?

Landry ignorou a pergunta e dirigiu-se a Bruce:

— Sua enteada foi seqüestrada. Não foi Estes quem a seqüestrou.

Bruce colocou o dedo no rosto de Landry.

— Quero a licença dela. E vou chamar meu advogado. Nunca quis que vocês se envolvessem e olhe o que aconteceu. Vou processar o departamento e Elena Estes!

Landry empurrou-o contra a parede.

— Pense bem antes de fazer ameaças a torto e a direito, seu filho da puta!

— Landry! — gritou Dugan.

— Se eu encontrar algo ligando você ao seqüestro, pode desistir, vai ter de se dobrar ao meio e beijar o próprio rabo!

— Landry!

Dugan agarrou-o pelo ombro. Landry afastou-o e ficou de lado, ainda olhando para Seabright.

— Vá dar uma volta, detetive Landry — disse Dugan.

— Pergunte a ele o que Erin quis dizer quando falou que pediu ajuda — disse Landry. — Quando ela pediu? Por que não soubemos? Quero uma autorização para entrar naquela casa e no escritório desse filho da puta. Se ele está ocultando prova, pode apodrecer na cadeia.

— Agora saia — disse Dugan.

Landry passou pelo corredor, entrou na sala da equipe e foi até a mesa dele. Procurou na gaveta um maço de Marlboro Lights que guardava lá. Tinha parado de fumar, mas havia horas que eram exceções, como aquela. Tirou um cigarro, pegou o isqueiro e saiu para andar na calçada e fumar.

Estava tremendo. Queria voltar à delegacia e bater em Bruce Seabright até ele ficar inconsciente. Filho da puta. A enteada seqüestrada e ele não fez nada. Ela que se dane. Deixa que estuprem ela, matem e joguem o corpo num canal. Meu Deus.

Pedi para me ajudarem! Por que não me ajudam? Vocês me detestam tanto assim?

Seabright não contou que falou diretamente com Erin. Landry apostava seu salário como Seabright tinha outra fita escondida em algum lugar. Uma fita com Erin implorando ajuda. E Bruce Seabright não deu porra nenhuma.

Mas não era por isso que Erin estava sendo castigada, não? Estava naquele lugar sujo, acorrentada nua numa cama, apanhando de chicote porque não respeitaram as regras do seqüestro e chamaram o delegado.

Podia ser que Estes tivesse cutucado um vespeiro. Tinha falado com todas as pessoas ligadas a Erin Seabright. Talvez Van Zandt tivesse imaginado que ela não era o que parecia ser.

Toda a equipe de Jade passou por interrogatório no sábado sobre a morte de Jill Morone. O nome de Erin surgiu. Jade deve ter sido avisado disso.

Devia ter alguém nos arredores vigiando, mas Landry achava que não. Tinha dado uma olhada nos relatórios sobre vizinhos: as famílias, profissões, ligações com os Seabright. Não havia nada.

Talvez os seqüestradores tivessem colocado escuta na casa, mas era pouco provável. Não se tratava de um multibilionário de quem estavam tentando extorquir dinheiro.

Ou os seqüestradores tinham informação privilegiada. A respeito do filho de Seabright. Ou do próprio Seabright.

A melhor forma para não despertar suspeitas era cooperar com os policiais, depois culpá-los quando as coisas desandassem. Bruce não teria feito nada para ajudar Erin, se Estes não metesse o nariz no caso.

Bruce teria feito exatamente o que Landry tinha dito no começo: ficar com todas as informações até a garota aparecer morta, se aparecesse. Ele então diria à mulher que fez todo o possível, tudo o que achou melhor. Pena que não funcionou, mas, droga, Erin era só uma obrigação chata.

O cigarro acabou. Landry atirou-a na calçada, pegou a guimba no chão e jogou no lixo.

E como Don Jade entrava na história?

Estes tinha contado para ele: Seabright vendeu terrenos para Trey Hughes, e Don Jade trabalhava para Trey Hughes. Bruce arrumou o emprego para Erin com Jade através de Hughes. A garota estaria melhor se tivesse saído de casa para morar na rua em Miami.

Tudo volta para Jade, Estes tinha dito no começo. Mas não era bem assim. Tudo voltava para Trey Hughes.

Landry tirou o celular do bolso e ligou para Dwyer, que estava atrás de Jade.

— Onde ele está?

— Jantando no Michael's Pasta. Pratos especiais do cardápio: *penne alla putanesca* e risoto de frutos do mar.

— Ele está com quem?

— Uma velha pequena, de peitões falsos e cabelo laranja. Podemos pegá-lo?

— Não.

— Como foi o resgate?

— Foi tudo arranjado, eles sabiam que íamos estar lá.

— Como?

— Tive uma intuição.

— Já existe remédio para isso.

— Sim, é chamado prisão. Sabe onde os federais estão?

— Sentados, olhando para o tempo. Dizem que Van Zandt não saiu da casa. O Mercedes continua na garagem.

— E onde está o carro da mulher de Carlton?

— Não me pergunte. Estou fazendo o *meu* serviço.

— Ótimo.

Landry teve vontade de fumar outro cigarro quando viu Dugan sair do prédio atrás de Bruce Seabright. Bruce foi para o estacionamento na direção do seu Jaguar, entrou e foi embora. No assento ao lado, a mulher dele estava com um ar completamente ausente. Dugan virou-se e veio andando pela calçada.

— Preciso ir embora — disse Landry para Dwyer, desligando o celular.

— O que você sabe de Elena Estes? — perguntou Dugan.

— Ela foi detetive da divisão de Entorpecentes.

— O que sabe dela como detetive particular?

— Sei que não é.

— Por que Seabright acha que é?

Landry deu de ombros.

— Por que ele pensa qualquer coisa? Ele é um merda. Acha boa idéia que pervertidos fiquem com uma garota de dezoito anos para chicotearem ela.

— O que sabe sobre Estes em relação ao caso? — Dugan perguntou, de mau humor.

— Sei que não haveria investigação, se ela não tivesse vindo aqui e me contado o que estava acontecendo — disse Landry.

— Ela está envolvida nisso.

— Trata-se de um país livre.

— Não é tão livre assim — vociferou Dugan. — Traga-a aqui.

37

De repente, fez sentido morar na área rural de Loxahatchee. Escondida, distante da multidão de gente que lidava com cavalos, era o lugar perfeito para viver um romance clandestino.

Pelo jeito, Don Jade não era o único na cocheira que gostava de incluir brincadeiras na cama para favorecer seus interesses. Se Trey Hughes estava naquela casa por outro motivo que não discutir o comportamento de seu cavalo no picadeiro naquele dia, então Paris Montgomery tinha pegado o mais importante cliente de Jade. Ato premeditado com intenção criminosa.

Ou talvez Jade soubesse. Talvez Paris tivesse a bênção dele. Talvez ela garantisse para Jade a atenção de Trey.

Algo me dizia que não. Eu não tinha notado demonstrações públicas de afeto entre Paris e Trey. A relação deles na cocheira parecia ser apenas a de cliente com treinadora.

Paris era inteligente e ambiciosa. Se Paris fazia Trey feliz, o inverso certamente era verdadeiro.

Voltei para Wellington e, enquanto dirigia, pensava se Paris sabia que, antes dela, Hughes esteve envolvido com a mulher de Michael Berne. Isso certamente não garantira a Michael um lugar nas reluzentes cocheiras novas — nem a Stella Berne, aliás.

Fiquei pensando quanto tempo durou o romance. Hughes passou seus cavalos para Jade treinar uns nove meses antes, o que significa que foram às cocheiras de Jade nos Hamptons, no verão. Devem ter ficado lá durante a estação e participado da vida social. Uma relação pode ter surgido aí.

Apaguei essas coisas da minha cabeça, voltei o carro para Wellington e virei em Sag Harbor Court.

O Mercedes que Trey Hughes tinha emprestado a Van Zandt estava na frente da garagem. No estacionamento para visitas, na mesma rua, dois homens de paletó e gravata estavam num Ford Taurus preto.

Agentes da Interpol.

Estacionei um pouco adiante do sedã e me aproximei do carro pela frente. O sujeito que estava no assento do motorista abriu a janela.

— Olhem, eu o vi hoje de manhã num Chevy Malibu azul-escuro — falei.

O cara me olhou com jeito de policial.

— Como disse?

— Tomas Van Zandt. É por causa deles que estão de vigia, não?

Os dois se entreolharam, depois viraram para mim de novo.

— Quem é a senhora? — o motorista perguntou.

— Eu era amiga prepotente do Armedgian. Digam a ele que falei isso.

Deixei-os lá sentados como dois bundões, vigiando um carro que não devia ter saído da porta da garagem o dia inteiro.

Tomas Van Zandt era um homem livre.

Até mais...

Coloquei o revólver no assento de passageiro do meu carro e fui para casa esperar.

Não havia sinal de intrusos na fazenda de Sean. Sabia que ele não daria a senha do portão para Van Zandt. Mesmo assim, meus sentidos estavam alerta.

Parei o carro na cocheira e dei uma olhada nos cavalos, andando pela alameda de revólver em punho. Fiz um agrado em cada cavalo, sentindo minha tensão diminuir um pouquinho em cada baia. Oliver queria comer o revólver. Feliki esticou as orelhas para mim para lembrar quem era a melhor égua ali e ficou esperando um carinho. D'Artagnan só queria que eu coçasse seu pescoço.

Fiz tudo isso pensando em Erin Seabright, na risada que deu para Stellar no vídeo que achei no quarto de Van Zandt. Fiquei pensando se ela permitia que lembranças assim a confortassem ou atormentassem lá onde estava, seja lá como estivesse.

Queria ligar para Landry e saber o que aconteceu no resgate, mas não ia fazer isso. Ele não era meu amigo nem confidente. Não iria gostar da minha vontade de ficar a par dos acontecimentos. Gostaria que Molly ligasse, mas sabia que ela não seria a primeira a saber de alguma coisa. Deviam ter mandado Bruce para o local do resgate. Qualquer que fosse o resultado, seria feita uma análise da operação na sala do delegado. E ninguém iria pensar ou ter a gentileza de comunicar a Molly o que estava acontecendo.

Não havia nada a fazer senão aguardar, pensei. Depois, lembrei que estava com o celular de Paris Montgomery no carro. Peguei-o a caminho da casa de hóspedes e sentei à escrivaninha com ele.

O celular era um Nokia 3390. O ícone de recados indicava que havia mensagens para ela, mas eu não podia ouvi-los porque não sabia a senha. Mas sabia que aquele modelo de celular arquivava os dez últimos números discados.

Olhei o último número chamado. A frase "Mensagem de voz" apareceu na tela. Olhei o chamado anterior: Jane L , celular. O próximo: Don, celular.

Faróis iluminaram a estrada.

Não era Sean. Nunca vi os faróis de Sean porque ele sempre entrava direto na garagem que ficava bem na ponta da casa principal.

Talvez fosse Irina.

Talvez não fosse.

Deixei o celular de lado, peguei o Glock, desliguei a única luz acesa na casa e olhei pela janela.

A luz de segurança no final da cocheira não alcançou direito o carro. Mas quando o motorista saiu e veio caminhando para a casa de hóspedes, vi, pelo jeito de andar, que era Landry.

Meu coração acelerou. Ele teria notícias. Boas ou ruins, teria. Abri a porta antes que entrasse no pátio. Ele parou e colocou as mãos para o alto, de olho na arma que continuava na minha mão.

— Não mate o mensageiro — disse ele.
— Más notícias?
— Sim.
— Ela morreu?
— Que nós saibamos, não.

Inclinei-me na janela e suspirei, sentindo-me aliviada e enjoada ao mesmo tempo.

— O que houve?

Ele contou do resgate, da mensagem gravada ligada ao *timer*, do vídeo de Erin apanhando.

— Meu Deus — murmurei, passando as mãos pelo rosto, sentindo o tato apenas de um lado. Naquele momento, eu gostaria que meu corpo inteiro estivesse entorpecido. — Ah, meu Deus, coitada daquela menina.

Você não cumpriu o combinado. A garota vai pagar o preço.

Eu sempre quis cumprir as regras. Passei a vida inteira assim e só pensava no que estava fazendo quando já era tarde demais. Nunca aprendi a lição. Agora, Erin Seabright estava pagando o preço.

Eu devia ter feito alguma coisa de outro jeito. Se não tivesse sido tão agressiva com Bruce Seabright, se não tivesse insistido em colocar a equipe da delegacia no caso...

Se não fosse eu. Se Molly tivesse procurado outra pessoa.

— Não fique se torturando, Estes — disse Landry, calmamente.

Ri.

— Mas me torturar é uma das poucas coisas que faço bem.

— Não — murmurou ele.

Estava de pé bem perto de mim. Nossas sombras se encontravam no chão, com a luz da porta da frente nos iluminando. Se eu fosse uma mulher diferente, podia ter me virado para ele naquele instante. Mas não me lembrava da última vez em que ofereci minha vulnerabilidade a alguém. Não sabia como fazer. E não confiava em Landry.

— Não é tudo culpa sua. Às vezes, as coisas acontecem porque acontecem — disse ele.

Eu tinha dito a mesma coisa para ele apenas vinte e quatro horas antes.

— Qualquer coisa que eu diga pode e vai ser usada contra mim.

— Qualquer palavra.

— Ajudou quando eu disse isso a você?

Ele balançou a cabeça.

— Não, mas gostei do som.

— Obrigada.

— Não tem de quê.

Ficamos nos olhando por um tempo um pouco longo demais, depois Landry esfregou a nuca e olhou para dentro da casa.

— Posso me servir um uísque? O dia foi difícil.

— Claro.

Ele foi até o armário, serviu dois dedos de um uísque da minha idade e bebeu.

Sentei no braço de uma poltrona e olhei para ele.

— Onde estava Jade durante o resgate?

— Em West Palm, com os pais de Jill Morone. Eles vieram de avião de Buttcrack, na Virgínia, à tarde e pediram para encontrar com ele.

— E Van Zandt?

Ele balançou a cabeça, apertando o maxilar.

— Recebi uma breve visita de manhã de seu amigo do FBI.

— Armedgian? Não é meu amigo, nem seu, imagino.

— Ele de repente está aqui para "consultas e conselhos". A equipe dele está vigiando Van Zandt.

— A equipe está vigiando um carro na porta da garagem. Van Zandt veio aqui de manhã, dirigindo um Chevy.

Landry lançou-me um olhar aguçado.

— O que veio fazer aqui?

— Me dar notícia, acho.

— Ele sabe que você invadiu a casa dele ontem à noite?

— Sabe, acho que sim.

— Não gosto disso.

— Imagine como me sinto.

Ele tomou o uísque e pensou.

— Bom, ele não estava no resgate. Isso sabemos.

— Não significa que não esteja ligado ao seqüestro. Como Jade, aliás. Tenho certeza de que foi por isso que deixaram a fita com um *timer*: assim, os vilões podiam inventar ótimos álibis para a hora do resgate.

— Por isso e para castigar Seabright.

— Eles deviam saber que você estaria lá. Não tinham qualquer intenção de aparecer com ou sem Erin.

— Ainda temos que ver isso.

— Claro. Mas não gosto do que significa para Erin. Eles agora sabem que não vão conseguir o dinheiro. Então, qual a vantagem de ficarem com ela? Nenhuma.

— Brincadeiras e jogos com o chicote de montar — disse Landry. Ele olhou para o chão e balançou a cabeça. — Meu Deus. Você devia tê-lo visto chicoteando ela. Se batesse nos cavalos daquele jeito, a Sociedade Protetora dos Animais mandava prendê-lo.

— Jade? Tenho certeza que você sabe alguma coisa sobre ele que ignoro. Mas não sei se ele é o sujeito que nos interessa.

— Você disse que tudo levava a ele.

— De certa forma, sim. Mas de uma maneira que não acrescenta nada. Ele está muito bem profissionalmente, com Trey Hughes incluindo-o nesse novo empreendimento e comprando cavalos caros para ele treinar. Por que iria arriscar isso fazendo algo tão grave como seqüestrar Erin?

— Erin sabia alguma coisa sobre o cavalo que ele matou.

— Então por que não se livrar dela apenas? Estamos no sul da Flórida. A coisa mais simples do mundo é livrar-se de um corpo. Por que se envolver num complicado seqüestro?

Landry deu de ombros.

— Ele é psicótico. Se acha onipotente.

— A explicação também serve para Van Zandt, mas não acho que Jade seja capaz de arriscar tudo por uma coisa, nem se aliando a uma alma perdida como Van Zandt.

Landry deu outro gole no uísque. Achei que estava decidindo se contava ou não o que sabia.

— Um dos telefones que você me deu, que estava no aparelho de Seabright, pertencia a um celular pré-pago que localizamos como tendo sido comprado na Radio Shack, em Royal Palm Beach. Mostramos fotos de Jade para os vendedores, que não conseguiram lembrar dele, mas um lembrou-se do telefonema de um homem chamado Jade pedindo informações sobre telefones e pedindo para mandar um pelo correio.

— Por que Jade faria uma coisa tão idiota? — perguntei.

Landry deu de ombros.

— Talvez achasse que um celular não pudesse ser rastreado, então podia falar com qualquer pessoa.

Levantei e fiquei andando de um lado para outro, balançando a cabeça.

— Don Jade não chegou onde está por ser idiota. Se queria receber um telefone, por que não deu um nome falso? Por que não deu só o primeiro nome? Não, isso não faz o menor sentido.

— É a pista que temos — defendeu-se Landry. — Não vou desprezá-la. Como você sabe, os criminosos fazem merda. Eles se descuidam, cometem erros.

— Bom, pode ser que alguém tenha cometido esse erro por ele.

— O quê? Você acha que alguém está querendo incriminá-lo?

— É o que me parece. Jade tem mais a perder do que a ganhar com essa história.

— Mas ele já fez isso antes: o golpe dos cavalos mortos com a seguradora.

— É, mas na época as coisas eram outras.

— O tigre não muda suas listras.

— Veja, não estou querendo defendê-lo. Só acho que tem mais maçãs podres nessa caixa, além de Don Jade. O que Michael Berne diz da noite em que Jill foi assassinada?

— Ele foi tomar um drinque com um cliente no Players, mas a pessoa não apareceu. Ele foi para o corredor telefonar para o cliente e viu a discussão entre Jade e a garota.

— E depois?

— Foi para casa e ficou com a mulher dele.

Revirei os olhos.

— Ah, sim, a conveniente sra. Álibi.

— O quê? Você acha que Berne planejou tudo? Por quê? — perguntou Landry, parecendo irritado.

— Não estou dizendo isso. Não consigo entender por que alguém se arriscaria a ser preso pelo seqüestro. Mas Michael Berne detesta Don Jade a ponto de vingar-se. Berne perdeu um bocado de dinheiro quando Trey Hughes deixou de ser cliente dele. Ele é um homem amargo. Pode ter matado o cavalo. Talvez pense que, se Jade saísse do caminho, ele poderia recuperar Hughes como cliente. Mesmo se não conseguisse, ficaria satisfeito em prejudicar a vida de Jade.

— E onde Van Zandt se encaixa com Berne? Você ainda acha que ele matou Jill, não?

— Acho, mas ele não se encaixa. Talvez tenha matado Jill e o motivo não tenha nada a ver com o resto, só com sexo. Ou talvez seja cúmplice de Berne ou de Paris Montgomery que, aliás, está transando com Trey Hughes. Mas não acredito que Berne seja cúmplice de Don Jade. E tem também Trey Hughes: a coisa toda gira em torno dele.

— Meu Deus, que confusão — resmungou Landry. Terminou o uísque e colocou o copo na mesa de centro. — Se eu fosse você, não contava nada disso para o tenente Dugan.

— Por que eu contaria?

O bip de Landry tocou. Ele olhou a tela e relanceou os olhos para mim:

— Porque ele quer falar com você imediatamente.

Chegamos ao prédio da delegacia e Landry segurou a porta para eu passar. Não tive a gentileza de agradecer. Estava pensando só na reunião que ia ter. Precisava de uma estratégia, senão Dugan e Armedgian me punham fora do caso na hora.

Eles aguardavam na sala do tenente: Dugan, Armedgian e Weiss. Quando entrei, Weiss me olhou com muita raiva reprimida. Ignorei-o e fui direto a Dugan, olhando-o nos olhos, estendi minha mão.

— Tenente. Elena Estes. Ia dizer muito prazer em conhecê-lo, mas tenho certeza de que não vai ser. — Passei para Armedgian: — Obrigada pela informação sobre Van Zandt. Teria sido mais útil saber de tudo, mas que importa? Ninguém gostava de Jill Morone mesmo.

A cara redonda de Armedgian enrubesceu.

— Não posso dar informação privilegiada para uma civil.

— Claro, eu entendo. Por isso o senhor ligou para o tenente Dugan na hora, não foi? Para avisá-lo, assim ele punha alguém vigiando o sujeito, não é?

— Não tínhamos motivo para achar que Van Zandt representasse perigo imediato para ninguém — defendeu-se Armedgian. — Eu não havia sido informado do seqüestro da moça.

— Tenho certeza de que isso será um consolo para a família de Jill Morone.

— Sua preocupação com a família é tocante, srta. Estes — ironizou Dugan. — E surpreendente, considerando a forma como tratou os Seabright.

— Tratei-os com a devida cortesia.

— Conforme Bruce Seabright, não.

— Ele não merecia nenhuma, como o senhor já deve ter percebido também. Não me convenci de que não esteja envolvido no seqüestro.

— Não estou interessado em suas teses, srta. Estes — disse Dugan.

— Então o que eu vim fazer aqui?

— Os Seabright querem apresentar queixa contra você. Parece que deu identidade falsa para eles.

— Não foi bem assim.

— Você não é detetive particular — disse Dugan.

— Nunca disse a ninguém que sou. Os Seabright tiraram uma conclusão errada.

— Não tente me enrolar com semântica. Se quer brincar com palavras, vá ser advogada.

— Obrigada pelo conselho.

— Pena que não aceitou o conselho antes de fazer um dos nossos ser assassinado — disse Weiss, baixo, atrás de mim.

Continuei olhando firme para Dugan.

— Entrei nisso tentando ajudar uma menina que achava que a irmã estava em apuros, quando ninguém, inclusive as pessoas desta delegacia, acreditou nela. Foi essa minha única intenção, tenente. Se Bruce Seabright se sentiu ameaçado com isso, o senhor deveria procurar o motivo.

— Estamos com a situação sob controle — disse Dugan. — Quero que você saia disso. Já.

Olhei em volta da sala.

— Será que não entendi alguma coisa? Eu tinha sido recontratada por esta delegacia? Se não fui, tenho certeza de que não podem me dizer o que fazer, aonde ir, com quem conversar. Sou uma cidadã.

— Você está atrapalhando a investigação oficial.

— Se não fosse eu, não haveria investigação.

— Não posso ter uma civil solta, arrombando casas, falsificando provas...

— Arrombar e invadir domicílio é crime. Se o senhor tem alguma prova de que cometi um crime, devia me prender.

— Prenda, tenente. Eu me responsabilizo — ofereceu Weiss.

— Elena, agora somos nós que cuidamos de Van Zandt. A delegacia e o FBI — informou Armedgian.

Olhei para ele, aborrecida. — Hum, hum. Grande coisa. Hoje de manhã ele esteve na minha casa e me ameaçou. Onde vocês estavam, Wayne? E sabem do que mais? Aposto cem mil dólares como não sabem onde ele está agora. Aceitam?

A cara de Armedgian falou por ele.

— Srta. Estes, os Seabright pretendem dar queixa contra você. Se ficar nos arredores da casa ou do escritório do sr. Seabright, teremos de prendê-la — avisou Dugan.

Dei de ombros.

— Podiam mandar um policial me avisar. Tenente, estou perdendo meu tempo, a menos que queiram falar sobre o caso.

Dugan arqueou a sobrancelha.

— Tem coisas urgentes a fazer?

Tirei o celular do bolso da jaqueta, passei por alguns números e apertei a tecla para ligar. Fiquei olhando o tenente enquanto o telefone chamava na outra ponta da linha.

— Van Zandt? Aqui é Elle. Desculpe eu ter de sair correndo hoje de manhã. Principalmente depois de você passar tanto tempo gritando comigo e me fazendo achar que não sou capaz de montar uma bicicleta, quanto mais um cavalo.

Houve uma pausa na outra ponta. Barulho de fundo. Ele estava no carro. Decidi manter a conversa mesmo se ele desligasse na minha cara. Queria que Dugan soubesse que não me controlava e, ao mesmo tempo, que eu podia ser útil, mesmo se ele não gostasse da idéia.

— Você acha que fui muito grosso com você? — Van Zandt perguntou.

— Não, eu gosto assim — respondi, com malícia.

Outra pausa e ele fez um muxoxo.

— Não conheço ninguém parecido com você. Elle.

— Isso é bom ou ruim?

— Depois veremos. Estranho você me ligar.

— A mariposa e a lâmpada. Você estimula meu cérebro, Z. Sean e eu vamos ao Players para um jantar tardio e tomar um drinque ou três. Você tem algum compromisso?

— Até agora, não.

— Mais tarde? — sugeri.

— Acho que não devo confiar em você, Elle.

— Por quê? Não faço nada. Sou a diferente.

— Você não confia em mim. Acha que eu sou ruim, o que não é verdade.

— Então me convença de que é um cara legal, nunca é tarde para se fazer amigos. Além do mais, estou convidando só para tomar drinques, pelo amor de Deus. Leve sua amiga Lorinda. Na sobremesa, você pode vender para ela o cavalo de Sean. Te vejo mais tarde. Tchau.

Desliguei o celular e coloquei-o no bolso. Falei para Dugan:

— Isso mesmo, tenho coisas urgentes a tratar. Um encontro com Tomas Van Zandt. — Virei-me para Wayne Armedgian: — Acha que consegue resolver esse impasse, parado em um estacionamento?

Não esperei a resposta.

— É sério, rapazes — disse e, com um aceno de mão, saí da sala.

Fiquei tonta. Era como se tivesse me aproximado de um gigante e cuspido no olho dele. De uma só cajadada, consegui atingir o chefe do setor de Roubos e Homicídios e o agente especial e supervisor regional do FBI.

Que se dane. Eu estava fora. Eles me excluíram e não o contrário. Eu teria contado tudo o que sabia de boa vontade, mas não quiseram. Só mostrei que não podiam me tratar mal. Eu conhecia meus direitos, conhecia a lei. E sabia que estava com a razão: eles não teriam um caso se eu não tivesse chamado Landry, se eu não tivesse pedido informação para Armedgian. Não ia deixar que me dessem tapinhas nos ombros e depois me chutassem para escanteio.

Saí do prédio e fiquei andando na calçada de um lado para outro, respirando o ar denso e quente da noite, pensando se tinha agido certo, pensando se me incomodava com isso e se já era tarde demais para fazer alguma coisa.

— Você está cheia de si, Estes.

Landry se aproximou, com um cigarro numa das mãos e um isqueiro na outra.

— É, não sei como caibo dentro da calça.

— Acha que Van Zandt vai aparecer no Players? — perguntou, acendendo o isqueiro.

— Acho que sim. Ele gosta muito desse jogo. E não é que esteja correndo perigo iminente de ser preso. Sabe que você não tem nada de concreto contra ele, senão já estaria na cadeia. Acredito que ele vai aparecer para esfregar isso na sua cara e na minha.

Por impulso, peguei o cigarro dele e dei uma tragada. Landry ficou me olhando, inescrutável.

— Você fuma? — perguntou.

— Não, larguei há anos — disse, soltando a fumaça.

— Eu também.

— Esse é o maço que fica na mesa do escritório? — perguntei.

Ele pegou o cigarro de volta.

— É, se não, teria de beber. Não posso ficar sem o cigarro. Por enquanto.

— Weiss sentou a bunda no fogo.

— Ele não é muito atilado — disse Landry, à guisa de explicação.

— Sei que não me querem lá, mas fui eu que levantei o caso e ainda posso ser útil na história.

— Eu sei. Você só esfregou isso na cara do meu tenente.

Mostrou uma sombra de sorriso. A aprovação dele tinha muita importância para mim.

— É muito demorado explicar sutilezas e não temos tempo para ficar com frescura — eu disse.

Peguei o cigarro para uma última tragada, minha boca passando por onde antes estava a dele. Não queria que ele achasse que tinha alguma coisa de erótico naquilo, mas claro que tinha e ele também sabia. Nossos olhares se cruzaram e se sustentaram, uma corrente elétrica passando entre nós.

— Tenho de ir embora — eu disse, indo na outra direção da calçada.

Landry ficou no lugar.

— E se Dugan quiser que você volte para lá?

— Ele sabe para onde estou indo. Pode ir atrás e me pagar um drinque.

Landry balançou a cabeça, espantado.

— Você é uma coisa, Estes.

— Eu apenas tento sobreviver — disse, virando e entrando no meu carro.

Quando saí do estacionamento, passei ao lado da calçada e os faróis iluminaram Weiss na porta do prédio. Aquele bundinha. Imaginei que ele fosse criar problema porque Landry dividiu o cigarro comigo, mas isso era com Landry. Eu já tinha os meus problemas. Ia me encontrar com um assassino.

38

Mulheres. Aquelas piranhas idiotas e ingratas. Van Zandt passou a maior parte da vida cortejando-as, agradando-as — qualquer que fosse a cara delas —, levando-as de carro para ver cavalos, dando conselhos e avisos. Elas precisavam dele para saber o que fazer, o que pensar, o que comprar. E ficavam gratas? Não. A maioria era egoísta e boba, não tinha cérebro dentro da cabecinha. Mereciam ser enganadas. Mereciam tudo o que acontecia com elas.

Pensou em Elle. Ainda pensava nela por esse nome, embora soubesse que era falso. Ela não era como "a maioria das mulheres". Era inteligente, astuciosa, ousada. Tinha a lógica dura dos homens, mas com a malícia e a sensualidade das mulheres. Achava isso interessante, provocador. Um jogo que valia a pena.

E ela tinha razão: não podia fazer nada que pudesse prejudicá-lo. Não havia prova contra ele, portanto era um homem inocente.

Ele sorriu, se sentindo feliz, inteligente e superior.

Pegou o celular, apertou o número de casa e ouviu tocar sem que ninguém atendesse. Sentiu a animação descendo em espiral. Mais um toque e a secretária eletrônica atenderia. Não queria falar com a porra da máquina.

Aonde, diabos, Lorinda tinha ido? Para algum lugar com aquele onipresente e chato cachorro. Animal horrendo, pulguento.

A secretária eletrônica atendeu e ele deixou um recado curto para Lorinda encontrá-lo mais tarde em The Players.

Irritado, terminou de falar e jogou o celular no banco do passageiro, na porcaria de carro que Lorinda tinha emprestado. Ele não suportou que a polícia o ficasse seguindo por todo canto. Seguindo por nenhum bom motivo, tinha dito para ela. Era uma inocente vítima de assédio policial. Claro que ela acreditou, apesar de ter visto a camisa ensangüentada. Ele deu uma explicação e ela também aceitou.

Burra. Não entendia por que ela não alugava um carro melhor para viajar. Lorinda tinha dinheiro herdado da família na Virgínia. Tomas se encarregou de verificar pessoalmente. Mas desperdiçava em doações para cães abandonados e cavalos doentes, em vez de aproveitar o dinheiro. Vivia como uma cigana na fazenda que foi da avó, alugava a grande sede e morava com um bando de cães e gatos numa velha casa de madeira que jamais limpava.

Tomas tinha lhe dito que ela precisava fazer uma plástica, achar um emprego qualquer e se arrumar, senão jamais conseguiria um marido rico. Ela riu e perguntou por que ia arrumar outro marido se tinha Tomas para cuidar dos interesses dela.

Criatura estúpida.

Mulheres. A perdição da vida dele.

Ele entrou para leste na Southern Boulevard, pensando na mulher que ia encontrar. Ela achou que pudesse chantageá-lo. Disse que sabia tudo sobre a garota morta que, claro, não sabia. Mas já tinha virado um problema antes, com as mentiras que contou aos americanos sobre ele. Piranha amarga e vingativa. Russas eram assim. Jamais houve uma raça pior.

A morte dessa seria, claro, culpa de Sasha Kulak. Tomas a recebeu, deu um teto para viver, um emprego, oportunidade de aprender com ele e aproveitar seus vastos conhecimentos, na estrebaria e na cama.

Devia tê-lo adorado. Devia ter querido agradá-lo e servi-lo. Devia ter lhe agradecido. Mas roubou-o e apunhalou-o pelas costas, espalhou histórias sobre ele.

Com muito custo, ele ligou para os clientes que ela pudesse ter conhecido ou contatado depois de sair, para avisá-los que aquela garota era um problema, roubava e devia usar drogas; além de acrescentar, claro, que ele não tinha feito nada de errado.

Agora ele tinha de lidar com a amiga dela, a russa da fazenda de Avadon. Sean Avadon devia tê-la demitido na hora, naquela sexta-feira, quando a garota tentou matá-lo na estrebaria do próprio Avadon. Inacreditável as coisas que esses americanos agüentam.

Estava cheio da Flórida. Queria voltar logo para a Bélgica. Já tinha reservado a passagem. Um avião de carga para Bruxelas com um carregamento de cavalos. Viajando como se fosse cavalariço ele nunca pagava. Mais um pouco de tempo e teria negócios ali, mostrando a todos que não tinha nada a esconder, nem motivo para se preocupar com a polícia. Depois, passaria um tempo na Europa e voltaria quando as pessoas tivessem coisas melhores para dizer dele.

Reduziu a velocidade do carro procurando a placa. Ele tinha sugerido encontrar nos fundos do centro hípico, mas a garota não quis, insistiu que fosse num lugar público. Ela escolheu aquele lugar: Magda's, um bar sujo na parte industrial de West Palm Beach. Todo de madeira e até no escuro via-se que precisava de uma pintura e tinha cupim.

Van Zandt entrou na pista em frente ao bar e fez a volta para achar um estacionamento.

Encontraria a garota no bar, pagaria um drinque para ela. Quando ela não estivesse olhando, colocaria a droga na bebida. Era simples. Conversariam, ele tentaria garantir que houve um mal-entendido a respeito de Sasha. A droga começaria a fazer efeito. Quando chegasse a hora e ela não conseguisse protestar, ele a levaria para fora.

Ela ia parecer bêbada. Ele a colocaria no carro e levaria para um lugar onde pudesse matá-la e se livrar do corpo.

Encontrou um local para estacionar, ao lado de uma cerca fechada com cadeado que separava o bar de um ferro-velho. Perfeito. Fora das vistas. O problema seria resolvido rápido e sem sujeira, depois ele iria para The Players tomar um drinque com Elena Estes.

Fui para The Players sozinha. Se Van Zandt aparecesse com Lorinda Carlton, eu daria as desculpas por Sean não vir, não ia metê-lo naquela trama mais do que já havia metido.

A boate estava animada. Vencedores e vencidos das competições no picadeiro comemoravam e afundavam suas mágoas. A maioria das cocheiras fecha nas segundas-feiras então todos podiam se recuperar da competição do fim de semana. Não era preciso dormir cedo no domingo.

O lugar era um palco com centenas de pessoas. Mulheres exibindo a última moda em Palm Beach e a mais recente cirurgia plástica. Jogadores de pólo morenos e latinos, tentando acertar qualquer coisa rica que usasse saia. Menos famosos que vieram para o fim de semana. Reis sauditas. Cada par de olhos escorregava para o parceiro que pudesse ter a conversa mais promissora.

Achei uma mesinha no canto do bar e fiquei encostada na parede, de frente para o salão. Pedi uma tônica com limão e rechacei um ex-astro do beisebol que achava que me conhecia.

— Você não me conhece. Nem deveria querer — disse, encantada por ele ter me escolhido.

— Por quê?

— Porque eu sou um problema.

Ele passou para a cadeira ao lado e debruçou-se na mesa. O sorriso dele tinha brilhado em muitos anúncios de serviço interurbano com tarifa reduzida e cuecas coloridas.

— Não se diz uma coisa dessas. Agora fiquei curioso.

— E eu estou esperando uma pessoa — avisei.

— Sujeito de sorte. O que ele tem que eu não tenho?

— Não sei. Ainda não o vi de cueca — disse, meio rindo.

Ele abriu as mãos e riu.

— Não tenho segredos.

— Não tem vergonha.

— Não, mas sempre consigo a garota que quero.

Balancei a cabeça.

— Desta vez, não, Campeão.

— Este sujeito está incomodando-a, Elle?

Levantei os olhos e vi Don Jade ao meu lado, segurando um martíni.

— Não, eu é que estou dificultando as coisas para ele — eu disse.

— Ou algo assim — corrigiu o sr. Beisebol, arqueando a sobrancelha. — Não é esse o cara que está esperando, é?

— Na verdade, é.

— Mesmo depois de me ver de cuecas?

— Gosto de surpresas. O que posso fazer?

— Diga que encontra com ele depois. Vou ficar no fundo do bar — disse o rapaz, levantando-se.

Fiquei olhando-o se afastar, surpresa por eu ter gostado de flertar.

— Não fique tão impressionada — disse Jade, sentando na cadeira vaga. — Ele só tem chapéu, não tem gado, como se diz lá no Texas.

— Como você sabe?

Ele me olhou firme de um jeito que contradizia o drinque que segurava. Estava sóbrio como um juiz.

— Você se surpreenderia com as coisas que eu sei, Elle.

Tomei minha tônica, pensando se ele saberia de mim; se Van Zandt ou Trey Hughes tinham contado para ele ou se o deixaram fora da história de propósito.

— Não, eu não me surpreenderia. Tenho certeza que pouca coisa escapa de você — eu disse.

— Não tanto.

— Por isso ficou tanto tempo com os detetives ontem? Porque tinha muito a contar? — perguntei.

— Não, a morte de Jill é um assunto sobre o qual não sei nada. Você sabe?

— Eu? Não. Devíamos perguntar a outra pessoa? Van Zandt vai chegar mais tarde. Vamos perguntar a ele? Desconfio que pode contar coisas de deixar o cabelo em pé.

— É fácil conseguir que alguém lhe conte uma história, Elle — disse Jade.

— É. Difícil é contarem a verdade.

— É isso que você está querendo? A verdade?

— É como se diz: a verdade liberta.

Ele deu um gole no martíni e ficou olhando para o nada.

— Tudo depende de quem você é, não?

A garota estava esperando sob a lâmpada da porta dos fundos. O cabelo dela caía em volta do rosto como uma juba de leão. Estava de calça preta e justa nas pernas compridas, uma jaqueta de sarja, a boca pintada com um batom escuro. Fumava um cigarro.

Van Zandt achou que era a garota da fazenda Avadon. Essas garotas sempre mudam, quando não estão nas cocheiras.

Van Zandt abriu a porta do carro e saiu, pensando se devia simplesmente atraí-la para longe do bar, empurrá-la para dentro do carro e ir embora com ela. Mas a possibilidade de haver alguma testemunha saindo pela porta dos fundos era muito arriscada. Na hora em que estava pensando nisso, a porta se abriu e um homem grandalhão saiu e ficou sob a lâmpada. Ficou alerta, os pés afastados, as mãos juntas na frente. A garota olhou para ele, sorriu satisfeita e disse alguma coisa em russo.

Quando estava bem no meio do caminho, entre o carro e o bar, Van Zandt teve um arrepio de medo. Diminuiu o passo. O russo grandalhão segurava alguma coisa. Uma arma, talvez.

Atrás dela, portas de carro se abriram e solas de sapato arranharam o piso de concreto rachado.

Achou que tinha cometido um erro terrível. A garota estava tão perto que dava para ver que olhava o russo e sorria, perversamente. Van Zandt virou-se para voltar para o carro. Três homens ficaram na sua frente, dois deles tinham o corpo de cavalos que puxam arado e ficaram ladeando um homem menor, que usava um elegante terno escuro.

— Está achando que não devia ter vindo, sr. Van Zandt? — perguntou o homem baixo.

Van Zandt olhou para o nariz dele.

— Conheço o senhor?

— Não, mas talvez conheça meu nome. Kulak. Alexi Kulak — disse ele, enquanto os outros seguraram os braços de Van Zandt, um de cada lado.

— Você acredita em carma, Elle? — perguntou Jade.

— Hum, não.

Jade continuava bebericando seu martíni. Eu estava na segunda tônica com limão. Dois encontros comuns. Estávamos sentados havia quinze minutos e nem sombra de Van Zandt.

— Por que eu acreditaria em carma? — perguntei.

— Tudo o que vai volta.

— Vale para todo mundo? Para mim? Não, obrigada.

— E o que você fez que teria de pagar?

— Matei um homem. Espero que isso não volte — confessei, calmamente, só para ver a cara que ele faria. Acho que foi a primeira vez em uma década que ele se surpreendeu.

— Matou um homem? Ele provocou? — perguntou Jade, tentando não parecer assustado.

— Não, foi acidente, se você acredita em acidentes. E você? Está aguardando que seus atos passados lhe preparem uma emboscada? Ou espera que alguém pague por você?

Ele terminou o martíni no momento em que Susannah Atwood entrou na boate.

— Eis no que eu acredito, Elle. Acredito em mim, acredito no agora e acredito num planejamento cuidadoso — ele disse.

Tive vontade de perguntar se estava nos planos dele alguém matar Jill Morone e seqüestrar Erin Seabright. Queria perguntar se estava nos planos dele Paris Montgomery ter um caso com Trey Hughes, mas ele não estava mais prestando atenção.

— Chegou minha companhia para o jantar — ele disse, levantando-se. Olhou-me e deu um sorriso entre o divertido e o preocupado. — Obrigado pela conversa, Elle. Você é uma pessoa fascinante.

— Boa sorte com o seu carma — eu disse.

— E você com o seu.

Fiquei observando-o atravessar o salão e pensei por que saíra com aquela súbita tirada filosófica. Se era inocente, será que pensava que aquela repentina mudança na sorte era para pagar o que ele tinha feito no passado? Ou será que ele pensava como eu? Ou seja: que não existia má sorte, nem acidentes, nem coincidências. Se ele acreditava que alguém estava amarrando uma corda ao pescoço dele, quem achava que era?

De soslaio, vi o jogador de beisebol se encaminhando para a cadeira de Jade. Levantei-me e saí, não estava mais com paciência de flertar. Queria que Van Zandt aparecesse pela única razão de esfregar no nariz de Dugan e de Armedgian que eu era útil.

Achava que Z. fosse aparecer. Achava que não resistiria à oportunidade de ficar num lugar público, relaxado e satisfeito consigo mesmo, conversando com alguém que acreditava que ele era um assassino, mas não podia fazer nada. A sensação de força que isso daria a ele seria inebriante demais para recusar.

Fiquei pensando no que teria acontecido com ele, se foi alguma coisa relacionada com o seqüestro. Pensei se seria ele o homem de preto que Landry contou que espancava Erin Seabright com um chicote de montar. Filho da puta. Não era difícil imaginá-lo escapando desse tipo de coisa. Controle era o jogo dele.

Fui para a porta de The Players e imaginei-o na cadeia, passando pela pior falta de controle que existe: todos os minutos vigiados.

Carma. No final das contas, vai ver que eu queria acreditar.

Apanhar não era o pior. O pior era saber que quando acabasse a surra, acabaria a vida dele também. Ou talvez o pior era não ter controle da situação. Todo o poder era de Alexi Kulak, primo da piranha russa que estava arruinando a vida dele naquele momento.

O russo que ficou na porta dos fundos não deixava que ninguém passasse para ver, e Kulak passou uma fita adesiva larga na boca de Van Zandt e prendeu as mãos dele para trás. Jogaram-no no assento traseiro do carro alugado de Lorinda e passaram por um portão aberto que dava no ferro-velho atrás do bar. Pararam o carro dentro de uma garagem escura e fedida e o puxaram.

Claro que ele tentou correr. Desajeitado, com os braços para trás e o pânico tomando conta de suas pernas, parecia que a porta se afastava à medida que ele corria. Os homens o pegaram com força e puxaram-no até uma lona escura estendida sobre o concreto. Colocaram ferramentas na beira da lona, como se fossem instrumentos cirúrgicos: um martelo, um pé-de-cabra, um alicate. Os olhos dele se encheram de lágrimas e não conseguiu segurar a bexiga, uma água morna escorreu pelas pernas dele.

— Quebra as pernas dele, assim esse covarde não corre — mandou Kulak, tranqüilamente.

O maior dos comparsas o derrubou enquanto outro pegou uma marreta. Van Zandt chutou e se debateu. O russo girou e não acertou, xingando alto enquanto a marreta bateu no chão. O segundo golpe foi certeiro, atingiu bem a rótula do joelho, partindo o osso como se fosse a casca de um ovo.

Os berros de Van Zandt ficaram abafados pela fita adesiva. A dor explodia na cabeça dele como uma estrela branca nova e se espalhava pelo corpo como um furacão. Os intestinos dele se soltaram e o cheiro fétido fez com que ele se calasse. O terceiro golpe atingiu o outro joelho, a força despedaçou o osso, a cabeça do martelo chegou ao tecido do outro lado.

Alguém arrancou a fita adesiva da boca dele e ele caiu de lado e vomitou sem parar.

— Sedutor de garotas. Assassino. Estuprador — disse Kulak. — A justiça americana é boa demais para você. Este é um país grande, mas muito bom. Americanos dizem "por favor" e "obrigado", e deixam os assassinos livres por causa de detalhes técnicos. Sasha morreu por sua causa. Agora você matou uma garota e a polícia não consegue nem meter você na cadeia.

Van Zandt balançou a cabeça, esfregando a cara no meio da confusão da lona. Estava soluçando e ofegando.

— Não, não, não. Não fiz nada... acidente... não fui eu. — As palavras saíam sem fôlego, aos poucos. A dor latejava em choques quentes.

— Mentiroso, porco — disse Kulak, agressivo. — Eu sei da camisa com sangue. Sei que você quis estuprar essa moça, como fez com Sasha.

Kulak xingou-o em russo e fez sinal para os homenzarrões. Deu um passo atrás e olhou, calmamente, eles espancarem Van Zandt com varas de ferro. Levou uma, outra, cada uma atingia o alvo. De vez em quando, Kulak falava em inglês para Van Zandt entender.

Não queriam bater na cabeça. Kulak queria que Van Zandt ficasse consciente, podendo ouvir e sentir a dor. Não iam matá-lo, não merecia uma morte rápida.

Os golpes eram estrategicamente calculados.

Van Zandt tentou falar, implorar, explicar, se isentar da culpa. Não foi por culpa dele que Sasha se suicidou. Não foi culpa dele que Jill Morone se sufocou. Ele jamais forçou uma mulher.

Kulak pisou na lona e chutou a boca dele. Van Zandt engasgou com sangue e dentes, tossiu e se encolheu.

— Não agüento mais suas desculpas — disse Kulak. — No seu mundo, você não é responsável por nada do que faz. No meu, o homem paga pelos pecados que comete.

Kulak fumou um cigarro e esperou até a boca de Van Zandt parar de sangrar, depois enrolou a parte de baixo da cabeça dele com fita adesiva, cobrindo a boca com várias camadas. Enrolaram também as duas pernas quebradas e o jogaram na mala do Chevy alugado por Lorinda.

A última coisa que ele viu foi Alexi Kulak cuspindo nele e a porta da mala sendo fechada. O mundo de Tomas Van Zandt ficou escuro e a horrível espera começou.

39

Naquela noite em The Players, eu vi todo mundo chegar e ir embora, mas Tomas Van Zandt não apareceu. Ouvi uma mulher perguntando por ele no bar e achei que devia ser Lorinda Carlton: o difícil lado negativo dos quarenta anos com um olhar emprestado de Cher. Era ela, então Z. deve tê-la convidado para uns drinques. Mas não havia sinal dele.

Vi Irina entrar com algumas amigas, lá pelas onze da noite. Cinderelas da cidade, prontas para queimarem cinco dólares num drinque e flertar com alguns jogadores de pólo antes que os treinadores deles virassem abóbora e tivessem de voltar para seus quartos alugados e apartamentos em cima de estrebarias.

Lá pela meia-noite, o sr. Beisebol tentou de novo a sorte.

— Última chamada para o romance. — O sorriso de vencedor, as sobrancelhas arqueadas.

— O quê? Você ficou aqui a noite inteira e não conseguiu uma coisinha doce nos braços? — perguntei, fingindo estar impressionada.

— Estava me guardando para você.

— Você conhece todas as frases.

— Precisa de mais uma?

— Melhor você ir dar uma volta, cestinha — disse Landry, chegando e dando um tapinha no peito dele.

O sr. Beisebol olhou para mim.

Dei de ombros.

— Eu avisei que sou problema.

— Ela ia comer você vivo, companheiro — disse Landry, sorrindo como um tubarão. — E não seria no bom sentido.

Beisebol fez um aceno de resignação e sumiu.

— O que foi *isso*? — perguntou Landry, parecendo agitado quando sentou na outra cadeira.

— Nós, garotas, damos um jeito de passar o tempo.

— Desistiu de Van Zandt?

— Diria que, oficialmente, continuo esperando. E oficialmente pareço uma boba. Dugan soltou os cachorros?

— Há cinco minutos. Elogiou você. Isso é bom.

— Nunca aposte num azarão. Nove entre dez vezes, você vai rasgar sua aposta — eu disse.

— Mas você pode recuperar tudo o que apostou quando um deles ganha — observou ele.

— Dugan não me impressiona como jogador.

— E você se importa com o que ele diz? Não tem de se reportar a ele.

Não queria admitir que me interessava recuperar um pouco do respeito que eu tinha destruído quando minha carreira acabou. Não queria dizer que desejava me mostrar para Armedgian. Tive a desagradável impressão de que não precisava dizer aquilo. Landry estava me olhando com mais atenção do que eu gostaria.

— Foi uma boa jogada você telefonar para Van Zandt — lembrou ele. — E podia ter rendido. O que ele disse quando você perguntou se estava livre?

— Disse que tinha umas coisas para ver. Provavelmente, jogar o corpo de Erin em algum lugar.

— Vi Lorinda Carlton. Chamei-a quando estava saindo — disse Landry.

— Estava de tranças compridas enfeitadas com uma pena? — perguntei. — Usando o último grito da moda?

Ele achou graça da descrição.

— Miau.

— **Não respeito nenhuma mulher capaz de se interessar por Van Zandt.**

— Concordo com você. Essa Lorinda tem uma dose extra de burrice. Todo mundo diz que ela viu a tal camisa ensangüentada, até ajudou Van Zandt a livrar-se dela e continua achando o cara um príncipe.

— O que ela disse agora à noite?

Ele se irritou.

— Ela não chamaria os bombeiros se eu estivesse pegando fogo. Acha que sou o demônio. Não tinha nada a dizer. Mas não creio que veio aqui procurar homens. Tenho a impressão de que ela gosta é de queimar incenso e declamar poesia ruim.

— Ela perguntou ao rapaz do bar se tinha visto Van Zandt — informei.

— Portanto, veio esperando que ele estivesse. Viu? Você não estava tão errada.

O bar estava fechando, os garçons punham as cadeiras em cima das mesas e levavam os copos para o balcão. Levantei devagar, o corpo doendo e rígido devido às minhas recentes aventuras. Deixei uma nota de dez na mesa para a garçonete.

Landry arqueou a sobrancelha.

— Generosa.

Dei de ombros.

— Ela tem uma droga de emprego e eu tenho dinheiro aplicado.

Saímos juntos. Os manobristas já tinham ido embora. Vi o carro de Landry ao lado do meu, no estacionamento mais embaixo.

— Não conheço tira com dinheiro aplicado.

— Não vá insistir nisso, Landry. Além do mais, como você sempre diz, eu não sou mais tira.

— Não tem um distintivo para usar — definiu ele.

— Ah, estou enganada ou isso foi um elogio enviesado? — perguntei, quando chegamos aos nossos carros.

— Não vá insistir nisso, Estes — disse ele, sorrindo.

— Bom, vou ser uma dama e agradecer o elogio, de qualquer maneira.

— Por que você se tornou uma policial? Podia ser ou fazer qualquer coisa — disse ele.

Olhei em volta enquanto pensava numa resposta. A noite estava quase sufocante, a lua brilhando clara em meio à umidade. O cheiro de plantas, terra molhada e flores exóticas perfumava o ar.

— Um freudiano bocejaria e diria que escolhi a profissão como um óbvio ato de rebeldia ao meu pai.

— Foi isso?

— Foi até mais — admiti. — Quando cresci, vi que meu pai tratava a *lady* Justiça como uma mercadoria e vendia-a pelo lance mais alto. Achei que alguém precisava equilibrar o outro lado da balança, fazer um esforço para igualar as coisas.

— Então por que não foi ser promotora?

— Exige muita estrutura. Muita política. Talvez você não tenha percebido, mas diplomacia e bajulação não fazem parte dos meus talentos. Além do mais, os promotores não chegam perto de coisas como levar um tiro e revidar.

Ele não riu. Ficou me olhando daquele jeito que me fazia sentir sem roupa.

— Você é uma coisa, Estes — murmurou.

— É, sou uma coisa.

Não dei o mesmo sentido que ele. Em apenas uma semana eu tinha perdido a noção do que era. Me sentia como um bicho saindo do casulo sem saber direito no que estava me transformando.

Landry tocou no meu rosto, do lado esquerdo, aquele onde o tato era apenas uma vaga lembrança. Mas parecia conveniente que ele não pudesse realmente tocar em mim, que eu não me permitisse sentir do jeito intenso e nervoso que um dia pude. Fazia tanto tempo que eu não deixava alguém me tocar, não sei se devia ter feito de outro jeito.

Levantei o rosto e olhei para ele, pensando o que poderia ver nos meus olhos. Que me sentia vulnerável e não gostava? Que estava ansiosa e isso me irritava? Que não confiava muito nele, mas, apesar disso, me sentia atraída por ele?

Landry chegou mais perto, inclinou-se e colocou a boca na minha. Permiti o beijo, participei, embora com uma timidez que pode ter parecido deslocada. Mas a verdade era que a Elena que estava ali naquele instante jamais havia sido beijada. As experiências anteriores eram tão distantes que pareciam ter sido lidas num livro.

Ele tinha gosto de café e cheiro de fumaça. A boca era quente e firme. Adequada, pensei. Ótima. Perturbadora.

Fiquei pensando o que ele teria sentido, se me achou indiferente, se pensou como era a minha boca ou não era. Fiquei alerta.

Minha mão estava apoiada no peito dele. Sentia a batida do seu coração e fiquei pensando se ele também podia sentir o meu, disparado.

Levantou a cabeça e olhou para mim. Esperando. Esperando. Esperando...

Não preenchi o silêncio com um convite, embora uma parte de mim certamente quisesse. Por uma vez, pensei antes de agir. Achei que podia me arrepender, mas enquanto eu era ousada o bastante para brincar com um assassino e desafiar a autoridade do FBI, não tinha coragem para um convite.

Os cantos da boca de Landry levantaram, ele parecia ler tudo o que se passava na minha cabeça.

— Vou acompanhar você até em casa para garantir que Van Zandt não está a sua espera — disse ele.

Desviei o olhar e concordei.

— Obrigada.

Estava com medo de olhar para ele, com medo de abrir a boca e pedir para ele passar a noite.

Virei-me e entrei no meu carro, com mais medo naquele momento do que senti de manhã, quando achava que podia ter de esfaquear um homem para me salvar.

O caminho até a fazenda de Sean foi calmo. A casa principal estava às escuras. Havia uma lâmpada acesa na janela do apartamento de Irina, em cima da estrebaria. Van Zandt não estava me aguardando.

Landry entrou na casa e olhou em volta. Depois, foi até a porta como um cavalheiro e esperou outra vez eu dizer alguma coisa. Fiquei agitada, comi a unha, cruzei os braços.

— Eu, há, gostaria de convidar você para ficar, mas estou no meio dessa história do seqüestro...

— Compreendo — disse ele, me olhando, os olhos muito negros e firmes. — Um outro dia.

Se eu tinha alguma resposta, ficou presa na garganta. E ele se foi.

Tranquei a porta e apaguei as luzes, fui para o quarto e tirei a roupa. Tomei um banho, sentindo o cheiro de cigarro no cabelo. Depois de me enxugar, fiquei um bom tempo na frente do espelho, olhando meu corpo, olhando meu rosto, tentando decidir o que estava vendo ali, em quem eu me havia transformado.

Pela primeira vez em dois anos, me senti mulher. Olhei-me e vi uma mulher, em vez de um fantasma, em vez de uma máscara, em vez da cobertura de desprezo por mim mesma.

Olhei as cicatrizes no meu corpo onde o asfalto tinha arrancado a pele e uma nova pele tinha preenchido as falhas. Fiquei pensando qual seria a reação de Landry se eu o deixasse ver tudo na luz acesa. Não gostava de me sentir vulnerável com ele. Queria acreditar que ele olharia meu corpo e não ficaria chocado, não diria nada.

O fato de eu estar até pensando nessas coisas era incrível para mim. Animador. Encorajador. Esperançoso.

Esperança. A coisa que eu não queria. Mas precisava. Eu precisava por Erin, por Molly... por mim.

Pensei que possivelmente eu já tivesse sido bem castigada, que talvez arrastar aquilo mais um pouco deixou de ser um propósito e passou a ser apenas autodestrutivo e comodista. Não agi completamente certo naquele caso, mas tentei fazer o melhor por Erin Seabright, e tinha de considerar isso positivo.

Entrei no quarto, abri a gaveta da mesa-de-cabeceira e peguei o vidro de analgésicos. Num estranho misto de leviandade e medo, fui para o banheiro e joguei todos os comprimidos na bancada. Contei-os um por um como tinha feito quase todas as noites nos dois últimos anos. Um por um joguei-os na privada e puxei a descarga.

TERCEIRO ATO

CENA UM

FADE-IN:

EXTERNA: TARDE DA NOITE — ESTACIONAMENTO DE SHOPPING CENTER

O estacionamento está quase vazio. Há alguns carros nas filas próximas do supermercado que funciona vinte e quatro horas. O resto está escuro.

A garota corre para a loja. Está fraca e cansada. Chora. Está descabelada. O rosto está machucado. Os braços têm vergões vermelhos.

Ela vê duas viaturas da polícia do condado de Palm Beach paradas juntas e se encaminha para lá. Tenta pedir socorro, mas a garganta está seca e não sai nada.

Perto do carro, ela tropeça e cai de quatro no chão.

GAROTA
Socorro. Me ajude. Por favor.

Sabe que o policial não pode ouvi-la tão baixo. Está a poucos metros do carro, mas não tem força para se levantar. Fica soluçando no chão de concreto. O policial a vê e sai do carro.

POLICIAL
Moça? Moça? Está se sentindo bem?

A garota olha para ele, soluçando de alívio.

O policial ajoelha ao lado dela. Chama o outro.

POLICIAL
Reeger! Chama uma ambulância! (Dirige-se então à garota) Senhorita? Pode falar? Pode dizer como se chama?

GAROTA
Erin. Erin Seabright.

FADE-OUT

40

— **Em que estado ela se encontra?** — Landry perguntou enquanto ia para a emergência do hospital Palms West. O policial que trouxe Erin Seabright andava rápido ao lado dele.

— Ela apanhou muito, mas está consciente e fala.

— Violência sexual?

— A médica está examinando agora.

— Onde você a encontrou?

— Reeger e eu estávamos no estacionamento do Publix na rua. Ela veio correndo não sei de onde. — O policial encaminhou Landry para uma sala de exame.

— Ela disse como chegou lá?

— Não. Estava muito histérica, chorando e tudo.

— Viu alguém nos arredores? Algum carro?

— Não. Estamos com dois carros percorrendo a área agora, procurando alguma coisa diferente.

Landry abriu a porta da sala de exame e mostrou o distintivo para a enfermeira que enfiou a cabeça na porta.

— Já estamos terminando o exame — disse ela.

— Como está? Alguma conclusão?

— Acho que ainda não.

Ele concordou e saiu da sala, tirando o celular do bolso. Dugan foi avisar os Seabright. Weiss não tinha aparecido ainda.

Landry teclou o número de Elena e ouviu tocando no outro lado da linha. Tentou não pensar nela na cama. Ainda lembrava do gosto da boca.

— Alô? — Ela parecia mais alerta do que cansada.

— Estes? É Landry. Está acordada?

— Estou. — Ainda alerta.

— Erin Seabright está no pronto-socorro do Palms West. Os seqüestradores a soltaram ou ela fugiu. Não sei ainda.

— Ah, meu Deus. Já esteve com ela? Já falou com ela?

— Não, os médicos a estão examinando.

— Graças a Deus está viva. Avisaram a família?

— O tenente Dugan está com eles. Espero que venham para cá logo. Olhe — disse ele, quando viu Weiss parecendo perdido na recepção. — Tenho de ir.

— Certo. Landry?

— Hein?

— Obrigada pela ajuda.

— Bom, é, o caso era seu — disse ele. Desligou e prendeu o celular no cinto, de olho em Weiss.

— Estava falando com Dugan? — perguntou Weiss.

— Ele está com a família.

— Já falou com a garota?

Antes que Landry pudesse responder, a médica saiu da sala de exame. Landry mostrou para ela seu distintivo.

— Somos os detetives Landry e Weiss. Como está ela? — perguntou.

— Está muito abalada, como podem imaginar — disse. A médica era uma paquistanesa pequena com óculos que triplicavam o tamanho de seus olhos. — Tem muitos cortes pequenos, escoriações e contusões, mas sem sinal de ossos quebrados. Tenho a impressão de que apanhou de arame, chicote ou algo assim.

— Sinais de estupro?

— Algum ferimento vaginal. Marcas nas coxas. Não há sêmen.

Como Jill Morone, pensou Landry. Teriam de conseguir alguma outra coisa para ver o DNA do agressor, talvez um pêlo púbico.

— Ela disse alguma coisa?

— Disse que apanhou. Que a assustaram. E repete que não consegue acreditar que ele fizesse uma coisa dessas.

— Deu algum nome? — perguntou Weiss.

A médica balançou a cabeça.

— Podemos falar com ela?

— Está meio sedada, mas consegue responder a alguma coisa.

— Obrigado, doutora.

Erin Seabright parecia uma personagem fugida de um filme de horror. O cabelo louro era uma massa emaranhada na cabeça. O rosto estava machucado, os lábios cortados. Olhou-os assustada, quando Landry e Weiss entraram na sala.

Landry reconheceu aquela expressão. Tinha trabalhado dois anos no setor de Crimes Sexuais; descobriu logo que não tinha temperamento para aquilo. Não conseguia esconder a raiva quando lidava com os suspeitos.

— Erin? Sou o detetive Landry e este é o detetive Weiss — disse com calma, colocando um banco ao lado da cama. — É uma alegria ver você, muita gente trabalhou duro para encontrá-la.

— Por que ele não pagou, simplesmente? — perguntou, confusa. Estava segurando uma garrafa plástica de água que ficou girando, tentando se acalmar com o movimento repetitivo. — Bastava fazer isso. Eles ficaram telefonando e mandaram aquelas fitas. Por que ele não fez o que mandaram?

— Seu padrasto?

As lágrimas escorreram pelo rosto dela.

— Ele me detesta!

— Erin? Precisamos saber algumas coisas que aconteceram — disse Landry. — Acha que pode responder agora? É para pegarmos as pessoas que fizeram isso com você. Quanto antes você falar, melhor. Entende?

Ela não respondeu. Não olhava para eles. Não era de estranhar. Landry sabia que ela não queria ser vítima. Não queria que nada daquilo fosse verdade. Não queria responder a perguntas que exigiriam reviver o que passou. Estava irritada, constrangida e envergonhada. E era dever de Landry conseguir que ela falasse tudo.

— Pode nos dizer quem fez isso com você, Erin? — ele perguntou.

Ela olhava bem para a frente, a boca tremendo. A porta da sala se abriu e ela começou a chorar mais.

— Foi ele — disse Erin, olhando para Bruce Seabright. — Você fez! Seu filho da puta!

Sentou-se na cama, jogou a garrafa nele, a água espirrou por toda parte enquanto Bruce levantava as mãos para não ser atingido pelo objeto.

Krystal gritou e correu para a cama.

— Erin! Ai, meu Deus! Meu bem!

Landry levantou-se enquanto a mulher tentava sentar-se na cama. Erin se enroscou numa bola na cabeceira, rejeitando a mãe, olhando-a com mágoa, raiva e uma espécie de nojo.

— Saia daqui! Você sempre ficou do lado dele! Nunca ligou para mim! — gritou.

— Meu bem, isso não é verdade — disse Krystal, chorando.

— É verdade! Por que não o mandou me ajudar? Você fez alguma coisa?

Krystal soluçava, estendeu a mão para a filha, mas sem tocá-la, como se estivessem em campos de forças diferentes.

— Que pena, que pena!

— Saiam daqui, saiam os dois daqui — gritou Erin.

Um segurança do hospital entrou na sala. Landry segurou Krystal pelos braços e levou-a para a porta.

Weiss revirou os olhos e resmungou.

— Nada como uma reunião de família.

41

Assim que Landry terminou de falar comigo, Molly ligou. Eu já estava me vestindo. Falei para ela que ia para o hospital, embora soubesse que não podia me aproximar do quarto de Erin. Se Bruce Seabright me visse, eu sairia escoltada do prédio. Se ele tinha acesso às pessoas certas e tivesse conseguido um pedido de detenção com um juiz no domingo à noite, eu podia acabar conhecendo as instalações carcerárias do condado. Afinal de contas, eles me avisaram.

Apesar do que foi dito, não pensei duas vezes em ir lá.

Entrei na sala de espera do hospital e Molly veio correndo me encontrar. Estava pálida de medo, os olhos brilhando de nervosismo. Aqueles sentimentos contraditórios eram a diferença entre o alívio de ver a irmã salva e o medo pelo que podia ter acontecido com ela para estar num hospital.

— Não acredito que seu pai tenha deixado você vir aqui — eu disse.

— Não deixou, eu vim de carro com mamãe. Eles estão brigando.

— Que bom para sua mãe — resmunguei, puxando-a para os sofás da sala de espera. — Por que estão brigando?

— Mamãe culpa Bruce por machucarem Erin. E ele fica dizendo que fez o que achou melhor.

Melhor para ele, pensei.

— Você vai falar com Erin? — Molly perguntou.

— Ainda vai demorar.

— Eu vou falar?

Pobre criança. Parecia tão esperançosa e ao mesmo tempo temia se desapontar. Naquela confusão, Molly não tinha ninguém, só a mim. Para ela, a irmã mais velha de quem tanto gostava era a única família. E sabe-se lá quais seriam as semelhanças entre a Erin de agora e aquela que Molly idolatrava até uma semana atrás. Pelo que eu soube de Erin naqueles últimos dias, achava que Molly idealizou uma irmã que nunca existiu.

Lembro que pensei, na primeira vez em que Molly me procurou, que ela iria aprender que a vida é cheia de desilusões. E que teria de aprender isso do jeito que todo mundo aprende: desapontando-se com alguém que amava e em quem confiava.

Gostaria de ter o poder de protegê-la daquilo. A única coisa que podia fazer era não ser mais uma pessoa a desapontá-la. Ela me procurou quando ninguém faria isso e apostou naquela história do corcel negro que eu tentei convencer Landry.

— Não sei, Molly — respondi, tocando na cabeça dela. — Provavelmente você não pode ver Erin esta noite. Talvez daqui a um ou dois dias.

— Acha que violentaram ela?

— Pode ser. A médica já deve tê-la examinado e tirado algumas amostras...

— Exames de estupro, eu sei o que é. Assisto ao *New Detectives*. Se ela foi violentada, eles recolhem o DNA para comparar com o do suspeito. A menos que ele tenha sido muito cuidadoso e usado camisinha e a obrigado a tomar banho depois. Nesse caso, não fica nada.

— Mas temos Erin, é isso que interessa agora — eu disse. — Talvez ela possa identificar os seqüestradores. Mesmo se não puder, vão pegar esses caras, Molly. Você me contratou para isso. Não vou parar enquanto não terminar o caso e só vai estar terminado quando eu disser.

Na hora, foi uma boa frase. No final, eu ia preferir não ter dito aquilo.

— Elena? Eu ainda estou assustada, apesar de Erin ter voltado. Estou com medo — disse Molly, me olhando, com ansiedade.

— Eu sei.

Abracei os ombros dela, Molly encostou a cabeça em mim. Foi um daqueles instantes que eu sabia que ficariam na minha memória para sempre. Alguém buscando consolo em mim e eu sendo capaz de dá-lo.

Ouvimos um estrépito, um grito e várias vozes falando alto. Vinha da emergência e olhei o corredor que ficava atrás de onde Molly e eu estávamos sentadas. Vi Bruce Seabright saindo de costas, assustado. Depois Landry saiu da mesma sala empurrando uma soluçante e histérica Krystal.

— Vou ver o que consigo descobrir. Me ligue de manhã — disse para Molly, sabendo que estava na minha hora de sumir.

Ela concordou.

Passei pela recepção do hospital e me enfiei no toalete, achando que Krystal devia estar perto. Ela entrou meio minuto depois, chorando, o rímel riscando o rosto de preto, o batom borrado.

Tive pena dela. De certa forma, Krystal era mais criança que Molly. A vida inteira sonhou ter um marido respeitável, uma linda casa e tudo decorado. Nunca imaginou que viver como uma boneca Barbie tivesse as mesmas ciladas que ser pobre. Tenho certeza de que ela nunca pensou que o ser humano é o mesmo em todas as faixas socioeconômicas.

Ela se encostou na pia e abaixou a cabeça, com o rosto distorcido de angústia.

— Krystal? Posso ajudá-la? — perguntei, sabendo que não podia.

Ela me olhou, engolindo as lágrimas e limpando o rosto com as mãos.

— O que está fazendo aqui?

— Molly me ligou. Soube que Erin voltou.

— Ela me odeia. Me odeia e tem razão — confessou. Olhou-se no espelho e falou para sua imagem. — Está tudo acabado. Tudo acabado!

— Sua filha voltou.

Krystal balançou a cabeça.

— Não. Está tudo acabado. O que vou fazer?

Eu começaria levando Bruce Seabright para um divórcio litigioso, mas sou uma pessoa amarga e vingativa. Preferi não dar esse conselho. Qualquer decisão que aquela mulher tomasse, teria de ser tomada por ela.

— Ela culpa Bruce — disse.

— E você não culpa?

— Culpo, mas, no fundo, a culpa é minha. Toda a culpa é minha — ela cochichou.

— Krystal, sua vida não é da minha conta e você certamente não vai me ouvir, mas vou dizer. Pode ser tudo culpa sua. Pode ser que você só tenha cometido erros a vida inteira. Mas sua vida não acabou, nem a de Erin, nem a de Molly. Você ainda tem tempo para acertar.

"Você não me conhece — continuei —, por isso não sabe que sou mestra em matéria de foder com a própria vida. Mas há pouco tempo descobri que todo dia tenho mais uma chance de acertar. Você também."

Psicologia de banheiro feminino. Eu devia ter oferecido a ela um lenço de papel e esperado que deixasse uma gorjeta para mim na cestinha da bancada.

Uma mulher grande, numa colorida bata havaiana, entrou no toalete e olhou para Krystal e para mim como se estivéssemos lá para praticar sexo juntas. Olhei para ela também, ela virou-se e entrou rebolando num boxe.

Saí no corredor. Bruce Seabright estava na sala de espera perto da saída discutindo com o detetive Weiss e o tenente Dugan. Landry não estava por lá. Fiquei pensando se alguém teria avisado Armedgian da fuga de Erin. Ele ia querer interrogá-la esperando que acusasse Van Zandt como um dos seqüestradores.

Eu não podia fazer nada senão esperar até que as forças hostis se retirassem. Ia ficar no estacionamento, de olho no carro de Landry. Se conseguisse falar um instante com ele a sós, falaria.

Virei e fui andando pelo corredor, à procura de um copinho de café ruim.

A médica deu a Erin Seabright um sedativo mais forte. Erin mandou, ríspida, que a mulher saísse do quarto. Landry pensou, a frágil flor mostrando os espinhos. Ele se encostou num canto, quieto, enquanto a garota mandava a médica sair. Ela então virou-se e olhou para Landry.

— Só quero que isso acabe. Quero dormir e acordar e isso estar acabado — disse Erin.

— Não vai ser tão fácil, Erin — ele disse, aproximando-se para sentar no banquinho outra vez. — Vou ser claro com você. Está apenas no meio do caminho. Sei que quer que isso acabe. Puxa, gostaria que nunca tivesse acontecido. Eu também. Mas você agora precisa nos ajudar a pegar as pessoas que fizeram isso, para que não façam mais.

"Sei que você tem uma irmãzinha. Sei também que não gostaria que Molly passasse pelo que você passou."

— Molly — ela disse o nome da irmã e fechou os olhos um instante.

— Molly é uma menina muito legal — Landry disse. — Desde o começo, ela só queria que você voltasse, Erin.

A garota passou um lenço nos olhos machucados e estremeceu num suspiro, se preparando, se aprontando para contar.

— Sabe quem fez isso com você, Erin? — Landry perguntou.

— Estavam de máscara. Nunca mostraram a cara — ela disse.

— Mas falavam com você? Ouviu as vozes. Talvez tenha reconhecido uma voz, um jeito, alguma coisa.

Ela não respondeu nem sim nem não. Ficou bem quieta, olhando as mãos entrelaçadas no colo.

Landry esperou.

— Acho que sei quem era um deles — disse ela, baixo. Seus olhos se encheram de lágrimas outra vez, a emoção aumentando dentro dela. Desapontamento, tristeza, mágoa.

Ela pôs a mão na testa, meio protegendo os olhos. Tentando se esconder da verdade.

— Era Don — disse ela, por fim. — Don Jade.

42

Weiss foi o primeiro a sair do hospital, correndo para o carro. Passou por mim dirigindo e vi que falava ao celular. Alguma coisa estava acontecendo.

Dez minutos depois, Armedgian finalmente chegou, entrou no hospital e voltou logo depois, acompanhado de Dugan. Ficaram na calçada e Armedgian estava irritado e agitado. Falavam alto e baixo, parte da conversa chegava até o carro onde eu estava, de janelas abertas. Armedgian achava que tinha sido deixado de fora, deviam ter avisado logo, blablablá. Dugan foi conciso. "Não estou tratando com o agente do FBI, esqueça, estamos todos no mesmo barco etc."

Cada um foi para seu carro e saíram, as luzes de alerta piscando.

Saí do meu carro e voltei ao pronto-socorro, entrando pelo corredor até a sala de exame onde Erin estava. Landry saiu da sala com uma sacola de papel pardo com as provas. Eram as roupas de Erin que seriam analisadas em laboratório à procura do DNA.

— O que está havendo? — perguntei, mudando de direção e correndo para acompanhar o passo dele.

— Erin disse que Jade é um dos seqüestradores.

— Confirmado? Ela o viu? — perguntei, sem acreditar.

— Disse que usavam máscaras, mas acha que era ele.
— Como? Por que acha? Pela voz? Uma tatuagem? O quê?
— Não tenho tempo, Elena — disse ele, impaciente. — Weiss e alguns policiais foram pegá-lo. Tenho de voltar para o meu setor.
— Ela falou alguma coisa de Van Zandt?
— Não.
— Falou de mais alguém?
— Não. Ainda não temos a história toda. Mas vamos pegar Jade antes que ele suma. Se souber que ela fugiu, vai ter de sair de Dodge. Se o pegarmos agora, vamos conseguir que fale no cúmplice.

As portas se escancararam e saímos na direção do carro de Landry. Eu queria que tudo parasse naquele momento para eu poder pensar antes que mais alguma coisa acontecesse. A história tinha dado uma guinada e eu não estava conseguindo acompanhar. Mas Landry não estava disposto a reduzir a marcha.

— Onde era o esconderijo? Como ela fugiu? — perguntei.
— Depois eu conto — disse Landry, entrando no carro.
— Mas...

Ligou o carro e tive de dar um pulo para trás quando ele saiu do estacionamento e foi embora.

Fiquei lá como uma idiota, olhando-o, tentando digerir o que tinha acabado de acontecer. Não fazia sentido para mim Jade se arriscar a seqüestrar alguém, nem achava que ele tivesse temperamento para isso. Não conseguia ver Jade participando de algo assim.

Landry considerava Jade suspeito, tinha uma prova circunstancial contra ele. Demonstrava um discreto interesse em que Jade fosse o autor do seqüestro.

Eu queria saber o que Erin tinha dito. Queria ouvir a história contada por ela. Queria fazer as perguntas e interpretar as respostas do meu ponto de vista, pelo que eu sabia do caso e dos envolvidos.

Chegou uma ambulância com a sirene ligada, parando no pronto-socorro enquanto a equipe de atendimento correu para recebê-la. Uma mulher grande saiu da ambulância gritando, invocando Jesus enquanto uma artéria esguichava do que parecia ser uma fratura na perna esquerda. Alguém gritou alguma coisa sobre uma vítima chegando na outra ambulância.

Entrei, furtiva, no hospital atrás das pessoas que correram para levar a mulher para a sala de traumatologia. Funcionários corriam para todo lado no caos daquele momento. Fui direto para a sala onde Erin estava e entrei.

A cama estava vazia. Tinham levado Erin para um quarto comum. A sala de exame ainda não havia sido limpa. Uma bandeja de alumínio com equipamento de sutura e bolas de algodão ensangüentadas. Um espéculo estava na pequena pia, depois de ter sido usado no exame de estupro.

Tive a sensação de que a festa tinha terminado e ninguém tinha me convidado. Landry estava com as roupas de Erin e os exames de estupro. Não tinha sobrado nada para mim.

Suspirei e me afastei da mesa de exame, meu olhar distraído bateu no chão. Uma pequena pulseira de prata estava meio escondida embaixo da cama. Abaixei-me para pegar. A pulseira era em forma de pequenos estribos, um encaixando no outro e tinha dois berloques: uma cabeça de cavalo e uma letra E, de Erin.

Coisa de uma jovem louca por cavalos. Fiquei pensando se teria sido presente. Se quem a presenteou era um homem e se tal homem a havia traído da pior maneira possível.

A porta se abriu, virei-me e dei de cara com um funcionário.

— Para onde levaram minha sobrinha Erin Seabright? — perguntei.

— Quarto andar, senhora.

— Ela vai ter vigilância? Pois imagina se um dos homens que a levaram venha aqui...

— Colocamos um vigilante na porta do quarto. Não se preocupe, senhora. Ela agora está segura.

— Que alívio. Obrigada — disse, sem entusiasmo.

Ele segurou a porta para eu passar. Saí, desapontada. Não podia falar com Erin. Não podia falar com Jade. Não sabia onde Van Zandt estava. Eram três da manhã e eu estava fora do caso outra vez.

Enfiei a pulseira no bolso e fui para casa dormir.

A bonança antes da tempestade.

43

— O que o senhor tem a dizer disso, sr. Jade?

Landry colocou as fotos sobre a mesa, na frente de Don Jade, uma ao lado da outra. Jade montado a cavalo, sorrindo para a câmara. Jade ao lado de uma cerca colorida num picadeiro, de culote e botas, de perfil para a câmara, apontando para alguma coisa. Jade em outro cavalo, saltando um obstáculo. Jade enlaçando Erin, cujo rosto foi riscado a caneta por uma ciumenta Jill Morone.

— Não tenho nada a dizer.

Landry pegou a última foto e virou-a como um jogador de vinte-e-um mostrando um ás.

— Alguém riscou a dedicatória na foto, que era: "Para Erin. Com amor, Don." Tem alguma coisa a dizer agora?

— Não escrevi isso.

— Podemos pedir a um especialista para comparar as letras.

— Nem comece a batalha de especialistas comigo, detetive — disse Bert Shapiro, dando a impressão de que ia morrer de tédio. Landry gostaria que morresse mesmo. — Minhas cartas são muito melhores do que as suas.

Bert Shapiro: andando, falando, aquele babaca de roupa de grife.

Landry olhou para Shapiro, cansado.

— Senhor advogado, qual a sua ligação com essas pessoas?

— Deveria ser óbvio, afinal estamos na delegacia de polícia — disse Shapiro para todos, satisfeito consigo mesmo. Filho da puta. — Sou advogado do sr. Jade.

— Sim, eu entendi. E de Van Zandt.

— Exatamente.

— E de quem mais, nesse ninho de cobras? Trey Hughes?

— O nome de meus clientes é confidencial.

— Está querendo ganhar tempo — disse Landry. — Hughes será o próximo a vir falar sobre o sr. Jade. Portanto, se ele também é seu cliente, o senhor vai ficar conosco o dia todo. Desfrute da nossa hospitalidade e do nosso café ruim.

Shapiro franziu o cenho.

— O senhor tem algum motivo legítimo para tomar o tempo do sr. Jade aqui, detetive?

Landry deu uma olhada na sala, do mesmo jeito que Shapiro havia feito.

— Deveria ser óbvio, já que o sr. Jade foi acusado de seqüestro de Erin Seabright.

Jade afastou sua cadeira da mesa e levantou-se. Andando de um lado para outro, disse:

— Isso é um absurdo, não seqüestrei ninguém.

— Que prova o senhor tem para sustentar a acusação, detetive? — Shapiro perguntou. — E antes que o senhor responda, quero informá-lo de que não é contra a lei permitir que uma admiradora ou empregada tire uma foto sua.

Landry olhou para Jade, deixando a expectativa aumentar.

— Não, não é, mas é ilegal manter uma jovem em cativeiro contra a vontade, acorrentá-la numa cama e espancá-la com chicote de montaria.

Jade explodiu.

— Isso é ridículo!

Landry adorou. O gato calmo ficou encurralado. A tranqüilidade acabou.

— Erin não gostou nada. Ela disse que o senhor foi o mentor do seqüestro.

— Por que disse isso? Sempre fui tão gentil com essa garota — disse Jade.

Landry deu de ombros só para irritar.

— Talvez tenha sido porque o senhor a assustou, bateu nela, a violentou...

— Não fiz isso!

Shapiro pôs a mão no braço do cliente.

— Sente-se, Don. Está claro que a moça se enganou. Se foi torturada, como o senhor diz, sabe-se lá o que os seqüestradores puseram na cabeça dela. Podem tê-la convencido de qualquer coisa. Podem tê-la drogado...

— Por que o senhor diz isso? — perguntou Landry.

— Porque é claro que não está raciocinando bem, se acha que Don tem alguma coisa com o caso.

— Bom, alguém entendeu mal — Landry disse. — Na última vez em que nos falamos, o sr. Jade declarou que tinha apenas uma relação de trabalho com Erin Seabright. Talvez ele tenha entendido mal o sentido de "relação de trabalho". Nem sempre isso inclui sexo entre empregado e empregador.

Jade soltou um suspiro.

— Já disse ao senhor: jamais fiz sexo com Erin.

Landry fingiu que não ouviu. Apontou as fotos sobre a mesa.

— Como sabem, encontramos essas fotos hoje, domingo de manhã, no apartamento dividido por Jill Morone, assassinada e vítima de violência sexual, e Erin Seabright, vítima de seqüestro. Jill Morone foi vista pela última vez discutindo com o senhor, e o senhor admite que foi a última pessoa a ver Erin antes de ser seqüestrada.

— Ela foi me avisar que ia sair do trabalho — disse Jade. — Eu soube pelo senhor que ela tinha sumido.

— Relações de trabalho não são o seu forte, não é Don? — perguntou Landry. — Erin quer sair do trabalho então o senhor a acorrenta numa cama. Jill desaponta o senhor, então a joga num monte de esterco e sufoca-a...

— Meu Deus. Quem vai acreditar que eu fiz alguma dessas coisas? — perguntou Jade, continuando a andar de um lado para outro.

— As mesmas pessoas que acham que o senhor eletrocutou um cavalo para receber o seguro.

— Não fiz isso.

— Erin sabia e Jill também. Uma está morta, a outra, por sorte, não.

— Isso é tudo especulação. O senhor não tem qualquer prova contra ele — disse Shapiro.

Landry ignorou-o.

— Don, onde estava no domingo passado? À tarde, digamos às seis horas, mais ou menos.

Shapiro olhou prevenido para seu cliente.

— Não responda, Don.

— Deixe-me supor: estava com sua amiga sra. Atwood, que tem a incrível capacidade de estar em dois lugares ao mesmo tempo? — perguntou Landry.

Jade abaixou o olhar.

— Não sei do que está falando.

— O senhor me disse que estava com a sra. Atwood na quinta-feira à noite, quando os cavalos do sr. Michael Berne foram soltos e uma mulher foi atacada a uns quinze metros da sua cocheira.

Shapiro levantou o dedo.

— Não diga nada, Don.

Landry continuou.

— Nessa noite, a sra. Atwood também esteve num baile beneficente em Palm Beach. O senhor acha que íamos ouvir só o senhor, Don? Ou só a sra. Atwood?

— Nós nos encontramos depois do baile.

— Don, não...

Landry concordou, em seguida perguntou:

— O senhor quer dizer na mesma hora em que ela estava com amigos no Au Bar?

Jade afundou na cadeira e franziu o cenho.

— Não lembro bem a hora...

— Teria sido mais esperto o senhor usar Jill como álibi na quinta-feira, afinal. Ela concordaria em mentir pelo senhor e devia estar em casa sozinha — disse Landry.

Shapiro então levantou-se e ficou rodeando o cliente. Inclinou-se para a frente e disse:

— O sr. Jade não tem nada a dizer ao senhor sobre esse assunto nem sobre qualquer outro. Damos por terminado o interrogatório.

Landry olhou o advogado.

— Seu cliente ainda pode sair dessa, sr. Shapiro. Não me engane. Ele estava envolvido em muita sujeira, mas talvez ainda possa sair e tomar um banho. O cúmplice ainda está solto. Talvez Don não fosse o homem que aparece no vídeo com o chicote. Talvez tenha sido tudo planejado pelo outro. Talvez Don possa se ajudar nos dando um nome.

Jade fechou os olhos um instante, respirou e expirou, aprumou-se.

— Eu quero ajudar, detetive Landry — disse, tentando manter a calma. — Não sei de nada do seqüestro. Por que iria me arriscar numa loucura dessa?

— Por dinheiro.

— Tenho uma ótima carreira. Estou em ótima situação com Trey Hughes e seu novo empreendimento. Não estou precisando de dinheiro.

Landry deu de ombros.

— Então vai ver que o senhor é apenas um psicopata. Conheci um sujeito que matou uma mulher e cortou a língua dela só para ver até onde ia na garganta.

— Que coisa horrorosa.

— É mesmo, mas vejo esse tipo de coisa o tempo todo — disse Landry, sensatamente. — Agora essa história: uma garota morta, outra seqüestrada e um cavalo morto por causa do seguro, e tudo em torno do senhor Jade.

— Mas não faz sentido — insistiu Jade. — Eu teria ganho muito dinheiro, se vendesse Stellar...

— Se pudesse vendê-lo. Pelo que eu soube, ele tinha alguns problemas.

— Mas acabaria sendo vendido. Enquanto isso, eu recebia meu salário de treinador todo mês.

— E vai receber seu salário também para substituir o cavalo, não?

— Trey Hughes não precisa vender um cavalo para poder comprar outro.

— É verdade. Mas aprendi com o tempo que pouca gente é mais gananciosa e menos paciente que os ricos. E o senhor recebe uma grande comissão para substituir um cavalo, não?

Jade suspirou e fechou os olhos um instante, tentando se concentrar.

— Pretendo ter uma longa e boa relação de trabalho com Trey Hughes. Ele vai comprar e vender muitos cavalos e eu vou lucrar com todos. É assim que a coisa funciona. Então, por que eu iria arriscar isso seqüestrando alguém? O risco seria muito maior que o ganho.

"Mas se obedeço à lei — Jade prosseguiu — vou trabalhar num lindo lugar e treinar cavalos para pessoas que vão me pagar muito bem. O senhor vê, detetive Landry, não há nada contra mim."

— Não é bem assim, Don — disse Landry, fingindo tristeza.

Jade olhou para Shapiro.

— O que o senhor acha que tem contra, Landry? — perguntou Shapiro.

— Tenho ligações telefônicas para a casa de Seabright num celular pré-pago comprado por Don Jade há duas semanas.

Jade ficou olhando para ele:

— Não sei do que o senhor está falando.

— E o senhor tem alguém que possa reconhecer o sr. Jade na compra desse telefone? — Shapiro perguntou.

— Jamais comprei qualquer telefone — disse Jade, irritado com o advogado por dar a impressão de que ele tinha.

Landry ficou olhando para Jade.

— Tenho Erin Seabright, espancada, ensangüentada e assustada, dizendo que o senhor é o mentor. Nada mais que isso, Don.

Jade virou-se e balançou a cabeça.

— Não tive nada a ver com isso.

— O senhor ficou ambicioso — disse Landry. — Se queria tirá-la do caminho porque sabia algo sobre Stellar, podia apenas tê-la matado e jogado o corpo num canal. Você mantém uma refém, as coisas dão errado. As pessoas são imprevisíveis. O senhor pode escrever o roteiro, mas ninguém assume a direção tão bem quanto uma garota acorrentada numa cama.

Jade não disse nada.

— O senhor tem alguma propriedade na região de Wellington, sr. Jade?

— Isso não é assunto de conhecimento público — atalhou Shapiro.

— A menos que seja em sociedade ou em confiança — Landry observou. — O senhor vai nos dizer ou prefere que procuremos? Ou devo falar com a srta. Montgomery, que cuida de todos os seus pequenos detalhes?

— Não sei o que isso tem a ver com o resto — Shapiro disse.

Mais uma vez, Landry ignorou-o, olhando para Jade, observando cada nuance de sua expressão.

— O senhor nunca fez negócio com Bruce Seabright ou com a Empreendimentos Gryphon?

— Sei que a Gryphon está cuidando dos lotes de Fairfields, onde vão ser instaladas as cocheiras de Trey Hughes.

— O senhor nunca fez negócios com eles?

— Posso ter falado uma ou duas vezes com alguém do escritório deles.

— Com Bruce Seabright?

— Não me lembro.

— Como Erin Seabright foi trabalhar com o senhor? — perguntou Landry.

— Trey sabia que eu estava precisando de cavalariço e me falou em Erin.

— Há quanto tempo o senhor está ligado ao sr. Hughes?

— Conheço-o há anos. Ele me entregou seus cavalos no ano passado.

— Pouco depois do falecimento da mãe dele?

— Isso mesmo. Se o senhor quer fazer uma pescaria, sugiro que alugue um barco. Vamos embora, Don — disse Shapiro.

Landry deixou os dois se encaminharem até a porta da sala de interrogatório e só falou quando Shapiro segurou a maçaneta.

— Eu tenho um barco, advogado. E sempre que pesco alguma coisa, enrolo o molinete, corto o peixe em postas e frito. Não me interessa quem é o peixe, quem são os amigos dele ou quanto tempo demore.

— Que bom — disse Shapiro, abrindo a porta.

Dugan estava do outro lado com Armedgian e um advogado assistente.

— Pode ir, sr. Shapiro — disse Dugan. — Mas seu cliente vai desfrutar a hospitalidade do condado pelo resto da noite. Audiência amanhã cedo.

44

— **Ele me pediu para encontrá-lo** no portão dos fundos — contou Erin, calmamente, os olhos baixos.

Landry dormiu num beliche na delegacia, foi para o hospital ao amanhecer e esperou ansioso que Erin Seabright acordasse. Jade seria ouvido mais tarde. Landry queria que o promotor estadual tivesse toda a munição possível para colocar Jade na prisão.

— As pessoas falam muito, principalmente sobre Don — disse Erin. — Ele não queria que ficassem falando de nós e eu entendi. Até achei uma coisa meio aventureira. Nosso caso secreto. Patético.

— Você tinha tido relações sexuais com ele antes? — perguntou Landry, mantendo a voz normal. Sem acusação e sem nervosismo.

Ela balançou a cabeça.

— Nós flertamos. Éramos amigos, eu achava. Quer dizer, ele era meu patrão, mas... Eu queria ser mais do que empregada e ele também. Pelo menos foi o que me disse.

— Então ele pediu para encontrá-lo no portão dos fundos. Você achava que ninguém os veria lá?

— Naquele fim de semana as duas últimas cocheiras não tinham cavalos. É lá que ficam os cavalos de adestramento, quando chegam a Wellington para uma competição, mas não há apresentação. Além do mais, era domingo à noite, ninguém fica por lá.

— Você não tinha dito ao sr. Jade que ia sair do emprego e mudar-se para Ocala?

— Por que eu ia dizer isso? Queria trabalhar com ele. Estava apaixonada por ele.

— Então o que aconteceu, Erin? Você foi para o portão dos fundos encontrá-lo...

— Ele se atrasou. Fiquei com medo que tivesse mudado de idéia. Aí apareceu aquela van, um mascarado saltou e... e me agarrou.

A voz sumiu e veio mais uma crise de choro. Landry passou uma caixa de lenços de papel e esperou.

— Você o reconheceu, Erin?

Ela balançou a cabeça.

— Reconheceu a voz dele?

— Fiquei tão assustada!

— Eu sei. É difícil se lembrar dos detalhes quando se está com medo e acontece uma coisa horrível assim. Mas você precisa pensar com calma. Em vez de tudo acontecer rápido, tem que ver cada momento separado, como numa seqüência de fotos.

— Estou tentando.

— Eu sei — disse ele, suavemente. — Fique tranqüila, Erin. Se quiser parar um pouco, diga. Certo?

Ela olhou e tentou sorrir.

— Certo.

— Se nunca viu os rostos, por que acha que Jade era um deles?

— Foi ele que disse para eu ficar no portão dos fundos.

— Eu sei, mas você reconheceu alguma coisa para achar que era Jade?

— Conheço ele — repetiu ela, demonstrando frustração. — Conheço o tipo, sei como ele se movimenta. Tenho certeza de que ouvi a voz dele várias vezes.

— E a voz dos outros? Parecia conhecida? Tinha algum sotaque?

A garota balançou a cabeça e esfregou os olhos com a mão, exausta.

— Ele não falava muito. Quando falava, era baixo, um murmúrio. Nunca falava comigo.

— Sabe onde você estava? Poderia nos levar lá? — perguntou Landry.

Erin balançou a cabeça.

— Só sei que era um *trailer*, horrível. Sujo e velho.

— Sabe se estavam perto de uma estrada movimentada? Tinha algum barulho ou ruído que você ouvisse sempre?

— Não sei. Acho que carros, a distância. Não sei. Eles me drogaram quase o tempo todo. Special K.

— Como sabe que era essa droga?

Ela desviou o olhar, sem graça.

— Já tinha tomado antes. Numa festa.

— O que houve na noite passada? Como você fugiu?

— Um deles, o que não era Jade, me tirou do *trailer* e me pôs numa van. Pensei que fosse me matar e me jogar **num lugar onde não me achariam!**

Ela parou para tomar fôlego e se compor. **Landry esperou.**

— Ele ficou dando voltas não sei quanto tempo. Tinha me dado uma dose de K. Eu estava doidona. Fiquei esperando a van parar, sabendo que aí ele me mataria.

— Você não podia olhar na janela?

Ela balançou a cabeça.

— Fiquei no chão da van. E quando paramos, estava tão apavorada! Ele abriu a porta e me puxou. Eu estava tonta, não conseguia ficar de pé. Caí no chão, era u-uma-uma estrada suja. E ele entrou na van e foi embora.

Jogada à margem da estrada como um saco de lixo. Algo que eles haviam usado e não precisavam mais. Mesmo assim, ela teve muita sorte, pensou Landry.

— Não sei quanto tempo fiquei lá — Erin disse. — Até que levantei e fui andando. Vi luzes. Cidade. Fui andando.

Landry não disse nada por um instante. Deixou a história entrar na cabeça dele. Rememorou algumas vezes e pensou em mais perguntas.

Então, Jade e companhia viram que não iam receber o resgate. **Preferiram jogar a garota em vez de matá-la. Mas, do jeito que Landry via a coisa, Van Zandt era cúmplice de Jade e já estava sendo acusado por um assassinato. Por que correr o risco de Erin Seabright reconhecê-los? Sabiam que ela não teria como reconhecer? Eles se precaveram para não haver prova ligando-os a ela?**

Claro que aquilo ainda estava para ser comprovado. As roupas que Erin usou estavam no laboratório sendo examinadas em microscópios e luzes fluorescentes, esfregadas, recebendo produtos químicos e sendo manuseadas com pinças.

Talvez soltar Erin fizesse parte do plano deles. Deixar a vítima viva, mas sabendo que ela não pode esquecê-los. Deixar a vítima viver e os tiras saberem dos culpados, mas não terem provas. Uma viagem de poder.

O problema com essa tese era que Landry não tinha qualquer intenção de deixar ninguém escapar com alguma coisa.

— Erin, eles por acaso comentaram por que escolheram você?

Ela balançou a cabeça, olhando o minigravador de Landry na bandeja sobre a cama, a fita girando.

— Eu estava muito drogada quase o tempo todo. Sei que queriam dinheiro. Sabiam que Bruce tem dinheiro.

— Eles se referiam a ele como Bruce?

— Ligaram para ele não sei quantas vezes...

— Quando falavam com ele, usavam o primeiro nome? — explicou Landry. — Chamavam ele de Bruce?

Erin concordou, mas Landry achou que ela não tinha entendido a pergunta.

— Você deu o nome para eles?

— Não. Eles já sabiam.

Landry estranhou que os seqüestradores chamassem Seabright pelo primeiro nome. Tão familiar. Como se ele fosse um amigo.

— Eu podia ter morrido por causa dele — disse Erin, amarga. — Não consigo acreditar que minha mãe viva com ele. Ela é tão fraca.

— As pessoas são complicadas — opinou Landry, o que não era habitual.

Erin apenas abaixou os olhos e balançou a cabeça.

— Erin, quantas fitas eles gravaram de você no *trailer*?

— Não sei, três ou quatro. Foi tão humilhante. Me fizeram implorar. Me bateram, foi horrível. — Começou a chorar, outra vez.

Aquele filho da puta, pensou Landry. Três ou quatro fitas. Seabright tinha entregue uma, além da que foi recolhida no local do resgate.

— Erin, algum deles teve relação sexual com você?

As lágrimas vieram com mais força.

— Eles ficaram m-m-me drogando. Não podia fazer nada, eu não p-p-podia impedir. Nada.

— Vamos fazer o máximo possível, Erin. Vamos trabalhar juntos, você e eu, para montar essa história. Combinado?

Ela olhou para ele lacrimejando e concordou.

— Descanse um pouco — disse Landry, indo para a porta.

— Detetive Landry?

— Pois não?

— Obrigada.

Landry saiu desejando ter alguma outra coisa para ela agradecer logo.

Eu estava esperando no corredor do hospital quando Landry saiu do quarto de Erin. Ele não pareceu surpreso em me ver. Parou ao lado da porta, pegou o celular e fez uma ligação que durou uns três minutos. Quando terminou, olhou no sentido contrário, onde ficava o posto das enfermeiras e veio falar comigo.

— O que ela disse? — perguntei, enquanto íamos para a saída de emergência.

— Diz que foi Jade, mas que os seqüestradores usavam máscaras o tempo todo e que a doparam com cetamina. Nunca viu Jade. Não é capaz de reconhecer o outro cara. Diz que ele quase não falava.

— Não parece Van Zandt, nunca vi ninguém gostar tanto da própria voz como ele — eu disse.

— Mas ela reconheceria por causa do sotaque — disse Landry. — Talvez ele seja mais inteligente do que parece. — Ele deu um suspiro e balançou a cabeça. — Ela não vai ser uma boa testemunha.

Landry franziu o cenho e vi que estava me dando apenas uma fração de sua atenção. Estava relembrando o que Erin disse, tentando encontrar uma pista ou uma prova.

— Ela não precisa ser uma boa testemunha — lembrei a ele. — Você já tem muitos motivos para prender Jade. Talvez consiga alguma prova do exame legal.

— Não se anime muito — disse ele, irônico.

Dei de ombros.

— O que você sabe sobre ele que eu não sei? Descobriu alguma coisa no apartamento dele?

Ele não disse nada.

— Alguma coisa no apartamento da garota?

— Umas fotos de Jade. Uma, dele com Erin. Alguém escreveu atrás "Para Erin. Com amor, Don." Jill tinha escondido as fotos. Ela riscou com caneta o rosto de Erin na foto e o nome na dedicatória.

— Todas as garotas adoram o Donzinho.

— Não vejo por quê — resmungou Landry.

— Descobriu se ele tem ou aluga algum outro apartamento?

— Ele não seria tão burro a ponto de prender Erin num lugar que levasse a ele. E eu não teria tanta sorte.

— Como ela fugiu?

— Ela disse que a levaram. Viram que não iam conseguir o dinheiro, então enfiaram ela no fundo de uma van, deram voltas e a jogaram fora como se fosse um tapete velho.

— Assim, ela não consegue saber onde era o cativeiro.

— Não. Só sabe que era um *trailer*.

— Você tirou alguma conclusão da última fita? Algum som ao fundo?

— Tinha um som, os técnicos estão identificando. Parecia barulho de uma máquina pesada em funcionamento.

— O que Erin disse?

Ele olhou pela janela.

— Que não tinha certeza. Que ficou drogada. Diz que com Special K. É fácil de conseguir — disse Landry. — Principalmente para quem trabalha com veterinários.

— Mas não é um sedativo que se usa em cavalo — eu disse. — É mais usado para animais pequenos.

— Mas o acesso é o mesmo, através de veterinários.

— E Chad?

— Ele não saiu da casa dos Seabright na noite passada — disse Landry, abrindo o celular outra vez. — Além disso, Erin e Chad foram íntimos. Acha que ela não iria reconhecê-lo, se a violentasse?

— Talvez ele fosse o calado. Talvez ficasse olhando o cúmplice. Talvez ela estivesse tão drogada que não reconheceria nem Papai Noel em cima dela.

Landry fez uma cara zangada para mim enquanto conferia os recados no celular.

— Sabe de uma coisa? Você é um saco, Estes.

— Como se *isso* fosse novidade — disse, me afastando da janela. — Mas que droga, Landry. Mate todos eles e deixe Deus resolver.

— Não me tente. Se quer saber, a metade das pessoas metidas com a garota devia estar presa — resmungou ele, enquanto ouvia o celular. — Dentro de duas horas vamos fazer uma vistoria na casa de Seabright. Tenho certeza de que Dugan incluiu droga na busca.

— O que mais vão procurar?

— Erin insiste que os seqüestradores chamaram Bruce pelo primeiro nome diversas vezes e que gravaram mais de um vídeo no *trailer*. Três ou quatro, diz ela.

— Puxa, o que ele está fazendo com essas fitas? Pretendia vender em uma loja? — perguntei.

— É, se vender vai dizer que estava apenas querendo custear o resgate. Filho da puta — resmungou Landry.

Sentei-me no largo peitoril da janela, com o sol da manhã batendo nas minhas costas e pensei no provável envolvimento de Bruce Seabright.

— Então, digamos que Bruce quisesse que Erin sumisse. Planeja o seqüestro sem intenção de trazer policiais para dentro de casa nem de resgatarem Erin. Por que não a mataram logo? Podiam gravar a fita em uma hora, matá-la e jogar o corpo.

"Então eu me meto na história e trago você para investigar — prossegui. — Bruce tem que agüentar. De novo, por que ele não mandou o cúmplice se livrar dela?"

— Porque nós estávamos de olho, perguntando coisas. Os cúmplices viram os tiras e se assustaram.

— Eles deixaram Erin fugir para ajudar você a acusá-los? — balancei a cabeça. — Não faz sentido.

— Estou jogando com as cartas que tenho, Estes — disse Landry, impaciente. — Erin diz que foi Jade. Tenho de aceitar, eu seria burro se não aceitasse. Se as coisas forem na direção de Bruce, vou atrás. Os delinqüentes têm estranhos companheiros de cama.

Não falei nada. De vez em quando, valorizo a discrição. Landry tinha um suspeito e uma prova circunstancial. Tinha uma vítima meio garantida e suas próprias dúvidas.

— Tenho de ir — disse ele, fechando o celular. — O promotor público quer uma reunião antes do depoimento de Jade.

Fiquei pensando que poderia entrar no quarto de Erin depois que Landry saísse, mas vi que o vigilante na porta já tinha voltado do cafezinho.

— Landry? Nenhum sinal de Van Zandt? — perguntei, enquanto ele seguia pelo corredor. Olhou para mim.

— Não. Não voltou para a casa. — Ele ia se virar quando chamei de novo.

Tirei a pulseira de Erin do bolso e entreguei a ele.

— Encontrei isso no chão da sala de exame onde Erin esteve na noite passada. Pergunte sobre isso. Pode ser presente de Jade.

Ele pegou a pulseira, os dedos roçando nos meus. Concordou.

— Obrigada por me informar — eu disse.

Landry fez continência.

— Primeiro, o caso é seu.

— Pensei que você não dividisse.

— Primeira vez para tudo.

Olhou para a pulseira na mão e foi embora.

Saí do hospital e dei uma volta no estacionamento querendo achar um Chevy azul-marinho, mas Van Zandt não estava lá. Nem o Lexus branco de Krystal nem o Jaguar de Bruce. Nada dos adoráveis pais. Erin tinha dito para eles irem embora, eles foram. Escaparam do anzol.

Nunca entendi as pessoas que têm filhos, mas não cuidam deles, não dão comida, não os ajudam a se tornarem seres humanos. Que outro motivo têm para procriar? Usar o nome da família? Receber dinheiro da assistência social? Ter prova de parentesco? Era isso que se supunha que as pessoas deviam fazer numa determinada fase da vida: casar e ter filhos. Ninguém jamais explicou por quê.

Eu não sabia muita coisa sobre a criação de Erin, mas sabia que ela não foi parar onde parou por ter sido amada. Segundo a irmã, ela era uma garota amarga e revoltada.

Não gostei da história que ela contou. Por experiência própria, eu sabia que as garotas amargas e revoltadas querem que quem as magoou pague seus pecados. Fiquei pensando se ela estaria culpando quem queria culpar. Talvez Jade não tivesse gostado dela. Talvez ele a tivesse magoado. E, sofrendo, assustada, drogada, ela podia tê-lo projetado como torturador.

Ou talvez o torturador tivesse colocado a idéia para ela acreditar.

Pensei outra vez em Michael Berne. Teria sido simples ele ligar para a loja Radio Shack e encomendar o celular. Podia ter mandado um empregado pegar. Se tinha conhecimento da atração de Erin por Jade, podia ter usado isso durante o cativeiro.

Mas quem seria o cúmplice de Michael? Eu sabia que ele não tinha ligação com os Seabright. Estava no lado errado da relação com Trey Hughes.

Trey Hughes, que tinha o telefone de meu pai na carteira. Trey com sua queda pelas garotas e sua ligação em todos os aspectos daquela história sórdida.

Eu não queria acreditar que ele fizesse parte de algo tão depravado como o que aconteceu com Erin Seabright. Eu ainda apostava em Van Zandt.

Mas estava com peças de **três** quebra-cabeças diferentes. O difícil ia ser montar uma imagem final que **não** fosse abstrata.

45

O assistente do promotor público pareceu não se perturbar pelo fato de Erin não ter visto o rosto de seus seqüestradores. Como disse Elena, eles já tinham provas suficientes para acusá-lo, prendê-lo e ter um bom argumento para uma boa fiança ou nenhuma fiança. Pelas leis da Flórida, teriam então cento e setenta e cinco dias para levar Jade a julgamento. Um vasto tempo para acertar o caso, já que ainda faltava a prova suplementar.

O sangue encontrado na cocheira onde Jill Morone morreu foi analisado. Se fosse igual ao de Jade, poderiam acusá-lo de assassinato, além de seqüestro. Eles colocaram em dúvida o álibi apresentado por Jade para a noite da morte de Jill. Ele não tinha álibi para a noite em que mataram o cavalo, fato que Estes acreditava ter originado todo o resto.

Landry pensou em Elena quando saiu do escritório do promotor. Não gostava do fato de ela duvidar do envolvimento de Jade, e não gostava de se incomodar com o que ela achasse. Ela o havia metido naquela confusão e ele queria que a coisa ficasse simples como a tese original dela. A maior parte dos crimes era assim: direto. O crime comum era por dinheiro ou sexo e não exigia Sherlock Holmes para resolver. Seqüestro por resgate: idem. Um bom trabalho da polícia levava às prisões e condenações. Ele não queria que aquele caso fosse diferente.

Talvez, o motivo para as dúvidas de Estes incomodarem tanto era que ele também vinha ruminando aquelas mesmas coisas. Tentou fazer um balanço enquanto passava pelo corredor. Weiss saiu da sala da equipe para encontrá-lo.

— Paris Montgomery está aqui e perguntou por você — acrescentou ele, dando uma revirada nos olhos.

— Achou alguma coisa na casa dos Seabright?

— Acertou — disse Weiss. — Achamos uma fita de vídeo enfiada na estante do escritório de Seabright. Você não vai acreditar: mostra a garota sendo violentada. Seabright está na sala de reunião. Estou indo para lá.

— Me espera — disse Landry, a raiva lhe queimando a garganta. — Quero falar com aquele filho da puta.

— Vai ter sua chance — garantiu Weiss.

Paris Montgomery andava de um lado para outro atrás da mesa quando Landry entrou na sala de interrogatório. Parecia agitada e nervosa, embora o estado emocional não a impedisse de se maquiar e arrumar o cabelo.

— Srta. Montgomery, obrigado por vir. Sente-se. Aceita alguma coisa, um café? — ofereceu Landry.

— Ah, não — respondeu ela, sentando-se. — Se eu beber mais cafeína vou ficar fazendo pivôs pela sala como uma *top model*. Não consigo acreditar que essas coisas estejam acontecendo. Don na cadeia. Erin *seqüestrada*. Meu Deus. Ela está bem? Tentei falar com o hospital, mas não quiseram informar nada.

— Ela foi maltratada, mas vai se recuperar — disse Landry.

— Posso vê-la?

— Por enquanto, as visitas são restritas à família. Talvez mais tarde.

— Me sinto mal por causa disso, ela trabalhava para mim. Eu devia ter cuidado dela. — Os grandes olhos castanhos marejaram. — Devia ter feito alguma coisa. Quando Don disse que ela foi embora, eu podia ter tentado contatá-la. Percebido que alguma coisa estava errada.

— Por quê? Tinha algum motivo para desconfiar?

Ela desviou os olhos e ficou com aquele olhar vidrado que as pessoas têm quando as lembranças estão passando pela memória.

— Erin parecia gostar do trabalho. Quer dizer, eu sabia que ela estava com problema com o namorado, mas qual garota dessa idade que não tem? Eu devia ter perguntado por que ia sair do trabalho tão de repente. Mas a gente tem que entender que cavalariços entram e saem na temporada. Há muita oferta de trabalho. Alguém oferece um salário maior, ou seguro saúde ou mais um dia de folga e eles vão.

Landry não disse nenhuma obviedade, nenhuma absolvição. Claro que alguém devia ter dado mais atenção ao que acontecia com Erin Seabright. Ele não estava querendo deixar escapar nada.

— Sabia de algum relacionamento entre Erin e Don? — perguntou.

— Erin tinha uma queda por ele.

— Pelo que você via, ele fazia alguma coisa nesse sentido?

— Bom, quer dizer, Don é muito carismático.

— Isso quer dizer que sim ou que não?

— Ele é uma pessoa cheia de magnetismo. As mulheres ficam atraídas por ele. Ele gosta. Gosta de flertar.

— Com Erin?

— Bom, claro, mas não acho que ele se aproveitasse dela. Não quero crer que ele tenha feito isso.

— Mas pode ter feito.

Ela ficou indecisa, o que já era uma resposta.

— Erin comentou alguma coisa com você sobre a morte do cavalo?

— Ela ficou preocupada. Todos nós ficamos.

— Deu a entender que sabia de algo?

Ela desviou o olhar outra vez e apertou com dois dedos o pequeno vinco que tinha entre as sobrancelhas.

— Ela não acreditava em acidente.

— Ela cuidava do cavalo, certo?

— Sim. Era muito boa com ele, com todos os cavalos. Ficava com eles depois do horário de trabalho. Às vezes, ia vê-los tarde da noite.

— Tinha ido, naquela noite?

— Mais ou menos às onze. Estava tudo certo.

— Por que ela achava que não foi acidente?

Paris Montgomery começou a chorar. Olhou em volta da sala como se procurasse um buraco para se enfiar.

— Srta. Montgomery, se Don Jade fez o que acreditamos que fez, você não deve a ele qualquer lealdade.

— Não pensei que ele tivesse feito alguma coisa ruim — disse ela com uma voz fraca, querendo se desculpar, mas não por Jade.

— O que houve?

— Erin me disse que Don já estava na cocheira quando ela chegou de manhã cedo. Bem cedo. Tínhamos cavalos se apresentando naquele dia e ela precisava chegar cedo para trançar as crinas e aprontar os animais. Ela me disse que viu Don na cocheira de Stellar mexendo no fio do ventilador. Foi até lá perguntar por que ele chegou tão cedo.

Parou de falar e tentou se compor, recuperar o fôlego. Landry esperou.

— Ela viu que Stellar estava deitado. Don disse que o cavalo tinha mordido o fio do ventilador e mostrou o fio. Mas Erin disse que ele estava com alguma coisa na outra mão, uma espécie de ferramenta.

— Você acha que ele cortou o fio para parecer acidente.

— Não sei! — ela soluçou, cobrindo o rosto com as mãos. — Não quero acreditar que ele tenha matado aquele pobre animal!

— Agora, parece que isso foi a coisa menos grave que ele fez — disse Landry.

Ele tomou o café, impassível, enquanto Paris Montgomery chorava por seu pecado de omissão. Ele repassou os novos fatos na cabeça. Erin podia ter acusado Jade por forjar o acidente. Isso, lógico, poderia ter causado a morte dela como a de Jill Morone. Mas a compra do celular mostrava que o seqüestro havia sido planejado antes da morte do cavalo. Portanto, uma coisa não tinha nada a ver com a outra.

— O que você fez quando Erin contou isso? — perguntou ele.

Paris passou um lenço de papel nos olhos.

— Fiquei zangada. Falei para ela: claro que foi acidente. Don não ia...

— Apesar de Don já *ter* feito isso várias vezes.

— Nunca acreditei — disse ela, inflexível. — Ninguém nunca provou.

— Exceto pelo fato de ele ser inteligente e fugir das conseqüências de seus atos.

Mesmo assim, ela defendeu Jade.

— Em três anos, eu nunca soube que Don fizesse qualquer crueldade com um cavalo aos cuidados dele.

— Como reagiu Erin quando você não acreditou nela?

— Primeiro, ficou contrariada. Conversamos mais um pouco, contei o que acabei de dizer sobre Don. Perguntei se ela achava que ele fosse capaz de machucar alguém. Fiz ela se envergonhar só de ter pensado isso.

— Então, mais tarde, quando Jade disse que ela havia ido embora...

— Não fiquei tão surpresa.

— Mas não tentou falar com ela.

— Telefonei, ela não atendeu. Deixei recado na secretária e fui ao apartamento dela dois dias depois, mas tive a impressão de que tinha se mudado.

Ela suspirou, dramática, e olhou para Landry assustada, esperando ser perdoada.

— Eu daria qualquer coisa para voltar aquele dia e mudar as coisas.

— É, aposto que Erin Seabright também — disse Landry.

46

Voltei ao dia em que tudo começou. O dia em que Stellar foi encontrado morto na cocheira. O dia em que Erin Seabright foi levada do portão dos fundos do Centro de Hipismo e Pólo de Palm Beach. Anotei tudo em folhas de papel caro que encontrei na escrivaninha. Dia e hora de cada fato. Quando Jade teria comprado o celular. Quando Erin e Chad discutiram. Quando Stellar foi encontrado morto. Quando Erin foi seqüestrada. Escrevi tudo o que sabia sobre o caso e espalhei as folhas pelo quarto.

Eu estava convicta de que tudo foi a partir da morte de Stellar, mas, olhando os horários no papel, pensando nas coisas que sabia, vi que não foi. O plano de seqüestro já existia quando Stellar morreu. Alguém tinha comprado o celular. Alguém tinha conseguido o *trailer* onde Erin ficou presa, o equipamento de vídeo e áudio, tinha arrumado a cetamina para drogar Erin e a van usada no transporte. Um plano cuidadoso, com pelo menos duas pessoas envolvidas.

Eu queria saber tudo o que tinha ocorrido naquele domingo, dia da morte de Stellar e do seqüestro de Erin. Queria saber o que tinha acontecido entre Erin e Jade naquele dia e antes. Queria saber onde Trey Hughes e Van Zandt estiveram naquele dia.

Olhei os dias e as horas, pensei em tudo o que eu sabia. Por mais que olhasse, a explicação mais simples não era a melhor. Mas muita gente ficaria contente de chegar àquele ponto. Inclusive Landry.

Nunca consegui as coisas do jeito mais fácil.

Voltei à sala, peguei a fita do seqüestro e coloquei no vídeo.

Erin de pé no portão dos fundos, esperando. Viu a van se aproximar. O mascarado saiu do carro. Ela disse: "Não!" Correu. Ele a agarrou.

Rebobinei a fita e passei outra vez.

Pensei nas coisas que ela falou para Landry e nas que não falou.

Pensei em quem estava sob suspeita e quem não estava.

Don Jade estava na cadeia. Bruce Seabright estava sendo examinado em microscópio. Tomas Van Zandt, conhecido predador, suspeito de assassinato, não era encontrado.

Voltei à escrivaninha e remexi na confusão para achar o pedaço de papel que peguei no lixo de Van Zandt. O horário dos vôos que levariam os cavalos para Bruxelas. O avião deveria partir naquela noite, às onze. Eu tinha de informar aquilo para Landry. E Landry teria que passar para Armedgian.

Foda-se. Eu não ia dar nada para Armedgian. Se pudesse fazê-lo de idiota, faria. Depois do fiasco em The Players, Armedgian e Dugan não queriam nada comigo.

Decidi que iria ao aeroporto e aguardaria Van Zandt, depois ligava para Landry. Se Tomas Van Zandt pensava que podia matar e fugir do meu país, era melhor pensar de novo.

47

Ele não tinha a menor idéia de há quanto tempo estava na mala do carro. A noite tinha virado dia. Sabia disso por causa do calor. Aquele puta sol da Flórida estava batendo no carro e a temperatura na mala tinha ficado insuportável.

Ele ia morrer naquele lugar horrível por causa daquela piranha russa. Das duas. As duas caras se juntaram na cabeça dele. Ele entrou e saiu do delírio causado pela dor e o calor.

Queria sair, mas não conseguia se mexer. Não sabia quantos ossos estavam quebrados. Queria gritar, mas a parte inferior do rosto estava enrolada em fita adesiva. Nas últimas horas, ele teve medo de vomitar e morrer asfixiado.

Como aquela cavalariça gorda. Piranhazinha burra. Estava pronta a fazer sexo com Jade. Portanto, devia querer fazer com ele também. Ele tinha apanhado em parte por causa dela. Kulak soube da morte dela.

Acidente. Não assassinato. Se ele tivesse se livrado do corpo dela como pretendia, ninguém jamais saberia. Ninguém perguntaria onde estava Jill. Quem nesse mundo daria alguma coisa por ela?

Se ele não tivesse sido levado a jogar o corpo na pilha de esterco, muito do que aconteceu não teria ocorrido. E talvez ele agora não estivesse esperando morrer.

Ouviu barulhos fora do carro. Um motor sendo ligado, vozes masculinas. Russos falando russo. Russos fodidos.

Alguma coisa bateu no carro, balançando-o, depois ele começou a se mover. O barulho do motor ficou mais alto, como um bicho dos infernos devorando tudo por onde passava. O barulho ficou ensurdecedor, o rugido da besta, o esmigalhar de metal quando a frente do carro caiu.

Ele sabia o que ia acontecer. Reciclagem de ferro-velho. Sabia e começou a gritar, embora o som não pudesse sair da cabeça dele. Gritou o nome de cada mulher que se voltou contra ele.

Mulheres. Aquelas piranhas idiotas e ingratas. A perdição da vida dele. Disse muitas vezes que as mulheres o matariam. Como sempre, estava certo.

48

A cena era mais dantesca do que tudo que Landry já havia visto. Erin Seabright amarrada na cama com os braços e as pernas abertos, gritando e chorando enquanto um dos seqüestradores a violentava.

Dugan, Weiss, Dwyer e ele formaram um semicírculo, braços cruzados, rostos de pedra vendo a fita. No meio deles, Bruce Seabright sentado numa cadeira, branco como cera.

Landry apertou o botão, desligou o aparelho de vídeo e deu um soco na lateral da tevê. Voltou-se para Seabright.

— Seu filho da puta.

— Nunca tinha visto isso! — gritou Seabright, levantando-se.

— Landry — Dugan avisou.

Landry não o ouviu, nem ouviu o telefone de Weiss tocar. Mal tomava conhecimento da presença de mais alguém naquela sala. Via apenas Bruce Seabright e queria bater nele até matar.

— O quê? Estava guardando a fita para ver depois? No seu festivalzinho de cinema particular? — perguntou Landry.

Seabright balançou a cabeça, veementemente.

— Não sei como isso foi parar no meu escritório.

— Você a colocou lá — disse Landry.
— Não coloquei! Juro!
— Os seqüestradores mandaram, como fizeram com a primeira fita.
— Não!
— E se dependesse de você, ninguém veria nenhuma das duas.
— Isso... não é verdade...
— Mentiroso escroto! — gritou Landry na cara dele.
Dugan tentou se colocar entre os dois, empurrando Landry pelo peito.
— Detetive Landry, afaste-se!
Landry ficou em volta dele.
— Não bastava querer se livrar dela? Queria vê-la torturada também?
— Não! Eu...
— Cale a boca! Cale essa porra! — gritou Landry.
Seabright deu um passo atrás, os olhos pequenos cheios de medo. As pernas bateram na cadeira dobrável onde estava sentado antes, ele tropeçou e caiu sentado outra vez.
— Landry! — gritou Dugan.
Dwyer ficou na frente dele, a mão levantada.
— James...
— Quero um advogado! Ele perdeu o controle! — disse Seabright.
Landry parou, respirou mais devagar e olhou para Bruce Seabright.
— É melhor chamar Deus, Seabright. Vai ser preciso mais do que um advogado para tirar o seu rabo disso — disse Landry, firmemente.

A audiência de Jade levou vinte minutos. Cinco minutos de interrogatório e quinze de Shapiro ouvindo a si mesmo falar. Pelo que aquele sujeito cobrava por hora, Landry achava que ele devia pelo menos dar a impressão de que valia mais do que um processo de média importância.

Landry ficou no fundo do tribunal, prestando atenção nas presenças. Ainda estava tremendo por causa da adrenalina e da raiva que sentiu na sala de reunião. Como quem conta carneiros, ele contou cabeças. Estavam lá a equipe de advogados assistentes de Shapiro, o assistente do promotor, um grupo pequeno de repórteres e Trey Hughes.

A promotora Angela Roca declarou que pretendia levar o caso para o tribunal superior e pediu fiança de um milhão de dólares.

— Excelência — choramingou Shapiro. — Um milhão de dólares! O sr. Jade não é rico como os clientes que tem. Por todos os motivos e propósitos, isso seria como negar a concessão de fiança.

— De nossa parte, ótimo, Excelência — disse Roca. — A vítima reconheceu o sr. Jade como seqüestrador e estuprador. Além disso, a delegacia considera-o suspeito do brutal assassinato de uma de suas empregadas.

— Com todo o respeito, Excelência, o sr. Jade não pode ser punido por um crime do qual não foi acusado.

— É, aprendi isso na faculdade — disse, ironicamente, a ilustre sra. Ida Green, uma ruiva miúda de Nova York, que era uma das juízas preferidas de Landry. Ela não se impressionava com nada, inclusive com Bert Shapiro.

— Excelência, a instauração do processo...

— Não é da minha conta. Esta é uma audiência para fiança, sr. Shapiro. Devo informá-lo de quais são os procedimentos básicos?

— Não, Excelência. Eu me lembro vagamente das aulas da faculdade de direito.

— Ótimo. O senhor não desperdiçou o dinheiro de seus pais. A fiança foi fixada em quinhentos mil dólares em dinheiro.

— Excelência... — começou Shapiro.

Ida fez um gesto de recusa.

— Sr. Shapiro, os clientes de seu cliente pagam essa quantia por um cavalo, sem pestanejar. Tenho certeza de que, se são tão apegados ao sr. Jade quanto o senhor, vão ajudá-lo.

Shapiro não gostou.

Roca aproveitou a deixa e foi em frente.

— Excelência, como o sr. Jade morou na Europa e tem vários contatos lá, consideramos que ele pode se evadir do país.

— O sr. Jade entregará seu passaporte. Mais alguma coisa, srta. Roca?

— Pedimos que o sr. Jade se submeta a teste sanguíneo e dê uma amostra de cabelo para ser comparado, Excelência.

— Providencie, sr. Shapiro.

— Excelência — argumentou Shapiro. — Isso é uma invasão de privacidade brutal do meu cli...

— Colonoscopia é uma invasão brutal, sr. Shapiro. Amostras de cabelo e sangue são exigências.

Os trâmites terminaram com o bater do martelo. Trey Hughes levantou-se, encaminhou-se para a frente do tribunal, entregou um cheque ao oficial de justiça, e Don Jade ficou livre.

49

Rebobinei a fita outra vez.

Fiquei pensando se a equipe de Landry encontrou alguma das outras fitas que Erin disse que o padrasto possuía. Se tinha, eu esperava que ele fosse preso e condenado por obstrução de justiça, ocultação de prova, trama, por alguma coisa, qualquer coisa. Sem considerar o sofrimento de Erin, a causa ou o motivo do que aconteceu, Bruce Seabright tinha demonstrado uma perversa indiferença pela vida humana.

Pensei na fita em que Erin era espancada, que eu não tinha visto, mas Landry me disse ser brutal. Pensei: olho por olho, Bruce.

Apertei a tecla *play* da única fita que eu tinha.

Quantas vezes eu tinha assistido? Não sabia. Apesar de ter observado todos os detalhes que podiam ser vistos, ainda queria rever e procurar coisas que eu não tinha, não podia, não devia ver. Algo continuava sempre me incomodando, algo que estava quase consciente e que um outro eu não conseguia enxergar.

A van se aproxima. Erin fica lá.

A van pára. Erin fica lá.

Um mascarado pula. Erin diz: "Não!"

Tenta correr.

Apertei a tecla *pause* e congelei a imagem. Ficou uma espessa camada de neve no rosto de Erin e de seu perseguidor quando eles correm para o portão. Sem ver a expressão dela ou a máscara dele, a imagem poderia ter qualquer sentido. Fora do contexto, aquelas duas pessoas podiam ser namorados, um correndo atrás do outro, alegres. Podiam ser duas pessoas fugindo de um desastre ou indo socorrer outras. Sem expressão, eles eram dois torsos com jeans desbotados.

A lenta reação de Erin me incomodava. Seria incredulidade? Medo? Ou outra coisa?

Deixei a fita correr outra vez e vi o homem agarrá-la, rude, por trás e girá-la. Ela o chutou com vontade. Ele deu um tapa no rosto dela com tal força que ela quase perdeu o equilíbrio.

Horrível. Completamente horrível. Uma violência totalmente real. Era inegável.

Vi o homem derrubá-la por trás e ela cair de cara na sujeira. Observei-o aplicar uma injeção no braço dela. Cetamina. Special K. Droga preferida dos freqüentadores de raves, estupradores e veterinários de animais pequenos.

No passado, Erin foi usuária de drogas em festas. Ela mesma disse a Landry a droga que aplicaram nela. Como podia saber, a menos que os seqüestradores dissessem, a menos que ela conhecesse a droga no trabalho?

Pensei nas coisas que Erin disse e nas que não disse a Landry, as peças da história dela que não se encaixavam no mesmo quebra-cabeça.

Ela garantia que Jade era um dos seqüestradores, embora não o tivesse visto nem uma vez. Tinha certeza de que era ele, o homem pelo qual teve uma queda, o homem pelo qual ela supostamente trocou Chad. Apesar de não ver seu rosto, acreditava ter sido violentada por ele. Por quê? Por que achava isso? Por que ele faria isso?

E, embora ela tivesse certeza absoluta que Jade era um dos seqüestradores, não tinha idéia de quem fosse o cúmplice.

Então, depois de violentá-la, espancá-la, drogá-la e não conseguir o resgate pelo qual tanto se esforçaram, os homens simplesmente deram voltas de carro com ela e soltaram-na. Mais nada. Não só deixaram que ela fugisse, mas devolveram as roupas dela, até a pulseira.

Eu não acreditei nela. Não acreditei na história dela e daria qualquer coisa para mudar aquele meu palpite. Eu queria duvidar dos meus instintos como tinha duvidado diariamente desde que Hector Ramirez foi morto. Que ironia, esse caso me fez recuperar a confiança em mim e, ao mesmo tempo, eu só queria estar enganada.

Pensei em Molly e gostaria de poder ter chorado.

Eu seria capaz de rezar para estar enganada, mas nunca um poder superior me ouviu.

Senti-me mal, rebobinei a fita e me obriguei a assistir outra vez, em câmara lenta de maneira que pudesse examinar melhor, procurando algo que eu achava que não ia encontrar.

Meu aparelho de vídeo era de qualidade média. Landry teria dado uma olhada bem melhor na fita, usando toda a alta tecnologia do equipamento do laboratório. Mas observando a fita, quadro a quadro, dava para ver bem. Duran-te a filmagem, a câmara quase só enfocou Erin, que parecia estar a quatro ou cinco metros de distância. Dava para ver que o cabelo dela estava preso com grampo, que ela usava uma camiseta vermelha e apertada que mostrava seu peito pequeno. O jeans tinha uma mancha branca numa das pernas.

Quando o homem segurou-a pelo braço, vi que ela estava de relógio. Mas não consegui ver o que mais queria.

Andei pela casa de hóspedes como um animal enjaulado, pensei nas pessoas envolvidas na vida de Erin: Bruce, Van Zandt, Michael Berne, Jill Morone, Trey Hughes, Paris Montgomery. Eu queria que Bruce fosse o culpado. Sabia que Van Zandt era assassino. Michael Berne tinha motivo para prejudicar Don Jade, mas um seqüestro não fazia sentido. Jill Morone estava morta. Trey Hughes era o centro do universo de todos eles. E tinha também Paris Montgomery.

Paris e sua canhestra lealdade a Don Jade. Tinha tanto a ganhar com a ruína de Jade quanto Michael Berne, mais até. Agia à sombra de Jade havia três anos, com seu sorriso de garota da capa, seu gosto por coisas finas e sua atração pelos holofotes. Ela administrava a vida dele, a cocheira, interferia.

Pensei nas pequenas e destrutivas "verdades" que Paris havia me contado sobre a morte de Stellar, mesmo quando defendia Don Jade. Se ela dizia aquilo para mim, que dúvidas não poria na cabeça de Trey Hughes, toda vez que dormia com ele?

Na manhã em que o corpo de Jill Morone foi encontrado, Paris supervisionou Javier na limpeza da cena do crime. Mesmo quando ligou para o agente da seguradora para falar no prejuízo das roupas e objetos pessoais de Jade, deixou Javier arrumando. Fiquei pensando se ela teve alguma surpresa com a morte de Jill.

Pensei no suposto estupro e na sensação de Landry de que poderia ter sido encenado. Pensei no corpo de Jill enterrado no buraco de esterco na cocheira quarenta, onde certamente seria descoberto. E quando fosse, quem seria o primeiro suspeito? Don Jade.

Os clientes dele podiam suportar alguns escândalos, mas a morte de uma garota? Não. Seqüestro? Não. E com Jade fora de cena e alguns clientes ricos acreditando nele, quem lucraria mais? Paris Montgomery.

Telefonei para Landry e deixei um recado na secretária. Depois, desliguei a televisão e saí.

De um lado da cocheira, Irina estava estirada numa espreguiçadeira, usando a parte de cima de um biquíni, shorts curtos e dramáticos óculos pretos.

— Irina — chamei, a caminho do meu carro. — Se Tomas Van Zandt aparecer, ligue para a polícia, 911. Ele está sendo procurado por assassinato.

Preguiçosamente, ela levantou uma mão para mostrar que ouviu e virou de bruços para bronzear as costas.

Fui para o centro hípico ter mais uma conversa com Javier na cocheira de Jade. Numa segunda-feira, havia menos chance de ser visto falando comigo. As cocheiras estavam fechadas. Não havia motivo para Trey Hughes e Paris aparecerem. Talvez Javier se sentisse mais à vontade para me contar o que sabia.

Mas não havia ninguém nas cocheiras de Jade. Elas não foram limpas e os cavalos estavam agitados, com fome. Dava a impressão de que tinham sido abandonados. A alameda era uma corrida de obstáculos com forcados, ancinhos, vassouras e baldes de esterco virados. Como se alguém tivesse passado por ali com muita pressa.

Fui à cocheira de alimentos e peguei um punhado de feno para cada cavalo.

— Não me diga. Você agora está fingindo ser cavalariça?

Olhei para o fundo da tenda e vi Michael Berne, de jeans e camisa pólo. Desde que aquela confusão começou, ele parecia muito contente. Descansado. O concorrente dele estava na cadeia e tudo estava certo no mundo.

— Tenho múltiplos talentos — eu disse. — Qual a sua desculpa para estar aqui?

Ele deu de ombros. Percebi então que segurava uma caixinha. Alguma coisa de consultório de veterinário.

— Cansados não descansam — ele disse.

— Ou os pecadores.

Rompun. Um dos sedativos usados em cavalos. Todo mundo tem à mão, tinha dito Paris quando falou no remédio encontrado no sangue de Stellar.

— Está dando uma festa? — perguntei, olhando para a caixa.

— Tenho um cavalo difícil de ferrar — disse Berne. — Precisa de uma coisinha para agüentar a dor.

— Stellar também era assim?

— Não. Por que pergunta?

— Por nada. Você viu Paris hoje?

— Estava aqui mais cedo. A tempo de ver o Departamento de Imigração levar o último cavalariço dela.

— Como?

— Eles fizeram uma vistoria hoje de manhã e o guatemalteco foi um dos primeiros a ser pego.

— Quem chamou a Imigração? Você? — perguntei, de repente.

— Eu, não. Também perdi um cavalariço.

O Departamento de Imigração fez uma vistoria de surpresa e um homem na cocheira dezenove foi um dos primeiros a ser levado. A última pessoa no campo de Jade que podia ser convencida a dizer a verdade — se soubesse — foi embora exatamente quando o caso parecia explodir.

Trey me viu falando com Javier. Podia ter contado a Paris. Ou talvez Bert Shapiro tenha querido o guatemalteco fora do país, se o rapaz soubesse alguma coisa sobre Jade.

— Soube que ele está na cadeia — disse Michael Berne.

— Jade? Está. A menos que tenha pago a fiança. Acusado de seqüestro. Sabe de alguma coisa sobre isso?

— Por que saberia?

— Talvez estivesse aqui na noite em que ocorreu. Uma semana atrás, domingo, no final do dia, no portão dos fundos.

Berne balançou a cabeça e foi andando.

— Eu, não. Estava em casa com minha mulher.

— Você é um marido muito dedicado e generoso, Michael.

— Sou mesmo — disse ele, convencido. — Não sou criminoso, srta. Estes.

— Não.

— Don Jade é.

Não, pensei, enquanto ele se afastava. *Também não acho que seja.*

50

Meu celular tocou quando eu voltava para o carro.

— Vamos almoçar — disse Landry.

— Você está precisando de boas maneiras ao telefone — eu disse.

Ele deu o nome de uma lanchonete que ficava a dez minutos de carro e desligou.

— Erin Seabright encontrou Jade na cocheira com o cavalo morto — disse Landry. Nós dois estávamos no carro dele. No assento do meio, havia um pacote de comida que enchia o carro com cheiro de carne grelhada e batatas fritas. Não tocamos na comida. — Encontrou-o mexendo no fio elétrico do ventilador.

— Ela te contou isso?

— Estou indo falar com ela agora. Hoje de manhã não falamos tudo sobre o cavalo morto. Só pedi detalhes do seqüestro. Paris Montgomery apareceu e me contou. Os telejornais da manhã noticiaram a fuga de Erin. Pelo jeito, a srta. Montgomery ficou com medo.

— Como um abutre dando voltas sobre um animal morrendo — eu disse. — Sentiu cheiro de oportunidade.

— Paris contou que Erin surpreendeu Jade e no fim do dia ele a seqüestrou? Não bate, Landry.

— Eu sei. O seqüestro já estava em andamento.

— Se foi assim que aconteceu — eu disse. — Os especialistas viram a primeira fita de vídeo?

— Viram, mas eu não tive oportunidade de ver. Por quê?

— Procure a pulseira que entreguei a você hoje de manhã.

— O que isso tem a ver?

— Acha que os seqüestradores deram para ela como presente de despedida? — perguntei. — Vi a fita cinqüenta vezes. A pulseira não aparece, mas ela estava com uma na noite passada.

Landry parecia incrédulo.

— Está querendo dizer que a garota está envolvida? Ficou louca. Estes, você não viu a garota. Ela passou o diabo. Você não viu a fita do homem chicoteando ela. E hoje de manhã Weiss e Dwyer encontraram outra fita no escritório de Seabright. Mostra a garota sendo brutalmente violentada.

Aquilo me chamou a atenção.

— Ele tinha a fita em casa? No escritório?

— Enfiada atrás de umas coisas na estante.

Fiquei sem saber o que dizer. Era o que eu estava querendo para Seabright pagar o preço. Mas a história do estupro gravado era outra coisa.

— Parecia verdadeiro? — perguntei.

— Eriçou os cabelos da minha nuca — disse Landry. — Tive vontade de pegar Seabright e apertar o pescoço dele até os olhos pularem fora.

— Onde ele está agora?

— Numa cela de detenção. O promotor estadual está resolvendo quais serão as acusações para Bruce.

— Como foi a acusação de Jade?

— Trey Hughes pagou a fiança.

— Será que Paris sabe disso?

— Aposto que ele está pagando os serviços de Bert Shapiro também.

— Você já interrogou Trey?

— Foi chamado a depor. Shapiro não vai permitir.

— Ponha o nome dele no arquivo do computador — sugeri. — Trey tem um passado movimentado. Ele me disse ontem que uma vez contratou os serviços de meu pai. Ninguém contrata Edward Estes por tráfico de bobagens.

Landry balançou a cabeça, com nojo.

— Essa gente parece uma porra de um ninho de cobras.

— É — eu disse. — Só precisamos descobrir quais são as venenosas.

Nada causa maior desprezo do que confiança não correspondida. Enquanto eu dirigia para Loxahatchee, pensei em Paris Montgomery entrando na delegacia para entregar o chefe como assassino do cavalo e fraudador em seguradora. Paris era uma garota de primeira linha que estava havia três anos tocando o segundo violino na orquestra de Don Jade. Ela o ajudou a formar a clientela dele.

Ela o defendeu com uma mão e minou o terreno dele com a outra.

Fiquei pensando se teria sido Paris quem deu a pista para a Imigração pegar Javier. Ela havia estado com Trey na noite anterior. Ele podia ter dito a ela que achava que eu era detetive particular e que me viu conversando em espanhol fluente com o único empregado de Jade que sobrou e podia saber de alguma coisa.

Ou talvez o próprio Trey tivesse telefonado para a Imigração. Por motivos lá dele. Tentei imaginá-lo como um dos seqüestradores. Será que os anos de libertinagem o perverteram tanto a ponto de achar brincadeira o seqüestro de uma garota?

A tarde já tinha quase acabado quando entrei na estrada da casa de Paris Montgomery. Nos densos bosques da Loxahatchee rural, a luz estava sumindo nas sombras compridas dos altos e esguios pinheiros.

Passei pela casa de Paris, no beco onde quase atirei em Jimmy Manetti na noite anterior. Os operários já tinham terminado o trabalho do dia nas casas em construção. Estacionei, peguei a Glock no seu esconderijo e fui andando pelo meio das árvores, o mais rápido que pude.

A casa era bem parecida com a de Eva Rosen: um falso rancho espanhol construído nos anos 70, com paredes brancas mofadas e telhado de madeira cheio de limo. Entrei por uma porta lateral na garagem atulhada de apetrechos de gramado e enfeites de Natal. O Infiniti verde-escuro não estava lá.

A porta de ligação com a casa estava trancada e as luzes no painel de segurança mostravam que o sistema estava ligado. Dei a volta na casa procurando uma porta aberta ou uma janela entreaberta. Não dei sorte.

Pelas janelas da sala, vi um carpete horroroso, que um dia foi branco, e muitos móveis mal-acabados estilo "mediterrâneo" que ninguém que morasse no Mediterrâneo reconheceria. O aparelho de tevê era quase do meu tamanho e tinha todo tipo de máquina acoplada: aparelho de vídeo, DVD, sistema de áudio em Dolby com um equipamento estéreo que parecia coisa da NASA.

Fui até os fundos pelo jardim lateral onde havia o indispensável pátio fechado com um tonel de sequóia, além de móveis sujos de jardim e plantas ressecadas pelo sol. A porta de tela não estava trancada, mas a de vidro corrediço da sala de jantar estava. Dava para ver a correspondência sobre a mesa: contas e revistas.

No fundo do pátio, outra porta de vidro corrediço dava num quarto revestido de um carpete velho laranja. As cortinas estavam abertas mostrando uma cama tamanho gigante com uma colcha de veludo vermelho. Sobre a enfeitada cabeceira imitando madeira havia um quadro de mulher nua com três seios e duas caras. Na parede do fundo, uma tevê sobre uma bancada. Dei uma olhada nos vídeos na prateleira e fiquei achando que eu era a única pessoa no sul da Flórida que não tinha coleção de filmes pornôs.

Em algum lugar depois do quintal, o motor de uma máquina pesada foi ligado fazendo um rugido gutural. Que sorte, alguém tinha chegado ao terreno de uma construção e parecia prestes a passar com a máquina por cima do meu carro.

O quintal estava cheio de sombras, mas, acima das árvores, o céu continuava bem azul. O barulho não vinha das casas em construção da rua, mas de trás das árvores, depois do quintal de Paris Montgomery, na direção oeste.

Um grande motor trovejava sem parar, de vez em quando o som de alguma coisa sendo moída e mastigada por uma máquina de grande porte. Achei que devia ser uma picotadeira de bagaço e quase fui embora. Mas parei.

Landry tinha dito que havia um som de máquina pesada ao fundo, no vídeo de Erin sendo chicoteada. Som que Erin conseguiu lembrar quando ele perguntou sobre o lugar do cativeiro.

Fui para o fundo do quintal. Cheia de árvores novas e bambus, com trepadeiras cobrindo tudo, o quintal era uma selva que um dia envolveria até a casa, se pudesse.

O martelar e ranger da máquina aumentou. Um motor de caminhão girava e o bip-bip-bip soava ao recomeçar.

Tentando enxergar a outra propriedade através da cortina de verde, quase não percebi uma coisa, uma espécie de ruína antiga no meio da espessa vegetação. Cinzenta e enferrujada, não pertencia ao lugar, mas com o tempo virou quase uma parte orgânica da paisagem. Era um *trailer*. Um dia, aquilo devia ter sido um escritório de mestre-de-obras, com uma janela ao fundo toda suja por dentro. Alguém tinha rabiscado com o dedo uma única palavra: SOCORRO.

51

A vida pode mudar num piscar de olhos.
 Eu quase não tinha percebido o *trailer*. Foi num relance antes de me virar e ir embora. Então era esse o verdadeiro motivo para Paris Montgomery ter aquela porcaria de casa longe demais do centro hípico. Tinha pensado que ela foi para lá a fim de ficar longe de olhares curiosos e eu estava certa. Mas o caso com Trey Hughes não era a única coisa que ela queria esconder.
 O *trailer* estava no meio da vegetação como se saído de um pesadelo. Trazia recordações que eu preferia esquecer.
 A adrenalina corre no meu sangue como combustível de foguete. Meu coração bate como um pistão. Estou prestes a decolar.
 Tirei meu revólver e fui andando colada à lateral do *trailer*. Só quando cheguei ao fim pude ver o caminho que alguém tinha percorrido para chegar à retorcida e enferrujada escada de metal no lado do *trailer*.
 Apesar de o sol não bater naquele quintal há mais de uma hora e estar fazendo frio, eu transpirava. Tive a impressão de ouvir minha respiração.
 Disseram-me para ficar bem quieta, esperar, mas sei que não é a melhor atitude... perdendo um tempo precioso... O caso é meu. Sei o que estou fazendo...

Senti a mesma coisa. Meu caso. Eu o descobri. Mas fiquei também indecisa. Apreensiva. Com medo. A última vez que tomei essa decisão, estava errada. Completamente errada.

Encostei-me na lateral do *trailer*, desejando que meu pulso ficasse mais lento, tentando diminuir a rapidez dos pensamentos, abafar as emoções que estavam mais ligadas a estresse pós-traumático do que ao presente.

Paris devia ter alugado a casa há meses, avaliei. Se o lugar havia sido escolhido pela privacidade, por causa do *trailer*, isso ampliava a fase de premeditação para antes de a temporada começar. Fiquei pensando se Erin foi escolhida por seu potencial como cavalariça ou como vítima.

Minha mão tremia quando peguei o celular com a mão esquerda. Liguei para a central de bip de Landry, deixei meu número e disquei para a polícia, 911. Liguei para a secretária eletrônica dele, deixei o endereço de Paris Montgomery e falei para ele vir o mais rápido possível.

E agora?, pensei, enquanto fechava o celular e enfiava no bolso. Esperar? Esperar Paris chegar em casa e me encontrar nos fundos da casa dela? Perder a oportunidade e deixar anoitecer, esperando Landry ligar de volta?

O caso é meu. Sei o que estou fazendo...

Sabia o que Landry iria dizer. Ia dizer para eu esperá-lo. Ficar sentada no carro como uma boa menina.

Nunca fui uma boa menina.

O caso é meu. Sei o que estou fazendo...

A última vez em que pensei isso, eu estava muito enganada.

Queria estar certa.

Lentamente, subi a escada de ferro que, com o tempo, tinha afundado no terreno arenoso e se soltado do *trailer* deixando vários centímetros de distância entre os dois. Fiquei ao lado da porta, bati nela duas vezes e gritei:

— Polícia.

Nada. Dava para ouvir qualquer coisa dentro do *trailer*. Nenhuma saraivada de balas atravessou a porta. Achei que Van Zandt podia estar lá dentro, escondido até embarcar no avião para Bruxelas. Devia ter Paris Montgomery como cúmplice em tudo, ajudando-a a dispensar Jade e garantir o espaço dela na vida de Trey Hughes, enquanto Van Zandt se dedicava ao seu *hobby* de dominar jovens. Talvez o resgate ficasse para ele, por ajudar a arruinar Don Jade.

E qual seria o papel de Erin na história? Eu não sabia, depois do que Landry me contou dos vídeos dela sendo violentada e espancada. Pela fita do seqüestro, que eu tinha visto uma dúzia de vezes, fiquei duvidando que Erin fosse realmente vítima. Talvez Paris a tivesse incluído no plano como uma oportunidade para ela castigar os pais e quando o plano começou a ser ativado, passou-a para Van Zandt. A idéia me enojava.

Fiquei de lado, prendi a respiração e abri a porta com um soco da mão esquerda.

Billy Golam abre a porta, olhos esbugalhados, ele está chapado por consumir sua produção caseira: anfetamina. Está ofegante. Segura uma arma.

Uma gota de suor escorreu entre minhas sobrancelhas e pingou do meu nariz.

Empunhando a Glock, entrei no *trailer* e girei a arma pelo interior, da esquerda para a direita. Ninguém no primeiro cômodo. Dei uma olhada rápida nos móveis: uma velha escrivaninha de ferro, um abajur de pé, uma cadeira. Tudo coberto de poeira e teias de aranha. Pilhas de jornais velhos. Latas de tinta usadas. Senti o cheiro velho e mofado de poeira, cigarros e umidade por baixo do linóleo gasto. O som da máquina do lado de fora parecia ressoar e ampliar dentro do *trailer* de metal.

Com cuidado, entrei no segundo cômodo, sempre empunhando a arma.

Não assisti à fita do espancamento de Erin, mas sabia pela descrição de Landry que havia sido ali. Ao fundo, uma cama com cabeceira de ferro. Colchão sujo e manchado, sem lençol. Manchas de sangue.

Imaginei Erin lá como Landry a descreveu: nua, machucada, acorrentada pelo braço à cabeceira, gritando cada vez que o seqüestrador a chicoteava. Imaginei-a uma vítima.

A poucos passos da cama havia um tripé com uma câmara de vídeo acoplada. Atrás dele, uma mesa cheia de latas de refrigerante, garrafas de água mineral pela metade, sacos de batatas fritas abertos e um cinzeiro cheio de tocos de cigarro. Havia duas cadeiras de jardim, uma com uma revista *In Style* largada no assento, a outra com roupas jogadas no braço, no encosto e caídas no chão.

Era uma locação de cinema. O palco para um drama agitado, cujo final ainda estava para ser encenado.

O barulho da máquina lá fora parou. Senti o silêncio como se fosse uma pessoa que tinha acabado de entrar pela porta. Meus braços e minha nuca arrepiaram, alertas.

Fui para a parede ao lado da porta do primeiro cômodo, a Glock em punho, pronta para atirar.

Não podia ver, mas ouvi a porta de fora se abrir. Esperei.

Movimento no cômodo da frente. Pés pisando e ressoando no linóleo antigo. Barulho de latas velhas de tinta batendo. Cheiro de solvente.

Se eu fosse até a soleira da porta, me perguntei, quem encontraria? Paris? Van Zandt? Trey Hughes?

Dirigi-me para a entrada e fiquei de arma apontada para Chad Seabright.

— Com isso, você vai perder seu lugar no conselho de classe.

Ele me olhou enquanto o solvente se espalhava no chão em volta dos pés dele.

— Ia perguntar o que está fazendo aqui, Chad, mas acho que é óbvio.

— Não, você não entendeu. Não é o que está pensando — disse ele, balançando a cabeça, olhos arregalados.

— É mesmo? Você não está prestes a destruir a prova de um crime?

— Não tenho nada a ver com isso! Erin me ligou do hospital e implorou ajuda — ele disse.

— E você, um completo inocente, deixou tudo para cometer um crime para ela?

— Eu gosto dela. Ela está fodida. Não quero que seja presa — ele disse, ansioso.

— E por que ela seria presa, Chad? Supõe-se que ela seja a vítima nessa história toda.

— Ela é — insistiu ele.

— Mas pediu para você vir aqui e queimar tudo? Ela disse aos detetives que não sabia onde era o cativeiro. Como você sabia?

Dava para ver as idéias girando na cabeça dele enquanto tentava dar uma explicação.

— Por que Erin estaria em perigo, Chad? O detetive Landry tem os vídeos dela sendo espancada e violentada.

— Foi idéia dela.

— Ser espancada? Violentada? Idéia de Erin?

— Não, de Paris. Não era para ser de verdade. Foi o que Erin disse. Era para ser uma representação. Foi o que Paris disse a ela. Para arruinar Jade e assim ela assumir os negócios. Mas as coisas saíram do controle. Paris ficou contra ela. Eles quase a mataram.

— Quem são "eles"?

Chad desviou o olhar e deu um suspiro, nervoso. Suava na testa.

— Não sei. Ela só falou em Paris. E agora está com medo que Paris acabe com ela.

— Então você vai atear fogo no local do crime e fica tudo certo. É isso?

Ele engoliu em seco e o seu pomo-de-adão oscilou.

— Sei o que você está achando.

— Estou achando que você está metido nisso até a raiz dos cabelos, Júnior. Encoste na parede e levante os braços — mandei.

— Por favor, não faça isso, não quero problemas com a polícia. No outono devo ir para a universidade de Brown — ele disse, contendo as lágrimas.

— Devia ter pensado nisso antes de aceitar cometer um incêndio culposo.

— Eu só estava ajudando Erin — disse ele, outra vez. — Ela não é má pessoa. Não é mesmo, só que... ela sempre se mete em confusão. E queria se vingar de meu pai.

— E você não queria?

— Já vou me diplomar. Não vai me importar o que ele pensa. Erin e eu então poderemos ficar juntos.

— Levante o braço na parede — repeti.

— Não pode ser um pouco solidária? — ele perguntou, chorando, dando um passo para se encostar na parede.

— Não sou do tipo solidário.

Entrei mais ainda no aposento quando Chad encostou na parede que dividia os dois cômodos. Uma dança lenta de pares trocando de lugar. Mantive a arma apontada para ele. Olhei para o lado, ao passar pela porta aberta.

Paris Montgomery estava subindo a escadinha.

Quando olhei para o lado, Chad aproveitou para virar-se e me atacar, o rosto contraído de ódio.

Minha arma desviou do alvo quando ele bateu nos meus braços. Caí para trás, com o peso dele em cima de mim, latas de tinta e pilhas de jornais velhos me atrapalhando. Caímos e dei um grito surdo, minha cabeça bateu no chão com tanta força que vi estrelas.

Eu continuava com a Glock na mão direita, o dedo enfiado no gatilho. A arma estava fora de posição, meu dedo indicador dobrado num ângulo ruim. Eu não podia atirar, mas levantei a arma e bati com ela na cabeça de Chad Seabright. Ele deu um grunhido e o sangue escorreu de um corte no rosto, enquanto tentava me segurar pela garganta.

Girei e bati nele outra vez, o tambor da Glock cortou o olho direito dele. Seu globo ocular abriu, sangue e líquido escorreram. Chad gritou e se afastou de mim com as mãos no rosto.

Rolei no chão para longe dele, tentando me manter de pé, escorregando no solvente, segurando em qualquer coisa.

— Sua puta! Puta! — Chad gritava nas minhas costas.

Segurei na perna da escrivaninha e me levantei. Olhei para trás e Chad apertava o olho machucado com uma mão e balançava uma lata de tinta com a outra. A lata bateu no lado esquerdo do meu rosto e jogou minha cabeça de lado.

Caí sobre a mesa, agarrei na beirada e me equilibrei enquanto Chad me golpeava com a lata de tinta vazia.

Bati no chão do outro lado e tentei tirar o dedo quebrado do gatilho. A adrenalina impediu-me de sentir dor. Sentiria depois, se tivesse sorte.

Esperava que Chad passasse por cima da escrivaninha, mas vi o lampejo laranja e azul no cômodo, quando ele pôs fogo no solvente e os gases explodiram.

Segurei a Glock, indicador esquerdo no gatilho, fiquei de pé e atirei enquanto Chad saía e batia a porta.

O outro lado do cômodo estava em chamas, o fogo subindo voraz pela parede de madeira barata até o teto, atingindo as pilhas de jornais no chão. O fogo vinha na minha direção, no segundo cômodo. Em questão de minutos, o *trailer* estaria em chamas. E parecia que eu não tinha como sair.

Landry viu o incêndio a três quilômetros do local, embora esperasse que fosse outra coisa queimando em outro lugar, mesmo quando chegou ao posto de gasolina e ligou as luzes da capota e as sirenes. Ao se aproximar do endereço que Elena tinha lhe dado, viu que não era. A delegacia estava transmitindo o código de incêndio pelo rádio do carro.

Landry entrou no jardim, pulou do carro e correu para os fundos da casa.

A silhueta das paredes e janelas de um pequeno *trailer* estava recortada contra o fundo laranja.

— Elena! Elena! — ele gritou para ser ouvido acima do barulho.

Meu Deus, se ela estivesse lá dentro...

— Elena!

Correu para o *trailer*, mas o calor o jogou para trás.

Se estivesse lá dentro, estaria morta.

Tossindo, corri para o segundo cômodo, perseguida pelas chamas que já atingiam a parede da porta. Senti o cheiro do solvente que encharcava minha camiseta. Se uma língua de fogo me atingisse, eu queimaria inteira.

Havia outra saída no fundo do segundo cômodo. A fumaça era tão densa que eu mal enxergava. Tropeçando em cadeiras, corri para a porta, girei a maçaneta e empurrei. Trancada. Girei a maçaneta outra vez. Trancada por fora. A porta não cederia.

O fogo entrou pelo cômodo como uma onda no teto fino.

Enfiei a arma atrás, na cintura do jeans, arranquei a câmara de vídeo do tripé, joguei-a na cama e usei o tripé como um taco de beisebol na janela ondé Erin Seabright tinha escrito SOCORRO na poeira. Bati uma vez. Duas. O vidro estilhaçou, mas continuou na moldura da janela.

Bati a ponta do tripé, tentando retirar o vidro, com medo de que assim que conseguisse as chamas correriam para o oxigênio fresco. Iria torrar minha pele e derreter meus pulmões e, se eu não morresse na hora, iria desejar ter morrido.

Vi as chamas chegando e pensei no inferno.

Justo quando pensei que fosse me redimir...

Mais uma vez, arremessei o tripé no vidro.

— Elena! — Landry gritou.

De novo, ele tentou se aproximar do *trailer* e foi jogado no chão quando alguma coisa lá dentro explodiu. A chama saiu em rolos de nuvens laranja pelas janelas quebradas. Lá longe, ele ouviu as sirenes chegando. Tarde demais.

Nervoso, se sentindo mal, conseguiu se levantar e ficou lá, sem poder fazer nem pensar em nada.

Primeiro, pensei que fosse Chad que estivesse no quintal, olhando sua obra, emocionado com a idéia de ter me matado. Depois, a figura foi se aproximando, disse meu nome e vi que era Landry.

Segurando a câmara de vídeo na minha frente, tentei correr para ele, as pernas parecendo de borracha, cansada pelo esforço e o alívio.

— Elena!

Ele segurou meus ombros e me puxou, me afastando do *trailer* em chamas para o pátio de Paris Montgomery.

— Meu Deus — exclamou ele, me sentando numa cadeira, os olhos e as mãos percorrendo meu corpo. As mãos tremiam. — Pensei que você estivesse lá dentro.

— Eu estava — disse, tossindo. — Chad Seabright ateou fogo. Ele está nisso com Paris e Erin. Você o pegou? Pegou os dois?

Landry balançou a cabeça.

— Na casa só tem o cachorro dela. — O cachorro Jack Russell estava subindo e descendo na porta do pátio como uma bola, latindo sem parar.

As sirenes soaram na frente da casa. Um policial veio correndo pelo lado da garagem. Landry foi ao encontro dele, mostrando seu distintivo. Fiquei sentada tossindo a fumaça dos pulmões e olhando-o ir para a casa. O policial fez um sinal positivo e abaixou a arma.

— Está ferida? — perguntou Landry, quando voltou e ficou de cócoras na minha frente outra vez. Tocou no meu rosto, onde a lata de tinta bateu. Não sentia nada, não sabia se tinha acontecido alguma coisa. Achei que não, já que Landry continuava a me examinar.

— Quebrei o dedo — disse, levantando a mão direita. Ele segurou a mão com carinho e olhou o dedo. — Teria sido pior.

— Sua cabeça-dura, por que não me esperou? — ele resmungou.

— Se tivesse esperado, Chad teria queimado tudo...

— Mas sem você lá dentro! — ele disse, levantando-se. Ficou dando voltas na minha frente. — Não devia ter entrado lá, Elena! Podia ter comprometido a prova...

— Nós acabaríamos sem prova alguma! — gritei, me levantando.

— Nós? — ele perguntou, se aproximando e tentando me intimidar.

Fui rápida.

— O caso é meu. Eu incluí você. Com isso, ficou sendo *nós*. Nem tente me botar de fora outra vez, Landry. Estou nessa história por causa de Molly e acaba que a irmã dela fazia parte de tudo, vou estrangular Erin Seabright com minhas próprias mãos. Depois, você pode me botar na cadeia e estarei fora do seu caminho nos próximos vinte e cinco anos.

— Você quase ficou fora para sempre — ele gritou, balançando o braço na direção do fogo. — Acha que eu quero isso?

— É o que todo mundo na delegacia quer!

— Não! Não! Olhe para mim. Eu não quero.

Estávamos frente a frente. Olhei o rosto dele. Ele me olhou e sua expressão foi aos poucos, lentamente, se amenizando.

— Não, Elena. Não quero você fora da minha vida — sussurrou.

Por um raro instante, fiquei sem saber o que falar.

— Você me deixou muito assustado — disse ele, baixinho.

Da mesma forma, pensei, só que eu me referia ao verbo no tempo presente. Mas voltei ao assunto.

— Você disse que ia dividir. O caso é meu.

Landry concordou.

— Sim, sim, eu disse.

Os carros dos bombeiros de Loxahatchee chegaram e o primeiro foi para o fundo da casa. Fiquei olhando os bombeiros em ação, tão impassíveis quanto se estivessem num filme, depois olhei minhas mãos. Eu ainda estava segurando a câmara de vídeo. Entreguei-a para Landry.

— Salvei isso. Você vai encontrar impressões digitais.

— Foi a que eles usaram? — perguntou, olhando para o *trailer*.

— Chad disse que, no começo, Erin estava envolvida, mas Paris ficou contra ela. Se Paris ficou contra, por que Erin não morreu?

— Acho que vamos ter de perguntar a Paris. E a Erin. Sabe qual é o carro de Paris? — ele perguntou.

— Um Infiniti verde-escuro. Chad tem uma caminhonete preta Toyota. E está sem um olho. Deve ter ido para um hospital.

Landry arqueou a sobrancelha.

— Sem um olho? Você arrancou o olho dele?

Dei de ombros e desviei o olhar, a terrível imagem ainda estava tão forte na minha cabeça que revirou meu estômago.

— As garotas fazem o que devem fazer.

Ele passou a mão na boca e balançou a cabeça.

— Você é durona, Estes.

Tenho certeza de que, naquela hora, eu não parecia durona. O peso da verdade em relação a este caso estava emergindo e começava a me oprimir. A descarga de adrenalina por chegar perto da morte tinha passado.

— Venha cá — disse Landry.

Levantei os olhos e ele tocou no lado direito do meu rosto, aquele onde eu conseguia sentir. E senti seu toque percorrendo o caminho até o meu coração.

— Estou feliz por você não ter morrido — ele murmurou. Tive a sensação de que ele não estava se referindo àquele momento, ao *trailer*.

— Eu também, eu também — disse, encostando a cabeça no ombro dele.

52

Landry alertou os postos rodoviários sobre Paris Montgomery e Chad Seabright. Todas as unidades do condado estariam atentas a um Infiniti verde-escuro e à caminhonete Toyota de Chad. Mais alertas foram dados para a Guarda Costeira e os aeroportos de West Palm Beach e Fort Lauderdale, além das pistas de pouso dos arredores.

As muitas entradas e saídas para o sul da Flórida são um dos motivos de a área ter sido sempre rota de drogas, permitindo que se chegue rapidamente a outro país. Paris Montgomery conhecia muita gente no comércio com cavalos e gente muito rica, que tinha jatos e lanchas particulares.

E conhecia uma pessoa que estava levando cavalos de avião para a Europa naquela mesma noite: Tomas Van Zandt.

— Ele foi encontrado? — perguntei a Landry. Estávamos no carro dele, na frente da casa alugada de Paris Montgomery.

— Não. O pessoal de Armedgian marcou o fora do século.

Falei dos cavalos que iriam para a Europa.

— Aposto que os dois tentarão sair do país esta noite.

— Já avisamos as empresas aéreas — disse Landry.

— Você não entendeu. Carga aérea é outra coisa. Se você nunca se assustou com terrorismo, faça um vôo intercontinental com uma leva de cavalos.

— Ótimo. Weiss e os federais podem ficar no terminal de cargas.

O chefe dos bombeiros de Loxahatchee se aproximou do carro enquanto Landry pegava o celular. Era um homem alto, de bigode farto. Sem aquele uniforme, achei que ele ficaria bem no papel de poste.

— Considere isso como local do crime, chefe — disse Landry pela janela do carro.

— Certo, incêndio culposo.

— Também. O senhor localizou o proprietário da casa?

— Não, senhor. Ele está fora do país. Contatei a imobiliária, eles vão falar com o proprietário

— Qual é a imobiliária? — perguntei.

O chefe dos bombeiros se inclinou para me responder.

— A Gryphon, em Wellington.

Olhei para Landry ao mesmo tempo que o celular dele tocou.

— É hora de termos mais uma conversa com Bruce. Ele continua sob custódia?

— Não, soltaram. Aqui é Landry — disse ele ao celular. Os músculos de seu rosto se enrijeceram e ele franziu o cenho. — Como assim, foi embora? Onde estava a porra do vigilante?

Erin, pensei.

— Quando? — perguntou ele ao celular. — Bom, isso é incrível. Quando esse homem tirar a cabeça do rabo, diga a ele que vou arrancá-la com um tiro!

Bateu o telefone e olhou para mim.

— Erin saiu do hospital. Alguém ateou fogo numa lata de lixo do outro lado do posto de enfermeiras e o vigilante saiu da porta. Quando voltou, ela tinha ido embora.

— Está com Chad.

— E eles estão fugindo. — Landry ligou o carro. — Vou deixar você na emergência do hospital, tenho de ir.

— Leve-me ao meu carro, posso dirigir.

— Elena...

— É só um dedo quebrado, Landry. Não vou morrer por isso.

Ele deu um suspiro e ficou em silêncio.

* * *

Foi uma longa noite no pronto-socorro. Tiraram uma radiografia do meu dedo e descobriram que estava deslocado e não quebrado. O médico me deu uma injeção de lidocaína na mão e colocou o dedo no lugar. Eu não quis que pusessem uma incômoda tala juntando o indicador ao anular. O médico deu uma receita para compra de analgésico. Devolvi.

Ao sair, parei na recepção e perguntei se alguém tinha dado entrada com um ferimento grave no olho. O funcionário disse que não.

Do lado de fora do hospital, olhei o relógio. Faltavam cinco horas para o avião de Van Zandt partir para o Aeroporto Kennedy e depois, Bruxelas.

Todos os policiais do condado de Palm Beach estavam atrás dele, de Paris, Chad e Erin. Enquanto isso, Don Jade foi libertado, depois que Trey Hughes pagou a fiança.

Girava tudo em torno de Trey Hughes — o negócio das terras, Stellar, Erin —, e, que eu soubesse, ninguém estava atrás dele. Eu estava. Se ele estava no centro de tudo, devia ter a chave.

Eu sabia que ele tinha uma casa no Clube de Pólo, um condomínio fechado perto do centro hípico que atrai os endinheirados que lidam com cavalos. Fui para lá, entrando pelas ruas de trás que me fariam passar por Fairfields.

O portão da fazenda Lucky Dog estava aberto. Vislumbrei um carro perto do *trailer* do mestre-de-obras. Virei e meus faróis iluminaram a traseira do Porsche clássico de Trey. Desliguei o motor e saí do carro, com a Glock na mão esquerda.

A única luz era a da segurança no alto do poste e por perto tocava uma música cantada por Jimmy Buffett sobre as alegrias de ser irresponsável.

Fui atrás do som, passando por todas as enormes e escuras cocheiras e dando a volta no fim. Uma varanda percorria toda a extensão do segundo andar, com vista para o campo de salto. Velas e lanterninhas iluminavam a cena. Vi Trey dançando, a ponta laranja de seu onipresente cigarro brilhando no escuro.

— Venha cá, meu bem! — ele chamou. — Achei que você não ia chegar nunca! Comecei a festa sem você.

Subi a escada, de olho nele. Estava bem chapado. Com o que, eu não sabia. Cocaína era a droga que ele usava nos anos 80. Fiquei sabendo que essa droga estava voltando, quando fui checar na divisão de Entorpecentes. Uma nostalgia dos que vivem tragicamente na moda.

— O que estamos comemorando, Trey? — perguntei, chegando à varanda.

— Minha ilustre e estelar existência — disse ele, continuando a dançar e segurando uma garrafa de tequila. A camisa havaiana estava aberta sobre a calça cáqui. Estava descalço.

— Stellar, que trocadilho ruim! Horrível! — disse ele, e começou a rir.

A música terminou, ele deu um encontrão na balaustrada e bebeu um grande gole na garrafa.

— Você estava me esperando? — perguntei.

— Não, na verdade estava esperando outra pessoa. Mas isso não tem muita importância, tem?

— Não sei, Trey. Pode ser, depende dos seus motivos. Estava esperando Paris?

Trey esfregou o rosto e pequenas faíscas do cigarro flutuaram em volta da cabeça dele como vaga-lumes.

— Isso mesmo. Você agora é a detetive. Olho duro no crime. Pau duro, ou isso é politicamente incorreto? Devia ser xoxota dura, não?

— Acho que Paris não vem hoje, Trey. Ela tem um compromisso inadiável.

— É mesmo? Qual?

— Fugir da lei. Ela e Chad Seabright tentaram me matar hoje.

Ele piscou, esperando o final da piada.

— Meu bem, você andou fumando alguma coisa?

— Ora, Trey, você esteve mil vezes na casa dela, eu sei do caso de vocês. Não venha me dizer que não sabe do *trailer*, nem de Erin.

— Erin? Foi seqüestrada. Quero que o mundo inteiro vá para o inferno de trenó.

Balancei a cabeça.

— Estava tudo preparado, você não sabia? Uma peça feita para você.

Vi o rosto dele à luz das velas. Tentava encontrar uma saída no meio da confusão que tinha na cabeça. Ou não sabia o que eu estava falando ou queria me convencer que não sabia.

— Uma peça em três atos — eu disse. — Com fraude, traições, sexo e assassinato. Shakespeare ficaria orgulhoso. Ainda não conheço todo o roteiro, mas começa com uma procura pela terra sagrada, a fazenda Lucky Dog e seu rei, você.

Desapareceu o último sorriso enigmático dele.

— Eis o que sei até agora: a história começa com uma garota chamada Paris que gostaria muito de ser rainha. Tanto que planeja arruinar a única pessoa que estava entre ela e a realização de seus sonhos: Don Jade.

"Ela acha que o sonho não é tão difícil de realizar, pois Don já tem má fama. As pessoas tendem a esperar o pior, vindo da parte dele. Vão acreditar que ele era capaz de matar um cavalo de salto que não daria muito dinheiro. Fraude com seguradora? Já tinha feito isso e se livrado.

"A cavalariça dele some. Ele é a última pessoa a vê-la. Descobrem que foi seqüestrada. E quando reaparece, quem ela acusa de ser um dos seqüestradores? Don Jade.

"Paris então pensa: agora Trey vai substituir Don, que vai ser preso logo, de qualquer jeito. E ela vai se tornar a rainha da fazenda Lucky Dog."

— Não é uma história muito engraçada — disse Trey. Apagou o cigarro na balaustrada de pedra da varanda e jogou o toco na escuridão.

— Não é engraçada. E também não vai ter um final feliz. Você achou que teria? — perguntei.

— Você me conhece, Ellie. Eu procuro não pensar. Sou apenas um copinho de papel navegando no mar da vida.

Ele fungou e passou a mão no rosto outra vez. Uma mesa redonda de jardim estava plantada como um cogumelo na frente de portas envidraçadas que abriam para uma sala escura. Uma dúzia de velas acesas na mesa espalhava luz sobre uma bandeja de vidro com fileiras de cocaína. Perto da bandeja estava uma pistola Beretta .32.

— Para que a arma, Trey? — perguntei, tranqüilizada pelo peso da minha arma, apesar de estar na mão errada.

— Droga — disse ele, tirando mais um cigarro do bolso. Acendeu o isqueiro e deu uma tragada, soltando a fumaça na noite. — Talvez faça uma roletazinha-russa mais tarde.

— O jogo vai ser rápido, essa arma é automática — eu disse.

Ele sorriu e deu de ombros.

— Esta é a história da minha vida: uma peça de mau gosto.

— É, você jogou duro. Quanto herdou quando Sallie morreu? Oitenta milhões? Cem?

— Com um lacinho em cada pacote — disse ele.

— O lacinho não está impedindo você de desperdiçar.

— Não.

Ele virou-se e olhou para fora; não havia nada visível a não ser uma colcha de retalhos em vários tons de preto.

— Por que você pagou a fiança de Jade, Trey? Por que você pagou os serviços de Shapiro? — perguntei, ficando abaixo da varanda.

Ele espoucou um sorriso.

— Porque seu pai estava fora de cogitação.

— Você sempre foi leal como um gato. Por que ficou com Don Jade?

— Devo a ele o que sou hoje — respondeu, com outro sorriso torto.

— Ele matou Sallie, não foi? — perguntei. — Você estava com a mulher de Michael Berne, acabando com seu álibi, e Jade estava na casa, escondido nas sombras... E agora você não pode fugir.

— Por que eu haveria de fugir de tudo isso? — perguntou ele, abrindo os braços. O cigarro balançou nos seus lábios. — Sou o rei do mundo!

— Não, Trey. Você era. Agora, você é o palhaço triste. Você tinha tudo e vai acabar sem nada.

— Você entende um pouco disso, não, Ellie? — perguntou.

— Sei tudo sobre isso. Mas estou saindo do buraco, Trey, e você vai acabar enterrado nele.

Tirei meu celular do bolso do jeans e tentei ligar para Landry, a mão direita desajeitada, ainda meio anestesiada e, sob a anestesia, havia uma dor quente e latejante querendo aumentar. Landry tinha de saber que Trey estava esperando Paris. Ela decerto pensou em encontrá-lo para pegar um carro que a polícia não estivesse procurando. Talvez tivesse pensado em procurá-lo e pegar dinheiro para morar na Europa. Ou talvez tentar convencê-lo a ir com ela. Ricos fugitivos circulando pelas charmosas capitais da Europa.

Afastei-me dois passos de Trey, trocando de mão o celular e a arma, de olho nele, o *playboy* patético, o Peter Pan duramente corrompido pelo tempo e pela boa vida.

O telefone de Landry estava tocando quando Paris Montgomery surgiu da escuridão, pelas portas envidraçadas abertas. Sem hesitar, ela pegou a Beretta na mesa do pátio e apontou-a bem no meu rosto.

53

— **Administramos** muitos imóveis, detetive — disse Bruce Seabright. — A maior parte, eu não tenho nada a ver na negociação.

— Só me interessa o que você tem a ver com este imóvel — disse Landry.

Estavam no escritório da casa de Seabright, que andou em círculo e deu um suspiro para o alto.

— Não tenho nada a ver com isso!

— Nós dois sabemos que não é verdade.

— Não sei de onde saiu a fita de vídeo. Alguém colocou lá — ele disse.

— Está certo. Você insiste com essa história. Mas estou falando da casa em Loxahatchee.

— Tenho um advogado, fale com ele — disse Seabright.

— Esta conversa não é um interrogatório.

— Mas eu já disse que não sei nada da casa alugada.

— Quer que eu acredite que alguém ligado ao seqüestro de Erin alugou por acaso uma casa na sua imobiliária? Da mesma forma que aquelas pessoas que você mandou Erin procurar para arrumar um emprego acabaram sendo por acaso assassinos e estupradores e Deus sabe mais o quê.

— Não me interessa em que você acredita — Seabright disse, pegando o celular. — Nem eu nem meu filho tivemos nada a ver com isso. Agora saia do meu escritório, senão o processo por invasão de domicílio.

— Processe o seu rabo, Seabright — disse Landry. — Você e seu maldito filho vão para a cadeia. Vou cuidar disso pessoalmente.

Landry saiu do escritório, com vontade de levar aquelas pessoas para o Lion Safári e enfiá-las na boca dos leões.

Krystal Seabright estava no corredor, a poucos metros da porta do escritório. Desta vez, ela não parecia dopada, mas assustada. Estendeu a mão para Landry parar, abriu a boca para dizer palavras que não saíram.

— Posso ajudar, senhora?

— Fui eu que aluguei — disse ela.

— O quê?

— Aquela mulher foi me procurar na minha sala. Eu aluguei a casa para ela. Lembro do nome. Paris. Sempre quis ir a Paris.

Ela não sabia direito como reagir à notícia, pensou Landry. Culpa? Choque? Raiva?

— Como ela foi procurar a senhora? — perguntou Landry.

— Disse que um amigo mandou. — As lágrimas brilharam. Ela balançou a cabeça e olhou para o marido no escritório. — Foi ele? O senhor acredita que foi ele?

— Não sei, sra. Seabright — confessou Landry. — Penso que a senhora deve perguntar a ele.

— Acho que vou, tenho de fazer alguma coisa — murmurou, olhando para a porta do escritório.

Landry deixou-a no corredor, contente por ser apenas um tira. Podia sair daquela confusão quando tudo terminasse. Já Krystal Seabright não teria tanta sorte.

54

Olhei o tambor da arma na mão de Paris Montgomery. Jimmy Buffett continuava cantando, ao fundo.

— Largue o celular e a arma — ela mandou.

Eu estava segurando a Glock na mão direita fraca e machucada. Podia tentar levantar a arma e desmascará-la, mas não podia fazer isso com convicção. Não poderia puxar o gatilho, se precisasse. Avaliei as opções que tinha enquanto o recado da secretária eletrônica de Landry entrava na linha.

Paris veio na minha direção. Estava irritada e com medo. Seu maravilhoso e simples plano estava se esgarçando como as pontas de um tapete barato.

— Parecia um plano fácil, não, Paris? — perguntei. — Você pegou Erin para ajudar a derrubar Jade. Ao mesmo tempo, ela e Chad acabariam com Bruce Seabright. Teria funcionado se Molly Seabright não tivesse me procurado para ajudar.

— Largue o celular e a arma — ela mandou de novo.

Prendi o celular no jeans e olhei de relance para Trey, que estava parado e sem expressão.

— Por que você meteu Van Zandt nisso? Ou ele insistiu em participar? — perguntei.

— Não sei do que você está falando.

— Então por que está apontando uma arma para mim, Paris?

Ela olhou para Trey.

— Don fez tudo. Ele matou Stellar. Seqüestrou Erin e matou Jill. Foi tudo Don, Trey. Você tem que acreditar em mim.

— Por quê? Porque faz parte do seu plano? — ele perguntou.

— Porque eu te amo! — disse ela, enfática, embora olhasse para mim, fazendo pontaria com o cano do revólver. — Erin viu Don matar Stellar. Don fez coisas horríveis com ela, para castigar. E matou Jill.

— Não matou, meu bem. Eu sei — Trey disse, cansado.

— O que está dizendo?

— Você tinha de conferir os cavalos na noite em que mataram Jill. Você saiu da minha cama para isso. Como fez na noite anterior, quando soltaram os cavalos de Berne.

— Você está confuso, Trey — disse Paris, com certa rispidez.

— Em geral, estou mesmo. A vida fica mais fácil. Mas sobre esse assunto, não me engano.

Ela deu mais um passo na minha direção, a paciência diminuindo.

— Largue a droga da arma!

Dei um suspiro e me abaixei como se fosse colocar a arma no chão e rolei de lado.

Paris atirou duas vezes, um dos tiros atingiu o piso perto de mim e arrancou estilhaços do mármore.

Passei a arma para a mão esquerda tentando firmá-la com a direita e ameacei, antes que ela pudesse se posicionar para atirar uma terceira vez.

— Largue a arma, Paris! Largue, largue!

Ela se virou e correu para a escada na extremidade mais distante da varanda. Corri atrás, me aproximei quando ela virou e atirei.

Com cuidado, fiquei olhando a escada mal iluminada pela luz de segurança. Ela podia estar me esperando depois da escada, encostada na parede, aguardando-me ir atrás dela. Imaginei-me virando e uma bala me atingindo bem no peito, meu sangue o único toque colorido numa cena em preto e branco.

Fui então para a beira da varanda e olhei para baixo. Ela havia sumido. Desci a escada. Pisei no chão ao mesmo tempo que o motor do Porsche de Trey era ligado. Os faróis me cegaram e o carro veio em cima de mim.

Levantei a arma, atirei no pára-brisas e me abaixei.

Paris tentava fazer a volta com o Porsche, os pneus chiando, levantando lama e cascalho do caminho. O carro derrapou para o lado e bateu violentamente no lado da construção, disparando a buzina e o alarme.

Paris abriu a porta, caiu, levantou-se e correu com a mão apertando o ombro esquerdo. Tropeçou e caiu, levantou-se e deu mais alguns passos, depois tropeçou e caiu de novo. Ficou no chão soluçando perto da placa que anunciava orgulhosamente a construção da fazenda Lucky Dog.

— Não, não, não! — Ela choramingava sem parar, enquanto eu ia me aproximando. O sangue escorreu pelos dedos dela, do ferimento a bala, no ombro.

— Terminou a brincadeira, Paris — disse, olhando para ela. — Está sem sorte, sua cadela.

55

Molly estava encolhida na cama, a cabeça apoiada nos joelhos dobrados. Tremia e se esforçava para não chorar.

Ela ouvia a discussão no andar de baixo, as vozes chegando pelo chão do quarto. Gritos de Bruce. Coisas quebrando. Com ódio e mágoa, a mãe berrava como num pesadelo, Molly nunca tinha ouvido nada parecido. Era um som sinistro e agudo que aumentava e diminuía como uma sirene. Parecia louca. Bruce chamou-a de louca várias vezes.

Molly temia que ele estivesse certo. Talvez o fio que tinha mantido Krystal lúcida até então tivesse se rompido e tudo o que ela reprimiu estava irrompendo.

Quando a gritaria aumentou de novo, Molly pulou da cama, trancou a porta do quarto e começou a mexer na mesa-de-cabeceira. Pegou o celular que Elena tinha lhe dado, voltou para seu canto na cabeceira da cama e ligou para ela.

Ouviu o telefone tocar e ninguém responder. As lágrimas escorreram pelo rosto dela.

No andar de baixo, o barulho de repente parou e um silêncio estranho e horrível se instalou. Molly aguçou os ouvidos, mas o silêncio era tal que ela achou que tinha ficado surda.

Veio então uma vozinha suave como se estivesse em outra dimensão.

— Eu só queria ter uma vida linda... Eu só queria ter uma vida linda...

56

Landry chegou logo após a ambulância que havia sido chamada para atender Paris. O tiro que dei pelo pára-brisas atingiu apenas o seu ombro. Ela perdeu algum sangue, mas ainda veria mais um dia chegar, depois outro e mais outro. Todos vistos da cadeia, esperava eu.

Landry saiu do carro e veio na minha direção, apontando o dedo para o policial que tinha protegido a cena. O agente Saunders — meu acompanhante na noite em que soltaram os cavalos de Michael Berne — ficou me olhando, sem querer acreditar na minha inocência.

Landry dispensou-o e ficou me observando.

— Você está bem?

Dei um meio sorriso.

— Você deve estar cansado de me perguntar isso. Estou ótima.

— Você tem mais vidas que um gato — resmungou.

Contei a ele o que tinha havido, o que foi dito, o que fiz.

— Em primeiro lugar, por que veio aqui?

— Não sei. Calculei que Paris ia querer falar com Trey. Tudo acontecia em torno dele, do dinheiro dele, deste lugar.

Olhei para a cocheira, as paredes iluminadas pelas luzes coloridas da ambulância e das radiopatrulhas do condado. Trey estava sendo levado algemado para uma das viaturas policiais.

— Acredito que Trey e Jade planejaram a morte de Sallie Hughes, para Trey herdar o dinheiro e construir este lugar. Confrontei-o e ele nem se preocupou em negar. Por isso se manteve fiel a Jade, não tinha outra escolha. Paris queria tirar Jade do caminho para ficar com tudo. No fim, nenhum deles vai ficar com nada. Todos os problemas, todo o esquema, todo o sofrimento que causaram por nada. Eles perderam.

— É — concordou Landry, enquanto a ambulância saía seguida de um carro da polícia. — Casos como este me dão vontade de ter escutado o meu velho. Ele queria que eu fosse engenheiro civil.

— E ele, o que era? — perguntei.

Landry fez um trejeito com a boca.

— Era tira. Trinta anos na delegacia Baton Rouge.

— Van Zandt ainda não deu sinal? — perguntei, quando fomos para nossos carros.

— Ainda não. O funcionário do hangar de carga disse que os cavalos chegaram em um avião comercial há algumas horas, mas não há notícia dele. Você acha que estava nessa história com Paris?

— Ainda acho que ele matou Jill. Mas Trey disse que Paris saiu da cama dele para conferir os cavalos naquela noite. O corpo de Jill foi deixado lá para ser encontrado, assim todos ligariam a história com Jade. Isso segue o plano de Paris.

— Sabemos que, naquela noite, Van Zandt estava no Players — lembrou Landry. — Estava a fim da garota. Disseram que ele a seguiu, querendo juntar os pedaços depois que Jade partiu o coração dela. Vai ver que ela o repudiou e ele não gostou. Acabou morta.

— Paris então chega e convence Van Zandt a colocar o corpo na pilha de esterco — especulei. — Será que ele estava envolvido no resto? Não sei. Chad tentou me dizer que alguém tinha violentado Erin, que Paris perdeu o controle das coisas. Talvez Van Zandt tenha assumido o lugar dela.

— Se foi isso, tenho certeza de que ela vai contar — disse Landry. — Ela está sob custódia, ele não. Nada acaba com uma parceria mais rápido do que a ameaça de cadeia. Você fez um bom trabalho, Estes.

— Estou apenas cumprindo o meu dever de cidadã.

— Você ainda devia usar o distintivo de detetive.

Desviei o olhar.

— Ah, puxa, você é tão gentil. Mas se eu fosse você, não diria isso nas dependências da delegacia.

— Eles que se fodam. Falei a verdade, você devia estar lá.

Fiquei sem graça pelo fato de o elogio ter tanta importância para mim.

— Alguma notícia de Chad e Erin? — perguntei, enquanto meu celular tocava.

Landry balançou a cabeça.

— Estes — disse, atendendo o celular.

— Elena? — ouvi. A voz trêmula me deu tanto medo como se fosse cacos de vidro.

— Molly? Molly? O que houve?

Eu já estava correndo para o carro de Landry. Vi a preocupação dele ao parar no caminho junto comigo.

— Elena, venha aqui! Por favor, venha!

— Estou indo! O que houve?

Ao fundo, ouvi pancadas, parecia alguém batendo numa porta.

— Molly?

Depois, um som estranho e horrível, agudo, alguém chamando Molly.

— Rápido! — disse a menina.

A última coisa que ouvi antes que ela desligasse foi uma voz fina:

— Eu só queria ter uma vida linda... Eu só queria ter uma vida linda...

57

— **Certo**. Estamos combinando. Acho que vou na frente com os policiais.

Deixei-o falar, não me importando o que ele pretendia fazer. Eu só conseguia pensar em Molly.

Se alguém tivesse machucado aquela menina...

Pensei em Chad e Erin fugindo. Se eles tivessem voltado para casa...

— Elena, você ouviu o que eu disse?

Não respondi.

Ele virou em frente à garagem e entrou no gramado. Uma radiopatrulha virou atrás de nós. Saí do carro antes que ele parasse.

— Droga, Estes!

A porta da frente da casa estava aberta. Entrei sem me importar com o perigo que pudesse haver do outro lado.

— Molly!

Landry veio bem atrás de mim.

— Seabright? É Landry.

— Molly!

Subi dois degraus da escada de cada vez.

Se alguém tivesse machucado aquela menina...

* * *

Landry entrou no escritório de Seabright. A casa estava num silêncio estranho, exceto por um pequeno e fraco som vindo de trás da porta do escritório.

— Seabright?

Landry foi seguindo encostado na parede, arma em punho. Pela visão periférica, viu Elena subindo a escada.

— Seabright? — chamou de novo.

O som foi ficando mais claro. Alguém está cantando, ele pensou. Ficou ao lado da porta e esticou o braço ao máximo para alcançar a maçaneta.

Cantando. Não, era mais parecido com uma ladainha.

— Eu só queria ter uma vida linda.

— Molly!

Eu não tinha a menor idéia de qual das portas fechadas era do quarto dela. Fiquei do lado da porta e abri a primeira. Quarto de Chad.

Se alguém tivesse machucado aquela menina...

Escancarei outra porta. Mais um quarto vazio.

— Molly!

Se alguém tivesse machucado aquela menina...

A terceira porta abriu um pedacinho e bateu em alguma coisa. Empurrei.

— Molly!

Se alguém tivesse machucado aquela menina...

As portas do escritório se abriram, mostrando uma cena horrível. Krystal Seabright estava na escrivaninha do marido, cheia de sangue. Havia sangue no cabelos desbotados dela, no rosto e no bonito vestido rosa que estava usando quando Landry a encontrou, antes. Bruce Seabright estava caído sobre sua outrora imaculada mesa, com um facão de carne enfiado numa das cerca de cinqüenta facadas que levou nas costas, pescoço e cabeça.

— Meu Deus! — murmurou Landry.

Krystal olhou para ele, olhos vidrados e arregalados.

— Eu só queria ter uma vida linda. Ele acabou com tudo. Tudo.

Se alguém tivesse machucado aquela menina...

Tomei impulso, respirei fundo e bati o ombro na porta com toda a força.

— Molly!

O peso do outro lado da porta cedeu alguns centímetros, suficientes para eu forçar e abrir mais um pouco. Tinham empilhado atrás da porta quase todos os móveis do quarto, impedindo a entrada.

— Elena!

Molly correu para mim. Fiquei de joelhos e abracei-a com força, como jamais tinha abraçado alguém. Envolvi Molly Seabright em meus braços e ficamos assim enquanto ela chorava e continuamos assim por um longo tempo depois que ela parou de chorar.

Eu estava feliz por ela e... por mim.

58

Só o que pude dizer a Molly enquanto a abraçava foi que estava tudo terminado. *Tudo terminado. Tudo.* Mas era uma mentira tão grande que perto dela todas as anteriores ficaram pequenas. Nada tinha terminado para Molly, exceto a família.

Krystal, uma pessoa que já era frágil nos melhores momentos, tinha se esfacelado com a pressão dos fatos. Culpava o marido pelo que acreditava ter acontecido a Erin. O seqüestro, o estupro. Landry me disse que ela desconfiava de que Bruce havia mandado Paris Montgomery procurá-la para alugar a casa de Loxahatchee onde se desenrolou todo o drama.

Ela tinha chegado ao seu limite. No fim, alguém podia dourar a pílula dizendo que Krystal tinha defendido a filha e se vingado por ela. Infelizmente, eu não acreditava nisso. Eu achava que matar Bruce não foi castigo por desgraçar a filha, mas por desgraçar o conto de fadas da mãe.

Eu só queria ter uma vida linda.

Fiquei pensando se Krystal ficaria com Bruce, se soubesse que tudo o que eles passaram havia sido em parte orquestrado pela própria filha. Eu desconfiava que ela poria a culpa só em Erin e em ninguém mais. Ela encontraria um jeito de perdoar os pecados de Bruce e manter intacta sua vidinha.

A mente humana tem uma capacidade incrível de racionalizar.

Landry mandou Krystal para a delegacia num carro da polícia, depois levou Molly e a mim para a fazenda de Sean. Não se disse uma palavra sobre o Serviço de Proteção ao Menor, que seria a solução padrão num caso como o de Molly.

Fomos em silêncio a maior parte do caminho, esgotadas nossas emoções e energias, oprimidos por tudo o que tinha acontecido. O único som no carro era a estática no rádio de Landry ligado à delegacia. Um velho ruído que eu conhecia bem. Por um instante me senti tão nostálgica como jamais fiquei com alguma música da minha adolescência.

Quando entramos no portão da fazenda Avadonis, Landry falou ao celular com Weiss, que estava no aeroporto. Ainda não tínhamos notícias de Van Zandt e o avião estava prestes a decolar.

Exausta, Molly dormiu encostada em mim, no banco de trás. Landry pegou-a no colo e levou-a para a casa de hóspedes. Fui na frente, mostrando o caminho para o segundo quartinho e pensando que éramos uma estranha célula familiar.

— Pobre criança. Vai crescer rápido — disse Landry quando voltamos e entramos no pequeno pátio.

— Já cresceu. Ela só foi criança na vida por um minuto e meio. Você tem filhos?

— Eu? Não. E você? — perguntou, sentando-se ao meu lado.

— Nunca achei uma boa idéia, vi muita gente estragando as coisas. Sei o quanto dói isso tudo.

Sabia que ele estava me observando, tentando interpretar meu pensamento, minhas palavras. Olhei as estrelas e fiquei maravilhada com o fato de me mostrar tão vulnerável.

— Mas Molly é ótima. Imagina, ela se criou assistindo ao canal Discovery e ao A and E.

— Já fui casado — Landry contou. — E morei com uma mulher durante algum tempo. Não funcionou. Você sabe como é o trabalho, os horários, sou difícil. Blablablá.

— Eu nunca tentei. Porque sou difícil, blablablá.

Ele sorriu cansado e tirou do bolso um cigarro e um isqueiro.

— Esse é o maço que fica no carro? — perguntei.

— Tenho que tirar aquele gosto de cadáver da boca.

— Eu costumava beber para limpar o paladar — confessei.
— Parou?
— Eu parei com tudo o que anestesiasse a dor.
— Por quê?
— Porque achava que eu merecia sofrer. Castigo. Penitência. Purgatório. Chame como quiser.
— Besteira. Você não é Deus, Estes — decretou Landry.
— Tenho certeza de que isso é um alívio bem-vindo para todos os fiéis. Talvez eu tenha achado que podia ser melhor que Ele.
— Pois errou. Mas também não acredito que o Papa seja infalível.
— Herege.
— Estou apenas lhe dizendo que você tem tantas coisas boas que não deveria permitir que uma só derrube as outras.

O meio sorriso grudou no canto da minha boca.
— Eu sei, agora eu sei. Graças a Molly — eu disse.

Landry olhou para trás, para a casa de hóspedes.
— O que você vai dizer para ela sobre Erin?
— A verdade. Ela não vai aceitar outra coisa — eu disse, suspirando.

A perspectiva me fez voltar à realidade. Apesar de tão exausta, eu estava ansiosa e frustrada com as injustiças da vida de Molly e com minha dificuldade para lidar com as pessoas. Cruzei os braços e andei até a ponta do pátio, na noite úmida.

— No primeiro dia do caso, achei que Molly ia aprender uma lição. Como todo mundo, ela ia aprender que na vida só se pode contar consigo mesmo, depois que ela se desapontasse com alguém que amava e em quem confiava. Gostaria de poder mudar isso para ela.

Landry se aproximou, ficou ao meu lado.
— Você pode e deve. Ela confia em você, Elena. Você não a desapontou. Nem vai desapontar.

Gostaria de ter tanta certeza.

O telefone dele tocou. Ele conferiu o número, tirou o fone do cinto e atendeu.
— Aqui é Landry.

Prestei atenção no rosto dele, senti a tensão.

Quando ele desligou, virou-se para mim e disse:
— Erin e Chad foram detidos em Alligator Alley, quase em Venice. Ela diz que Chad seqüestrou-a.

59

— **Você tem** dezoito anos. Pela lei, é adulta. Fez coisas ruins que tiveram grandes conseqüências e vai ter de pagar — disse Landry. — A dúvida é se você vai escolher o caminho mais difícil ou vai facilitar a vida para todos nós?

Chad Seabright olhava para a parede. Um grande curativo cobria seu olho esquerdo.

— Não consigo acreditar que isto esteja acontecendo — ele resmungou.

Um policial estadual viu a caminhonete de Chad em alta velocidade na rodovia conhecida como Alligator Alley, que ligava a costa leste da Flórida com o litoral do Golfo. Começou uma perseguição. Um bloqueio na estrada acabou parando o casal. Eles voltaram para as agradáveis acomodações da penitenciária do condado de Palm Beach, onde foram examinados e tratados na enfermaria.

Agora estavam em salas contíguas, sendo interrogados, um imaginando a história que o outro estaria contando.

Se Bruce Seabright não tivesse morrido, Landry tinha certeza que Chad estaria com um advogado como Bert Shapiro ao lado. Mas, como Bruce estava morto, Chad pegou o primeiro defensor público que apareceu.

Roca, a promotora assistente do Estado, bateu com a caneta na mesa, impaciente.

— Melhor você falar, Chad. Sua namorada contou uma história bem comprida na outra sala. Disse que você a seqüestrou para extorquir dinheiro de seu pai. Temos o vídeo em que você a espanca.

— Gostaria de ver a fita — disse o advogado.

Roca olhou-o.

— É bem convincente, ela vai ser uma boa testemunha.

— Mentira, Erin não faria isso comigo — disse Chad, mal-humorado, arrogante, assustado.

— Não faria? — perguntou Landry. — Conte como você a tirou do hospital enquanto o vigilante tentava apagar o fogo provocado por você.

Chad balançou a cabeça, enfático.

— Acha que Erin não vai nos contar como você a violentou e a dopou com cetamina? — perguntou Roca.

O advogado ficou lá como um sapo, abrindo e fechando a boca, sem dizer nada.

Landry deu um suspiro e se levantou.

— Sabe, não agüento mais essa história — disse ele para Roca. — Esse porcaria quer levar a culpa. Ótimo. Que se dane. O pai dele era um idiota, ele é outro. É um problema genético. Vá e faça um acordo com a garota. Você sabe que o tribunal vai dar lencinhos de papel para ela.

Roca fingiu aceitar, depois olhou para o advogado.

— Fale com seu cliente. A acusação vai ser ampla: seqüestro, estupro, tentativa de assassinato, incêndio culposo.

— Nunca estuprei ninguém. Só fui naquele *trailer* ontem para ajudar Erin — disse Chad.

— Para apagar a prova para ela porque era a mentora de tudo? — Roca perguntou.

Chad fechou o olho e jogou a cabeça para trás.

— Já *disse*: Erin me falou que estava nisso desde o começo, mas Paris ficou contra ela. Não tive nada a ver! Não fiz nada. Só quis ajudar Erin, por que vou ser castigado?

Landry debruçou-se sobre a mesa, na frente de Chad.

— Júnior, morreu gente nessa história. Você tentou matar uma amiga minha. Você vai pagar.

Chad escondeu o rosto nas mãos e começou a chorar.

— Não foi culpa minha!

— E a fita que achamos no escritório de seu pai, Chad? Mostrando o suposto estupro que, muito adequadamente, deixaram numa estante. Como foi parar lá?

— Não sei!

— Pois eu sei, você colocou lá.

— Não coloquei! Não tenho nada com isso!

Landry suspirou, enojado.

— Sabe de uma coisa, Chad? Eu sei que foi você. Você pode assumir a responsabilidade e com isso vai se ajudar, ou pode aumentar seu buraco com cada mentira que disser.

Ele foi para a sala ao lado que tinha uma divisória de vidro que permitia ver sem ser visto. Levantou as persianas e ligou o interfone entre as duas.

Roca levantou-se.

— Pensem nisso, senhores. Melhor combinar antes. Quem fica indeciso, perde.

— Erin, por que Chad tirou você do hospital? — Landry perguntou.

— Ele devia ser o outro seqüestrador — disse a garota com uma voz fraca como um miado. Mantinha os olhos baixos, parecendo amedrontada ou envergonhada. As lágrimas escorriam como pequenas gotas de cristal. — Deve ter sido por isso que ele nunca falava. Sabia que eu reconheceria a voz.

— E então ele entrou no quarto do hospital à luz do dia e a seqüestrou pela segunda vez, assim você não poderia dizer a ninguém como não pôde identificá-lo da primeira vez? — perguntou Landry.

Ela colocou a mão trêmula sobre a boca e chorou. A advogada, uma senhora gorda e maternal chamada Maria Onjo, deu um tapinha no ombro dela.

Landry olhou, impassível.

— Chad nos disse que vocês dois estão apaixonados. Que você concordou em ir com ele.

Erin ficou boquiaberta.

— Não, isso não! Eu, nós tivemos um caso antes de eu sair de casa. — Balançou a cabeça, como se não acreditasse na própria burrice. — Só fizemos isso para irritar Bruce. Ele não suportava o fato de seu maravilhoso filho estar envolvido comigo — ela continuou, amarga. — Chad ficou furioso quando terminei tudo. Ele disse. Disse que não ia permitir que eu o deixasse.

Maria Onjo ofereceu a ela uma caixa de lenços de papel.

— Erin, Chad disse que você participou do plano de seqüestro, mas ele não — Roca disse. — Que foi tudo uma encenação para prejudicar Don Jade e para constranger e extorquir dinheiro de seu padrasto, e que as coisas ficaram fora de controle.

— Fora de controle? Eles me violentaram! — disse Erin, incrédula e irritada.

— E você não percebeu que um deles era Chad? Chad, com quem você esteve envolvida e com quem dormiu? — Landry perguntou.

— Eles me deixaram drogada! Eu já disse. Por que não acreditam em mim?

— Deve ser porque a médica que a examinou na noite em que você apareceu não pôde conclusivamente garantir que tivesse havido estupro.

— O quê? Mas, mas você viu a fita.

— Ah, eu vi, foi horrível, brutal, doentio. E se foi real, você devia ter ferimentos e cortes na vagina. Não tinha.

O rosto dela era de quem estava num pesadelo.

— Não acredito que isso esteja me acontecendo — murmurou, baixo. — Eles me espancaram, me violentaram. Olhem para mim!

Ela levantou as mangas da blusa e mostrou as marcas vermelhas do chicote.

— É. Isso é bem convincente — disse Landry. — Então, você está dizendo que Don Jade e Chad foram cúmplices no seu seqüestro, junto com Paris Montgomery. Como Chad conheceu Don?

— Não sei.

— E por que Chad seria cúmplice do homem que tirou você dele? Não entendi — disse Landry.

Ele via a frustração dela aumentar. A respiração estava ficando mais rápida.

A advogada olhou para Landry.

— Não vai querer que Erin resolva o caso para o senhor. Ela não pode saber o que se passa na cabeça das pessoas envolvidas.

— Não estou certo disso, sra. Onjo. Erin era íntima de Chad, trabalhava para Don Jade e dizia estar apaixonada por ele. Acredito que, se alguém pode ter a resposta para essas perguntas, é ela.

Onjo deu um tapinha nas costas de Erin.

— Erin, você não precisa responder ao que ele perguntou.

— Não fiz nada errado! Não tenho nada a esconder! — disse Erin para a advogada.

Landry olhou para Roca e revirou os olhos.

— Erin, então como Chad foi se juntar com Jade? Pelo que sei, a única coisa que os dois tinham em comum era conhecer você. Não vejo os dois como amigos.

— Pergunte a eles! — disse ela, rispidamente. — Talvez tenham simpatizado um com o outro, não sei.

— E os dois estavam juntos com Paris Montgomery, certo? Deixaram você num *trailer* nos fundos da casa dela.

Erin colocou o rosto nas mãos.

— Não sei!

— Erin é a vítima. É a última pessoa que deveria ser presa — disse Onjo.

— Não é o que Chad está dizendo — Roca apartou. — Também não é o que Paris está dizendo. Os dois dizem que Erin deu a idéia do seqüestro. Paris inventou a história de matar o cavalo e culpar Jade. Erin insistiu no seqüestro para extorquir dinheiro do padrasto e criar um problema entre Seabright e a mãe dela, além de envolver Jade num caso que acabaria com a carreira dele.

— E sabe de uma coisa? — Landry disse. — Isso para mim faz mais sentido do que imaginar Chad e Jade como sociopatas e bissexuais latentes, além de amantes.

— Isto é um pesadelo! — suspirou Erin. — Eles me violentaram!

Landry suspirou, levantou-se, estirou os ombros, passou a mão no rosto.

— Esta história está difícil, Erin.

Onjo empurrou a cadeira e levantou-se. Em pé, era da mesma altura que sentada.

— Isso é desumano e está terminado. — Chamou o guarda que ficava do lado de fora.

— Não vai ver o filme? — perguntou Landry, mostrando a tevê e o aparelho de vídeo num carrinho de ferro no canto da sala.

Onjo zangou-se:

— Do que o senhor está falando? Que filme?

— Eles gravaram vídeos. Me mandaram fazer coisas. Foi horrível — disse Erin.

— Acho que eles não gravaram isso para uma exibição pública — disse Roca. — Você pode reconsiderar sua estratégia, Erin. Eu tendo a fazer o melhor acordo com quem me contar menos mentiras.

Landry apertou o botão do vídeo.

— É uma grande atriz, srta. Seabright. Se não tivesse se metido numa vida de crime, poderia receber a cotação de três X ou seja, altamente pornográfico.

A fita era uma cópia da que estava na câmara de vídeo que Elena salvou do incêndio no *trailer*. Mostrava os bastidores. Cenas que não entraram. Os atores ensaiando.

A imagem na tela era de Erin posando na cama e sorrindo sedutoramente para a câmara. A mesma cama em que estava acorrentada nos vídeos enviados para o padrasto. A mesma cama em que ficou encolhida no vídeo em que era espancada de forma tão brutal que até os policiais mais calejados ficaram chocados ao ver.

Maria Onjo assistiu à fita e o sangue foi sumindo de seu rosto junto com a defesa que faria.

Erin olhava da advogada para Landry.

— Eles me obrigaram a fazer isso. Tinha de fazer exatamente o que mandavam, senão me espancavam! — gritou. — Acham que eu *quis* fazer isso?

A imagem dela olhava-a da tela, pondo as mãos no meio das pernas e depois lambendo os dedos.

— Acho — respondeu Landry.

Uma voz masculina no fundo da cena disse alguma coisa, depois riu junto com Erin.

Erin afastou a cadeira dela da mesa e levantou-se. Ficou andando de um lado para outro como um pequeno animal enjaulado, encurralado, raivoso.

— Tive de aceitar. Tinha medo que me matassem! O que há com vocês? Por que não acreditam em mim? Foi Chad. Eu agora sei, ele estava me castigando.

Alguém bateu na divisória de vidro que separava a sala da outra ao lado. Erin e Onjo pularam de susto. Landry olhou para Roca.

Na tela, Chad entrava em cena, na cama com Erin. Ficaram ajoelhados frente a frente, no colchão manchado.

— Como é que você gosta, amor? — perguntava ele.

Erin olhava para ele e sorria, astuciosamente.

— Você sabe como eu gosto. Gosto bem violento.

Os dois começaram a rir. Duas crianças se divertindo. Atores ensaiando a cena.

Landry deu uma olhada no vidro da sala e fez sinal com a cabeça para alguém que estava do outro lado. Depois, foi até a porta e abriu-a com a desculpa de falar com o guarda.

— Sua puta! — Chad, algemado, entrou na sala gritando, enquanto um policial dava passagem para ele. Chad deu um empurrão, entrando na sala de interrogatório: — Eu amava você! Amava!

Chad tentou cuspir nela a três metros de distância. Landry ficou de lado, franzindo o cenho de nojo.

— Tem gente que não teve educação — disse, enquanto fechava a porta. Onjo bufava.

— Isso é um absurdo! Assustar minha cliente com a pessoa que a atacou!

— Desista, conselheira — disse Roca, cansada. — Quando os jurados assistirem a essa fita, sua cliente pode dar adeus à carreira no cinema.

— Quero um acordo! — gritou Chad. — Quero um acordo.

Erin pulou da cadeira.

— Cala a boca! Cala a boca!

— Fiz isso por você! Eu te amava!

Erin olhou-o com desdém:

— Seu completo idiota.

* * *

Landry saiu na calçada sob o tórrido sol da tarde e fumou um cigarro. Tinha de tirar da boca o sabor das mentiras dos outros, queimar o fedor do que fizeram.

Chad Seabright concordou com tudo, desistindo de se dizer inocente a fim de magoar Erin. Alegou que Erin planejou tudo e contou a ele. Fingiriam o seqüestro e receberiam o resgate de Bruce. Se ele não pagasse de um jeito, pagaria de outro: com sua reputação, com seu casamento. Ao mesmo tempo, Don Jade estaria envolvido e arruinado, e Paris Montgomery conseguiria tudo o que queria — os cavalos que Jade tinha para treinar e as cocheiras de Trey Hughes.

Um plano simples.

Os três se reuniram e fizeram o roteiro para as fitas como se estivessem fazendo um filme num curso de cinema. Segundo Chad, o espancamento foi sugestão de Erin. Insistiu que ele a chicoteasse com força para dar mais realismo.

Foi idéia de Erin. Foi idéia de Paris. Não era culpa de Chad.

Nada era culpa de ninguém.

Chad foi enganado e usado por Erin. Ele era inocente. A mãe de Erin não a educou direito. E o padrasto não gostava dela. Paris Montgomery tinha feito uma lavagem cerebral nela.

Paris ainda seria interrogada, mas Landry teria de ouvi-la enquanto chorava e dizia como o pai obrigou-a a fazer sexo oral nele quando ela tinha três anos e que perdeu o concurso de rainha no ensino médio e como tudo aquilo a desvirtuou.

Chad disse que não sabia nada sobre Tomas Van Zandt nem da morte de Jill Morone. Landry achou que tudo ia acabar não sendo culpa de ninguém.

O que ele queria saber era: se nada era culpa de ninguém, como é que pessoas foram assassinadas, outras ficaram órfãs, vidas foram destruídas? Paris Montgomery, Erin e Chad Seabright fizeram coisas que arruinaram vidas, mataram pessoas. Como ninguém era culpado?

60

Na hora incerta antes do amanhecer
Quase no fim da noite interminável...

Lembrei-me desses versos outra vez quando estava na espreguiçadeira no meu pátio, vendo o sol nascer no dia seguinte ao acordo que Chad Seabright fez com o promotor estadual.

Chad tinha atacado Erin. Erin tinha atacado Paris. Paris tinha acusado Van Zandt de matar Jill Morone, tentando ganhar pontos com o promotor. Todos eles mereciam o fogo do inferno.

Pensei em Molly e tentei usar as palavras de T. S. Eliot como epígrafe do que ela estava passando e da jornada da vida dela. Tentei não pensar na ironia que foi Molly lutar para manter a família unida, contratando-me para achar a irmã e, no final, só quem sobrou foi Molly.

Bruce Seabright estava morto. A mente de Krystal estava abalada. Se algum dia ela deu qualquer apoio a Molly, era de duvidar que pudesse dar agora. E Erin, a irmã de que Molly tanto gostava, estava perdida para sempre. Se não pela prisão, estaria pela traição.

A vida pode mudar num piscar de olhos, num segundo, no tempo que se leva tomando uma decisão errada... ou certa.

Na noite anterior, contei a Molly que Erin estava envolvida no plano e fiquei abraçada com ela, que chorou até dormir.

Então, ela entrou no pátio, enrolada numa enorme manta verde, subiu na espreguiçadeira e enroscou-se ao meu lado, sem dizer nada. Pus a mão no cabelo dela e desejei que aquele momento durasse muito, muito tempo.

Pouco depois, perguntei:

— O que você sabe sobre essa tia Maxine?

A delegacia tinha localizado o único parente vivo de Krystal Seabright, uma viúva de sessenta e tantos anos que vivia em West Palm Beach. À tarde, eu ia levar Molly de carro até lá.

— Ela é legal... é normal — disse Molly, sem entusiasmo.

— Bom, é uma avaliação excelente.

Ficamos caladas, olhando o campo ao nascer do sol. Procurei o que dizer, sem jeito.

— Você sabe que sinto muito o que aconteceu, Molly. Mas me alegro por você ter me procurado aquele dia e me pedido ajuda. Conhecer você me fez uma pessoa melhor. E se eu não gostar dessa Maxine — acrescentei, do jeito mais ranzinza que pude. — Você volta para cá na mesma hora.

Molly me olhou com aqueles pequenos óculos de coruja e sorriu pela primeira vez desde que eu a conheci.

A tia-avó Maxine morava num simpático conjunto de apartamentos e correspondia à descrição: era uma pessoa normal. Ajudei Molly a carregar suas coisas e fiquei para um café e um biscoitinho de aveia. Normal.

Molly foi comigo até lá fora e passamos pela dor da despedida.

— Molly, você pode me ligar a qualquer hora, por qualquer coisa. Ou até por nada — eu disse.

Ela sorriu, um sorriso meigo e inteligente, concordando. Por trás dos óculos, os sérios olhos azuis brilhavam com as lágrimas. Ela me entregou um cartão pequeno onde havia impresso o nome, o novo endereço e telefone, ao lado de um adesivo de um amor-perfeito roxo.

— Você tem que me mandar a conta. Tenho certeza que estou lhe devendo um bocado de dinheiro. Vou ter que pagar em prestações. Podemos combinar — disse ela.

— Não, você não me deve nada — murmurei.

Dei um longo abraço nela. Se eu conseguisse, teria chorado.

Quando voltei à fazenda, o dia estava indo embora, o sol derramando tons de laranja no horizonte, a oeste. Parei meu carro e fui até a cocheira.

Irina estava na cocheira dos cavalariços, passando óleo de avelã e álcool nas patas de Feliki e enfaixando-a para a noite.

— Como vão as coisas? — perguntei.

— Ótimas — ela respondeu, concentrada em fazer com que a bandagem enrolada pelo lado direito coincidisse perfeitamente com a do esquerdo.

— Desculpe, não pude ajudar muito nos últimos dias — eu disse.

Ela me olhou e sorriu.

— Não tem problema, Elena. Eu sei fazer as coisas.

Fiquei com vontade de perguntar a ela qual era o sentido da vida.

Ela passou para as patas traseiras da égua e borrifou a mistura com álcool.

— A polícia já encontrou o belga? — perguntou.

— Não. Parece que ele simplesmente sumiu com o carro alugado por Lorinda Carlton. Um dia, eles o pegarão.

— Acho que ele está pagando pelos crimes que cometeu. Eu acredito em carma, e você?

— Não sei, talvez.

— Eu acredito.

Quando saí da cocheira, Irina estava cantando.

Landry tinha se instalado numa espreguiçadeira na beira da piscina. Estava de óculos, assistindo ao pôr-do-sol. Sentei na frente das pernas dele e bloqueei sua visão.

— O que você acha, Landry?

— As pessoas são ruins.

— Nem todas.

— Não. Gosto de você, Estes. Você é uma pessoa decente e boa.

— Fico feliz por você pensar assim. Também fico feliz por eu pensar do mesmo jeito — confessei, embora ele provavelmente não tivesse entendido o quanto aquilo de fato significava para mim.

Ou vai ver que entendeu.

— Trey Hughes acusou Jade hoje — disse Landry. — Trey disse que foi idéia de Jade matar a velha para Trey receber a herança. Não tinha culpa de Jade ter seguido sozinho com isso.

— Claro que não. E o que diz Jade?

Landry apenas balançou a cabeça.

— Você levou Molly?

— Levei, ela ficou bem. Vou sentir falta dela — confessei.

Landry pegou minha mão.

— Você também vai ficar bem.

— Eu sei. Vou ficar. Vou. Já estou bem.

— Está. O que você acha de nos conhecermos melhor? — perguntou ele, apertando minha mão.

Sorri o meio sorriso, concordei e fomos para a casa de hóspedes de mãos dadas.

A vida pode mudar num piscar de olhos.